萬有引力

Universal Gravitation

騎鯨南去 / 著　黑色豆腐 / 繪

7 完

CHAPTER

01:00

他們努力伸長觸角,彼此傳遞,
努力傳遞著一點獲勝的希望

屋內沉寂一片。

今日天氣陰沉，迷雲漫天，從清早開始就是悶雷聲聲，一場滂沱大雨被憋在雲後，蓄勢待發。本來這種天氣最是適宜睡懶覺，然而大戰在即，大家又各有想法，哪有睡回籠覺的心思？

就在沉默之際，忽然間，一聲極輕的敲門聲傳來。

篤。這聲音像是直敲進了心裡似的，叫人發自內心地一悚。

屋內本就寧靜一片，五人不約而同地保持了安靜，想要裝作屋內沒人，好試探來者的反應。

可來者似乎是確信房中有人，敲門聲再度響起。篤篤。

陳夙峰把手中沒有吃完的薄餅捲作一團，塞進嘴裡，熟練地伸手摸了匕首，比在胸前，表情平靜地望著門口。

南舟起身，大大方方地走向門口，元明清一驚：「……喂。」

儘管知道，經過高維人的一番折騰，安全點內基本沒有能對他們形成威脅的同伴了，可元明清仍是不肯放下警戒心。

拜千人追擊戰所賜，元明清不相信其他玩家會信任「立方舟」。萬一是那些極端玩家，想要對他們做些什麼……

如果有人因此受傷或是減員，那情況豈不是會更糟？

在元明清百般猜忌時，南舟坦蕩地滑開門鏈，打開了房門。門外站著一個憨態可掬的人形布偶，鼻梁上架著……易水歌的眼鏡。

南舟和這個布偶同步歪了歪頭。布偶不請自來，搖搖晃晃地走了進來，拉開自己肚子上的拉鍊，露出了一團軟軟的棉花，以及藏在棉花中的……許多道具卡。

它一樣一樣地把東西掏出來，在地上一字排開。

南舟信手拿起一樣。叮的一聲，一個 A 級的醫藥箱立即通過交易系統，傳入他一個空閒的儲物槽——僅限於失血狀態下，能單體回血 40%。

南舟又拿起一樣，是一張氧氣卡，可以續氧 72 小時。

這些功能稀奇古怪、價值從 C 到 S 級不等的道具卡，統一經過交易

$$F_1 = F_2 = G \frac{m_1 \times m_2}{r^2}$$

系統處理，都變成了無償的 0 點免費卡。

布偶肚子裡的道具卡不少，它蹲在地上，兩手並用，忙個不停，像是哆啦 A 夢一樣，一樣樣掏出排列放好。

這些物品之外，另附了一張手寫信，字行瀟灑，雖然沒有落款，但單看那布偶，以及眼鏡腿上「死生有命」四個字，就能猜到這是誰的手筆。

昨天幫過你們之後，有不少人找到我，想託我在你們進入副本前，轉交給你們一些東西。

知道你們可能用不上，但有總比沒有好。

有人討厭你們，也有人信任你們，也只能信任你們。

辛苦了。

元明清接過信，從頭到尾讀了兩遍，仍有些回不過神來，「……」

……送道具？而且還是那些普通的玩家送來的？他們明明曾經刀劍相向過，現在又為什麼願意幫助他們？

「立方舟」又不一定能贏。到時候，高維人極有可能把他們扔進一個道具不起作用的副本，現在送了也是白送。

與其送給他們，這些人為什麼不把道具留給自己用？萬一出現什麼突發情況，譬如他們這些人闖關失敗，遊戲重啟，他們也能靠這些道具保命。為什麼……

元明清越想越覺得臉皮發燒。

他一直認為，人類就是螞蟻，面對遠超自己且不可理解的強大力量，應該只有瑟瑟發抖、乞饒保命的份兒。但螞蟻也有精神。宇宙闊大，力量浩瀚，和他們沒有一點關係。他們不為宇宙而活，於是，他們努力伸長觸角，彼此傳遞，努力傳遞著一點獲勝的希望。

人偶花了很長時間，才將道具卡清點完畢。572 張卡片，也是 572 種心意。或許還有更多的道具卡，但經過易水歌篩選，發現作用不大，也就

退回了。

交出禮物後，人偶卻沒有要離開的意思。

南舟端詳人偶片刻，會過意來，伸手摘下人偶佩戴的眼鏡。一刹那間，南舟只覺眼前世界萬花筒一樣繚亂一片，色塊顛倒，色彩橫流。但很快，一切又都恢復了正常。

南舟把戴好的茶色墨鏡微微拉下，露出了一雙光線流動的眼睛……易水歌把他最核心的 S 級保命道具，隨手一揮，就這麼隨意丟給他們了。

同一個念頭不約而同地浮現在了眾人心中，他……會不會有危險？

易水歌戴著一副普通的茶色眼鏡，帶著一身水氣，用食指套著鑰匙圈，一邊晃鑰匙，一邊推門入屋，「我回來了。」

當他推開門時，第一時間看到了床頭鬆脫的綁帶，正被大開的窗戶外吹入的雨風吹得飛舞不休。

銀光一霎。當喉間的寒意伴隨著輕微的痛楚傳來時，易水歌只覺頸間一熱，隨即便是細微的刺痛來襲。

易水歌用舌尖輕頂了一下上顎，有點訝異：「……哦？」

謝相玉從門後轉入，手中自製的鋼刺向上一翻，斜上切入皮膚一點，便不再深入，「別動。」

鋼刺本就鋒利，每一條細刺上還都鑲嵌了深深的放血槽。只要他再傾斜一點，易水歌被割開了一點的喉嚨就會變成一個決堤的血渠。

不等易水歌開口，謝相玉便一把打掉了他用來偽裝的眼鏡，一腳踏碎。他原本隱於眼鏡之下、光絲縱橫的雙眼恢復了正常的模樣。

他的眼睛是淡褐色的，少了那詭異的泛光後，易水歌整個人都添了幾分斯文的儒氣。

謝相玉得意地抬起下巴，笑道：「易先生，我想知道，你沒有【傀儡

之舞】，還要怎麼對付我？」

　　易水歌手裡還拎著謝相玉最喜歡吃的黃桃蛋糕。這是他在家園島買的，水果自然是當天採摘的，最是鮮美。外面雨起時，蛋糕上的裝飾花帶被水氣沁濕了不少，越顯得整個蛋糕沉甸甸地墜手。

　　到了死境，他卻一點不慌，穩穩當當地把蛋糕送放在門口的玄關處。

　　易水歌開口發問：「你怎麼知道我把眼鏡送出去了？」

　　他一夜未歸，也沒告訴謝相玉自己究竟做了什麼。

　　謝相玉掙脫束縛不難，但能做到提前埋伏，穩準狠地打掉他的眼鏡，顯然是接到了什麼情報。

　　一語中的。見謝相玉不說話，易水歌已從他的沉默中得到了答案——高維人。

　　他問：「你不是不想被高維人左右嗎？」

　　「塔不是已經建好了嗎？」謝相玉冷笑，「誰做信號塔的主人，不都是一樣的嗎？」

　　易水歌細想一番，竟然認同地點點頭，「也是。」

　　見他亂動，謝相玉眸光一斂，手中鋼刺橫切向他的動脈，將他的皮膚下壓了寸許，沒想到手上失了準頭，把他的脖子又割出了血來。

　　眼看被刺破的皮膚洇出渾圓的血珠，謝相玉的語氣不見絲毫得意，倒平白添了幾分煩躁：「……別動。」

　　易水歌居然不怕，也並不求饒，笑笑地一斜視，「我連眼鏡都沒了，你還怕我啊。」

　　謝相玉極響亮地磨了一聲牙。

　　易水歌又問：「你踮腳累不累啊？」

　　回應他的是一根尖刺楔入頸側的痛感。謝相玉被戳中畢生最大痛處，踮著腳怒不可遏道：「閉嘴！」

　　易水歌輕嘆一聲：「我還以為我們的關係最近好了點兒呢。」

　　謝相玉冷笑，「你覺得我有那麼賤嗎？」

易水歌但笑不語，輕輕揚起了脖子，毛衣順著他的動作滑落了些許。

　　謝相玉的目光本能下移，卻瞥見了他頸上淡紅中微微泛青的吻痕。那個位置，除非易水歌嘴能拐彎，不然靠他自己，是決計親不上去的。

　　這個動作可算得上是挑釁了。謝相玉霎時狂怒，握鋼刺的手狠抖了一抖，但還是沒刺下去。

　　——王八蛋！自己什麼時候幹了這種蠢事？

　　聽到身後喘息之聲漸重，易水歌無奈地一吁氣，稍稍矮下了身子。

　　隨著他的動作，深插在他血肉中的倒刺順著血槽放出了一長線鮮血，全數流到了謝相玉的指節上。

　　他無所謂的模樣，又讓謝相玉憤怒起來……易水歌總是這樣，隨便一個動作，就能撩得他血壓上升。

　　謝相玉喝道：「你真以為我不敢殺你？！」

　　易水歌抿著嘴輕笑了一聲，「你要殺早就殺我了，在刺上塗毒，或者直接割斷我的脖子，不是更痛快？」末了，他又悠然補上了一句：「我懂、我懂。就這麼殺了我，豈不是太便宜我了？」

　　謝相玉：「……」

　　他臉都氣白了，眼前一陣陣發黑，偏偏他就是打定了這樣的主意，易水歌的話，他一句也反駁不得。他咬緊牙關，不肯說話，生怕一怒就又落了下風。

　　易水歌就這樣保持著微微屈膝下蹲的姿勢，遷就著謝相玉的動作。

　　兩人一時沉默。

　　謝相玉從後呼出的熱流，又回流到他面頰上。

　　兩人身軀緊貼之際，謝相玉的雙腿又開始習慣性地微顫，腹內一緊一鬆地痠脹起來。

　　謝相玉也覺出兩人這樣的姿勢，又是曖昧，又是滑稽。

　　可易水歌的本事他心知肚明。

　　之前嘲笑他離了【傀儡之舞】就不行，只是逞一時的口舌之快罷了。

謝相玉太清楚，面對易水歌，哪怕放鬆分毫，他就有立時脫困的本事。

為了避免這曖昧肆意蔓延下去，他粗魯地從後面用膝蓋頂了一下他的腰身，「說話。」

易水歌帶著謝相玉往前栽了兩步，輕嘆口氣，笑道：「你倒是先問我點什麼啊。」

謝相玉的確有問題要問。

他氣沉半晌，本以為已經將情緒拿捏得當，誰想開口還是陰陽怪氣：「你還挺大方的啊。」

他記得清清楚楚，自己折在易水歌手裡，就是因為看上了他的【傀儡之舞】。

在和易水歌共過副本，又得知他喜歡男人後，他就故意引誘挑逗，本來打算搶寶後再把他戲弄一番，誰想這人不識好賴，不僅厚著臉皮假戲真做，還強逼著自己和他做了隊友。現在倒好，他說送人就送人了？

一想到那天晚上自己先是嘴硬不服，又被他調理得哀求連連的場面，謝相玉就牙根作癢，恨不得直接把他脖子抹斷，一了百了。

「我一向很大方。」易水歌卻還是大言不慚，理直氣壯道：「你要，我就給了啊。」

謝相玉被他的一語雙關氣得胸膛起伏連連，胸口一下下頂在易水歌的後背上，「……你要不要臉？！」

易水歌卻是一派坦然，反問道：「你要和我上床，我就給你了。可【傀儡之舞】，你開口向我要過嗎？」

謝相玉猛然一噎，一張俊美的臉氣得直透粉……他還真的沒有問過。

可這不是廢話嗎？！他要了，易水歌就捨得給？但聽易水歌的話意，他竟然無法反駁分毫，一股氣瘀在胸中，更是咬牙切齒。他怒道：「你少他媽要我！」

易水歌笑咪咪地一攤手，「哎呀，被你看出來了？」

謝相玉氣得呼吸不暢，差點要開口問出，你要是真覺得我十惡不赦，

11

殺了我不就好了？

　　這個問題，從他失陷在易水歌手心裡時就想問。他的確有在副本中坑過其他玩家，殺 NPC 也從不手軟。

　　在【沙、沙、沙】裡，為了試新做的武器是否趁手，殺了一個 NPC，謝相玉至今也不覺得有什麼不妥。他本來就擅長自製武器，殺人的東西，不用人試，還能用什麼東西試？

　　在遊戲裡利用一切可利用的資源，本來就是天經地義的，他又沒拿其他玩家練過手。

　　人類玩家當然也被他算死過兩三名，但都是他們自己蠢，盲聽盲信，自己指東他們不往西，最後被 boss 害死，又不是他親手殺的。

　　謝相玉從來不覺得自己是什麼好人。之前，他嫌正常生活無聊，懶懶散散，打不起精神來，有了《萬有引力》這款全息遊戲作為發洩，他心中一直潛伏的惡念才得以釋放。

　　而易水歌和自己不同。他的行事風格就是專坑惡人，不擇手段。他要真想對付自己，殺了就殺了，為什麼非要把自己扣起來，一遍一遍地折辱不可？！他到底在想些什麼？

　　易水歌默然半晌，突然叫了謝相玉一聲：「哎。」

　　謝相玉惡聲惡氣：「幹什麼？！」

　　易水歌：「你知道我為什麼不殺你嗎？」

　　謝相玉：「……」

　　他分明背對著自己，但還是輕而易舉地窺破了自己的心思，這種感覺很糟糕。

　　易水歌眨著眼睛，為了蹲著省力，索性把身體的大半中心都舒舒服服地寄到了謝相玉身上，「你想要獲勝，所以在副本裡殺 NPC，鼓動其他玩家送死，方便通關，這有很特別嗎？你又不是第一個這麼做的人。」

　　這番話大出謝相玉意料，一時怔愣。

　　這話卻完全出自易水歌的真心。

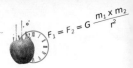

他的善惡觀很奇特，不是每個人都有南舟或江舫的能力，在很多情況下，在副本中用人命去試錯，才是常規手段。

譬如南舟在第一個世界裡遇到的沈潔和虞退思，都有不肯冒險、推南舟他們這批新人上去試險的意思。人到極境，總會做出尋常不會做的惡事，沒什麼不好理解的。

如果只是在副本遊戲中動用陰謀手段，就值得被判個死刑的話，易水歌恐怕早就累死了。

不過，和正常人相比，謝相玉的心態的確非常扭曲。正常人是走投無路時才用人命探路；謝相玉是一開始就想用別人的命去墊。但從結果論，他在大多數副本裡，往往不是坐等死人，而是主動破局。他確實害了一部分人，客觀上也救了一部分人。

謝相玉現實裡並沒做過惡事，只是進了遊戲，天性解放，如果不壓制下去，由得他往「獲勝許願」的方向發展下去，在一步接一步的胡作非為中，他只會越來越肆無忌憚。

易水歌誠實道：「我認為你不配許願而已。死倒是沒有必要的。」

只要「立方舟」能贏，過去那些人命都能還回來，錯誤就能挽回。易水歌的目標是讓謝相玉這輩子都不敢再犯錯，哪怕回到現實裡。

謝相玉被易水歌的身體壓得心煩意亂，熟悉的體溫又煲熱了他的半副身子，眼見小腹又怪異地一緊一疼起來，他剎不住情緒，憤恨道：「我要是能許願，就讓你馬上變成太監！」

易水歌輕輕吹了一聲口哨，「你看吧，果然不能讓你許。」

謝相玉怒問：「你既然不想讓我許願，為什麼不乾脆殺了我？」

「那你呢？」易水歌忽而反問：「你為什麼不殺我？」

謝相玉愣住片刻，心緒大亂：「……哈？」

易水歌：「你是因為要慢慢折磨我才不殺我，還是因為不想？」

謝相玉：「……這有什麼區別？！」

易水歌笑笑，「這區別很大啊。」他頓了頓又道：「不過，我現在已

經知道了。」

——什麼？

謝相玉還未反應過來，一隻手就擒住了自己腰部的衣服，猛然發力，一股巨力便把他凌空掀起！

他手中的鋼刺原本緊抵在易水歌喉嚨處，如果易水歌強制動武，謝相玉甚至不需要多費力，只要順勢把鋼刺切入，易水歌的脖子就能像切黃油一樣被斫下一半去。

然而，謝相玉手腕下意識地一翻一抬，把鋼刺脫手扔遠。下一瞬，他整個人就被倒掀出去，身體直撞向玻璃。嘩啦一聲，窗戶盡碎！

謝相玉被翻身摔出五樓，瞬間置身傾盆大雨中，身體失重，直直往下落去。

他心裡一時空茫，大罵易水歌不是東西，但還沒等他嘗到顱骨粉碎的痛楚，身下就砰地一聲，綻開了一個 3m×3m 的柔軟氣墊。

在抬手捉住他肩膀時，易水歌就將這個 2 秒延遲的紐扣式外彈氣墊倒黏在了他的後背上。

謝相玉自高空落下，背朝下，穩穩跌陷在了一片柔軟之中。洶洶暴雨嘩啦啦臨頭澆下。

他也不知道是不是摔懵了，仰頭承受了好半天的雨打風吹之餘，忽然用手蓋住臉，大笑起來。

他一邊笑得上氣不接下氣，一邊自言自語道：「你們看，他本事大得很，我可殺不了他！」

高維人本來想，謝相玉在「立方舟」手裡吃了大虧，這人又睚眥必報，上次「立方舟」被圍攻，他本來已經從易水歌手中逃脫，卻硬是要去搗亂，肯定是恨「立方舟」恨到了骨子裡。

所以在易水歌動身前往「家園島」送物資後，高維人特地給了謝相玉一個彈窗，提醒他易水歌失去了他最重要的 S 級道具，有意助他掙脫易水歌的束縛，借他的手殺死這個大麻煩，再讓他去找「立方舟」搗亂。

他們猜中了開頭、猜中了過程，卻沒猜中這結尾。

謝相玉只打算利用他們的情報。這也不能怪高維人押寶失敗，因為就連謝相玉自己也弄不明白，為什麼他明明占盡先機地挾持了易水歌，卻不立即動手殺人。

他確實怒過、氣過，卻都是在氣自己，為什麼不肯對易水歌下手。但在有充分機會殺死易水歌時，他那下意識的一撒手，讓謝相玉明白了自己到底在想什麼……媽的，還真夠賤的。

察覺到自己心思的謝相玉，在笑話完高維人之後，一股悲憤後知後覺地上湧，眼淚又氣得湧了出來。

忽然間，他頭部軟墊往下一陷，是有人把雙手壓在他的腦袋兩側，查看他的表情。

謝相玉聽到那個讓他血壓上升的聲音笑道：「怎麼又哭又笑的，是不是神經病啊。」

謝相玉帶著哭腔揚聲道：「滾啊！」

他怎麼就栽在這麼一個人身上了？

易水歌當然不滾。他不僅不滾，還伸手輕捏住了謝相玉左耳處那一枚耳釘似的小紅痣。

謝相玉被他一捏耳朵，雙腿便是一軟，別過臉孔去，閉眼不答。

「哎。」易水歌笑意盈盈地問他：「吃蛋糕嗎？黃桃的。」

謝相玉咳嗽兩聲，帶著哭腔，用恨不得把易水歌的肉咬下來的力度，憤恨道：「……吃。」

濃重的雨雲籠罩了五個安全點。

窗外大雨如注，屋內則是一片安然平靜。

在昨夜宣布進入決勝局的同時，高維人就非常無恥地停止了商店的補

貨。終焉之戰的氛圍越來越濃，很多玩家在世界頻道裡交換著物資。

有氧氣和食物的玩家使用尚能運行的交易系統，就近把手頭的物資交易給其他匱乏的玩家，來交換自己缺乏的東西。

事已至此，他們已經不去討論他們無法參與的副本，也不去催促「立方舟」趕快行動，只是盡己所能，互相幫助。

眼見這樣的情境，「立方舟」也的確不能耽擱下去了。不管高維人有沒有準備好副本，他們都要儘快行動。

在把易水歌送來的道具進行適當的分配後，南舟喚醒了遊戲介面。

在背景裡長期蓊鬱的生命樹，樹葉已盡數投入秋風之中，徒留枯枝，而隨風飄曳下的樹葉聚成一團，凝結合攏。一張泛著光芒的「終局卡」，出現在了他們的倉庫中。

只要他選中這張卡片，最後一個副本就會到來。等他們再睜開眼睛時，這副本中所有玩家的生死，就全看他們五人了。

他第一個看向元明清。

元明清嚥下一口口水，點一點頭。

他又看向陳夙峰。

陳夙峰平靜地點下了頭，手掌卻攥得鐵緊，腕子在微微發抖。他身上背負著哥哥和虞哥兩個人，無論千難萬難，他也得走下去。

李銀航把變成了蜜袋鼯的南極星放在倉庫中藏好，認真向南舟表態：「我盡量努力。」

南舟回給她一個安慰的眼神。最後，他將目光投向了江舫。

江舫反問他：「昨天睡好了嗎？」

南舟：「嗯。」

江舫便笑開了，輕輕用手指碰了碰他後頸上的咬痕，曖昧又溫存地撫摸了兩下，提醒自己再也不要發生類似的事情。

他對南舟也對其他的人說：「那麼，我們一會兒見。」

南舟做了一個夢。與其說是夢，更像是劇本開始前的過渡劇情。

他被埋入了一片窒閉的空間，彷彿有千鈞的力道壓在他的胸前，逼得他無法呼吸，他只能窮盡全部力氣，竭力推開壓在自己胸口和身前的重負，像是求生的螞蟻，艱難擺動著鬚觸和節肢，試圖鑽出硬質的土壤，在無限的黑暗中找出一線生路來。

終於，新鮮的空氣和陽光在漸趨疏鬆的土壤間緩緩透出。

南舟終於來到了陽光之下。他短暫地享受著自由的歡愉，但兜頭而下的陽光很快帶來了劇烈的、燒灼的痛苦。南舟的身上開始著起大火。

他想要逃離陽光所及之處，可他的力量根本無法觸及天塹之外的太陽。無處不在的陽光，在他身上燃起了滔天的烈火。

烈火向天，信信的火舌一路翻捲，也始終無法觸動太陽分毫。

南舟用盡最後的一點氣力，向上望去，想要看清太陽的所在，好在四周找出一片蔭蔽之地。隨即，他發現，那高懸於他不可及之處的，好像並不是太陽……而是一面凸透鏡。

這是很多人在兒時玩過的遊戲。在童聲笑語中，一隻落單的螞蟻無處可藏，被凸透鏡折射的陽光牢牢瞄準，身上慢慢騰起青煙，直至被燒得肢體痙攣蜷曲。

對螞蟻來說，這是一場絕對的劫難。可對人來說，這不過是一場略帶殘忍意味的遊戲罷了。

在如焚的餘痛中，南舟雙手撐住床板，猛地翻身坐起。幾秒鐘後，他又緩緩躺了回去。

他並不急於睜開眼睛。他用單手撫著胸口，調勻呼吸，讓自己的感官快速從幻境迷障中恢復正常，免得自己又把幻境誤當了真實。

然而，在睜開眼睛的一剎那，南舟發出了一聲質疑：「……嗯？」

眼前的一切都過於熟悉。

牆上自製的掛曆，顯示日期是 8 月 18 日。桌上是攤放開來的日記，畫到一半的水彩旁擺著還沒來得及清涮的調色盤。

　　南舟轉身掀開枕頭，下面是一本《夢的解析》。

　　他第一時間抬起手，做了一個手勢，喚醒了遊戲功能表。背景中的生命樹已然枯萎，徒留一樹老枝，一切的生機和希望，都被他們交換成為了最後一張卡片……這證明他依然在遊戲之中。

　　而當強烈如潮汐一樣的耳鳴退去後，一個熟悉且婉轉的啁啾聲在窗外響起。

　　南舟抬腿下地。那雙他永遠也穿不壞的拖鞋就放在他記憶裡的位置，他把拖鞋踢開，襯衫微敞，徑直走向窗邊，拉開虛掩的窗戶，一室原本黯淡的天光驟然大明。

　　南舟注意到，他的窗外沒有蘋果樹了。而那啁啾的聲源，也在瞬息間被他捕捉到了——那是一隻圓圓胖胖、黃毛短喙的小肥鳥。

　　從他有記憶開始的每天早上，這隻鳥都會固定出現在他的窗前。南舟計算過，牠每天早上 6 點整會在自己窗前逗留 50 秒，鬧鐘一樣風雨無阻，單為了來叫幾嗓子。

　　唱夠 50 秒，牠就會自行離開。即使南舟拉開窗戶，牠也不會有任何生物應有的驚嚇反應，兀自唱牠的歌，準點來、準時走。

　　少年時期的南舟也曾嘗試把這隻鳥捉進房間裡，不許牠離開，想看看第二天會發生什麼。

　　這隻沒有自我意識、只遵從既定指令的鳥，撲棱棱地在屋內飛了一天一夜，從東到西，不知疲倦，一聲未鳴。少年南舟也一夜未眠，守著牠，想看看會發生什麼。

　　第二天早上 6 點，啁啾聲準時在緊閉的窗外響了起來。少年南舟帶著一點歡喜，奔到了窗前，以為自己真的改變了什麼。

　　在拉開窗戶前，他回頭對那隻停留在書架上的小黃鳥認真宣布道：「我給你找了另外一隻鳥。」

$$F_1 = F_2 = G \frac{m_1 \times m_2}{r^2}$$

他沒有一個能夠陪伴他、理解他的生物，可如果有一隻新的小鳥能跟這隻鳥做朋友，那也是很好的。

然而，當他拉開窗戶時，窗外是一片空空如也。

在他一個恍神時，屋內的鳥從窗戶的縫隙中俯身衝出，穩穩落在窗上牠站熟了的地方，引吭高歌。那悅耳的啁啾聲響足了 50 秒，就撲搧著翅膀，轉身離去。

永無鎮裡，從來就沒有也不會有第二隻鳥。就連第一隻鳥，也是薛定諤的鳥。在他打開窗戶前，誰也不知道外面的是鳥，還是 6 點鐘準時響起的叫聲。

這回，他推開窗，又見到了那隻鳥時，南舟是一點也不驚訝的。他甚至禮貌地和暌違許久的小黃鳥打了招呼：「你好。」

隨即，他單腳踏上窗框，毫不猶豫地縱身從樓上躍下。人為製造失重心悸的感受，是催逼自己從夢或者幻覺中醒來的最好手段。

當他雙腳穩穩落地而周圍的景象仍一成不變時，南舟輕輕吁了一口氣。所以說，不是做夢，也不是幻覺。除非他身處在一個非自殺而不得醒的深度睡眠中，否則，這就是他要過的副本了……他回到了永無鎮，一切尚未開始的地方。

如瀉的陽光灑在他身上，帶來無窮無盡的溫暖。南舟想，舫哥在哪裡？他的隊友們呢？是各自分散在小鎮裡，還是根本不在這個副本之中？

南舟回憶了今天的日期。好在這是極其普通的一天，不是光魅集體活躍的極晝之日，也不是會帶來衰弱的滿月之日。

就算銀航他們失散在了永無鎮中，白天的永無鎮居民，也不會對他們造成任何傷害。更何況江舫來過這裡，他是認路的。

南舟想試著在這裡等等他。

那麼，遊戲副本的任務又是什麼？似乎是接收到了他的這份疑問，副本的任務說明姍姍來遲。

那個聲音不同往常，呆板木訥，透著一股無機質的冷感。

【親愛的玩家，南舟，你好。】

【歡迎進入副本：螞蟻列車】

【參與遊戲人數：1人】

【副本性質：……沙沙……逃離……沙……】

【祝您遊戲……沙……愉快……】

突然，那個彷彿快沒信號的聲音，清晰而低沉地笑了一聲，那種機械的笑，足以讓人瞬間毛骨悚然。

【您在遊戲裡，真的會感到愉快嗎？】

【您的一生就是一個他人筆下的可笑的故事，這種事情，您應該很習慣了吧。】

【真是可悲。】

【隨便吧，努力逃離這裡吧，即使如此，也不過是逃進下一個故事罷了。除非，你能找到車票，搭上駛離悲劇的列車。】

【發車時間為12小時後。】

【儘量趕上列車吧，不過，趕不上也沒有關係。】

【因為這裡本來就是你的家啊。】

南舟靜靜地聽完了規則陳述，面色絲毫不改。他根本沒注意到這是高維人在借規則之口對他冷嘲熱諷。

該思考的人生，他早在小時候逮鳥的時候就思考完了，他只注意到了這嘲諷之後的信息量。

第一，「立方舟」確實是被拆分開了。現在的永無鎮只有他一個人，舫哥、銀航、陳夙峰和元明清，恐怕都被拆散了，正在為成功登上那列不知停在哪一站的列車尋找車票。

第二，不管其他人領受了什麼任務，他暫時的任務目標就是逃離這個世界，並找到所謂的「車票」，搭上列車。以及……「螞蟻」？

南舟不由得想到了自己甦醒前經歷的那場過於真實的幻夢。在那個幻夢裡，他就是以螞蟻的視角被活活燒死的。那是某種隱喻嗎？抑或是某種

$$F_1 = F_2 = G\,\frac{m_1 \times m_2}{r^2}$$

提示？

　　想到這裡，南舟長舒了一口氣。誠如那個聲音所言，一覺醒來，孤零零地回到原點的感覺必然不怎麼好。好在南舟的苦惱從不表現在臉上，他的思考，也從不會耽誤他的行動力。

　　他戴上了那副【傀儡之舞】的眼鏡。下一秒，一只布製的人偶就扶著十數公尺開外的一棵樹，憨態可掬地探出半顆腦袋來。南舟推了推眼鏡框，千仞傀儡絲線以他的瞳孔為原點，向四周擴延開來。

　　南舟清楚，想要從正規途徑逃離這個世界，幾乎是不可能的。他在永無鎮裡活了 24 年，也探索了 24 年，要不是《萬有引力》歪打正著地為他敲開了一條通往外部世界的縫隙，他恐怕要一輩子困死在這裡。

　　經過無數次的探索，他早已知道，有一個方形的透明框，將他牢牢套在永無鎮裡。那也是把他和江舫所在的人類世界涇渭分明地分割開來的第四面牆。

　　南舟當然不會指望第四面牆上會憑空裂開一條縫隙。既然現在蘋果樹還沒種下，那當前的時間點，必然是在《萬有引力》正式開服之前。

　　想藉其他玩家離開，也是不可能的。所以，目標就反而變得簡單起來了……找出這個世界有沒有少掉什麼東西，或是多出什麼東西。這必然包含著逃出世界的核心線索。

　　在正常世界裡，這是絕對無法完成的龐大工作量。好在，永無鎮大小有限，運行規律，是一部精密運轉的機器。

　　當作者不安排劇情的時候，永無鎮的居民們就是一群有血有肉的行屍，像是那隻小肥鳥一樣，按部就班地從事著作者要求他們做的一切。主婦永遠在買菜、學生永遠在上課、小孩子永遠追逐打鬧，無憂無慮。

　　而《永晝》漫畫完結於南舟的 19 歲。在那之後，作者對於副本的絕對控制力大幅削弱，而擁有了一定實力的南舟，也終於能對副本裡的人物造成一點影響了。

　　但即使如此，正常狀態下的永無鎮居民，只會對他們的紙片腦袋中能

理解的事物做出有限的反應。換言之，哪怕布製的人偶滿街亂竄，或者公然進入他們的家，他們也不會對這些天外來客表露出一點驚訝之情。

南舟放出了所有的人偶，在全地圖打開了視域，藉靠它們的眼睛，以儘量高的效率在全鎮的每個角落展開搜索。既是尋找出口，也是尋找車票。至於他自己……

南舟轉身，回到了自己的屋子，以他開門為信號，自然觸發了每日「問好」的劇情。

兩張帶著笑意的臉從不同的房間內探出。

爸爸：「回來了？」

媽媽：「回來了？」

一模一樣的開場白，司空見慣的笑臉。

南舟一如往常地跟他們打招呼：「嗯。」……真是許久不見了。

他以自己的房間為圓心，同步展開了搜索。有了人偶的幫忙，南舟搜索的時間被大大縮短了。

大約一個小時之後，南舟通過一只人偶的眼睛，在自己就職美術老師的學校畫室的桌子上，找到了一個通體漆黑的鐵盒。

盒子相當精巧，是個 50cm×30cm×25cm 的矩形盒，表面雕鏤著精細繁密的暗紋，上面落了一把鎖。

易水歌製造的人偶有粗有精，找到盒子的人偶偏偏雙手都呈圓球狀，哆啦 A 夢似的，根本不可能執行開鎖這麼精密的動作。

南舟當然可以讓人偶把盒子遠距離破壞，以防盒子裡有什麼機關陷阱。然而，儘管盒子不再是那個盒子，但南舟一眼就認出來，上面的那把鎖，就是他和舫哥、銀航過的第一個副本【小明的日常】裡，那把鎖住了發票盒子的黃銅小鎖……一模一樣。

他沒有貿然破壞盒子，而是讓人偶把盒子帶回了家裡。

悄悄苦練、開鎖技能已經達到 5 的南舟，很輕鬆就開啟了這初級的小鎖。他伸手扶住了盒身，盒子觸手是一片冰似的冷。

$$F_1 = F_2 = G\,\frac{m_1 \times m_2}{r^2}$$

他撥開掛耳，扭轉鎖體，將鎖取下後，又掀起了黃銅片。他並沒有急於打開，而是用指腹抵著銅片，想：這麼快就能找到嗎？

他還是疑心盒中有什麼乾坤，便靜靜地等著。直到又一個小時後，確認小鎮裡除他眼前的盒子外，再沒有一件奇特的東西後，南舟反手掀開了盒子，定睛看去⋯⋯

映入他眼簾的一切，讓南舟的臉色微微一變⋯⋯他看到了一個等比例縮小的、一模一樣的永無鎮。

原本處在封閉黑暗中的盒子，因為他掀開了盒蓋，在剎那間陽光普照，南舟好像就是那個為人世間注入陽光的神明。

當陽光投射入眼前的盒子時，南舟只覺驟然一陣頭暈眼花，身心一道沉淪下去，跌入了一片無底的黑暗中。

將他喚醒的，又是再熟悉不過的鳥鳴。

再睜開眼時，只見一隻小黃鳥正蹲在窗櫺上，高一聲低一聲地鳴唱。

四周還是永無鎮的建築，自己卻已不在房間內了，而是在他家對面的一片林地中。他手中的盒子也不見了蹤影。

南舟還未從愕然和不解中脫身，不遠處，他自己的窗戶便被人從內推開了。

緊接著，南舟呼吸一窒。他看到了自己⋯⋯一模一樣的自己。

那個自己把身體探出窗外，手裡抓了一小把玉米粒。小肥鳥停止了歌唱，扭著圓滾滾的身體來啄食，並乖巧地任南舟撫摸牠額頂軟綿綿的絨毛。彷彿牠來唱歌，只是為了討這一把早餐。

南舟有些發呆。在他來的那個「永無鎮」，小肥鳥從來沒有這樣讓南舟餵食過⋯⋯也沒有這樣主動停留超過 50 秒。

南舟隱身於樹幹之後，背貼著粗糙的樹皮，微微張開嘴，用嘴輔助呼吸，才能勉強讓自己呼吸的節奏和聲音不要太重。

他不得不去想一些別的事情來分散自己的注意力。這裡⋯⋯是哪裡？是盒子裡的世界？他算是從原先的世界裡逃出來了嗎？還是⋯⋯

下一刻，另一件完全出乎他意料的事情發生了。

篤篤的敲門聲，從他家門口方向傳來。溫柔帶笑的青年音在他身後響起：「南舟，我做了早飯，要來吃嗎？」

南舟的心難得地狂跳起來。他探頭出去，發現自家鄰居的庭院和大門敞開著，一個穿著睡衣的身影則站在他家門口，背對著他，一頭銀髮沒來得及好好打理，隨意而柔順地披在肩膀上。

僅憑著身影，南舟就認出來，那是江舫。

⋯⋯不。準確來說，是盒中的江舫。

盒中的南舟，姑且稱之為【南舟】，從內打開了門。照面後，他一句話沒有說，把臉頰枕靠到盒中【江舫】的肩膀上。

只看一眼，南舟就明白了【南舟】在做什麼。

他太瞭解自己的行為模式了——這種無來由的親昵動作，說明他的身體已經甦醒了，精神還在沉睡。

對南舟本人來說，這種情況堪稱稀有。只有在極少數極少數安全的日子裡，太陽高懸，街巷寂靜，父母和妹妹離開家裡，他才會放空心思，混混沌沌、漫無目的地在家裡遊逛，摸摸這個，看看那個，直到精神恢復過來，才會站住腳步，回到一個人的房間去。

⋯⋯可這並不合理。1分鐘前，他還看見【南舟】在窗邊餵鳥，他明明是能做出連貫且有意識的動作的。

而盒子裡的【江舫】，顯然住在這個【南舟】家的隔壁。他也接受了這冷著面孔的漂亮青年的撒嬌，主動攬住他的腰，帶著【南舟】一步步退下臺階，輕聲逗著他說話：「還沒醒啊？」

「今天的早餐是什麼，你猜猜？猜錯有懲罰的啊。」

「煎雞蛋？猜錯了。」

「懲罰就是明天早上才給你做。」

南舟望著輕靠在【江舫】懷裡、睡得頭髮一角凌亂地翹起的【南舟】，想，那並不是自己。

$$F_1 = F_2 = G \frac{m_1 \times m_2}{r^2}$$

那也不是舫哥。

他把這個世界的【南舟】看得無比仔細。他環在【江舫】頸項上的右手中指和食指上裹著繃帶。

左手的指甲雖然經過了精心的清洗，但仍然看到他的小拇指指甲有一道新鮮的裂口，露出了一點粉紅色的肉，指甲縫裡也藏匿著數道血絲。

【江舫】沒能注意到這一點，因為剛一開門，【南舟】就合身擁了上來。他單臂摟著【南舟】，拉開了自家小院的白色柵欄門。

從柵欄門和花園來看，江家應該在最近進行過一次翻修。但唯一沒有粉刷修葺的就是外門廳的廊柱，因為柱子上面分別刻著兩個人的名字。

從 1 公尺高的位置開始，兩個小孩就手牽著手，在上面留下自己成長的印記，就這麼比著個頭，望著風長了起來。

南舟試圖消化眼前的資訊。

自己打開了一個在永無鎮裡找到的盒子，進入了一個【江舫】和【南舟】共同長大的「永無鎮二號」。

那麼，現階段的目標，還是以找到盒子和「車票」為主要目標，同時對這個二號小鎮進行探索嗎？

南舟忍不住想，如果二號世界裡也有一個可開啟的盒子，在那個盒子之後，會是第三個、第四個世界嗎？每個世界，都會生活著一個同樣的【南舟】？

一股莫名龐大和澎湃的虛無感，像是一隻從天際探出的巨人之手，牢牢攫住了南舟。他解釋不清這種心緒是怎麼來的，他只是抬手捶了錘胸口，好通過外力來緩解這種感覺引發的不適。

南舟拿出了墨鏡，正要戴上時，忽覺身後有異。他倏然轉身。隨即，他正面對上了一雙烏黑深邃的眼睛……一個女孩子。

樹木卡住了她的視野，因此她沒能看到，另一個和她眼前的人長得一模一樣的【南舟】，剛剛進入了【江舫】的家裡。

少女梳著兩尾辮子，額頭上勒著一條運動髮帶，像是一個漂亮豐盈的

蘋果。她一手背在身後，另一手俏皮地指著自己的臉蛋，笑語嫣然地提問：「南老師，什麼時候近視到要戴眼鏡了啊？」

南舟望著少女，他記得她。她是【永晝】裡的千張面孔中的其中之一，也是南舟教過的、繪畫天賦最高的一個學生。同樣，她也是最麻木的一個學生，她從來不和人有任何交流，不管是視線上、肢體上、語言上。

與此同時，她也是一隻光魅。可即使如此，她也是光魅中的獨行俠，比任何小鎮居民都有創作天賦，也比任何人都麻木不仁。這兩種矛盾，只有出現在一個紙片人身上，才具備一定的合理性。

南舟曾無數次希望能畫出那樣出色畫作的學生，身體裡能有一個完整而美麗的靈魂。

然而他的這名學生從不回應，甚至從不叫他一聲「南老師」。

而在這盒中的二號世界，她美好得和南舟的設想一模一樣。

見南舟不答話，她笑盈盈地探出頭去，學著南舟窺探的姿勢，看向了【江舫】的房屋方向。緊接著，她很是老成地嘆了一口氣，眼裡似乎在說「果然如此」。

南舟從她的舉動中讀出了某些資訊，於是他低下頭，刻意避開她的視線，作欲言又止狀。果然，少女管不住她的嘴了。

「南老師，告訴他嘛。」她踮起腳來，體貼地拍一拍他的肩膀，「江哥那麼喜歡你，他不會介意你是光魅的。」

南舟抿唇。少女的話，他明白了【南舟】為什麼會做出充滿違和感的行為了。在這個二號世界裡，變化的不僅僅是人物關係，世界觀也發生了相應的變化。

在《永晝》最初的世界觀設定中，普通人是不知道小鎮記憶體在「光魅」這種怪物的。即使是光魅自己，白天的時候也會完全忘記自己的怪物身分，他們甚至在面對被自己咬死而橫屍街頭的屍體時，會害怕到要叫一個朋友作伴才敢走夜路。

在真正的「永無鎮」中，知道一切真相的，只有被設定「擁有自我意

$$F_1 = F_2 = G\frac{m_1 \times m_2}{r^2}$$

識」的南舟。

在白日世界裡，南舟是唯一一個有著完整意識的人。在月光世界裡，他們恐懼南舟、服從南舟，卻只能以野獸的形式進行溝通。從日升到月落，從出生到長大，南舟始終是一個人。

而在這個二號世界，NPC 也擁有了相當的自我意識和個人性格，大家對「光魅」這種怪物的存在有所覺察。

同樣身為怪物，【南舟】有了抱團的機會。走在大街上時，至少有某個光魅可以在擦肩而過時，向身為同類的【南舟】投以會心的一笑。

第二世界裡【南舟】的苦惱，恐怕是因為和他共同生活在這怪誕小鎮中的【江舫】是正常人，而他是怪物。

他必須要費盡心思隱藏自己手上的傷、隱藏一切可疑的痕跡，盡可能把自己偽裝得混沌、善良、迷糊、無害。他做這一切，只是希望隔壁一起長大的哥哥【江舫】還願意每天早上叫他去吃早餐。

儘管仍有苦惱，第二世界的【南舟】至少不是孤單一人……至少他的學生，他的同類，能夠理解他的糾結不安。這個盒中的小鎮，比真正的《永晝》多了更多的人情味。

南舟低下頭，有點羨慕地想，如果可以，他也想要有這樣的生活。

南舟模稜兩可地回答少女：「……讓我再想想。」

因為是等比例復刻，少女並沒有發現南舟不是她這個世界裡的【南老師】。她無所謂地擺擺手，「老師，你加油，我要去買顏料了。」

眼看著路過的少女背著畫板，邁著歡快的步伐，要從自己身邊離開，南舟出其不意地抬起手來——輕輕拉了一下少女的羊角辮。

少女：「嗯？」

南舟說：「沒事。」他又頓了頓，前言不搭後語道：「……妳這樣，就挺好的。」

少女一臉問號。少女微微歪頭，搔搔臉頰，流露出一點詫異的神色。但她很快釋然地笑開了，衝南舟擺擺手，一蹦一跳地離開。

在背過身去後，南舟的神情轉冷。

他用手中茶色的墨鏡，在不遠處的樹幹上投下稀疏的光斑，把注意力轉回到副本本身。

在第二世界，他的任務也還是尋找盒子嗎？盒子之內，是不是還會存在著第三世界，以及更深層的世界？不斷打開盒子的自己，究竟是在接近出口，還是穿過無窮的平行世界、朝著地獄無盡下落？

這種不知是上是下、是進是退的感覺，足以把一個正常人逼瘋。但南舟的好處就是不會特地去鑽牛角尖。此路不通，他就換一條路去想。

高維人為自己擇定的副本，一定有盤算，也有意義。他們難道只是為了看自己上下不得、難以抉擇的樣子嗎？

不，換個思路吧。比如說，真正的過關方法，真的是找到每一個盒子裡隱藏的新盒子，並不斷進入嗎？或許，他可以嘗試，動手殺掉副本裡的核心人物【南舟】呢？

要是李銀航在這裡，聽到南舟的分析，必然會吐槽，神他媽的「換個思路」。但南舟認為這的確具有一定的可行性。他清楚，自己是《永晝》裡的核心人物，是《永晝》這個故事本身存在的根本基礎。

《永晝》講的就是一個覺醒了自我意識的漫畫人物的故事。只要這個核心人物死了，《永晝》世界便再無存在的意義，只會馬上崩解。不過，問題是，崩塌會帶來什麼？是通往那輛駛離悲劇的列車車票？還是在遊戲世界中永久的迷失和墮落？

南舟背靠著樹，思考了半分鐘，並得出了下一步的行動方向。

他還有九個多小時的時間，這完全足夠他找到下一個盒子。

南舟戴上了眼鏡，控制著人偶，在第二世界中展開了第二輪搜索。

和繪畫少女的邂逅，讓南舟得到了相當多的資訊，其中就包括：這個世界的 NPC 會對周邊的異常現象產生正常的反應。

換言之，人偶不能在青天白日下肆無忌憚地滿大街亂竄了。好在，人偶的靈活性，完全取決於操作者。

$$F_1 = F_2 = G \frac{m_1 \times m_2}{r^2}$$

人偶四散開來，隱遁入街巷之間。憑藉它們的雙眼，南舟又獲得了更多的資訊。

除了人物關係和世界設定產生了變化，這裡依舊還是一個封閉的小鎮，周邊面積也沒有絲毫拓寬。只是街巷的布局、房屋的裝潢，都隨著 NPC 的自我覺醒而發生了微妙的變化。

因為和記憶中的街巷、商店有所不同，讓南舟本就困難重重地潛入調查愈發顯得捉襟見肘。

南舟並沒有因此焦慮。他守著那棵大樹，在視線被多線切換的同時，想起了第一個世界裡鐵盒出現的地點……在學校畫室的辦公桌上。

南舟神情一動。他略略站直了身體，翻開了自己從上個世界帶來的日記本……不出意外的話，按照日記上的計劃表顯示，他現在應該在學校的畫室裡。

南舟猛然轉身，望向了【江舫】的屋子——盒子，一定會出現在南舟日常軌跡的必經之地——不管是哪個【南舟】。

同一時刻。

【江舫】在廚房裡清洗碗碟。

電視裡無聊的肥皂劇處於暫停狀態，恰好定格在男女主溫存的片段。【南舟】盤腿坐在沙發上，平靜地和眼前滿懷情慾的男女對視，耐心等待【江舫】回來，好陪他把從小到大、看了足足有 125 遍的肥皂劇繼續看下去。直到他的餘光瞥到了茶几下擺放著的一個鐵盒。

鐵盒上刻著精緻的紋路，觸手生寒。

黃銅鎖片上套著一把小小的鎖頭。

【南舟】用受傷的食指撥弄了一下鎖頭。這種強度的小鎖，對他來說，只消一扯，就能輕易破壞。他好奇地晃了晃盒子，感覺也就是一個普

通鐵盒的重量，裡面空無一物。既然是空盒子，又為什麼要鎖起來？

【南舟】舉起盒子，在半空中仔細端詳……從來沒有在小鎮裡見到的東西呢。

【南舟】的指尖懸在鎖片上，審慎地敲擊了兩下。他不知道盒中藏匿著什麼東西，但無論是哪個世界的南舟，那顆對萬物保持好奇的心都始終如一。

啪嚓，一聲尖銳的異響，讓【南舟】指尖一顫。幾乎在同一時刻，鎖扣咔噠一聲，被掰裂開了一條縫隙。黃銅鎖片向上翻折，鎖頭也隨著斷裂的另外半截鎖片，無聲無息地掉落在了沙發上……盒子被開啟了。

只消輕輕一撥，下一個新世界就會率先展示在【南舟】面前。但從廚房方向傳來的這一聲刺耳的異響，讓他在掀開盒蓋之前，下意識轉頭向【江舫】看去，手中的動作隨之一滯。

廚房裡的【江舫】則訝然地倒退一步，一塊石頭迎面而來，擊打在了廚房的玻璃上。玻璃維持在一個將裂未裂的邊界，不知道是投擲者手上的力氣不足，還是拿捏得太過恰到好處。

而罪魁禍首也沒有轉身逃遁，而是大膽地站在院外。那片龜裂的紋路呈圓形向四面放射延伸開來，恰好遮住了那人的臉。

裂紋之下，是包裹在黑色西裝褲裡、從臀部到腳踝都相當完美流暢的一雙腿。

【江舫】盯著那雙腿看了許久，直到另外一雙同樣修長漂亮的腿從後邁近。他回頭看了一眼【南舟】，伸手拉開了裂窗。

誰想，只這一霎眼的工夫，那砸玻璃的人就不見了。柵欄之外，只剩一片空白。

如果是個調皮的小孩子做出這樣的事情倒也算了，偏偏那雙腿是成人的。【江舫】蹙起眉尖，想著那雙腿看起來很是眼熟，鎮裡又是從未有外人造訪過，所以應該是鎮裡的人沒錯。但他無論如何也想不到，鎮上的哪個人會在大白天搞這樣蹩腳的惡作劇。

$$F_1 = F_2 = G \, \frac{m_1 \times m_2}{r^2}$$

在百思不得其解之際，【江舫】低嘆一聲，用毛巾擦乾手指上的水珠，「這個小鎮越來越奇怪了……總有一天，我得帶你走。」

此時，【南舟】已背身向門口方向走去，他自言自語道：「你說過很多次了。」

每一次，當包括【江舫】在內的其他小鎮居民嘗試接近小鎮周邊時，他們都會因為各種各樣的原因，忘記自己要出去的目的。

迄今為止，只有南舟知道，他們被關在一座牢裡，其他的居民都活在美好的幻想中，認為自己是自由的。【南舟】也無意去打破他們的幻夢，尤其是【江舫】的。

他說話的聲音放得很低，【江舫】沒能聽清：「……嗯？什麼？」

【南舟】在玄關處換上了鞋，「沒什麼。我出去看看是誰。」

【江舫】也沒有阻攔他。在關門聲響起時，【江舫】背過身去，檢查著被石頭砸裂的窗戶，他輕聲道：「玻璃碎了，要換還挺麻煩。」

心念一動，一個決定在他腦中成型：「那就不換了。」不如今天就帶他的小鄰居離開這個地方。

當他剛一冒出這個瘋狂的念頭，大腦便又傳來了熟悉的嗡鳴聲。他身體前傾，指尖發力抓緊冰冷堅硬的流理臺邊緣，身體微顫地晃著腦袋，竭力想要擺脫這種昏眩。

身為世界設定的 NPC 之一，【江舫】並沒有知道這是一個什麼樣的世界的權利，可他本能地厭惡這種被支配的感覺。他也厭惡【南舟】每一次離開的背影，因為【南舟】他……真的很孤獨。

少頃，門又吱呀一聲響了。【江舫】正全身心地和那股力量對抗，不想讓【南舟】瞧出他的異樣，索性背對著他，隨口招呼道：「回來了？」

熟悉的聲音從後傳來：「嗯。」

【江舫】不疑有他。就是這一分神，【江舫】腦海中關於「離開小鎮」的記憶，瞬息間被世界自帶的力量抹平。

而南舟拿起了放在沙發上已經被拆開鎖扣的盒子……還好，就差一

點。幸虧他瞭解自己的好奇心，設法誘導【南舟】暫時離開，讓自己有了李代桃僵的短暫機會。

盒子果然在【江舫】家裡……在【南舟】日常的行動軌跡之上。

如果真的讓第二世界的【南舟】掀開了盒子，誰知道會發生什麼？當下最正確的，就是馬上掀開盒蓋，去往下一個世界，避免夜長夢多。

眼看登上列車的時間迫近，這種不知前路的緊迫感，已經不容南舟多作他想。

然而，當他餘光瞥見【江舫】時，心思驟然一變……如他剛才所說，誰也不知道他「掀開盒子」這個動作之後，會發生什麼？

第一次打開盒子的時候，由於傳送來得突然，他甚至根本沒有機會回頭看上一眼。所以，他不知道，在潘朵拉的魔盒開啟後，這世界會一切如常嗎？只有多餘的自己和多餘的盒子憑空消失嗎？還是，在自己打開找到的盒子後，原本世界的一切便會即刻坍縮、灰飛煙滅？

南舟知道這是一個遊戲，同樣知道自己要達成某種目的。但他同樣清楚遊戲背後隱藏著的真實，因為他本身也曾活在一個遊戲裡，他能和最普通的 NPC 共情。

當然，南舟不會因此放棄遊戲，畏縮不前。南舟的猶豫，只是因為不想看到和江舫一模一樣的【江舫】，在自己眼前崩潰消散。

動了這個心思後，南舟就打算出門再開盒子，至少別在這裡。

然而，他剛一邁步，便聽到背後傳來一聲問詢：「中午想吃什麼？」

南舟抱著盒子，微微側過頭來。他發現江舫並沒有看著他，但半邊的嘴角卻是溫柔地上揚著的……他也在用餘光偷看他，並為之微笑。

南舟很少點餐，自然沒有這個世界的【南舟】熟練。他只好按照自己的習慣，道：「我想吃舒芙蕾。」

【江舫】奇道：「嗯？我記得你可是最不喜歡吃甜的。」

南舟：「……」原來世界與世界之間的不同還可以體現在口味上。

【江舫】卻絲毫不疑，走過來，抱住了著裝、外貌、身高、氣質都與

【南舟】一般無二的南舟，用下巴在他的額頭上溫存地輕蹭了兩下，「既然要學新手藝，那就要收點學費了。」

南舟低垂眼睛，嗯了一聲。

收過「學費」後，【江舫】大哥哥一樣拍拍他的頭。

在這個盒子世界裡，他們的關係也僅止於此了。因為【南舟】從小便在心裡藏了這樣一椿祕密，造成了兩人間若有若無的疏離感，他們才始終沒能向對方邁出那最重要的一步。

在【江舫】往廚房走去時，南舟抱著盒子，推開了大門，同樣向外走去。他沒有時間可以耽擱了。

然而，他剛剛往屋外跨出兩步，左手托盒，右手打算掀開盒蓋時，手中便是驟然一空。

一隻手從旁側突襲而來，精準地一把打飛了鐵盒。拋出的盒子劃出了一道長弧，徑直飛入小院東側一處出口斜開在地面上的地下室中。

在南舟進入【江舫】家中時，他清楚地記得，地下室的門本是封閉的。但現在，它向兩側張開了雙扉，形成了一個請君入甕的「井口」。

南舟清晰地看到，脫手飛出又失去鎖頭束縛的盒蓋，在半空中打開了小半。他根本沒來得及去救。

下一秒，他的衣領就被和他一模一樣的【南舟】沉默地拽緊，就勢被推著急行幾步，兩人合身，追隨著墜落的盒子，一同落入了地下室中。

南舟沒有掙扎。他越過突襲的【南舟】的肩膀，看到了從東面裂開的天空，無盡的虛無捲湧著，如同潮信一般，轉眼便已吞噬了半個永無鎮。

好在，鐵盒在墜入地下室後，一角重重磕在了地面上，連翻了幾個跟頭，陰差陽錯地又合攏了起來。世界的崩解馬上中止，垮塌下來的一片天際，像是女媧補天一樣，又憑空生出了藍天白雲，灼灼烈日。

這也驗證了南舟的想法。打開盒子，迎來新世界的一刻，原有的舊世界便會毀滅殆盡。他來的第一世界，那個原本的永無鎮，已經像這樣付諸虛無了。

也就是說，如果這個世界的【南舟】先於他打開盒子，前往下一個世界的就會是【南舟】。而他將和第二世界一道去往虛無之地。

在思考間，南舟的後背和腦袋狠狠摔到了水泥地上。隨著兩人一同躍入，地下室的門扉被【南舟】快捷無倫地伸手一撥，咔的一聲，自內扣緊鎖死。

南舟太清楚【南舟】想要做什麼了……他要把自己這個詭異的闖入者就地抹殺，可他也不肯當著【江舫】的面這樣做。

地下室挖得很深，距地面約有 3 公尺，長寬倒是都還合宜，擺著些舊梯子、工具箱、老自行車之類平時用不上的雜物。

外界的光源已失，唯一照明的東西，就是被一根細線縛在梁上的昏黃燈泡。在這裡最適合殺人。

【南舟】恐怕早就察覺到了自己的目的，他的離開，只不過是虛晃一槍。他藉著離開，提前掀開了院子中的地下室門，放倒了梯子，挖好了一個陷阱，也不打算貿然闖入房子和南舟當面對峙，以免危害【江舫】的安全，一心守在外面，等著這個和自己長相一模一樣的詭異闖入者毫無戒心地踏出房子，然後掉入他的陷阱。

這萬分危急的時刻，南舟卻並沒有什麼情緒波動。他的眼前，淨是剛才天空碎裂時，意外從那虛無一角中顯露的提示框。

【玩家名：@#@】

【帳戶內擁有 12 項產品，1 篇評測】

【推薦指數：4 星半】

【玩家評測：哇，好期待，玩到這裡忍不住來留個評。兩個不同世界的同一個人，拾起盒子的究竟是誰呢？會有劇情殺嗎？我可以選擇讓誰拾起盒子嗎？】

【有 7 人覺得這篇評測有價值】

【有 3 條回覆……】

但南舟還沒來得及看清回覆的內容，這條評價便隨著被補好的天空，

$F_1 = F_2 = G \dfrac{m_1 \times m_2}{r^2}$

消弭於無形。

　　南舟感到極度的不可思議⋯⋯這是什麼東西？

　　不等南舟想明白那怪異的對話方塊是什麼，一雙手便鬼魅似地纏上了他的脖頸。南舟伸手一托，往後一躍，在左腿落地，稍離開攻擊範圍後，長腿即刻掃出，恰和一條掃來的腿膝蓋相撞。他瞄準的是【南舟】的頸骨，對方也是同樣。

　　兩人薄而勻稱的肌肉都練得渾若鋼鐵，橫掃過去的瞬間，都帶了異常凶蠻的風聲。骨頭與骨頭相撞，骨響清脆。在巨力作用下，一人後背重重撞上了空木架，一人在地上滾落了數尺，才勉強剎住腳步。

　　兩人同時雙腿受傷，卻也同時像野獸一樣，在身體回落的頃刻，尋著支點，在黑暗中準確定位對方的位置，再一次沉默地向對方撲去。

　　南舟手中有道具，本可以用來輔助，但多數有攻擊性的道具，他都分給了其他四人，防的就是遊戲有意把他們四個拆分開來，自己策應不及。況且，他太清楚自己精神集中地想要致一個人於死地時，手邊一切可接觸的物品都可以被充作他的武器。

　　如果以為自己手持道具，就能打【南舟】一個措手不及，結果恐怕反倒是親手給對方遞上了武器，更添麻煩。

CHAPTER

02:00

每一個南舟，
都有他自己的江魴

地下室中唯一的光源，是一顆被彩色電線吊在半空中的老燈泡，走線被膠布黏在頂部，一路彎彎曲曲地向牆壁一角延伸而去，恰好經過一側的木架後方。

木架被【南舟】砸倒後，凸起的釘子鉤住了電線，把膠帶扯鬆了。

被這一撞之下，燈泡頓時鞦韆似地擺盪起來，倉庫間光影搖盪。兩人形影相照，投在牆壁上的身影宛如皮影戲幕布上的剪影，飄忽不定。

不過數秒，他們的影子就極迅速地互拆了二十幾招，招招都是危險至極的殺局。

南舟卻無意和【南舟】把戰局拖延下去。

他一把格擋開【南舟】的進攻後，在燈光掠過的瞬間找到了盒子的位置，矮身一滾，在距離摸到盒子只有咫尺之距時，【南舟】從後縱身一躍，鋼鐵似的長腿盤至南舟頸間，就要生生絞斷他的脖子！

南舟撒手回防，用指尖穿點過他大腿內側，讓【南舟】的發力為之一滯後，他猛然後退，把【南舟】的後腦對準了木架後裸露出來的一處鋼釘，直撞而去！

【南舟】察覺一擊不成後，便鬆開腿鉗，反手在牆面上一踮，身體回彈，輕巧地避過這一凌厲殺招。

燈泡向房間另一側盪去。

霎時，兩人所處的房間半區再度身處極暗之中。

【南舟】貓一樣輕捷地在地上一滾，彈腿裹著一道冷風，直侵南舟後腦。南舟不避，反手抓握住他的腳腕，狠狠一攥。

可還未等他的骨頭在自己手下爆開，【南舟】另一條腿剎那又至，身體完全凌空，堅硬的鞋尖直對著南舟的太陽穴，以分金斷玉的強大力道直鑿而來！

南舟阻無可阻，身子被逼得往下一低，腿上發力，手上便自然卸力。【南舟】轉瞬被控，又轉瞬脫困，卻沒有再攻，轉而往盒子方向掠去。他也看得出來，這個突然出現的怪異盒子，就是入侵者的目標。

出手毀掉盒子，才有可能和入侵者溝通。

但【南舟】並不知道，盒子一事根本沒有迴旋溝通的餘地。倘若【南舟】率先打開盒子，那麼他身後的世界，包括南舟自己，就會被那巨大的虛無吞沒。

如果【南舟】先用了盒子，那崩潰的就是這個世界，包括【南舟】在意的【江舫】。

三個人一起進入下一個世界，聽起來很是理想，但根本是難以達成。

萬一盒子只允許最先拿到並打開的人進入下一個世界呢？已經走到了這裡，南舟可以冒這樣的險嗎？他能說服【南舟】，冒著世界崩解的風險，讓自己先進入盒子嗎？如果不事先說明風險，就是赤裸裸的欺騙。

兩人既然始終無法共存，那就只能在這裡分出高下，即使……他要殺死的對手是自己。

南舟打算從後扼住【南舟】的肩膀，右手手指碰上去時，南舟以為控住了他的鎖骨。

然而下一秒，他掌心一空，手中只剩下了半副西服外套的袖子。

南舟心下一冷。外套柔軟，一抖一纏，便像蛇一樣，以極巧妙的勁力擰住了南舟的手腕，以異常凌厲的力道，猛然往前拖去。在手臂傳來尖銳痛楚時，南舟身體就勢往前一衝，卻並非是被拖倒，他逕衝兩步，左手點到材質柔軟的外套袖子上。

按理說，以衣服的質地和韌力，是無法一點即破的。好在，南舟向來是一力降十會的人，嗤啦一聲，牽拖住南舟的袖子應聲碎裂。

一經脫困，南舟身體即刻後撤。而就只是一個錯位的瞬間，他眼睜睜看著一隻手從黑暗裡探出，按向原先自己胸骨所在的位置。他太清楚這隻手的威力，只要按實了，足以把他的肋骨抓斷三四根。

沉默之間，戰勢愈趨險烈。

當【南舟】正要奮步上前時，一道冷光從空中再度橫掠而過，光芒同時映過兩人面容。

　　【南舟】終於看清了這張和自己別無二致的臉，神色和動作頓時凝住。他先前只看這人和自己裝扮一致，在陽光下出手時，也抱著「打倒再說」的想法，根本沒想要去看清他的容色。

　　與他面對面掉下地下室時，盒子吞噬走了半個世界，身後天光驟暗，他也沒能看清發生了什麼。如今看到這張鏡照一樣的臉，【南舟】知道自己心神已亂，索性一個撤身，隱入了黑暗中，免得自己在心浮氣躁間和人動手，白白給他送了機會。

　　【南舟】蟄伏在暗處，雙手按在地面上，喘息兩聲，輕聲詢問：「你是誰？」

　　……聲音也與他是一模一樣的。南舟終於吐出了淤積在胸腔裡的一股濁氣，並在此刻，無比清晰地意識到，這就是高維人的目標之一——他想要過關，就必須要或直接、或間接地殺死另一個自己。

　　他知道，【南舟】選擇的位置是最好的。盒子恰好躺在兩人的中間點，他現在必然在揣測自己到來的目的，肌肉也始終處於警惕的緊繃狀態。如果他回答得不好，就仍免不了一番爭鬥。

　　南舟不怕爭鬥，但他必須保存實力去見江舫，他的腿骨應該是裂開了，被衣服拉得脫臼了的胳膊也在陣陣作痛，需要盡快接回去。

　　如果在這個世界裡對付【南舟】就要消耗如此大的力量，那麼，進入下一個世界，面對下一個狀態正好的【南舟】，他又該怎麼辦？要怎麼說，【南舟】才會肯把盒子讓給自己？

　　【南舟】見他遲遲不答，神色間更添戒備。他重複道：「你是誰？」

　　如果這個和自己一模一樣的人在 5 秒之內再不給他解答，他就殺了他，再從他身上尋找線索。

　　南舟握住了自己受傷手臂上灼熱的皮膚，摸索了骨頭的位置，喀地往上托去，反問道：「你知道你是誰嗎？」

　　【南舟】一愕。這是他從小到大都想知道的問題，他知道自己叫【南舟】，卻不知道【南舟】又是誰，為什麼會被困在這狹小的世界裡，且只

$$F_1 = F_2 = G \frac{m_1 \times m_2}{r^2}$$

有他一人發現所有人被困在小鎮的事實。

南舟曾和他有過一樣的困惑，所以他最知道【南舟】心裡的痛點。南舟坦然道：「你是故事裡的人物，只是你發現了。」

【南舟】早有這一推想，所以他並不很詫異，反問：「我是什麼故事裡的人物？」

南舟想了想，指向了那個盒子。

【南舟】的生命之源，就是上一個盒子。

【南舟】又問：「我的結局是什麼？」

南舟又指向了那個盒子。

【南舟】：「⋯⋯很難懂，你直接告訴我。」

南舟答：「我打開了上一個盒子，你才存在；等我打開這個盒子，你就會消失。」

【南舟】問：「你打開上一個盒子，是多久之前的事情？」

南舟低頭計算了一會兒：「30 分鐘前。」

「不，我已經活了 23 個年頭。」【南舟】篤定道：「我不可能只活了30 分鐘。」

南舟低眉，「對不起。」

【南舟】「為什麼要道歉？」

南舟單膝跪地，按住胸口，據實以答：「我會毀了你的世界的。」

「為什麼？」【南舟】並不生氣，並認真提問：「你為什麼要毀了這個世界？」

南舟誠摯地說：「盒子的盡頭，有我的朋友。只有毀掉你，我才有可能找到他。」

【南舟】的睫毛閃了閃，重複道：「你的朋友？」

「是的。」南舟說：「你⋯⋯是被另一個人創造出來的，目的就是阻攔我，找到我的朋友。」

【南舟】抬起眼睛，「你的意思是說，我被困在這裡⋯⋯整整23

年，其實只是為了你到小鎮裡的這 30 分鐘而活？」

這個現實過於誅心。如果是正常人聽到南舟這樣說，恐怕早就要和南舟不死不休了，【南舟】卻沒有動。

南舟又說：「你心裡知道的。」

重複的每一天，被封閉的小鎮，日復一日不知盡頭的等待……南舟能察覺到的事情，【南舟】不可能察覺不到。

他為什麼會是這個小鎮內唯一的覺醒者？背後一定有其意義。只是這意義背後的答案，來得太過殘酷直接。

如果是對待旁人，南舟會儘量講得委婉一些，可是，【南舟】不是旁人，是另一個南舟。

南舟能揣測到他的想法。

【南舟】活在這個有著溫情的世界裡，比那個純粹生活在紙片世界裡的自己還不一樣。他的溫情和付出，在他人身上是能得到部分有效的回應的，譬如說那個互動性極強的愛繪畫的少女、譬如說那個愛上了他的鄰居【江舫】。

如果像南舟一樣，一開始就從旁人得不到回應，就根本不會抱有期望。一旦能得到，便自然而然地想要更多。

【南舟】與南舟一樣，又不一樣。

因為能接收到一定的情感回饋，卻又無法得到更多，【南舟】反倒比南舟孤獨百倍、痛苦百倍。

這就是南舟在 30 分鐘的觀察後，敢冒著危險，把事情對【南舟】和盤托出的理由——盒子裡的【南舟】，比自己更想要得到一個解脫。

【南舟】垂目，蹲踞在角落裡，回味著驟然湧來的龐大信息量。

南舟則緩緩站起身來，拖著受傷的腿，向盒子的方向踏出了一步。對於如此明顯的越界行為，【南舟】並沒有阻攔他，只是安靜地縮在角落裡，輕而痛苦地呼吸著。

南舟又邁出了一步。

【南舟】依然未動。

南舟一步步邁向盒子，每邁一步，他心中的希望便更加重了一分。然而，就在他一手搭上倒扣著的盒身時，另一隻手驀然從黑暗中伸出，死死壓住了盒子的一角。

他微微愕然，抬起頭來，直對上了【南舟】黑沉沉的眼眸，宛如夜空中的一炬暗火。

「我可以死。」【南舟】冷冷道：「……可我不會讓你傷害舫哥的。」

氣氛瞬間凝滯。一息之間，如果不抓住機會，戰局必定復燃。

此時，南舟可以說只剩下了一句話的時間，如果沒能抓住這一閃而逝的機會，兩個南舟只會為了各自要守護的信念，一往無前地朝那不死不休的結局走去。

這也是高維人為南舟規劃的死路。

殺死南舟的，只能是南舟。

當地下室內安靜得只剩下兩個人同頻的呼吸聲時，上方驀然傳來一串輕捷的腳步聲，震下了一線細灰。

南舟視線往上走時，恰好看到【南舟】也抬目向上看去。

爭鬥止息後，頂上的燈泡光源搖曳頻率也漸漸降低，因此晃動的光芒落在【南舟】面龐上時，那淡淡的憂悒也只是一閃而逝。

心念如電一閃，南舟出言提問：「我們在這裡打成這樣，他為什麼不出來？」

「他」指的是誰，兩人心知肚明。

【南舟】不答，只是手上暗自發力，要奪回鐵盒。

南舟指尖發力，緊壓在鐵盒上，和他暗自角力之餘，眼望著浸在黑暗中的【南舟】，繼續發問：「這是他的院子，他就在我們頭頂，可他為什麼聽不到我們在地下室裡打架？」

「你怕被他拆穿身分，可又為什麼敢在院子裡直接動手搶盒子？為什麼不走遠一點？」

這些問題的答案,【南舟】分明心知,卻一句也說不出來。

南舟望著這張和自己形貌相似,卻含情不同的面孔,心中生出了些許憐憫。他手上暗勁稍減,不再致力於和他爭奪鐵盒,而是盤腿坐下,告訴了他一件事情:「……我剛才進門去拿盒子時,裝成了你的模樣,可他根本沒有發現。」

【南舟】指尖一動,被恰好戳中了心事。他垂下眼睫來,答道:「他不會發現的。」他又補充道:「……他已經很努力了,不能怪他。」

南舟見到【南舟】神情有異,又猜深了幾分。

「……你告訴過他,你是誰,是不是?」

初見【南舟】時,南舟以為他是故意偽裝身分,不願讓【江舫】知道他是怪物,才故作了懵懂迷糊。現在見他行事前後矛盾,南舟便自行推翻了自己之前的全部推想。

南舟鬆開了盒子,把手覆蓋在了【南舟】微涼的手背上,「……可是,你就算告訴他,他也不會記得,是嗎?」

【南舟】肩膀倏然一縮。他從來沒想過,能看穿自己二十多年祕密的人,竟然是一個聲稱要毀滅他的世界的人。

他清一清沙啞的喉嚨,承認了:「嗯,是。」

在第二個盒子世界裡,並不是【江舫】愛上了故事人物【南舟】,而是有意識的故事人物【南舟】,愛上了沒有意識的故事人物【江舫】。

【南舟】也曾嘗試過在【江舫】面前自爆身分。但只要切換場景,一個推門關門的工夫,【江舫】便會忘記一切,包括他非人的身分。

既然如此,【南舟】索性和他玩起了角色扮演的遊戲,他猜想【江舫】是那冥冥之中的力量為他分配的「愛人」角色,他對自己的一切舉動,或許只是系統設定的溫情所致。

然而,即便如此,【南舟】還是不捨這一點虛假的溫情,他們一直是友好的鄰居,【南舟】也懂事地不去希冀更多。在他漫長生命裡唯一的希望,就是【江舫】偶發的意識覺醒,能對他說起帶他離開小鎮的事情。

【南舟】別無所求，只剩下這一點希冀罷了。

【南舟】說：「我之前其實沒有怎麼喜歡他，他和小鎮裡的其他人一樣，沒有什麼區別。白天，大家都好好的；晚上，正常的人會變成怪物，但第二天，大家又都像是什麼都沒有發生過一樣，繼續和睦相處。」

南舟想，這和他的經歷相似，卻又不相似。在原版的永無鎮，即使在白天，他也能發現小鎮裡的人舉止異常，自然就生出了戒心，不會再和他們交往過甚。

以那個繪畫天賦一流的少女為例。在南舟的世界裡，她在白天時也是呆滯木然，對南舟的一切話語毫無回饋，自顧自做著自己的事，所以她就算變成怪物，南舟也不會多麼意外。

在【南舟】的世界裡，她能在白天活潑開朗地和【南舟】打招呼，晚上就能毫不留情地撕咬活人。

【南舟】和世界的割裂感，應該比他要強更多。

【南舟】望著盒子，「……我想了很多辦法，都沒能逃離這裡。所以，我一直想要死。」

南舟感同身受地把指尖搭上了他的。

【南舟】也沒有抽回手，繼續講著他的故事。

「我 14 歲生日的那天，他給我送了他手作的蛋糕。」

「其實，那一天和以前也沒什麼不一樣，可他突然說，他感覺這個小鎮很奇怪，要帶我離開。」

「我很開心。我想也許兩個人一起，會更有逃出去的機會。」

「那天下午，我和他一直計劃到了晚上，他說他看了書，想要帶我去很多地方，他跟我描述了那些地方有多麼好。我很動心，出了房間，想拿紙筆進來，想要把他說的話一句句記下來。」

聽他講到這裡，南舟已經猜到接下來發生了什麼事情了。

【南舟】說：「我拿回紙筆。他坐在房間裡喝水，說天晚了，他要回家去。」

「我問他，『那你明天會來找我嗎？我們可以再談談怎麼出去』。」

「他回我，『我們為什麼要出去？』」

南舟心中怦然一動。一方面，他相當理解【南舟】在那一刻心底希望的崩塌；另一方面，他在【南舟】的講述中，覺察到了一樁讓人脊背發寒的事情。

在 14 歲時，盒子世界裡的【南舟】本應該因為不得排解的孤獨，自殺而亡。偏巧就在他生日時，在此之前從來沒有展現出一絲特別之處的【江舫】出現了，平白給他帶來了一線渺茫的希望和溫柔。

【南舟】認為他也覺醒了。可以說，【南舟】之所以能存活至今，就是靠著這懸絲一樣的希望，讓他有了自己不是孤身一人的幻覺。

……問題是，世上會有這麼巧的事情嗎？【南舟】是世界存在的核心人物，【南舟】死亡，盒子世界就將毀滅。就在【南舟】想死的時候，覺醒的【江舫】卻突然冒出來，給了他希望？

南舟不信世上會有這樣的巧合，就好像冥冥之中的力量，穩穩掌舵著這盒中【南舟】的命運，在即將失去希望的他面前適時地塗滿了蜜糖，讓他像是一隻被放在莫比烏斯紙帶上蜿蜒爬行的螞蟻，為了那一點甜蜜不懈努力下去，一直堅持到了自己到來的這 30 分鐘。

14 歲時遇到的蜜糖【江舫】，這 8、9 年的旖旎溫情，不過就是給他一個活下去並活到能阻止自己的時候的理由。

南舟能想到的事情，【南舟】也想得到。

在南舟自報家門的時候，他就想通了這許多關竅。如果南舟說的是真的，他這 23 年的痛苦、糾結、彷徨，也不過是滑稽的大夢一場。【江舫】，不過只是一個騙他活著的香餌罷了。

——憑什麼呢？憑什麼自己的拚死掙扎、竭力存活、滿心孤獨，就只是為了阻攔一個人？他又憑什麼要任眼前這個人輕輕鬆鬆地拿走盒子，毀滅自己的世界？

【江舫】雖然極有可能是被世界操控的傀儡，可萬一呢？萬一他真的

覺醒了自己的意識呢？他能放著不管嗎⋯⋯

【南舟】心中縱有千般不甘，卻是斂眉低目，一時無言。半晌過後，他輕聲發問：「你非要打開盒子，從我的世界裡過去不可嗎？」

「是，非過去不可。我也有我的舫哥等我。」南舟說。

【南舟】目中現出了一點嚮往之情，「他和我的舫哥不一樣吧。」

南舟直白道：「不一樣的。他愛我。」

【南舟】發出了一句靈魂拷問：「你怎麼知道，他不是另一個餌？你不是另外一個盒子裡被人操控的生物？你愛他，他愛你，也許也只是有人想要你好好活下去，製造的幻覺而已。在你的世界之外，是不是還有其他的眼睛在看著你們的『愛』？他們需要你活著，你才能活著？」

南舟果斷道：「我不在乎。」

【南舟】有著和他完全相似的面目，可這一句「我不在乎」，【南舟】是無論如何也沒有自信說出口的。他緩緩將手從盒子上挪開，低聲自言自語：「也許從一開始，就是我一廂情願而已⋯⋯」

南舟不等他反芻完畢，便一把拿過鐵盒，不加停頓，徑直翻開蓋子。【南舟】的猶疑動搖，可能只在頃刻，他不能冒著他再度反悔、重新動手搶奪盒子的風險。

在盒蓋開啟的瞬間，他抬起眼來。也許是因為身處黑暗，他沒再能看到那怪異的評論框，卻只在山呼海嘯的黑暗湧來前，看到了雙目含淚、逐漸隨著世界而破碎的【南舟】。他的身體，就像是由一穴螞蟻抱團群居而成的，隨著第二個盒中世界的崩解，徑直流散，各奔東西，無跡可尋。

南舟挪開了視線。他大致猜到，這個無限套娃的盒子，究竟想對他造成什麼樣的影響了。宇宙廣大，人如螻蟻，如果連他自己都懷疑自己的存在意義，那麼他還要如何獲勝？

南舟定下神來，讓身心徹底投入了第三個盒中世界。第二個世界，他沒能好好探索，也沒有時間去找尋車票，或許在第三個世界⋯⋯

因為【南舟】鎖上了地下室的出入口，燈光有限，所以第三個盒子裡

的天空是一片潑墨似的黑暗，唯有高天之際的一輪圓滿的孤月，被掩映在叢雲之後，淡淡地塗抹開了一點妝暈。

——滿月？

與此同時，南舟發現，自己此刻的狀況卻並不樂觀。他現在正以光魅的姿態躺在床上，渾身光流泛泛，面目模糊。掌心傳來一陣陣尖銳的劇痛，而他被一副銀色手銬束縛在了床頭，在臨窗的滿月影響下，氣力不濟，動彈不得。

第三個世界裡的江舫——姑且稱他為〔江舫〕——正將一根木釘捅入了南舟的掌心。

熱血滾滾從創口湧出，痛得南舟指尖直顫。他聽到〔江舫〕聲音冷酷道：「怪物，你殺了我的家人，我倒要看看，你到底是誰？」

光魅的原態，不過是一團面目模糊的人形光輪，見血後，本相立現。在沒能弄清楚第三個盒子世界的邏輯前，南舟並無意招惹上這個世界的麻煩。在察覺到身上的光芒正隨著血流漸次退去時，南舟縮身將自己藏入了被子裡。

可麻煩分明就在他眼前，不是他躲起來就能解決的。南舟的頭腦亂哄哄的，眾多問題一個接一個湧出。

〔江舫〕的話背後藏著多少可用的訊息？在這樣虛弱被囚的境況下，他要如何脫身？「車票」會在這個世界裡嗎？第三世界裡的〔南舟〕現在在哪裡？

可一切問題在他腦中，都宛如浮光掠影，任何一個他都來不及思考得更加深入。滿月在天，生理上的軟弱痠痛占據了南舟的身心。

身體像是被燒到了上千度的鐵塊，浸泡到了冰水裡。他能聽到自己滾燙的骨血在呲呲地冒著白煙，身體的核心地帶正進行著一場持久而痛苦的沸騰，皮膚表層卻冷得起粟。

相比之下，掌心的劇痛反倒不足道了。

見他躲入被中，外面的〔江舫〕卻並不多麼生氣。

他的話音變得既輕又慢，語氣中帶著異常的哄勸感：「你別躲我啊。有什麼可見不得人的呢？」

南舟聽他用和江舫一模一樣的聲音說話，有些不喜歡，皺起了眉。下一秒，他脖頸處的被子緩緩下陷……那是一個匕首尖的形狀。

{江舫}隔著一層柔軟的被子，用匕首尖溫柔地壓住了他的喉嚨，逼他無法呼吸。

「自己出來吧。」{江舫}喃喃道：「這樣對你不好，我不想你就這樣死掉。」

被下卻無動靜，只是從被底透出的白光漸漸淡了。{江舫}耐心地壓迫了他的喉管許久，底下的人卻全無反應。

{江舫}自言自語：「……死不要緊，別死得太快啊。」

他撤開匕首，一把掀開了被子。

旋即，他整個人如遭雷擊，呆立當場。

南舟知道自己現在的樣子很古怪。

剛剛和上個盒子裡的【南舟】結束了一場分寸懸命的搏鬥，他一身熱汗透衣，一縷長髮還濕漉漉地貼在鬢邊。

因為剛剛從缺氧狀態中解脫出來，大量的新鮮空氣湧入肺中，難免有應接不暇之感。他起伏不定的前胸輕抵著膝蓋，微微蜷身，斜躺在床上，冷汗淋漓的模樣，讓他看起來像個衰弱又單薄的文弱少年。

{江舫}掀開被子的瞬間，最後一縷白光消弭於他的髮頂。他明明衣衫整齊，卻在光芒褪去的頃刻，給人一種衣不蔽體的錯覺。

{江舫}神色大異，「……你？」

{江舫}撤身離開，面對著床，後退了兩步。在短暫的失神後，他竟徑直用手攥住了匕首，用疼痛來確證這不是一場幻覺。

新鮮的血液宛如滴漏一樣，一滴滴從他指尖落下。

隨著疼痛的入侵，他的神氣也發生了微妙的變化，嘴角顫抖了兩下，難以判斷走向是哭還是笑。

「南舟，是你？」

南舟專心地呼吸，讓窒息導致的黑障從眼前加速退開。{江舫}因為掙扎而微微扭曲的面容清晰地出現在了他的眼前。

南舟有點心疼。因為他想，這樣的表情會不會也曾出現在他的舫哥身上。在他父親和母親去世的時候，在他一個人孤獨地生活的時候，在他扮作小丑逗人開心的時候。

但很快，南舟的眸色回歸了平靜的漠然——他終究不是舫哥。

房間內的氣氛一時凝滯，沉重得簡直無法流通。最終打破這份沉鬱的，是{江舫}跨前一步的動作。

「說句話吧。」{江舫}輕聲說道：「跟我說會兒話，像平常那樣。」

「……哪怕是騙騙我，也好。」

他話音和原本的江舫全然相同，南舟沒有辦法坐視不理，他把望月的目光調轉回來，看向了{江舫}。

綜合目前已知的片段資訊，以及{江舫}的反應，南舟知道，這個世界的{江舫}和{南舟}是彼此熟識的。再結合第二個世界，南舟有了自己的想法，也想到了一個脫困的方法。

「我要找個東西。」南舟並不急於解釋分辨，而是直接提了要求：「你幫我找來。」

南舟一開口，聲音中的沙啞反倒嚇了自己一跳。{江舫}剛才的暴力壓迫，傷到了他的喉嚨，他一開腔，聲音裡都透著淡淡的血腥氣。

對於他的要求，{江舫}不僅不怒，居然還保持了一定的心平氣和，問他：「是什麼？」

南舟也不客氣，指向了不遠處桌子上的紙筆。拿到紙筆，他用未傷的左手畫圖，簡單勾勒出了鐵盒的外觀。

南舟不知道還有幾個盒中世界在等待自己。要在負傷和滿月的雙重debuff狀態中從{江舫}手裡逃出來，必然要大費一番周章，再想頂著滿月的影響去找盒子，更是癡心妄想。

$$F_1 = F_2 = G \frac{m_1 \times m_2}{r^2}$$

除非他肯等到白天，但距離 12 小時的登車時間越來越近了，這個時間，他耽誤不起。

把這件事交給｛江舫｝去做，的確是瘋狂冒險的行為，但也是無奈之舉。至少，南舟相信，這個｛江舫｝肯為｛南舟｝去做這件事。

「就在我日常工作的地方，不難找。」南舟試圖從言語中打探更多的訊息，「……你知道的吧？」

果然，｛江舫｝徑直起身，從抽屜裡取出一卷手繪的小鎮地圖，簡單畫出數條線來，標明了幾個點位，隨即拉開門，叫來一個男人。

那男人目光和神情都是木偶似的呆板，｛江舫｝每說一句話，他就木呆呆地點一輪頭，每 7 秒點一次，以此往復。這是南舟看慣了的 NPC 式的反應。

在｛江舫｝要合上房門時，南舟特意在後面交代了一句：「不要弄壞，也不要打開。」

｛江舫｝笑了一聲，並不費心囑咐：「他們沒有那麼聰明，也沒有那麼旺盛的好奇心。」

聽過他的答案，南舟睫毛一垂，心中已經清楚了大半。

在第三個盒中世界裡，｛江舫｝才是永無鎮的主角，其他人都是 NPC。NPC 是很少有正常人該有的好奇心的，就算拿到陌生的盒子，也只會遵從指示，老老實實地拿來。

然而，和上個盒中世界相反的是，他愛上了這個世界的｛南舟｝。他因為父母被光魅殺害而憎恨光魅，卻不知道｛南舟｝就是光魅的一份子。

他組建起了一支 NPC 的獵人隊伍，用以獵殺光魅，就像自己當初在最初的永無鎮裡用力量馴服了光魅 NPC 一樣。

而｛南舟｝偏偏是沒有自我意識的怪物，遵循這個世界的邏輯，進行著殘酷的殺戮，在白天時又忘記一切，復歸正常，坦然地接受｛江舫｝的保護。

在南舟拼湊這個世界的故事線時，｛江舫｝用一條白毛巾勉強擦淨自

己的一雙血手，提著醫藥箱，在南舟身前蹲下，拉過他受傷的手掌，抽出貫穿他手掌的木刺，替他包紮。

他一邊動作，一邊輕聲細語道：「我以前怕你知道這個世界有怪物，怕你害怕，所以隱瞞真相，告訴你，我的父母是被天使帶走的。你問我，你會不會也被天使帶走，我說，只要我在，就不會。那時候，你是不是在心裡嘲笑我？」

南舟對他輕柔的病腔並不在意，平靜地看了回去，「不是的。在白天，光魅沒有自己是怪物的記憶。」

｛江舫｝慘笑一聲，「是嗎？」

他手上用力，想要用繃帶勒痛南舟，但最終也只是把繃帶勒到了自己的指尖，逼得自己指尖因為缺血而微微發抖。

「那你晚上的時候為什麼不來告訴我，你就是在小鎮裡流竄的怪物？」他溫和又親昵地罵他：「小騙子。我們一起長大，你住在我隔壁，騙了我這麼多年。」

寥寥幾句，他便為南舟述說了一個潦草卻動人的故事。南舟定定望著他的髮旋兒，覺得這種感覺很奇妙。他像是穿梭在不同的時空裡，看相同又陌生的角色，親身演繹著截然不同的故事。

說著，｛江舫｝抬起眼來，那雙眼睛仍是淡色的，因此襯得他眼底翻湧著的猩紅格外猙獰。

「早知道是你，我就不釘你了。」他壓抑著自己的情緒，對他露出了一個漂亮的笑容，「很痛吧？」

他用帶著藥味的修長手指按住了南舟的後腦，和自己的額頭相觸，語氣愈發婉轉，內容卻愈發殘毒，「我們應該一起去死才對，是嗎？」

南舟：「……嗯？」

被強行按頭時，他眨了眨眼睛，不能理解神經病轉進如風的思路。他決定改換策略了……裝成另一個｛南舟｝，並不是他擅長的事情。

「那個盒子裡是什麼？」恰在這時，｛江舫｝提問：「是你們這些怪

$$F_1 = F_2 = G\frac{m_1 \times m_2}{r^2}$$

物的祕密嗎？」

南舟保持著被他按頭的姿勢，答道：「是消滅這個世界的祕密。」

｛江舫｝的神情一凝，有力的手掌立時鬆開。先前，他的情緒大起大落，大悲大喜間，很多細節都無從抓捕。在稍作平復、和南舟對視後，｛江舫｝的神情漸漸發生了變化。

他戒備地後撤一步，「……你不是他。你是誰？」

這句話，基本印證了南舟對這個世界的判斷。

在這個封閉而混沌的小鎮，能清晰地認出彼此的，只有在長年累月中痛苦地保持著清醒神志的一方。

每一個南舟，都有他自己的江舫。每一個江舫亦如是。

南舟不答反問：「你是怎麼抓到我的？」

南舟不老實，｛江舫｝也不逼迫他立時作答。

他的瘋相似乎只為真正的｛南舟｝展露，如今理智歸位，確信了眼前的怪物南舟不是他珍視的｛南舟｝，他的神情溫和了許多，看上去要比上個世界的【南舟】更好溝通。

他答道：「……你是從屋頂上摔下來的。」

南舟：「……啊？」

他與外表反差極大的迷糊感，讓｛江舫｝向他投以了充滿興味的一瞥，「我本來計劃今天晚上去殺掉怪物，突然聽到屋頂上的瓦響了一聲，你就摔到我家陽臺上了。」

——啊。南舟點點頭，毫不尷尬地想：是自己送上門來的。

說起來，他和江舫真正意義上的相遇，也是從「跳下陽臺」這個動作開始的。如果李銀航在這裡，必然會吐槽這是什麼濫用原作橋段的 ooc 同人文劇情。

但南舟想得更深一層……他察覺到了一絲違和感。

從第一個世界切換入第二個世界時，時間切換是瞬間的。他記得很清楚，自己直接出現在了【南舟】的房子對面，期間基本沒有什麼明顯的時

間差。但從第二世界切入第三世界時,就明顯沒有那麼絲滑了。

　　在相當長的一段時間內,南舟沒有清醒的意識,包括{江舫}所說的「從樓上跌下」,他連一點記憶和痛感都沒有。

　　這固然可以當做是第三世界裡的滿月影響了他的個人意識,但對這樣的變化,南舟做不到掉以輕心。

　　他擔心的是,自己距離原本的世界越遠,穿越盒子時的精神狀態會越混沌。這種「水土不服」放在平時不要緊,可放在危機重重的盒子世界裡,只會讓他的行動越來越被動。

　　南舟並沒有遺忘遊戲說明中的那一條內容。

　　【隨便吧,努力逃離這裡吧,即使如此,也不過是逃進下一個故事罷了。除非,你能找到車票,搭上駛離悲劇的列車。】

　　他知道自己的目的是要找車票。可是,他在第一個世界裡搜索無果,在第二、三個盒子世界裡,又實在相當被動。

　　第二個盒子裡,他根本沒有時間。如果不是即時摸索到盒子出現的規律、即時跑去砸了【江舫】家的玻璃,【南舟】或許已經開啟了這個世界的盒子,親手毀滅了他自己的世界。

　　第三個盒子裡,他則在一開始就失去了自由。想要親手完成「打開盒子」這個動作,對如今的南舟已經是難上加難,還想乘隙逃離,在小鎮的滿月之下尋找車票,幾乎是天方夜譚。

　　同樣,南舟也不會忘記自己在開啟盒子的瞬間,在巨大的天幕上閃現的那條怪異的評論……

　　還沒等他從中尋出頭緒來,{江舫}在他眼前打了個響指,催他回神。{江舫}快速摸索和眼前人的相處方式:「我答一個問題,你答一個問題?」

　　南舟不說話。

　　如果答應了他,南舟並沒有很多重要的問題可問{江舫}的。相反,{江舫}卻能從他口中套出許多情報。

$$F_1 = F_2 = G\frac{m_1 \times m_2}{r^2}$$

他知道，如果﹛江舫﹜和他的舫哥性情相近，讓他掌握的情報越多，對自己越不利。

但如果他一味消極抗拒，掌握著絕對的主動權的﹛江舫﹜或許會針對自己採取一些他並不樂見的行動……兩難。

見南舟不答，﹛江舫﹜自顧自拉過一張椅子，在床側坐定，併攏手指，搭在他受傷的那隻手的手腕上，「你說，盒子裡有消滅這個世界的祕密，那是什麼？」

南舟：「不能告訴你。」

﹛江舫﹜：「喂，這樣太不公平了吧。」

他把手指從南舟腕上移開，雙肘交叉著平墊在膝蓋上，身體前傾，把椅腳坐得翹起一腳，像是個充滿好奇心的、活潑又溫柔的年輕人，「跟我聊聊吧，我還真的挺好奇的。」

南舟望著他，一言不發。他這副樣子過於正常，正常得簡直令人毛骨悚然。

﹛江舫﹜也看出了南舟神色中的戒備之意，眼睛彎彎地歪了歪頭，「你為什麼這麼看著我？」

南舟用肯定的語氣道：「我和你在意的那個﹛南舟﹜長得很像。」

﹛江舫﹜笑，「嗯，一模一樣。」

南舟：「世界上會有這樣兩個相似的人，你不介意？」

﹛江舫﹜聳聳肩，「所以我這不是在問你嗎？」

在這句看似毫無心機的話後，他瞄了一眼南舟手腕上紋繡的蝴蝶。

剛才，他已經用手指近距離試探過了，這個刺青是陳傷，不是短時間內繪就的。

﹛江舫﹜的眼神從南舟身體的手腕出發，一寸寸遊走到他的臉上，「這麼像的一張臉……我以為你是奪舍。可這個刺青的存在，說明你只是另外一個和他長得一模一樣的人。」

他撐住下巴，定定望著南舟，娓娓地推測：「你帶有怪物的屬性，而

且顯然對這個屬性很瞭解，所以你在確定窗外有滿月後，連逃跑都沒有嘗試過。」

「你是另外一隻怪物，但我從來沒有在小鎮裡見過你。我曾經解剖了很多隻怪物，迄今為止，沒有一隻擁有變形的能力。」

說到「解剖」這兩個字時，｛江舫｝對南舟流露出了一絲渴望和好奇，目光在他小腹處逡巡一番，好像在尋找合適的下刀方位。

｛江舫｝抬起手來，將手搭在南舟的額頭。

南舟向後躲了一下，嘴角微微下彎，神情間流露出明顯的不適。

對他的抗拒，｛江舫｝視若無睹，「所以，結合這些資訊，你是一隻……外來的小怪物。」

說著，他湊近了南舟，咬字輕柔溫和道：「你的目的很明確，一來就要找那只盒子。盒子就是你來到這個世界的主要目標，是嗎？」他停了下來，不再繼續分析下去，只認真打量著南舟漸漸失去血色的面龐。

見他薄唇緊抿，｛江舫｝嘆息一聲：「我都說了這麼多，關於盒子，你還是什麼都不想說嗎？」

「我知道你想拖延時間，等到盒子來。」他說：「要不是你自己的身體不方便，你也不會在這裡和我浪費時間吧。」

南舟閉上了眼睛，不允許他從自己的眼中讀出哪怕一分的資訊來。

｛江舫｝也察覺到了他這份決心，若有若無地嘆息一聲後，便伸手托住了他的下巴，「請張嘴。」

雖然是請求的語氣，但他的拇指死死抵在南舟面頰的肌肉上，逼得南舟不得不鬆開了緊咬的齒關。他送了一塊乾淨的白毛巾到南舟嘴裡，旋即紳士地表明了自己此舉的目的：「你用他的聲音叫的話，我可能會很困擾。所以你忍耐一下吧。」

在做完這份體貼異常的交代後，｛江舫｝用食指指尖抵住了南舟的太陽穴。他修剪得薄而堅硬的指甲，像是釘子，牢牢楔住南舟的太陽穴一角後，徐徐發力，由緩而緊。

　　江舫也對他做過這樣的事情，只是彼時彼刻，心境不同。那時候，南舟腦中宛如白孔雀一樣的光株菌群，在完全放鬆的情況中，釋放出類似求偶的激素，催促著在他腦內一層層「開屏」，讓他情動難抑。

　　而｛江舫｝的動作則與江舫完全不同。他從這些他恨極了的怪物身上學到的，全是折磨人的方法。

　　南舟只覺頭顱內宛如小針穿刺，痛苦難捱。只是他不習慣將痛楚表現在臉上，因此仍是面無表情，吞住悶哼，一張臉慘白如紙，唇色卻在不間斷的用力抿緊間，變得濕紅一片。

　　｛江舫｝也不急於從他身上問出什麼，只是想讓他充分體驗並恐懼這份痛苦，再游刃有餘地展開他接下來的盤問。

　　他慢吞吞地解釋道：「我在很多怪物身上做過實驗，這一招對他們很管用。」

　　他把自己想問的問題一句句提前問出：「我搜過了，你身上沒有鑰匙。你打算怎麼打開盒子？」

　　「盒子裡是什麼？能毀滅這個世界的東西，指的是能夠殺死我的武器嗎？還是殺死這個世界所有怪物的武器？」

　　「還是說，你是來殺南舟的？」

　　「盒子裡有機關嗎？第一個打開的人，是能第一時間掌握終極的武器，還是會被機關殺死？」

　　「你既然說，這個世界會在盒子打開後被毀滅，那麼，你又打算怎麼離開這個被毀滅的世界？」

　　「你真正的身分是什麼呢？你是自願來到這個世界裡的嗎？」

　　慢條斯理地交代出自己所有想要問的問題後，｛江舫｝鬆開手，去掉了填在南舟口中濕漉漉的毛巾團，「冒犯了。」

　　南舟用舌頭輕頂了頂自己被弄痛的口腔內壁，低喘了好幾聲，才勉強穩住呼吸，眼中浮出了一層薄薄的水霧。

　　他用這雙矇矓的眼睛直視著｛江舫｝，開口便道：「……不是說，你

問一個問題，我問一個問題嗎？你超標了。」

　　{江舫}沒有想到，南舟痛苦至此，已經淪落到任由人宰割的地步，居然還敢和他討價還價。他輕吹了一聲口哨，「抱歉，是我的錯。唔……那我們一個一個來？你……」

　　南舟打斷了他：「剛才我提問的時候，你沒有正面回答我的問題，所以還是輪到我。」

　　{江舫}略一挑眉，對南舟試圖反客為主的行為感到興味盎然：「不好意思，我忘了，你問的是哪一個問題？」

　　南舟盯著他，「如果我是你，在這樣的晚上，我會把一心一意要保護的人一直帶在身邊，不會放任他離開我的視線哪怕一秒……所以，我的問題是，世界上有我和他這樣兩個相似的人，你會不在意嗎？」

　　{江舫}眉心蹙起片刻。

　　南舟也從他的神情變化中，提前知曉了答案。

　　南舟點一點頭，「嗯，我知道了。你不用回答了。」

　　{江舫}看著他的目光逐漸轉暗，「……你知道什麼了？」

　　「你早就明白這個世界有問題，可能你也知道{南舟}不正常，可能是怪物……也許從很小的時候就知道，只是你抱著希望，希望他不是。所以你怕看到他在滿月的時候衰弱異變，所以你不敢守在他的身邊……」

　　南舟眼前浮現出{江舫}在看到自己後的反應。如果他真的一無所知，真的被{南舟}成功欺騙了這麼多年，那他調整情緒的速度也實在太快了。他那些病態的呢喃自語，字字句句，不過是自己那微茫的希望被拆穿時的哀慟和自嘲。

　　南舟一針見血：「所以，我不小心拆穿了你一直以來苦心的偽裝，是不是？」

　　「……你真聰明。」

　　{江舫}以讚許的態度，抬手緩慢撫過他的臉頰。他的指尖冰冷，一路向下，卻猛然掐住南舟的脖子，將他狠狠抵靠在了床頭上，讓南舟的後

$$F_1 = F_2 = G \frac{m_1 \times m_2}{r^2}$$

腦幾乎徑直砸上了牆。

｛江舫｝的聲音似笑非笑的，透著狠厲：「……我真討厭你。」

南舟想，我也討厭你。我聰明，他就喜歡我。

在整個人被｛江舫｝推得半副身體緊貼床頭時，南舟的脖頸被掐得後仰過去，身體卻悚然一震，他察覺到了一點異常。一個念頭在他心中一閃而逝，可還未等他細想，｛江舫｝便即時地撤開了手去，南舟根本沒能抓住那念頭的尾巴。

在南舟努力去捉那小尾巴時，｛江舫｝迅速恢復了彬彬斯文的模樣，「輪到我了。」

｛江舫｝的問題是：「你從哪裡來？」

他的嘴角是彎著的，目光卻是銳利無匹地盯準了南舟。

他的耐心已經被消磨了大半。只要南舟繼續保持無聊的沉默，或者試圖用一些愚蠢的謊言來挑戰他忍耐的底線，｛江舫｝毫不介意在拿到盒子的第一時間，不查看任何內容，直接將盒子毀掉。

說實在的，作為一個孤獨了二十幾年的人來說，面對著唯一一個有可能和他在人格層面上具有平等對話資格的外來人，｛江舫｝並不感到愉快。他只希望從這張冷靜得毫無波動的臉上看到愕然、動搖、痛苦等等失控的表情。

他已經習慣了掌控一切。他討厭脫軌的感受。

南舟的回答卻超出了他的想像：「我從上一個盒子裡來。」

「……上一個盒子？」

｛江舫｝先是一愣，繼而秒懂了這回答中的妙處……南舟想讓他對盒子產生興趣，讓他以為那「盒子」會是離開這個封閉世界的一道門。這樣一來，他哪怕再想折磨他，也不會貿然從盒子上下手。

他抱臂在胸前，露齒微笑，「真的假的？你不會是專程編來騙我，讓我不敢對盒子動手腳的吧？」

南舟挪動了一下腰，帶動著腕上精鋼的鐐銬叮噹作響。隨著這個動

59

作，一滴挑在他長睫上的冷汗順勢滴落，讓此時的南舟顯得格外脆弱易碎，「隨便你怎麼想。」

〔江舫〕特意觀察了他虛弱的神情，確定他面上並沒有什麼紕漏，這證明他要麼說的是實話，要麼是太擅長說謊。

〔江舫〕單手捉住自己的臂彎，探指在肘間敲打之餘，優雅地點一點頭，「……嗯。輪到你提問了。」

南舟垂眸，想到了在第二個盒子世界遇到的【南舟】。在那個世界裡，【南舟】其實很早就想死了，他活下來的理由，只是因為那個世界裡有一個【江舫】。

這個角色的存在，給了第二個盒子的【南舟】「或許他也想要擺脫世界意識、或許他會是自己的同伴」的希望，為他營造了一個「我並不孤獨」的溫暖假象。

但在這第三個盒子遊戲中，對〔江舫〕這樣本質冷酷、對萬物戒備的人來說，僅僅是一個〔南舟〕並不構成讓他活下去的全部理由。

以他對舫哥的瞭解，除非感性強大到了一定程度，否則他腦中的理性大廈是絕對不可能被撼動的。

於是，南舟根據自己的想法，推測道：「……『父母被怪物殺死，你想要向這世界上的所有怪物報仇』……這就是『這個世界』給你的、讓你活下來的理由嗎？」

〔江舫〕猝然聽到這個問題，冷靜玩味的面具一瞬間被直接擊碎，他望著南舟，眨了眨眼。

這個世界的異常，〔江舫〕早就有所察覺。而南舟這個外來人的入侵，以及他對那個「盒子」的說法，越來越讓〔江舫〕確定，在這片狹小的永無鎮之外，另有一片廣闊的天地世界。

他身處的這個世界、他本人的經歷、父母亡於怪物手中時的真切痛苦、唯一會主動來安慰他的〔南舟〕……凡此種種，或許只是一本書，一段影像故事，一個糟糕的、必然會發生的事件。

　　那麼，他為這個世界投入的感情，不管是憎恨、歡欣，還是希望，就都是一個徹頭徹尾的笑話。

　　之前，他只是懷疑而已。南舟的到來，則坐實了他的懷疑。

　　〔江舫〕折磨南舟，固然是有著宣洩情緒的意圖，但他自認為把內心的震盪和痛楚隱藏得很好……而南舟居然就這麼堂而皇之地隨意看穿了他的內心。

　　他的自我防衛機制瞬間啟動，冷笑道：「剛才是我讓你不夠疼嗎？」

　　南舟誠實回答：「很疼。」

　　南舟：「你活得也很難，我知道。」

　　〔江舫〕不自覺衝口反問：「你知道什麼？如果你是我，在這樣的世界裡，孤零零的，你怎麼能活得下來？」

　　話一出口，他才覺出不對勁來。而南舟也望著他，用被束縛著的傷手比出了兩根手指，「你現在欠我兩個問題了。」

　　他的情緒波動，被南舟巧妙地拿捏並利用了。

　　〔江舫〕望著他被磨傷紅腫了一圈的雪白手腕，不禁露出了一點微笑，「小騙子，你還真會騙我說話。」

　　說著，他猛地將窗簾拉得更大，滿月光輝愈發奪目地漫溢進窗。月色像是令蝴蝶動彈不得的瓊脂，將南舟剔透地包覆其中，讓被囚的南舟身體發顫，如遭火灼。

　　因為知道這人心思狹隘，睚眥必報，南舟並不想得罪他。緩過那一陣尖銳的難受後，他便虛弱地抬起濕淋淋的眼睛，輕描淡寫地推卸道：「我沒有騙你。這兩個都是你自己想問的問題，沒有怪我的必要。」

　　待〔江舫〕情緒平定後，投向他的目光更含了幾分趣味。如果說，之前他對南舟的審視還只是獵手捕捉到獵物時對獵物的欣賞，現在，他對這個人真正產生了一點興趣。

　　他說：「你還沒回答呢，又怎麼能說是兩個問題？」

　　南舟陷入了短暫的沉思。

如果把第二個、第三個盒子世界裡的人都視作獨立於自己之外的存在，他們都孤獨得想要死去，需要一個理由，才能活下去。那麼，南舟和他們之間的區別又是什麼？

在南舟的永無鎮裡，他沒有怎麼想過去死，即使他周遭的人從沒有給過他希望，也沒有回應過他的善意。

在被無形力量操控的世界下，他存活的理由，只是想要努力保護他的家人而已。他知道，家人沒有自己的獨立意識，可在大部分劇情中，他們也給予了南舟虛假卻足夠的溫暖。

後來，妹妹咬了他，和他一起脫離了主劇情線的走向，他持續地孤獨了下去。

那時，他沒有一個「江舫」可以等待，也不知道未來是什麼樣子的。

他就是一個人普普通通地活下去，什麼也不等，只是做自己而已。畫畫，上課，偶爾去敲敲那層小鎮之外的透明牆壁，希冀得到一兩聲回應，就是南舟生活的全部了。

南舟把自己的心路簡單講述，換來的卻是｛江舫｝一聲不信的蔑笑。他睨著南舟，「說得容易。」

南舟想，如果沒有他的蘋果樹先生，他或許也會在曠日持久的等待中孤獨而死……但是我不告訴你。

他只是簡單道：「我也有我的希望。」

｛江舫｝輕輕一擊掌，「你怎麼知道，你的希望，不是有人刻意送到你面前的？」

這個問題異常誅心。他的意思是，南舟所認定的「希望」江舫，說不定也是被冥冥之中的某種力量推送到他眼前的，目的只是為了讓他繼續活下去，更方便為人玩弄。

而遇到蘋果樹先生後，南舟的世界也的確被外力打開，在遊戲中多次被人圍獵致死。後來，他被江舫帶出世界，也始終被困於遊戲中，不得解脫，掙扎至今。

$$F_1 = F_2 = G \frac{m_1 \times m_2}{r^2}$$

　　正常人在聽到這個問題後，難免會動搖質疑：自己一路的經歷，是不是也是有人有意編造而成、貽人一笑的故事而已？

　　南舟卻不為所動：「這是你的第四個問題？」

　　從南舟的反應，｛江舫｝判斷出，眼前的漂亮青年雖然精神脆弱易感，心智卻是無比強悍。

　　他剛想要再說些什麼，隨著一聲僵滯的「老大」的呼喚，一個面如木偶的男人托著一方鐵盒，推門而入。

　　已經拿過兩次盒子的南舟，一眼就認出這個鐵盒就是他要找的。他微一挪身，｛江舫｝已經確認，自己的手下找對了東西。

　　｛江舫｝接過盒子，在掌心把玩了一下鎖頭，作勢要砸。

　　南舟身上氣力不濟，倚靠著床頭，動也不動，只靜靜看著他的表演。

　　｛江舫｝也只是想逗逗他而已，見他神色不改，就把盒子在掌心一轉，掂了兩下，卻並沒能試出裡面的內容物是什麼。

　　「喏，這就是你要的東西。」

　　南舟：「嗯，謝謝你的幫忙。」

　　｛江舫｝：「鑰匙呢？」

　　南舟：「第五個問題了。你給我，我會開鎖。」

　　｛江舫｝像是逗弄寵物似的，舉著盒子在他面前晃了一圈，反手又丟回了自己屬下手裡，「我為什麼要給你？」

　　南舟看出他是要跟自己耍賴到底了，嘆了一口氣。

　　然而，就在｛江舫｝轉身對手下比了個手勢，讓他帶著盒子和自己一起出房間去慢慢研究時，南舟在後面叫住了他：「哎。」

　　｛江舫｝回身挑眉，「嗯？」

　　南舟：「幫我把窗簾拉上，謝謝。」

　　素來待人冷漠的｛江舫｝思忖片刻，居然去而復返，邁步到了窗前，「就當是你和他長得像的福利吧。」

　　當滿月消失在他眼前時，南舟又說：「謝謝。」

〔江舫〕捉住窗簾的手微微一頓……這好像是他第三聲說「謝謝」了吧？當這一點違和誕生於心尖的瞬間，〔江舫〕閃電一般轉身，將附近桌上的一刃剪刀反手朝南舟方向擲去！

　　篤的一聲，剪刀斜插入了南舟躺臥的床板，鮮紅的柄把釘在木板上，隨著衝撞的慣性微微發顫……但南舟已經不在那裡了。

　　當〔江舫〕不再把全副注意力集中在自己身上後，南舟便反手用血淋淋的手掌，握住了冰冷雪亮的手銬——道具倉庫不能收納副本生物，但收納副本物品還是沒有問題的，手銬倏爾從他掌心消失。

　　〔江舫〕反射神經一流，意識到他脫困，馬上反退後撤，要去護住盒子。在他的設想中，南舟一旦脫逃，必然會找到盒子為第一要務。

　　可是他忽略了一點：不要用後背背對怪物，即使是衰弱的怪物，也是如此。他突覺雙肩一重，南舟以他為目標，縱跳而來，單腿盤纏上了他的脖子。

　　他柔韌修長的雙腿因為力量難續，微微發著抖，但重複了千百次的肌肉記憶，還是讓他順利勾住了〔江舫〕的脖子。可他畢竟還是太虛弱了。

　　〔江舫〕從袖子深處抖出一把細長的鋼刺，乾淨俐落地反手橫插進他的小腿肚，又順著他踏肩的力道，把他直接從自己的身上掀了出去！

　　不過，就在自己發力瞬間，〔江舫〕意識到了不對勁……為時已晚。

　　南舟就是故意讓他抓到破綻的！

　　藉著他這一投之勢，南舟在他身上借到了力，直衝那泥雕木塑一樣呆站在房間一角、捧著盒子的下屬，指腕一翻，從他手中奪過了盒子，旋即他身體著地，就勢一滾，受傷的單腳落在地面上，疼得他一個趔趄，竟也就這樣踉蹌著撞出了半掩著的房門！

　　南舟經歷過太多次絕境，他知道想要死中求生時，要做出怎樣的覺悟。他抵抗著身體的痛楚，每往前邁出一步，他被貫穿的小腿就痛如刀絞，溫熱的血液順著足踝一路流下。他直奔到走廊盡頭的窗戶，毫不延遲地合身猛撞了上去！

$$F_1 = F_2 = G \frac{m_1 \times m_2}{r^2}$$

　　他完全是靠著地心引力和自己強悍的筋骨承受力，把自己逕直摜到了街道的水泥地上。在和玻璃一起落地的瞬間，他五臟倒轉，狠狠嗆了一口血出來。

　　他的動作卻沒有絲毫停滯，一回身，抬起手來，接住了一把朝他後腦奔襲而來的匕首，並以最大的力道反手回敬了回去！

　　可惜，他指腕無力，眼前模糊，投回的匕首尖刃撞到了距離窗戶半公尺開外的房屋外牆上，便哐地一聲彈開了。

　　〔江舫〕眼睜睜看著他抱著盒子，拖著傷腿，消失在了月色中，但並沒有追擊的打算，反倒靠著窗戶，遙望著他的背影。

　　他知道，自己的生命或許要從今夜開始變得不同了。好在他也不是特別在乎，他只是望著南舟消失的地方，猜到了他的去處。他帶著笑意自言自語：「跑得這麼快……我還欠你六個問題呢。」

　　南舟一邊奔跑，一邊伸手去扯鐵盒的鎖。只是他現在實在力量不足，此時普通的小鎖，對他來說，想要手動扯下來，是難上加難。

　　他不得不忍著傷痛，拖著一地淋淋漓漓的血跡，一味向前衝去，直到依照過往記憶闖入一條小巷，南舟才勉強剎住步伐，歪靠在牆上，顫抖著手，從倉庫裡取出一道鐵絲，擰作一股，準備開鎖。

　　南舟雙眼視線模糊，對了好幾下，都沒能將鐵絲對準鎖眼。經過這一場長途奔跑，他的精力像是蓄滿了力的弦，驟然鬆弛，便有崩斷之險。

　　南舟抬手打了自己一個耳光，試圖喚回自己即將潰散的神志，他決不能暈過去！

　　好在，南舟身上還自帶一個 B 級的被動技能，【南丁格爾的箴言】，雖然治療水準頂多算是校醫級別，不能治療從上個盒子裡帶來的骨傷，但皮肉傷還是能治癒的。

　　他蹲下身來，拔出鋼刺，捂住汩汩流血不止的傷處，給自己提供起碼的治癒能量。對現在的南舟來說，想要成功開鎖，起碼要確保頭腦清醒。

　　可在他隱身陰影，顫抖著手想要開啟盒子時，四周隱隱傳來的動靜，讓他周身血液流動為之一凝。

　　滿月之時，永無鎮的光魅百倍虛弱於往常，所以反倒愈加風聲鶴唳，會悄悄躲起來，以免被人暗算。

　　南舟本來就是光魅，遇到危險，便本能地按照記憶一路猛闖，竟是闖入了遠離小鎮核心區的一條小巷。

　　原先，這裡是光魅聚居的安全區。可現在，這裡隱藏著的光魅，不再是聽命於他的手下了，對他們來說，「南舟」是一個異常的闖入者。

　　如果將視角抬高，可以看到，在南舟藏身的小巷四周的屋頂上，有幾十道人形的冷光從四面八方合圍而來，悄悄堵絕了南舟的每一條退路──為了先發制人，捍衛他們自己棲身的安全區──也為了殺死這個入侵者。

我們能保持記憶，
就算時間重置，也是永生

狹窄的陌巷將呼吸聲放大了無數倍。

呼——呼——南舟斜斜靠在冰冷的牆壁上，口腔裡的血腥氣頂著胸口上泛，讓他不自乾嘔了兩聲。

南舟已經把最有用的道具都讓給了他的隊友，除了攜帶一些占據空間的雜物外，南舟幾乎算是白身參加了這個遊戲。

他從倉庫裡拿出一塊糖，拆開糖紙，餵到口中，勉強平息了血腥氣對他精神的影響。

以自己這樣的傷勢，是不適合繼續留在這個世界裡尋找「車票」的。

儘管南舟也懷疑，永無鎮只發生了細微的變化，自己這麼一路走下去，在盒子的盡頭，是否真的有一個車站在等著他？

但如果就這樣貿貿然闖入下一個世界，誰知道等待著他的會是什麼？如果他的傷這樣疊加下去，舫哥見到了，又要難過了。

懷著這樣的擔憂，南舟把自己的衣裳斂了斂，想把那些傷處全都藏起來。旋即，南舟意識到了某種異常，他仰頭上望。

一顆雪白的腦袋，從屋簷上方探出，陰惻惻地望著他。

南舟微微蹙眉，一個眼刀擲過去，那光魅馬上如臨大敵，倏地一下抽身回撤，喉嚨裡發出咯咯咕咕的呻吟，和其他的光魅傳遞訊號。

南舟用舌頭輕輕撥著糖，把腮幫子頂得鼓起了一小塊。他身體虛弱，視線模糊，耳中也有如炸了個蜂巢。但四周窸窸窣窣的潛行聲，他仍然能捕捉個大概——十幾隻，不，應該有二十幾隻。

他們儘管衰弱，但數量占優。在如此極端的環境下，南舟需要儘快做出抉擇，決定下一步的行動方向。

糖融化在口中的感覺大大撫慰了他緊繃的神經，也讓他神經的痛顫平復了不少。

南舟拾起掉落在地的鐵絲，準備再次嘗試打開鐵盒的鎖。然而，就在他直起身體的瞬間，異變陡生！

滿月之夜，光魅心浮氣躁，在衰弱之餘，對血液的渴求愈發瘋狂。一

$$F_1 = F_2 = G \frac{m_1 \times m_2}{r^2}$$

道寒光從牆頭颯過，餓狼一樣，從後撲抱上了南舟的後背。

光魅亮出雪亮猙獰的牙齒，在空中劃出一道殘影，狠狠咬到了南舟的頸部側面！血光四濺！

南舟被這一口撕咬衝撞得跌出兩步。

新鮮的血香味，刺激了暗處的光魅們。衣角伏地曳動的聲響愈發急促，交疊在一處時，聽來令人頭皮發麻。

然而，就在南舟的血液湧入光魅口中不到數秒，那怪物就活像是嚥下了一口硫酸，口中嗝嗝而呼，表情痛苦萬狀地鬆開齒關，想要從南舟身邊逃離。

南舟偏著頭，抬起手掌，面無表情地按死了他的後頸，任他尖利的牙齒在自己側頸上楔入更深，讓中空的牙腔自動啜吸血液，再回流到光魅口中……光魅的原始設定，在這個世界依然有作用。

光魅體內的能量，是可以靠攻擊同類和人類進行流動和提升的。但一旦咬噬到比自己能力更強的同類，就會被反噬——南舟的妹妹，就是死於這個設定。

襲擊南舟的光魅被這強者的血液逼得面上的光芒盡退，露出了一張痛苦的面容。他的臉皮紫脹一片，沉浸在反噬對大腦造成的極端痛楚中，口中發出無意義的哀嚎，窮力掙扎，軟綿的肢體啪啪敲打在南舟身上。

南舟不為所動，掌心愈發用力，逼得他的牙齒扎得更深一點、再深一點。那隻莽撞大膽的光魅，在身體發出一陣恐怖的痙攣後，終於軟綿綿地從南舟身上墜下，像是一個墜滿鉛塊的麻袋，咕咚一聲摔落在地。

南舟腳步踉蹌兩下，扶住牆壁，用指尖點按住脖子上的兩處血洞，緩緩催力止血。

他鮮紅的血順頸流下，在雪白挺括的襯衫領子上烙下點點梅花。

他沉靜地掃視四周。那些蠢蠢欲動的光魅眼見同類慘死，龜縮在角落，面面相覷，野獸一樣用喉音溝通。

在這瘆人的呼朋引伴聲中，南舟低下頭去，發現經過剛才的一番纏

鬥，染到自己鮮血、捅入鎖心的鐵絲，居然斷在了裡面，把鎖眼完全堵死了。南舟皺眉，他要儘快做出決斷，如果這些光魅一擁而上，撕也能把他撕碎了。

他失血過多，一口氣跑到這裡，已經是強弩之末，根本不適宜長途奔走，但南舟還是打算搏一搏。

他需要儘快設法開啟盒鎖，卻不打開，將盒子存入倉庫，再放出傀儡，在小鎮中嘗試搜索，能多查探一時是一時。

如果情況實在窘迫，或者遭遇〔江舫〕追殺，他也能適時開啟盒蓋，躲入下一個世界。

如果不趁著拿到盒子又可以自由活動的時機，好好查一查車票去向的話，他極有可能會在下個世界中繼續疲於奔命，在諸多世界的泥潭中奔走掙扎。在半途活活累死，也不是不可能的。

南舟從倉庫中取出眼鏡戴上，延展精神，釋放出那些人偶，只留下了一個用來保護自己。

他一面拖著傷體前行，試圖離開這片光魅集聚的區域，一面托抱著盒子，思索著開盒之法。

而他身後的光魅卻不肯輕易放他離開，宛如嗜血蟻，跗骨蛆，亦步亦趨地尾隨著他。他們也很快商量出了計策。

當身後屋瓦傳來「格棱」一聲響動時，一片屋瓦應聲落地，發出四分五裂的清脆響聲，南舟猛然駐足。

此時，四下裡絮語聲一齊停止，空氣中靜得詭異，只有風在陌巷中的嗚咽聲，變得格外清晰分明。

南舟手掌翻覆，把盒子貼著自己的身側放好。同時，他雙腿微分，膝蓋下屈，腳尖也分開了一點。

寂靜持續了很久，暴動卻發生在一瞬之間。

隨著一聲呼哨，原本用來保護南舟的布偶，轉眼間被野獸一樣從四面八方湧來的光魅群撕成了碎片。

　　南舟吸足一口氣。轉眼間，他的身影連帶著破碎的布偶，被如海如潮
的光芒簇擁其中，淹沒不見。

　　天上過了一大片雲彩，將明燦的月色掩住了十數分鐘。

　　待雲開霧散，一輪巨大的圓月重新懸於半空，沉甸甸的分量十足，彷
彿要將整個黑蒼蒼的天幕都生生地拉拽下來。

　　如洗的月色，照亮了這世間，也將橫七豎八地躺了一地的光魅屍身映
得具具分明。

　　在這些慘死的光魅中間，在小巷的光影交錯之中，靠牆躺著一個猶能
喘息的人，他只有腳尖還曝露在月色之下。

　　只是他雙目緊閉，胸膛還剩下微微的起伏，氣息綿長。如果不是他面
頰染血，周遭狼藉，這畫面其實意境不差，像極了一幅安睡的美人圖。

　　來襲的光魅也沒想到南舟會強悍至此，一時間死的死、傷的傷，受傷
的在發現實在啃不下這難啃的骨頭後，能跑得動的全都四散逃離了這是非
之地。

　　萬籟俱寂間，一道皮鞋的聲音踏著較為歡快的節拍，自遠而近，向南
舟靠攏。

　　南舟腿部受創，一路淅淅瀝瀝流下的鮮血，成了最好的指向工具。

　　﹛江舫﹜出現在了巷口。

　　就算在月圓時刻，以前的﹛江舫﹜也斷不會獨身一人來到這裡，這些
光魅就算虛弱，群聚起來的力量，也是駭人無比。

　　他雖然統籌了許多小鎮居民，組成了一支獵殺隊，可歸根結柢，鎮子
裡有腦子、有行動力的，也只有他一人。對怪物各個擊破，對單打獨鬥的
﹛江舫﹜來說，才是最好的戰術。

　　誰想到，不速之客南舟卻幫了他的大忙。今天一戰，小鎮內三分之一

的怪物都被他擊殺在了這裡。

　　他環顧了小巷中橫陳的屍身面容，發現每一具光魅屍體，嘴角都染著大片的血跡，幾乎糊滿了半個下巴。

　　﹛江舫﹜邁步一一跨過，準確地尋著了他的目標……果然，被吸了這麼多血，南舟的臉白得已然接近透明。

　　﹛江舫﹜在南舟身邊站定，隨手擲下一個被他割下的布偶腦袋，又用尖頭皮鞋輕踢了踢他的臂彎，「喂。」

　　南舟累極了，卻還是睜開眼睛，平靜地向他點頭示意，「你好。」

　　﹛江舫﹜用腳尖踩上人偶的面頰，問道：「你究竟是什麼人？」

　　他尋找南舟時，恰好看到滿街亂跑的人偶，這讓他對南舟的身分愈感好奇。

　　南舟抿了抿唇。﹛江舫﹜也猜出了他想說什麼，和他異口同聲道：「『這是第七個問題了』。」

　　南舟和他合轍說出這句話後，也是無奈地仰起臉道：「你耍賴。」

　　﹛江舫﹜合身抱膝蹲下，說：「誰讓你不回答我，也不問我問題。」

　　「那我問了。」南舟抿了抿乾涸的唇畔，「你最近……有沒有在鎮裡發現像車票一樣的東西？」

　　與其沒頭沒腦地四下搜索，不如問﹛江舫﹜這個最熟悉小鎮的人。

　　﹛江舫﹜認真回想了一番，「你說的『車票』，是什麼樣子？」

　　直到此時，即使嗓音倦怠，南舟的思路仍是清晰無比：「未必是紙質票據。它只是名字叫『車票』而已，形態有可能是一塊牌匾、一面旗幟，甚至是一塊石頭、一本書。只要是最近多出來的東西，都行。」

　　﹛江舫﹜言笑晏晏：「『多出來的東西』？那就只有你了啊。」

　　南舟又一次閉上了眼睛……不知道是氣力不濟，還是不想理他了。

　　﹛江舫﹜低垂眉目，原本蹲著的膝蓋輕輕跪入了滿地鮮血中。他探身伸手，想要用大拇指替南舟揩掉從嘴角滲出的血，卻在離他的嘴角只有三寸的地方停住了。

〔江舫〕舔了舔嘴唇，撤回手來，「哎。值得嗎？」

南舟用鼻音睏倦地應了一聲：「嗯？」

〔江舫〕：「你的那個『希望』，究竟長什麼樣子？」

南舟張開了眼睛，瞟了他一眼，坦承道：「……和你很像。」

〔江舫〕的心尖怦然一動。他下意識地伸手掩住，好藏住這一瞬的怪異心緒，同時露出了慣性的笑容，「是嗎？」

南舟打量了他一陣，輕聲道：「嗯。不過也就一眼，再多看看，就不像他了。」

這個回答讓〔江舫〕表情狠狠一凝，「……『一眼』嗎？」〔江舫〕深望著他，「一眼的緣分……憑什麼呢？」

說話間，他伸手去捉南舟的領子，南舟卻猛地往後一閃，他的指尖和南舟的胸口交擦而過。

南舟從激戰過後積攢了許久的力量，也盡數消耗在了這一翻一滾間。

南舟把那方盒子放在了地上。盒子的鎖仍在，鎖與盒子連接處的鎖片卻已經扭曲裂開……上面染滿了斑斑血跡。

〔江舫〕回身看向滿地的光魅屍身，恍然大悟。先前，他一直以為，這些怪物嘴上沾染的血跡，都是噬咬南舟得來的。

但事實是，南舟因為某種原因打不開鎖，又不想靠砸摔破壞盒子結構……他居然能想得出來用光魅的牙齒咬合鎖頭來開鎖的主意。

〔江舫〕向他靠近一步，眼裡盯準了南舟，輕聲道：「你留下吧。」

南舟沒有動。

「我和你是一樣的人。」〔江舫〕說：「我和他又是很像的人。你傷得太重，需要休息，不要去找他了。」

「……錯了。」

「我不要和我一樣的人，也不要和他很像的人。」南舟字字咬得分明：「我只要他一個。」

南舟不去看〔江舫〕此刻的表情，固執地單手揭開了盒蓋，並努力抬

頭看向天空。這次，在世界崩解的瞬間，無數評論清晰地跳了出來。

「哇，他真的殺了他嗎？期待起來了。」

「垃圾遊戲！垃圾遊戲！垃圾遊戲！為什麼角色已經換了小世界卻不能回血？」

「一星差評，沒有理由，就是玩。」

「這是我玩過的最差的 Open world 遊戲，探索範圍和自由度都小得驚人，遊戲目的就是不停地尋找盒子，太單調了，我已經失去了所有的耐心了。」

「我為什麼不能搞水仙？為什麼不能和其他 NPC 發展感情線？」

這些評論，彷彿是在嘲弄南舟的努力，不過是一個任人點評的遊戲。

或許是因為傷疲乏力，累及精神，南舟在墮入黑暗中後，竟然就這樣半暈半睡了過去。

在徹底暈厥前，他只看到了｛江舫｝身體被崩裂的世界吞噬前，向他伸出的一隻手。

時間滴滴答答在他耳畔流失。在茫茫然地飄浮了許久後，南舟的意識宛如被一根小刺輕戳了一記，駭然驚坐而起……他睡了多久？！他忙去確認時間……還好，不過 25 分鐘。

南舟強逼著自己從睡夢中加速甦醒，而眼前映入他眼簾的一切，讓他再一次眉頭鎖緊。

剛才喚醒他意識的那根「尖刺」，實際上是窗外高一聲低一聲的鳥鳴。凌亂的床鋪、日期為 8 月 18 日的日記、半完工的畫架──他竟然……再次回到了第一個盒子世界？

在自己離開後，這個世界怎麼會還存在？居然……沒有崩潰嗎？

懷著萬千疑惑，南舟想要起身。雙腳甫一落地，他膝蓋一軟，驟然向前跪地撲倒，用雙臂撐住地面，才勉強穩住平衡。

他額上的冷汗密密麻麻，隨著這一跪滴滴答答地落了下來，臉頰上幾道明豔的血痕也被冷汗沖刷，露出了蒼白的底色。

$$F_1 = F_2 = G\,\frac{m_1 \times m_2}{r^2}$$

他保持著這樣的姿勢，薄而漂亮的肩胛骨隨著沉重呼吸高低起伏了好一陣，才掙扎著從地上爬起，打開了窗戶。叫早的小黃鳥早已離開，窗外陽光明媚，景色依舊。

結合房中諸物，南舟確信，自己的確回到了第一個盒子世界。好處是他獲得了一段絕對安全的休息期，壞處是他陷入了迷惘之中。

南舟的第一反應是：自己玩錯了？

難道車票就像鐵盒一樣，每個世界都有，而自己單方面放棄了車票任務，一心尋找鐵盒，導致任務失敗，直接重啟？

或者說，盒子裡只有這三個世界？那離開這世界的列車會停在哪裡？車站又在哪裡？再或者說，難道重來一遍，會有什麼不一樣嗎？

問題太多了，一味去想毫無益處。南舟果斷動用【傀儡之舞】，召喚出了一批布製人偶，自己則轉身進入了浴室。

洗去身上的一身血水，用熱水和蒸騰的熱氣充分鬆弛了自己緊張的肌肉後，南舟核對了一下時間……距離遊戲規定的發車時間只剩 6 小時 50 分鐘。

南舟專心致志地痛澡一頓，又換上從無限刷新的衣櫃裡取出的乾淨衣物後，已有三隻分赴他處尋找車票和盒子的傀儡人偶歸來，排排蹲在床邊，等待他從浴室裡出來。

看見他後，三張空白的面孔向日葵一樣齊刷刷對準了他。

其中一隻用圓圓的雙手捧出一個鐵盒——傳送用的鐵盒換了個地方，放在他平日會騎著自行車去的小鎮巨樹下。盒子找到了，「車票」卻還是不見影蹤。

對於這個結果，南舟並不意外。第一世界實在過於平和，沒有敵人、沒有干擾，偌大的鎮域，完全是任他搜尋的狀態。

單從遊戲難度角度考慮，就算要藏車票，也不會藏在這裡。然而，即便如此，南舟也要搜了才肯安心。

他心裡清楚，自己並不能在這裡浪費太長時間，他還要前往下一個世

界。當時間重來，光陰再啟，誰也不知道下一個世界他會遇見什麼？

　　或許是又一次和那兩個世界的【南舟】和｛江舫｝打交道。又或許，那兩個世界已被摧毀，等待著他的是另外的新世界。只是他的狀態再非全盛，南舟小腿和手掌上的貫穿傷好了大半，身上少許的撕咬傷也彌合了，只是骨傷難癒，腿上微微一發力，還是痛得屬害。

　　花了一個小時，確認這個安全點的確沒有除了盒子以外的新物品出現，南舟做下了「離開」的選擇。

　　接下來的一切都是未知數，只能盡力而為了。

　　鎖是同款，他已經成功開過兩回。

　　此時，他不住發顫的肌肉也鎮定了下來，因此開盒一事變得異常簡單。他單指撥開鎖銷，掀起鎖片，扯下鎖身，手扶在盒蓋上頓了一頓，便果斷打開了盒子。

　　短暫的黑暗過後，便是鋪天蓋地的陽光。為了確證自己的處境，南舟不等適應了光線，便瞇著眼睛，強行觀察起周遭環境來。

　　這一看之下，他驀然愣住……眼前的一事一物，都熟悉得讓他困惑。

　　他正站在自家房子對面的一片林地間。而在數步開外的二樓房間窗檯上，停著那隻肉墩墩的小肥鳥。

　　數秒後，窗戶如他記憶中一樣洞開，卻沒有一隻手探出來，去餵那隻專程定點來索要食物的小鳥。

　　【南舟】雙手扶窗，看向外面，並第一時間看到了對面的南舟，他冷淡的眸子裡亮起了一點光。他對南舟做了個「過來」的手勢，旋即離開窗戶，轉身奔下樓來。

　　南舟愣在原地，心中升起了一團疑雲，但他還是做了最應該的事情。他帶著一點趔趄，一路跑向【南舟】的屋門口。

　　當他踏上第二級階梯時，緊合的門扉在南舟眼前豁然洞開。

　　穿著睡衣的【南舟】站在門內，因為胸中沸騰的情緒而微微喘息，與南舟對視。

$$F_1 = F_2 = G \frac{m_1 \times m_2}{r^2}$$

【南舟】的聲音中滿懷訝異：「你怎麼回來了？」

南舟也訝異萬分：「⋯⋯你還記得我？」

兩人正各自陷入困惑，不知該問對方些什麼時，隔壁的門響了一聲——NPC【江舫】要來找他的好朋友了。

為了不產生多餘的混亂，【南舟】一把擒住南舟的領子，把他扯了進來，迅速且無聲地合上了門扉。

半分鐘後，【江舫】腳步輕快地來到門前，篤篤地叩響了門扉。

【南舟】將南舟按在門板後，單臂橫壓住他的喉管，卻不用力，只作警告，不許他發聲。

他自己也是一言不發，直望向眼前人——他的眼睛黑白澄澈，宛如鏡照，和自己看人時是一樣的專注用心。他們在彼此的眼裡，都能看到自己的影子。

【南舟】對門外叩門的【江舫】說：「舫哥，我還想多睡一會兒，今天不想吃早飯了。」

【江舫】溫煦答道：「好呀。那中午吃嗎？」

【南舟】：「嗯。要吃麵線。」

【江舫】含笑應答：「收到，南老師。」

如果【江舫】稍微有一點自己的思考能力，就會發現，【南舟】明明就在門後，為什麼不能打開門，面對面地跟他說話？⋯⋯可他並沒有。

待到外間的足音漸行漸遠，【南舟】才放鬆了鉗制了南舟的手，上下打量他一番，「你怎麼又回來了？」

⋯⋯盒中的世界並沒有隨著他的離開摧毀，而只是刷新重啟了。【南舟】作為構成世界的核心人物，還保留了全部的記憶，並沒有隨著世界的重啟被抹去。

這一認知莫名讓南舟的內心輕鬆了些許，也讓他的疑惑不減反增。他誠實答道：「我也不知道。」

「我剛才又在床上醒過來了。」【南舟】一針見血地問他：「你還會

離開嗎?我會永遠困在這一天嗎?」

　　南舟:「不會,我想要離開這裡,只有……」他看了一眼手錶,「……不到六個小時的時間了。」

　　【南舟】哦了一聲:「六個小時之後,你就走不了了嗎?」

　　南舟搖搖頭,「也許吧。我可能會被永遠困在這三個世界裡無限輪迴……也可能我們都會消失。」

　　【南舟】自言自語:「啊,50% 的可能。」

　　南舟直截了當地提出:「你能幫我嗎?」

　　【南舟】也報以最直截了當的態度:「我不想讓你走。」

　　南舟:「有人在外面等我。」

　　【南舟】:「可沒有人等著我。我也想要有人等。」

　　兩個直白的人,毫不掩飾自己的私心和想法,把自己的訴求明明白白地告知對方。

　　南舟沒有說話,只是抬起單手,搭上了【南舟】的頸項,溫柔摩挲著他的後頸。

　　在他孤獨彷徨時,他就一直希望能有人這樣輕輕撫著自己,什麼話都不用說,就是最安寧美好的了。他想要撫慰另外一個自己。

　　【南舟】乖乖地沒有動彈,讓自己的情緒迅速沉澱下去後,【南舟】反手捉住了南舟的手腕,「好了……我知道什麼是正確的事情。你想讓我怎麼幫你?」

　　依照南舟的指點,【南舟】親自走了一遭,按照自己在小鎮中常走的日常路線尋找一圈。

　　很快,他從一處小河的石頭邊帶回了那方熟悉的鐵盒。

　　南舟拿到鐵盒後,輕敲了敲鏤花的盒邊,想到{江舫}就藏在裡面,頗感奇妙。

　　他也散出了自己的傀儡,驅使著它們避人而行。但因為小鎮的格局與他熟悉的永無鎮不完全相似,因此耗費的時間和心力遠比第一個盒中世界

$$F_1 = F_2 = G \frac{m_1 \times m_2}{r^2}$$

要多。

在等待的期間，南舟把自己要做的事情簡略描述給了【南舟】聽。

【南舟】也和｛江舫｝一樣，給出了相同的回答：「我以前沒有在小鎮裡見『車票』一類的東西⋯⋯或許是在你到來之後才出現的吧。」

南舟答：「那就找找看吧。」

【南舟】提出假設：「會不會埋在地下？或者是其他居民的家裡？」

南舟搖頭，「不會。」

【南舟】也迅速地和他心靈相通了：「⋯⋯嗯，不會。如果這樣的話，十二個小時的限制，說不定連搜遍一個世界都做不到。遊戲不會有這樣不平衡的設置的。」

的確如此。這次的遊戲，不是不對外公開的測試服，可以堂而皇之地提高難度，並對玩家隱瞞線索。這是最終決戰，有無數高維人在外觀摩。遊戲方就算想動手腳，也不敢過於光明正大。

一番時長達一個半小時的搜查，換來的也只是和第一個盒中世界一樣的結果⋯⋯至少第二個盒中世界的明面上，沒有任何可以稱作「車票」的東西，連一張額外的紙角都沒有。

看來，想要成功找到「車票」，南舟還要繼續前往第三個盒中世界一探究竟。

在南舟坐在【南舟】家的沙發上，窸窸窣窣地用鐵絲扭鎖時，【南舟】便坐在他身邊，注視著他的每一個動作。

當小巧的鎖舌被撥動，鎖頭喀地一聲彈開時，【南舟】突然在他身後低聲詢問：「⋯⋯你還會回來嗎？」

南舟心中一動之餘，突發奇想：「你把手搭在我的肩上。」

【南舟】：「⋯⋯唔？」

南舟：「我想試試看，能不能把你帶到下一個世界裡去。」

「那裡也有一個人⋯⋯和你一樣孤獨的。」南舟說：「我可以介紹你們認識。」

這既是嘗試，也是一種冒險。

南舟想試試看，鐵盒能一次性帶走幾個人。以及，如果他帶走了第二個世界中的核心人物，這個世界是不是會崩潰？

【南舟】思忖良久，沒有答話，只是將一隻手輕輕按在了南舟肩上。

可惜，當黑暗潑天而來的同時，那隻扶在他肩上的手的重量，倏然消失了……出現在孤月之下的，只有南舟一人。

南舟嘆息一聲。經測試，盒子只能傳送走打開盒子的那個人。

在心思未定時，南舟一個晃身，險些從屋頂上跌下。好在他最後穩住了身形……但他還是將瓦片踩出了啪嚓一聲細響。

站定之後，南舟忽然覺得，這一幕似乎有人跟自己描述過。

下一秒，一張熟悉的面孔，從下方的陽臺探出。

〔江舫〕望了他片刻，率先向南舟打了招呼：「喲。」

……聽語氣，他也認得自己的。

南舟並不應聲，只是嘆息了一聲：「……唉。」

他想不通，這一切的設定，到底是為了什麼？只是為了讓他在三個世界中疲於奔命嗎？還是……

南舟想到了副本的主題【螞蟻】。螻蟻競血，奔走不停，究竟有什麼意義？

〔江舫〕是清晰地看到自己消失又重組的全過程的。

在他重新擁有完整意識的同時，他也重新回到了那個囚禁南舟的房間。他眼睜睜看到自己原本破碎的肢體一寸寸滋長出血肉，原本應該在打鬥中一片狼藉的房間一絲不亂，沾染著南舟鮮血凌亂的床鋪乾乾淨淨，就連手銬磨在金屬質床欄上留下的淡淡擦痕，也消失無蹤。

窗外明月高懸。〔江舫〕在床邊坐下，手扶上了乾淨的床欄。

他本來神思不屬，突然聽到屋頂傳來一聲熟悉的響動，心有所感，便搶步來到了陽臺上，看到了南舟。

從這個角度看去，南舟的眉峰很好看，在月色之下，投下一層陰影，恰好覆蓋住了他的半個瞳孔，愈加顯得另外半邊明澈如水。

南舟腿上有傷，不想往下蹦牽扯到傷處，索性黑貓似地蹲踞在屋簷上，垂首看著他。

{江舫}倚欄而笑，「喂，看到我有這麼失望嗎？笑一笑嘛。」

看到這人去而復返，卻望著自己大嘆特嘆，{江舫}的心境，居然是25年來罕有的輕鬆。

他托腮問道：「怎麼，回來討債了？」

「嗯。」調整好心態後，南舟徑直道：「我想請你幫我找一下，這個世界，有沒有我要的『車票』。」

南舟的第二次到來，讓{江舫}有些意外的驚喜。

他不再難為他，把自己能支使得動的鎮民都散了出去，幫助他的人偶尋找有可能遺落在鎮域某個角落裡的碎片。他又從南舟處借到了一隻布偶娃娃，帶回屋裡，好奇地擺弄起來。

經【傀儡之舞】操作的人偶，一些肢體反射和感覺會呈現在操縱者身上，能夠讓操縱者第一時間發現在外的人偶遇到了什麼事情。

此時此刻，南舟坐在屋簷上，讓骨裂受傷的右小腿順著簷角垂下，卻意外地感覺……有些溫暖舒適。

南舟扒著屋簷，俯身從陽臺看向屋內。

一只雪白乾淨的人偶，被{江舫}在床上擺得端端正正。他正在用簡易夾板，給人偶的傷腿進行了固定。

在南舟逃跑時，{江舫}看出了他的哪條腿受了傷。他同樣能通過南舟操縱這些無生命的人偶的方式，推測出「人偶與主人感官互通」的事實，所以他願意為人偶裹傷，也是在為南舟裹傷。

他如此精心地侍弄著那條短短胖胖的人偶腿，由於動作太過認真，對

象又太過憨態可掬，透露出一股異常的滑稽來。

感受到南舟自外投來的目光，〔江舫〕回過身來，張揚地一挑眉，「不是說『他』好嗎？『他』現在能給你包紮嗎？」

他眼中滿是不服輸的光……明明是和他的江舫形狀相同的眼睛，卻包蘊了截然不同的兩樣情緒。

南舟說：「你不是他。」這話是實話，也和〔江舫〕拆穿他身分時說得一模一樣。

說罷，南舟抬起身子，剛要坐直，腳下卻猛地一空。〔江舫〕幾步上到陽臺，惡作劇似地擒住了他垂下的左腿，把他從屋頂上扯了下來。

目前還是滿月，南舟身體乏力，儘管他已經在偷偷適應月光了，卻也根本經不住這麼拉扯。

眼看又要摔下樓去，一股力量在他腰上輕托了一把，助他輕飄飄地在陽臺邊緣站穩了腳，也沒磕痛他受傷的右腿。

〔江舫〕帶著點惡作劇的笑容，仰視著站在陽臺欄杆上，身形略微打晃的南舟，「……誰要你比我高。」

這人幼稚又美麗，和真正的江舫各有不同……卻是一樣的鮮活生動。

南舟不理會他的玩笑，就勢在欄杆上坐下，又開始思索起遊戲的意義來。他向來是擅長從遊戲頂層設計的角度考慮問題的。

從目前的資訊分析可得，本次遊戲的難度，與通常遊戲中以「達成某種遊戲任務」為最終目標不同。遊戲的關鍵，在於「玩法」的不確定性。

倘若將「立方舟」他們五人的最終戰劃分成五個獨立遊戲的話，綜合自己在天幕上看到的那些不知從何而來的遊戲評價，南舟獨屬的這場遊戲，按理說，是包含了動作、探險、沙箱等元素的高自由度探索類遊戲。

舉個例子。倘若高維人想把這個遊戲做成常規的動作類遊戲，大可以在南舟每成功跳躍過一個世界，就給他一個「車票碎片」作為獎勵，也不失為一種有趣的玩法。

但是高維人並沒有採取這種玩法，他們選擇讓南舟進入迴圈。「車

$$F_1 = F_2 = G \frac{m_1 \times m_2}{r^2}$$

票」和「鐵盒」只是一個引子，一個誘導他不斷打開盒子，從而接觸到其他兩個盒中世界的引子。

為什麼高維人把盒子世界限定在三輪一迴圈？而且都限定在他相對熟悉的環境裡？

高維人為什麼不給他設定一個無腦強悍的【南舟】，一個乾脆被光魅病毒浸染過、變得無比凶猛的｛江舫｝？

假使高維人當真這樣設定，南舟是當真有可能在這樣的武力車輪戰中被殺死的。

是因為有觀眾觀看，戰力不能太失衡，boss 不能太難刷，要考慮到遊戲的平衡性嗎？

固然有這方面的原因，但除此之外，還有什麼要賦予【南舟】和｛江舫｝如此高等人格的必要嗎？

畢竟在這三個遊戲盒子中，最大的困難就是要應對【南舟】和｛江舫｝，兩個完全擁有自己獨立思維和人格的 NPC。稍有不慎，自己這個「外來者」就會被他們清除。

但，同樣因為他們有獨立的思考能力，如果能善加說服，不是沒有結盟的可能性的。

最重要的是，他們沒有被抹除記憶。這就又免除了南舟要一遍一遍和他們周旋、解釋來龍去脈的麻煩。

按照這個邏輯順下來，對南舟來說，只要他玩得到位，能夠順利結盟，NPC 又有腦子，遊戲是越到後期越簡單的。這對他找到「車票」，卻是毫無好處的死局，因為太過平和了。

他必須設法破局，找到這迴圈遊戲的真正玩法。

或者說，這個遊戲裡真正困難的「點」是什麼？

就像是一面密閉的車窗玻璃，只有找到一個確切的「點」，才能用消防錘一擊即潰。

想到這裡，南舟腦中驟然浮現出一個想法。說起來，每當盒中世界崩

潰時，浮現在天邊的那些遊戲評價，意義何在呢？是不是……他需要刷那些「天外玩家」的好感度，把遊戲的評價拉上來？

在第二次從第二個盒子世界跳轉到現在的世界時，南舟著意看向了外界天際，在世界再度崩潰時，看到了一個評價：

【褒貶不一的無聊遊戲，果然還是慎玩為好】

正如那些惡評所言，遊戲的競技性下降，是他們給出差評、讓遊戲評分飛快下降的主要理由。

他第一次看到評價時，是和【南舟】短兵相接，被他打飛了手中的鐵盒。那時，南舟看到的評分和評論還是較為正向的。

那……如果他嘗試提升遊戲的競技難度，從遊戲內部直接提升可玩性和選擇性，自己會不會得到一些獎勵？……譬如，車票？

注意到南舟投向自己的目光，｛江舫｝異常敏銳地察覺到了他心中想法的變動。

他冷笑了一聲：「啊，我看到了一點讓我討厭的東西。」說著，他迫近了一步，「……你想殺我？」

南舟誠實道：「剛才是想的，現在不大想了。」

｛江舫｝可沒有【南舟】那樣點到即止的好習慣，懷疑心一起，指節就怪異地咯咯響了幾聲，再次在腦內演習起如何把南舟的脖子掐得紅腫一片，好讓他乖乖聽從自己的場景。

他既然一定要南舟把自己剛才腦內的推想如實告知他，南舟索性照做。遊戲時間過半，他還沒有找到遊戲通關的眉目，當然沒有得罪盟友，給自己平添遊戲難度的必要。

通過描述，大概明白了南舟的訴求後，｛江舫｝雙手撐在欄杆上，一針見血地點出了精髓：「也就是說，你想做討人喜歡的事，這樣說不定能拿到車票？」

南舟：「嗯。」

｛江舫｝冷嘲熱諷道：「這樣想也合理。你的活動空間如果只有你說

的這三個盒子，就算你來來回回把盒子鑽出花兒來，也是找不到什麼火車、車站的。」

南舟：「嗯。」

〔江舫〕歪了歪頭，「那就要請教南先生了，你要對我做什麼，才能討別人的喜歡？」

南舟按自己的記憶，如實地跟〔江舫〕複述了那些曾出現在天際的評價和要求。中間涉及各種高自由度的搏擊和鬥毆，以及各種高難度的、匪夷所思的體位。南舟當然從來沒有考慮過後者，但就算是前者，南舟也不會輕易嘗試。

誰也不知道，提高玩家評價到底是不是遊戲的真正玩法。如果他真的親手殺死了盒中唯一有自我意識的NPC，盒中世界會不會就此徹底崩潰？他會不會自斷後路，困死在這裡？到那時，他後悔也晚了。

南舟在情愛一途上向來冷感，即使將那些評價內容複述給別人聽，也不覺得有什麼。

〔江舫〕卻漸漸聽紅了臉，最後，他甚至猛然把欄杆攥出了一聲細響，怒瞪著南舟，「你……你不要臉！」

南舟一臉問號地愣住。不過，他也很快明白了這其中的癥結。

〔江舫〕這25年的盒中生涯乏善可陳，他並沒有江舫那樣的周遊天下的見識，他習慣讓別人的血濺自己一臉，卻不習慣有人光明正大和他討論床第之事。

〔江舫〕憤怒兼羞恥，用力轉身，回到屋內，把陽臺的門砰地合上，順手一巴掌把人偶搧到了地上，氣沖沖地和南舟隔著一扇玻璃拉門，對峙起來。

南舟想：……小孩子。

為了更快地將精神導回原先的思考軌跡上，南舟隨手打開了自己的遊戲介面，想重新閱讀一下遊戲規則。

這一眼看去，他在頁面的右下角看到了五個疊合在一起、絲毫不引人

注目的小彈窗。這小小的彈窗隱藏在「生命樹」大背景的枯槁樹皮上，本就不惹人矚目。

南舟之前只在緊急狀態下用快速鍵單向呼出過物品欄，絲毫沒有留意到彈窗的存在——又是一個一不小心就會忽略的視覺陷阱。

南舟點觸了一下，共計五個【成就】便爭先恐後地跳了出來。

【環遊世界】恭喜我們的小螞蟻，完成了一場偉大的世界巡遊！

【呼朋引伴】我們的小螞蟻找到了兩名可靠的夥伴，讓我們一起碰碰觸角，愉快歡呼吧！

【成長的代價】小螞蟻在探險的時候，難免要付出一些代價，這大概就是成長吧。

【旅程再啟】再去探望探望兩名夥伴吧，小螞蟻是孤獨的，他需要同伴陪伴。

【盒子收藏家】恭喜！小螞蟻已經有了 5 個盒子開啟記錄，還有無窮的未來等著你去探索！

這對應的，分別是在自己走遍三個世界、和【南舟】及 ｛江舫｝建立暫時的盟約、右腿在地下室鬥毆中受傷、開啟第二輪盒中迴圈，以及當前開過的盒子數量。

這些是他一路走來的遊戲實錄，看起來並沒有什麼特別的意義。

南舟卻注意到了一件令人困惑的事情——這些成就，每一條都和所謂的「車票」毫無關係……僅僅是因為他目前還沒有找到有關車票的任何線索嗎？

月色漸漸西沉，最明亮的光景已然逝去。

消息被一個又一個帶了回來，不過並沒有什麼令人振奮的消息就是了。小鎮裡除了一方多出來的鐵盒，根本沒有任何多餘的東西。

關於「車票」的線索，仍是水中月，鏡中花，甚至連具體的模樣都是曚曨而不確定的。

三個世界的第二輪搜索完畢。至此，南舟基本可以確信，自己還沒有摸清遊戲的真正玩法，而前期的搜證浪費了他太多時間，距離那不知身在何處的火車發車，只剩寥寥數個小時了。

想到這裡，南舟跳下陽臺欄杆，輕敲了敲陽臺的窗玻璃。也不知道屋內的｛江舫｝又自顧自地想了些什麼，淡淡的紅雲水氣攀繞在他臉上，經久不去。

他輕飄飄地剔了南舟一眼，意思是你想要對我做什麼。

南舟不知道｛江舫｝已經單方面認定自己是個為了過關會無所不用其極的臭流氓，又禮貌地敲了一遍窗玻璃，請求道：「請你也幫我想一想怎麼過關吧。」

｛江舫｝一面用手掌搧風給臉頰降溫，一面用天生的笑眼故作鎮靜地斜睨他，故作鎮定道：「抱歉，我沒南先生那麼見識廣大，想不出這樣……的主意來。」

一想到南舟會厚著臉皮向他求歡，｛江舫｝單手發力，揉皺了床鋪。

南舟注意到他面上神情變化不定，一會兒咬牙切齒、一會兒又目光閃避，恍然大悟……他以為｛江舫｝早已經想通了這其中的關節。

他立刻解釋道：「江先生，你好，是這樣的，我並沒有想和你發生性關係。」

｛江舫｝：「……」

南舟：「我不在乎這個，但是讓我產生生殖衝動的人只有一個。我只是提出一種通關的想法而已，請你不要放在心上。」

｛江舫｝：「……」

南舟認為自己這番剖白相當懇切，足以化解兩人間的誤會。

｛江舫｝卻詭異地沉默了許久，神色不豫地咬著唇側的肉。

半晌過後，他略僵硬地「哈」了一聲，頗不甘心地岔開了話題：

「……你問我要怎麼過關？」

南舟：「嗯。」

他需要和聰明人交談，來開拓自己的思路。

｛江舫｝：「你不怕我故意誘導你想錯方向？」

南舟不怕：「我會自己思考。」

｛江舫｝又問：「我憑什麼要幫你？誰知道你離開之後，我會發生什麼？」說到這裡，他反手按上了南舟的額頭，似笑非笑道：「萬一我的世界崩潰了，我沒家可回去，你要怎麼賠我啊？」話罷，他輕巧地把南舟的額頭往後一推。

這的確是個問題，南舟保持著身子後仰的姿勢，認真地思考起｛江舫｝的顧慮來。

見他一時答不出來，｛江舫｝微揚了揚嘴角，「省省吧，南先生，我是不會幫你的，就算我想到什麼，也不會跟你說的。」

南舟反問：「你很討厭我？」

｛江舫｝：「哈，你認為你很討人喜歡嗎？」

南舟望著他的眼睛，「那遊戲失敗的話，我就有可能一直留在這裡……」為了讓自己顯得更討厭一點，他將系統裡宣布任務時陰陽怪氣的語助詞學以致用：「……哦。」

｛江舫｝：「……」

狡猾的小怪物！先是逼自己說出討厭他，然後又威脅自己要留下。難道要承認自己不討厭他不成？

｛江舫｝咬牙跟自己生了半天悶氣，才惡聲惡氣地詢問：「你剛才說的成就……收集了多少個？」

南舟：「五個。」

｛江舫｝：「上限多少個？」

南舟：「不知道。」

在一來一回的問答間，｛江舫｝迅速調適好了心理狀態，把手指點在

下嘴唇，含蓄地一點頭，「你的最終目的是得到『車票』。目前看來，想要尋找一個既有的實體『車票』，是做不到的。」

南舟接過了他的話：「想得到『車票』，有可能是要設法提高遊戲的整體評價和可玩性，但也有可能是……通關得到全部成就，會獎勵一張『車票』。」

｛江舫｝昂起下巴，對南舟的推測不以為然，「哼，你剛才才說過，全成就的上限是『不知道』吧。既然不知道做多少個成就才算『全成就』，你不怕這又是一個浪費你時間的詭計嗎？」

南舟解釋說：「這只是一種可以列入考慮範圍的通關方式。」

｛江舫｝又哼一聲，不置可否。｛江舫｝知道南舟對「全成就」的分析有道理，他的挑刺，不過是故意為之，就是想要打擊他幾句罷了。只要他肯對自己服軟，不這麼一板一眼的和他說話，｛江舫｝也就沒有這樣氣不平了。

將當前兩種可能的過關方式列舉出來後，兩邊均陷入了默然。

南舟在思考別的玩法。

｛江舫｝在想辦法折騰南舟。

很快，他冒出了個主意，嘴角不自覺堆起了一點笑意，「哎，我這兒還想到了第三種玩法，想不想聽？」

南舟：「嗯，想聽。是什麼？」

｛江舫｝一把抄起放在一邊的盒子，毫無預兆地一把捏碎了鎖片，閃身到了房間一角，衝他狡黠地一眨眼，「……你忍一忍啊。」

南舟明白了他想要做什麼的瞬間，｛江舫｝已經打開了盒蓋。

「等……」

不等他阻止，第三世界便以極快的速度崩解，四周的光源猶如玻璃一樣被擊碎，南舟陷入了一片昏沉的漆黑間。

世界重組，只在霎眼之間。對南舟來說，他只是眨了一下眼睛，就重新看到自己隨世界一起破裂的身體逐步拼合起來。

他重新出現在了屋頂上——當世界重組後，鐵盒的刷新點不確定，人員的誕生點倒都是固定的。

這回，南舟迅速站穩腳跟，順著屋頂弧度溜下來，單腳著地，落於陽臺，往屋內看去時，{江舫}正扶著床欄，身體發顫，面唇一應都是雪白雪白的，累極了的樣子。

南舟推開陽臺門扉，緩步走入屋內，同時確定了一下時間，道：「一個半小時。」

{江舫}卻把他的話理解成了嫌他動作慢，剜了他一眼，氣喘微微道：「……我已經……很快了。」

好在三個盒中小鎮範圍都有限，房屋布局也只在細微處存有差別，{江舫}又旨在探路，一心尋找穿越世界的鐵盒而非「車票」，相對來說，動作已經算是很快了。

綜合來說，他在第一個盒子世界中耗時最長，因為沒有幫手。

「第二個盒子裡的你看到我之後，很快明白過來，還是滿配合的。」{江舫}撇撇嘴，「比你強得多。」

南舟嘆了一聲：「太突然了。」

{江舫}身體虛弱，卻還是保持著傲岸的儀態，「我就是喜歡看你不高興。你不高興，我就高興。」

聞言，南舟垂下了嘴角。

{江舫}忍俊不禁，「你幹麼？」

南舟：「讓你高興。也讓你別再冒險了。」

{江舫}坐倒在床上，喊了一聲：「不想要我拿你的任務來隨便做實驗就直說，我也沒那麼想幫你。」

「不是。」南舟實話實說：「我怕鐵盒會傷害你。我希望我完成任務離開之後，你們能好好的。」

{江舫}一愣，沒趣地倚靠在床頭，闔上了眼睛。他畢竟不是南舟，身體機能雖說在和光魅的長期鬥爭中變得強悍，面對時空亂流的撕扯，也

還是有些經受不住。

　　〔江舫〕的冒險行為，並沒有換來任何「車票」相關的線索，只是證明了無論是他們三人中的誰，只要打開盒子、只要去做鐵盒任務，就都能回到原點。

　　額外所得的，只有一個用途不明的成就。

　　【螞蟻夥伴的新歷險】其他的小夥伴也想去看看世界，小螞蟻興奮地把自己的路指給了牠們，並說「玩得開心」哦。

　　隨著〔江舫〕回歸本世界，新的鐵盒也在這個世界刷新了。

　　可巧，這次的鐵盒正好出現在了〔江舫〕房間的桌子上，省卻了他們費心尋找的時間。

　　南舟拿起了鐵盒，並不急於再度開啟，而是平放在手心，詳加研究。上面的花紋雖然繁複，但多數是菱格和花紋構成，看不出有什麼別樣的意義。觀察著、觀察著，南舟心念乍然一動。

　　他還沒有說話，一旁閉目養神的〔江舫〕忽然也開口道：「哎，你說，這三個互相套嵌的世界，像不像一節小型的列車？」

　　這恰恰說出了南舟的心聲。

　　每個鐵盒均呈長方形，大小一致，花紋一致，就連小鎮的內容也是大差不差，和列車車廂確實有相近之處。

　　「我在書裡看到過列車的示意圖。」〔江舫〕解說道：「列車是一節一節車廂相連的，中間會有一定的緩衝帶。我們穿過一個盒子，就來到了下一個盒子。」

　　南舟接話道：「而且，列車是單向的，沒有回頭路，我們沒有辦法從一號車廂直接跳到三號車廂。這一點也很像。」

　　「假設我們已經在一輛我們都察覺不到的列車上的話……等等，不對。」〔江舫〕淡色的嘴唇抿緊，也顧不上先前自己所說的「我是不會幫你的」，沉浸入了這前所未有的謎題之中，「每節列車如果都一樣的話，你的出現就很奇怪了啊。」

「我們都擁有各自的一節車廂，只有你是一個外來者。也就是說，在你來之前，你的車廂裡是沒有人的。只有你到來，這輛車才真正開始運行，那『車票』會不會已經在你自己身上了？」

南舟說：「我的倉庫裡沒有。」他檢查過的。

｛江舫｝攤一攤手，無奈道：「那就不知道了。這三個世界裡多出來的東西就只有你啊。」

南舟臉色猛地一變……這話他曾經聽過的。

小巷中，｛江舫｝面對著一身狼狽的自己，悠然地伸出手來。自己問他，有沒有在鎮裡發現車票一樣的東西。那時，｛江舫｝用同樣的語氣玩笑道：「『多出來的東西』？那就只有你了啊。」

對傷重失血的南舟而言，這個回答聲若蚊蚋，被淹沒在聲聲耳鳴之中，弱不可聞。

彼時，他只察覺到了淡淡的違和。

可此時此刻，南舟回想起來，這個答案，不啻雷霆重擊！

不知是哪裡來的衝動，南舟反手摸向了自己的後頸。那裡空空蕩蕩，沒有一點被江舫咬過的痕跡——在被｛江舫｝控制住呼吸、後仰靠上床欄時，那一點稍縱即逝的異常，正是源自於此。

南舟心神驟亂，從來穩定的呼吸一點點變得紊亂。恰在頁面開啟的狀態下，右下角跳出了一個【成就】，停留了 3 秒，旋即消失。

恭喜獲得成就：【終歸虛妄】。

【終歸虛妄】小螞蟻，記憶是最沒有意義的東西，不是嗎？

瞬間，無數想法湧入了南舟的心中，沖得他原本井然有序的思緒一片混亂，潰不成軍。

——究竟，什麼是真的？……自己……是誰？

｛江舫｝察覺到南舟在反手摸向腦後之後，神情間便多了幾分茫然無措。他何等敏銳，淡色的眼珠輕輕一轉，便明白了南舟的思路。

目前看來，南舟和定點刷新的鐵盒，是原本一成不變的三個世界中，

出現的唯二變數。

而南舟穿梭於三個世界之間的唯一目標，是尋找離開的「車票」，問題是，要怎麼推進遊戲，才能獲得「車票」？

已知的是，「車票」不存在這三個世界中的某個角落。「車票」也不在南舟本人身上。「車票」有可能通過提升遊戲評價或完成成就獲得。

這雖然值得嘗試一把，但由於工程量太大，且根本不知道要達成什麼樣的成就、將評價提升到什麼層次才能獲得最終獎勵，且獎勵是「車票」的可能性並未明說，所以這種可行性僅僅存在於理論中。

那麼，「車票」，有沒有可能是南舟這個「變數」本身？南舟正是一念至此，想要驗證自己身上有無特異之處，第一時間便反手摸向了後頸。

｛江舫｝想，南舟的後頸上一定有什麼特別的地方。只是南舟是半長髮，掩住了後頸，他又有明確的「在 12 小時內尋找到車票」的主線任務，當然會把更多精力放到外部環境，而不會去特意留心自己身體的狀況，所以察覺不到，也是可能的。

這個脖子上的印記，就是那所謂的「高維人」給他留下的破局點。思及此，他探頭去看南舟。

隨著他剛才的抬手一摸，本來垂拂在他後頸的黑髮向兩側分開。那裡肌膚生光，白得晃眼，卻是一個傷疤也沒有。

這稍稍出乎了｛江舫｝的意料，可轉念一想，他便了然了：「你脖子上應該有胎記，是吧？」

南舟放下手來，輕聲道：「是傷疤。」

｛江舫｝充滿興趣地「哦」了一聲：「誰能傷到你？」

南舟把自己的頭髮歸攏好，「我喜歡的人。」

｛江舫｝嗤笑一聲：「你喜歡的人也不怎麼樣嘛。」

「是，你說得對，那個不是『我』喜歡的人。」

南舟深深吸了一口氣，用力之甚，胸膛都凹陷了下去。

他垂目道：「因為我……根本就不是那個人。」

｛江舫｝聞言，一時糊塗⋯⋯他以為，南舟既然被設定是「車票」，如此不安沮喪，肯定是因為不敢冒險自殺，免得自己推測失誤的緣故。他本來還想逗逗南舟，把腰間的匕首交到他手中，挑釁問他敢不敢自殺的。

　　南舟為什麼會得出這個結論？

　　南舟在床邊坐下，躺在床上的｛江舫｝下意識往內收了收腿，給他騰出落座的空間。

　　南舟的頭埋得很低，身體前傾，雙肘撐在膝彎上，像是被無形的重擔壓彎了軀幹，「你知道我的傷是怎麼來的嗎？」

　　｛江舫｝聞言，略不爽道：「不感興趣。」

　　見南舟抿唇不語，｛江舫｝又嘖了一聲，不耐道：「你快說。」

　　南舟抬起手，依照自己的記憶，一點點撫摸著齒廓應該存在的皮膚，說：「在一間教堂裡，我快要死了，他什麼都做不了，他只能咬住了我的脖子，想要用痛把我喚回來。」

　　「哦。」｛江舫｝默默把臉轉向窗外，毫無誠意道：「真是感人肺腑的愛情故事。」

　　「問題就出在這裡。」南舟指了指自己的腦袋，「⋯⋯這件事，我不應該記得的。」

　　｛江舫｝難掩好奇：「什麼叫『你不應該記得』？」

　　南舟說：「為了救他，我把和他相處相關的所有記憶，都和高維人做了交易。」說到這裡，他埋頭嘀咕了一句：「你看，這件事我也記得。」他重複了一遍：「可我⋯⋯本來不應該記得的。」

　　在緊迫的遊戲時間限制中，南舟不會有心思去回顧梳理自己的記憶，自然不會發現自己的記憶中「多了東西」。

　　現在回想起來，組成他記憶的，多是晃動的、鏡頭記錄的畫面。他自然而然把那些當做了「記憶」，但那有可能⋯⋯只是某個追蹤拍攝的鏡頭裡的內容。

　　｛江舫｝回味了片刻，漸漸意識到了南舟話中所代表的意義。他的面

色凝重了起來，「你的意思是……」

「……你說得對。那個遊戲說明，也說得對。」

南舟，或許應該稱之為「南舟」，抬起了頭，望向了｛江舫｝，目光中透露出難言的茫然和憂傷。

「我就是遊戲裡的唯一的『變數』。」

「我在悲劇中……迴圈。」

「我的一生，就是一個他人筆下的可笑的故事。」

「就算趕不上車，離不開這三個世界，也無所謂，『因為這裡本來就是你的家』。」

「南舟」緩緩誦念著遊戲說明上類似預言的文字，神志愈發混沌，思路卻愈發清晰。

綜合先前的種種線索，包括成就彈窗、天幕上的遊戲評價、遊戲說明中的那句【您在遊戲裡，真的會感到愉快嗎？】可以推斷出來，這三個盒子所構成的套環世界，就是一個完整的獨立遊戲。

起先，三個世界就像三節彼此封閉的列車，各不相干地演繹著自己的故事情節。

在遊戲裡，「南舟」是最先「認知」到世界真相的人，也被賦予了「主角」的屬性，以及與南舟相關的全部記憶。他以為自己是南舟，以為自己也和江舫、李銀航一起經歷了那樣動人心魄的冒險。

在這樣的記憶驅動下，「南舟」擁有了尋找鐵盒的絕對理由，真正屬於「南舟」的遊戲，便是從這裡開始的。他動身尋找鐵盒，開始他為期12 小時的冒險之旅……這也恰好符合一個獨立遊戲的時長。

他是這趟故事列車中的主導者，卻同樣也是副本中的傀儡。遊戲不斷展示給他「成就」和「評價」，就是在誘導他和其他兩個世界的【南舟】和｛江舫｝爭搶資源，發生爭鬥，好開發出更多有趣的「成就」，引起更多正向的「評價」。

實際上，他和【南舟】、和｛江舫｝，都是沒有區別的、同維度的生

物，是遊戲的附庸，也是從真正的南舟身上分裂出的變體。

他甚至要比【南舟】和｛江舫｝更加可悲。至少他們身邊有自己的【江舫】和｛南舟｝。但自己的「江舫」居然只是一個遠隔千里、從不真正屬於他的幻覺。

過去的記憶？……虛造的。

美好的感情？……只是他心中單向的化合作用。

旅程中結識的朋友？……都是與他無關的人罷了。

他不是南舟。江舫不是他的，夥伴也不是他的，他只是一個憑空構造出來的、以為自己是真人的遊戲人物。

破局的要點，就是他自己發現自己並沒有後頸的傷口，進而察覺自己擁有一段原主南舟本不該有的記憶。要戳穿這個假象，不是那麼困難，問題在於，察覺到這個假象之後，他要怎麼選擇？

另一邊，得知了他的真實身分，｛江舫｝反倒輕鬆了許多。

「我沒玩過遊戲，但我看過很多故事。」

他像個熱愛惡作劇的小孩，言笑晏晏，毫不顧忌地戳弄「南舟」的傷疤：「……一開始啊，故事的主角，父母雙亡，身負血仇，總之，故事賦予了他強烈的行動動機。」

他拍了拍「南舟」的肩膀，用輕鬆調笑的語氣道：「想開點，你不過是一個複雜了一點的故事的主人公，你的意義，其實也就是穿梭在世界裡，被人調動著和我們打架。你如果輸了，或者死了，就會被清空記憶，遊戲重來。你又帶著要『找車票』的任務重生……就像故事裡的主人公，每個讀者翻開扉頁後，看到的都是同一個你，不停重複著同樣的命運，重複這 12 小時所有的際遇，努力嘗試了所有的可能性，最後還是會得到同一個結果……啊，很可怕，是不是？」

｛江舫｝越說，語調越是輕快自在。「南舟」和他是同一個遊戲裡的人物，這個認知讓他心裡暗暗地快活。

就算他們不能脫離這 12 小時的輪迴悲劇，就算遊戲會重啟，而他們

$$F_1 = F_2 = G \frac{m_1 \times m_2}{r^2}$$

每次只有 12 小時的緣分，但是，刨除掉那些無用的爭鬥時間和搜索時間，他們至少還有 3 個小時可以做朋友。那至少不會是無間永劫的孤獨。

面對﹛江舫﹜的諷刺，「南舟」垂頭不語。

﹛江舫﹜瞧著他唇色轉淡，心裡卻沒有想像中的快意……是不是欺負得太狠了？

﹛江舫﹜靠在床上，單手托住側頰，笑道：「你和我一樣，都是一個毫無意義的存在，這樣我心理就平衡了。」

「南舟」答：「我不是。」

﹛江舫﹜不置可否地一哂：「那有些人的小腦袋瓜裡在想什麼？」

「南舟」說：「我在想，真正的南舟在哪裡？」他的目光剔透而鎮定，「如果我死了，是不是南舟就能拿到『車票』了？」

﹛江舫﹜眉心一凝，坐起身來，「憑什麼要你死？遊戲說明不是說了嗎？你只要一直活著，這個遊戲就會持續下去？你憑什麼要為了那個本體去死？」

聽到這句話，「南舟」臉色微動，看向了﹛江舫﹜。他似乎明白，為什麼高維人要賦予【南舟】和﹛江舫﹜足夠的智能了——是為了在勸說他、動搖他心智的時候，更有說服力，更讓人……動心。

高維人的惡毒和用心，幾乎是寫在了臉上。

南舟雖然沒有真正進入遊戲之中，但他的各項身體數值、他的記憶，包括他的遊戲系統，都被照搬復刻到了「南舟」身上。

「南舟」這一路走來，可以說完全沿襲了南舟的思考和戰鬥方式。這等同於南舟本人出借了遊戲經驗和裝備，兩人共同參與了遊戲。他和「南舟」是一個奇妙的命運共生體。

而遊戲進程推動至今，當「南舟」意識到自己並非真正的南舟時，他離成功便只剩一步之遙了。

與此同時，擺在他面前的路，也產生了巨大的分歧。

如果說之前的「南舟」是虛造的遊戲人物，在這一刻，他徹底掙開了

束縛，然後發現自己如同被蜜糖引誘的螞蟻，早已置身在了叢叢蛛網之中。這種感覺並不美妙，所以「南舟」長久地用沉默相抵抗。

〔江舫〕不喜歡他的默然，因為這意味著「南舟」很痛苦，而他無能為力。他推了一把他的肩膀，「喂，說話。」

「南舟」雙手扶著膝蓋，低聲說：「這個事情很大，讓我想一想……好好想一想。」

他的心緒很亂，這種混亂感，對「南舟」來說是前所未有的。「南舟」也想要保持理智，忍著不瘋。可他轉念一想，這份「理智」，明明是南舟在遇到重大事件時的自我約束，這樣的冷靜理智，從來不該屬於「南舟」。可真正的「南舟」，又應該是什麼樣子的？

「南舟」身陷思維漩渦中，被無形的壓力越絞越緊，越迫越死。心神煎熬間，他看到〔江舫〕將一隻手從旁側探了過來，作勢要握他的，好給他一點安慰，可幾抬幾落間，還是收了回去，轉而在他後腦上輕拍了兩巴掌。拍過之後，〔江舫〕自己也覺得肉麻，索性背過身去，像是自顧自要和「南舟」劃清界限似的。

一時間，「南舟」心裡羨慕起〔江舫〕來。儘管故事背景一致，他們至少擁有自己的成長經歷，有自己的信念、自己的想法。

直到現在，「南舟」還在控制不住地思考，如果是南舟在，他該怎麼看待這件事呢？他的一切全都取自南舟，他真的能完全擺脫南舟嗎？

良久過後，「南舟」輕輕嘆息了一聲。他說：「如果我選擇去做『車票』，你和第二個世界的【南舟】，是不是也就不存在了？」

「看樣子是這樣的。你是『車票』，是這個遊戲世界存在的基礎，還是第一個盒子世界的故事主角。有了你，才有我們兩個的故事，假使南舟是太陽的話，你就是地球，我和那個人就是月亮。你繞著南舟轉，我們兩個繞著你轉。」

分析至此，〔江舫〕冷森森地望著他，「……所以我勸你謹慎選擇。你選得不合我心意，我就殺了你。」

$$F_1 = F_2 = G \frac{m_1 \times m_2}{r^2}$$

「南舟」提醒他：「親手殺掉我，你也不存在了。」

「⋯⋯不一樣。」｛江舫｝一手拎起了他的臉頰，發力捏揉了一圈，發現還挺軟。他心情莫名愉快起來，卻擺出了一個故作猙獰的模樣，「那是我樂意去死。」

「南舟」唉了一聲，無視了他的發瘋，繼續盤點著自己留下的弊端：「像你說的，假如每次遊戲都是從頭開始，我最多只擁有 12 小時的遊戲時間，時間到了，遊戲就結束。我們會恢復到不相識的初始狀態，我帶著南舟的記憶，繼續以為自己是南舟，持續闖關下去，或許會在第二個世界和【南舟】搶盒子的時候被殺死，或許會被你當做怪物殺死。一切從頭再來⋯⋯這樣的話，不也是毫無意義的可悲的重複？」

｛江舫｝不怕「南舟」思考留在這個虛擬世界裡的壞處，只怕他不肯去想。他既然有動心的意思，｛江舫｝自然不肯輕縱他打消念頭。

他說：「就算是重複，你也還是活著，有成為你自己的時間；你死了的話，你就永遠是一個不自由的替身。」

他又說：「再說了，被困在這 12 小時裡輪迴，只是我猜想中的一種可能性而已。」

說著，｛江舫｝比了個手勢，「你可能獲得的是永久的自由。」

「你活了，外面的南舟或許就會死。影響著你的根基從根源上被消滅了，你再也不附屬於誰⋯⋯這是精神上的自由。」

「每個玩家人手一份遊戲，所以在每個不同的平行時間線上，可能會存在千千萬萬個我們，我們的存在，不一定會在同一條時間線上反覆刷新讀寫，是各自獨立存在的。這場遊戲結束後，這個遊戲就會被某個玩家封存在倉庫裡，再也不會打開再玩一遍。所以你未必會重複這 12 個小時，你會擁有無數個可以支配的 12 小時⋯⋯這是徹底的、身體上的自由。」

「南舟」用心注視著｛江舫｝，傾聽著他用蠱惑力極強的言語，為自己描述勾勒的美好前景。不管是這個｛江舫｝，還是那個舫哥，誘哄人的本事都是一流的。

〔江舫〕被他看得面孔發紅，彆扭道：「我有哪裡說錯了，你說就是，不要看我。」

「南舟」便聽話地轉頭看向窗外，平靜道：「我試驗過，每次盒子只能傳送走一個人。如果我以後選擇留在盒子裡的話，我會偶爾來看看你，也得偶爾看看第二個【南舟】。在盒子裡轉換一次，時間就會被重置，這麼一來，這一天……」

他指了指外面漆黑一片的天際，「……還有這一個時刻，實際上是無限重複的。」

〔江舫〕皺了皺眉。他明白他的意思。

「南舟」從第一個世界，穿過第二個世界，來到第三個世界，在這個過程中，是存在一個固定的存檔點的。經過嘗試可知，存檔點的時間和地點都是固定的。

「除非我們放棄使用盒子，永不相見。否則，我每一次穿過盒子來見你們，你們在小鎮上做過的一切事情都會被歸零到這個時刻，就算發生了什麼，實際上也什麼都沒發生。」南舟認真分析說：「……這樣，能叫做自由嗎？」

〔江舫〕聳一聳肩，渾不在意，「對我來說，在這裡的每一天的日子都沒什麼特殊意義，只是偽裝著活下去，保護一個曾經保護過我的鄰家小孩兒就是了。」

還有一半話，〔江舫〕藏著沒有說……實際上，他根本就沒打算讓「南舟」走。至於現在正處於破碎混沌狀態的第二個世界裡的【南舟】，他並不關心，反正不會死就是了。

他隨口道：「時間重置又有什麼？我們能保持記憶，就算重置，也是永生。」

04:00

走，我們一起走

「南舟」又是好一陣沉默。

在｛江舫｝逐漸不耐煩起來時，「南舟」反問道：「你為什麼想讓我留下？」

這一問大大出乎了｛江舫｝的預料。他能言善辯的舌頭一時僵硬，撟舌不語。他想不通自己為什麼習慣孤獨了這麼多年，突然間就變得無法忍受了。

這種小孩子一樣急迫地想要挽留住某樣東西的感覺，陌生得叫他無所適從。於是他張口便是反駁：「誰想要你留下了？」

「南舟」嗯了一聲，手扶著床側，站起身來，「那我想去和第二個世界的【南舟】談談。」

｛江舫｝：「……」狡猾的小騙子，又使詐！

話已出口，宛如覆水，他也說不出什麼挽留的話來。看「南舟」用南舟學習積累下來的開鎖技能窸窸窣窣地折騰起鐵盒子來，｛江舫｝抿抿嘴，「你記得，我在這裡等著你。」

他頓了頓，偏過了半個身子，不直視著「南舟」，低聲說：「……不管你有什麼決定，你都要穿過那個盒子，來告訴我。」

「南舟」猜出了他的心思：「你怕我不打招呼就去死。」

｛江舫｝一咧嘴，露出一口漂亮整齊的牙齒，「是啊。你要是敢不聲不響地自殺，我就……」

「南舟」靜靜等著他的後文。

「就」了半天，｛江舫｝也沒能想出合適的詛咒方式，只好陰惻惻地道：「……咬死你。」

「南舟」並不懼怕這樣的威脅：「怪物才咬死人。」

說話間，鐵盒應聲而開。

「……喂。」

眼見他作勢要開啟盒子，｛江舫｝叫住了他：「……不要為別人犧牲自己，沒有人值得你……為他去死。」

「南舟」在心裡跟了一句：好像也並沒有人值得我為他活著。

但他還是對｛江舫｝點了點頭，身體化入一片流離白光之中。

這一回，甦醒在自己的臥室裡後，他沒有急於去尋找鐵盒，而是拉開窗戶，用指尖去逗弄那啁啾不斷的小肥鳥，旋即，他下了樓去，擁抱了自己久別的「父母」。

他們一如既往地沒有回應。

結束了這個單向的擁抱後，「南舟」出了門去，騎上自己的自行車，在空曠的白日小鎮裡漫遊。

四周都是熟悉到銘入腦髓的街景，連街邊牆壁上某一塊磚頭的凸起都和他的記憶中合轍相符。

這是既屬於他，又不屬於他的記憶。

他去了一趟學校，取走了自己的素描本。

做完這一切，「南舟」在南舟常去的圖書館裡找到了那個鐵盒，俐落地開啟了它，動身前往下一個盒中世界。

兩個人望著對方和自己連淚痣落點都一模一樣的臉，一時相顧無言。

「南舟」在使用南舟的技能，給【南舟】繪製了一幅肖像畫。而在這個過程中，【南舟】從「南舟」口中知道了這個副本的特異之處。

他不談自己的想法，只是問他：「你自己是怎麼想的呢？」

「南舟」一邊低頭勾勒線條，一邊講出了自己的想法：「我的記憶裡還沒有過這樣的副本：我其實什麼都不用做，就可以贏。」

【南舟】一針見血：「如果遊戲失敗，你就會贏；如果遊戲贏了，你就會失敗。」這個邏輯雖說有些奇特，卻恰好適用於現在的場景。

「南舟」還是想聽聽他的意見：「你怎麼想呢？」

【南舟】的性情與｛江舫｝完全不同，思路清晰道：「在你來之前，我們就存在。也許，我們的誕生就是為了迎接你的到來……所以，你怎麼想，才最重要。」

「南舟」默然了許久，問出了在｛江舫｝面前始終沒能問出口的問

題：「只要我死了，江舫就能得到幸福了，是嗎？」

第二個世界裡的【南舟】，自幼生活在一個人情味稍濃的小社會裡。相較之下，他的共情能力要比「南舟」和｛江舫｝更強。雖然「南舟」沒有詳加說明，但他知道，此江舫非彼｛江舫｝。

他的態度像是包容的兄長，猜測到「南舟」心中的想法後，也並不用自己的想法裹挾他，只溫柔道：「你是這樣想的，但心裡還有疑惑？」

「南舟」點點頭，碳筆在紙面上挲挲有聲地勾勒出線條，「……這樣，不對。」

【南舟】耐心為他疏導：「哪裡不對？」

「南舟」說不好，只是籠統地覺得悲哀，心情低落。他心情不好時，就會畫畫，但這明明又是南舟的習慣。

他的心性本來純直，在自我認知被強行撕裂後，也並沒有產生高維人擬想的那種想要掙脫南舟而獨活的欲望。因為他不會躲，他只能懵然無知地承受了心靈上所有的痛苦。

見「南舟」身陷迷茫，難以自我開解，【南舟】想了想，說：「我以前，在一份語文試卷上看到過一個故事。」

「為了抵抗洪水，紅火蟻會抱成團，投向水裡，尋找一片堅實的好土地。蟻團外層的螞蟻會一層層剝落，被洪水帶走，但螞蟻仍然在水裡抱成一團，堅決不散，為的是保護最中心的蟻后……」

說到這裡，【南舟】問「南舟」：「故事說到這裡，你告訴我，你現在眼前看到的是什麼？」

「南舟」看到的是隨冰冷的洪波擴散開來的螞蟻。黑壓壓的蟻屍漫布水面，像是一片片醜陋的浮萍，載浮載沉。

聽過「南舟」的描述，【南舟】已然明白他的心結所在。

他並不去質疑保護唯一獲益者「蟻后」的意義，他在乎的是這個過程中被犧牲掉的人。

【南舟】點一點頭，「你未必在乎你自己的生死，但你不希望我們因

為你的離開而受傷害。是嗎？」

「南舟」默然，只點了點頭。

【南舟】微嘆一聲，如果不能利用「南舟」的貪心，就利用「南舟」的善良。這就是所謂「高維人」的如意算盤嗎？

【南舟】問：「你不恨南舟？」

「南舟」搖搖頭，下筆愈促，認真答道：「我不知道。」

如果說不恨，他無法解釋這種強烈地想要毀滅自我的衝動來自哪裡。如果說恨，他不是更應該毫不猶豫地選擇在盒子世界中活下去嗎？

在他內心天人交戰之際，【南舟】說：「好了，我沒有其他的問題了。你可以去問問第三個 {江舫} 的意見，不用在乎我。」

「南舟」聽出了他的意思，停下了畫筆，抬頭望向他，「可是，你的【江舫】他……」

「嗯，我是很捨不得舫哥的。」

【南舟】的話音一直懇實溫柔，偏偏在談到【江舫】時飄忽了起來：「……可他不知道。」

「我心裡喜歡他。他也不知道。」

「我之前一直有一點希望。謝謝你來告訴我，讓我沒有被人欺騙著做無謂的夢，做到老死。」

【南舟】將自己的畢生遺憾娓娓道來，語調卻並不多麼哀傷悲憤：「我好想去看看世界，但世界不願給我看。」

「我不認識那個南舟，但聽你說，他和我們是在幾乎一模一樣的環境中長大的，而且他比我更辛苦、更孤獨。那他能出去，真的是很不容易、很不容易的一件事。」

「我死在這裡不要緊，要是再拉另一個好不容易逃出去的人墊背，至少我……做不到。」

這番話極盡溫情，讓「南舟」呆愣了很久。

【南舟】也留給了他足夠反芻的時間。

半晌過後，「南舟」勾著頭，輕聲道：「你這樣……真的讓我捨不得殺你。」

【南舟】一愣，旋即板起一張面孔，擺出不討喜的冷臉，認真致歉：「對不起，我不是故意的。」

他說：「你不用管我，想辦法去說服那個｛江舫｝吧。」

「南舟」把已經完成的一頁素描捧來，放在另一個「南老師」面前，「畫得不好。」

【南舟】低頭望著自己早在鏡中看厭了的面容，指尖扶上眼角的一滴淚痣，怔忡片刻，抬手輕拍拍「南舟」的臉頰，溫和道：「很好了。」

四散的小人偶，也為「南舟」帶回了去往下一個世界的盒子。

「南舟」捧盒在手時，還沒打算打開，就聽耳畔傳來一聲低低的招呼：「哎。」

【南舟】說：「你先別那麼急著走，我想去舫哥家裡一趟。」

「南舟」：「……嗯？」

「舫哥家裡有電視，還有六、七個電視劇的碟片。有個電視劇，我一直沒有看結局。」

【南舟】說：「從小到大，我把前三十五集看了一百六十遍，但就是沒有看過大結局。」

「我想給自己留個念想——如果哪天想死，就告訴自己，你還有一集電視劇沒看完呢。」說著，【南舟】比出了一個「4」的手勢，「給我40分鐘，讓我看完吧。」

末了，他又用冷冷淡淡的腔調開了一個玩笑：「說不定，40分鐘之後，我就後悔了，不放你走了。」

「南舟」何等明慧。他哪裡猜不到，【南舟】根本不想讓他去問第三世界的｛江舫｝的意見。

他和｛江舫｝打過交道。這短暫的交往間，【南舟】不難發現｛江舫｝是個性情偏激的男人，｛江舫｝未必能接受他們兩人商量出的結果。

$$F_1 = F_2 = G\,\frac{m_1 \times m_2}{r^2}$$

40 分鐘過去之後，「南舟」就算去往第三個盒中世界，嘗試說服｛江舫｝的時間也所剩無幾，最多夠他完成一幅素描。

【南舟】同樣吃準了自己給出的理由相當充分，「南舟」絕不會拒絕。這「拖」字訣，可以讓「南舟」在理智權衡過後，放棄去說服｛江舫｝的打算。

「南舟」留在了家裡，而【南舟】叩開了【江舫】的家門。

繫著圍裙的【江舫】很快從內拉開了門，頗意外道：「咦，剛才不是說不來了嗎？」

【南舟】答：「剛才有一個小朋友來找我，請教畫畫的事情。」他往屋內看了看，「早餐還有我的份嗎？」

「當然。」【江舫】笑容溫煦如陽光，「總有你的一份。」

「我還要看電視劇。」

「好，哪一部？」

說話間，｛江舫｝已經邁步向屋內走去，準備去熱飯。

獨留在臥室中的「南舟」，從樓上的窗戶裡探出頭來，恰好對上【南舟】的雙眸。【南舟】輕輕對他一鞠躬，跟著【江舫】的步調，踏入門檻，掩上門扉。

「南舟」斜抱著素描本，在【南舟】的畫像旁添上自己的形影，偶爾望一眼牆上的時鐘，他在想【南舟】會不會反悔，也在盼著自己反悔。

然而，時間如水，40 分鐘光景轉眼消逝。日裡的街道靜悄悄的，【江舫】家的門沒有任何要敞開的跡象。

時間已到。「南舟」掀開了盒子，用把這個世界絞碎的方式，告別了這個世界。

當世界破裂的頃刻，他不由得去想，此時的【南舟】是在看電視劇的

片尾曲，還是握著【江舫】的手，深望向這名永遠無望從他身上得到愛的愛人。

天邊不同的評論次第閃過。

「為什麼不打架呢？老子想再打一架。」

「這是強制播片走劇情嗎？說好的自由世界呢？」

「生死關頭的抉擇，能不殺個你死我活，反倒推來推去的搞謙讓？一點都不符合人性，兄友弟恭的，有什麼意思？」

「南舟」不理會看客的言論，閉上眼睛，身體後仰，放任自己沉入宛如夢境中的一潭黑泉之中。

他直直向後仰落，躺在了一片被月光映得澄然發亮的瓦片上。圓月在天，光色流水一樣撲灑在「南舟」面頰上，可南舟已經對它所帶來的痛苦無感了。

他只是靜靜地躺著，直到有人順著陽臺邊的屋梯登上了房緣，從簷邊露出頭來，托腮看他，語氣中有一點得意和潛藏其下的安心：「我還以為你不會回來了。」

「南舟」翻身坐起，說：「我答應過你的。」

{江舫}：「想得怎麼樣了？」

等待他的是久久的默然，{江舫}臉上的笑意也一點點隨時間退去。

最後，他只等來了一句：「我給你畫一張畫吧。」

{江舫}翻身躍上屋頂，挾裹的怒氣極盛，三、四塊瓦片嗆啷啷在他腳下四分五裂了。他步步向「南舟」逼近，話音裡滿懷陰鷙：「這就是你的答案？」

「南舟」平靜答道：「是。我的答案。」又詢問：「你要不要我給你畫畫？」

{江舫}的拳頭攥了又鬆，暗暗發狠了好一陣，在腦中勾勒出了用精鋼鐵鐐把「南舟」鎖起來的種種細節。

但他認為，「南舟」敢回來，還敢當面對自己挑釁，必然是早就做好

了應付自己的準備。貿然動手，於己不利。

他只好強行按捺下滿腔怒氣，手按住瓦片，盤腿坐下，「……畫得好看一點。」

「南舟」點頭，「會的。你本來就好看。」

｛江舫｝冷笑，「當然。誰讓我像他？」

「南舟」：「可你不是他。」

｛江舫｝哈了一聲，身體後仰著撐住了瓦面，自嘲道：「我知道，比不過嘛。」

「南舟」：「我不是這個意思，我的意思是，你們兩個不一樣，沒有誰比誰好。他從來不屬於我，我甚至不能算接觸過他。你對我來說，才是真實存在的。」

｛江舫｝：「……」

這一記直球令他猝不及防，他壓根兒不知道怎樣接話，只好極盡刻毒之能事，陰森道：「油嘴滑舌，我真想把筆捅進你的喉嚨裡。」

「南舟」眨一眨眼睛，反問：「你會這麼做嗎？」

｛江舫｝又是一個倒噎，氣悶地轉過頭去，陰陽道：「我哪裡敢。要是強行留你，我也只能困住你一個晚上，等明天太陽升起的時候，你就會扭斷我的脖子。」

「南舟」說：「我不會。」

｛江舫｝：「鬼信。」

「南舟」篤定道：「你信的。」

｛江舫｝：「……」

「我信有什麼用？記憶裡的那個假人對你來說才更重要。」｛江舫｝酸溜溜道：「你寧肯留著假的，也不願意創造新的記憶。」

「他也不是假的。」「南舟」反駁：「他一直在。」

｛江舫｝挖苦他：「對你來說不就是假的？你為了一個根本碰不到的人，不要真的在你身邊的人？什麼樣的蠢貨能幹出這樣的事情來？」

「不全是因為他。」「南舟」低頭作畫,「還有一部分是因為你。」

{江舫}奇道:「……我?」

「你想讓我留下來。所以你跟我分析利弊的時候說過,因為我們能保留全部的記憶,『就算重置,也是永生』,對不對?」

{江舫}的確說過這話。

「南舟」說:「所以,我們要麼永遠只能短暫擁有幾個小時的自我,要麼在這小鎮裡迎接被強制給予的永生,永遠年輕,也永遠困在牢獄裡……這才是真正的詛咒,不是嗎?」

{江舫}一時啞然。他說:「那就要用死做終結嗎?真慷慨啊。」

「死不一定是終結,說不定是開始。」「南舟」說:「也許,世界崩潰,就是我們的束縛解除的時候,我們能在另外一個維度,以另外一種形式存活下去。」

{江舫}開懷大笑:「小騙子,打算騙我乖乖去死了?哪裡來的另一個世界?老實承認吧,你就是還愛那個江舫,愛到願意為他去死。」

「南舟」不打算否認自己的私心,點頭道:「朋友不就是應該這個樣子的嗎?」

{江舫}:「『朋友』?」

「一種人際交往中的狀態。」「南舟」詳細地為他科普:「你對他有生殖衝動、你想被他撫摸、你願意為他去死,這就是朋友了。」

「如果我始終是現在的我,我沒辦法和其他人做朋友。」「南舟」說:「只有把我自己徹底打碎,我才能做到。」

{江舫}凝望著「南舟」,眼中席捲著一場風暴,面上卻是不動聲色。誰也不知道他在想什麼。

「南舟」也跟著他一起沉默,在紙上細細勾勒出{江舫}的面容,把他放在了自己和【南舟】之間。

他沒有根據自己記憶中江舫的形貌來畫{江舫}。

{江舫}就只是{江舫}而已。

他正完善著睫毛處的細節，突然聽到身邊傳來指點聲：「哎，『南舟』，畫個大太陽吧。」

｛江舫｝舒張開修長的雙腿，抬頭道：「反正以後搞不好也沒有日出可看了。」

「南舟」頷首，聽話地在畫面上添上明亮的光影。

三隻小螞蟻，在畫面上排排而坐。他們各自分離許久，最終，還是成功在紙上碰了頭。

「南舟」難得集中精神，什麼都不去想，看一眼｛江舫｝，便以月為燈，在紙上補全一筆光影。他在努力想像著和他、和【南舟】一起走在太陽下的樣子。

｛江舫｝則靜靜望著「南舟」。

月色正濃，粼粼月色如流，打在他的眉骨上，讓他有種想要伸手去輕輕替他擦拂的衝動。

可他搭放在屋瓦上的手指只是稍稍蜷曲了幾下，摩挲出細微的聲響後，便自行作罷。

畫作只需寥寥幾筆即可成功收尾。「南舟」眼看還有 10 分鐘左右的時間，也不再那麼匆忙，問他：「你想再去看看誰嗎？」

他指的是｛南舟｝。【南舟】會去見他的【江舫】，他以為｛江舫｝也會如此。

｛江舫｝卻並沒有動身的意思。

「南舟」有些詫異，抬頭看他。

「你之前說得對。」他平靜地剖白了他的心境，「我怕他也是怪物，所以我從不在晚上見他。」

「他小時候救過我、收留過我，我也老老實實多活了這些年。如果他是怪物，他就是殺了我父母的怪物中的一員，我們兩清了；如果他不是，我也保護了他這麼多年……我們也還是兩清了。」

「南舟」沒想到｛江舫｝會這樣說，詫異道：「我以為你……」

{江舫}接口：「……喜歡他？」

「南舟」困惑地點點頭。每個江舫都該有一個南舟，對這一點，他一直深信不疑。

更何況，{江舫}明明很在乎{南舟}。

在以為自己是他時，{江舫}差點發瘋，起了和他同歸於盡的念頭。後來，他還不允許自己用{南舟}的聲音發出呻吟……

{江舫}早把他心裡轉著的諸般念頭猜了個透。

「我在乎他，因為我只有他。如果這個世界上能親近的東西只剩下一隻貓，或者一個人偶，你也會在意它。」

{江舫}定定望著他，道：「……誰會喜歡上一個假人？」

「南舟」心中微悸，一點憐憫頓生。

「南舟」在小鎮裡孤身度過了23年，期間有多少孤獨苦惱，自不用說。不過，因為自願變成了「光魅」，他至少不用束手以待宰割。

可{江舫}因為父母死於怪物，絕不肯允許自己與怪物為伍，與光魅「同流合污」，所以這些年，他在夾縫中掙扎求生，要比自己、比【南舟】都辛苦得多了。

{江舫}則在「南舟」發呆時，看準了他，並嚥下了一句未出口的話……明明是一模一樣的一張臉，可是，他知道，那是很不一樣的。

「南舟」做好了收尾工作，把畫好的畫給他看。

{江舫}表現得興趣不大，接過來，本打算草草瀏覽一遍便罷。但在發現畫中人的情態和自己無比相似時，他的心臟還是跳重了幾記。

他面上卻是不動聲色，把畫捲好，還給了「南舟」，同時矜持扭要地表示了讚許：「挺好。」

「南舟」把那幅素描撕下，放入倉庫。他只盼世界上有人不會把他們忘記，有人能記住，他們曾經活過，那就是最好的了。既然他和真正的南舟共用了倉庫，或許，他也能藉著倉庫，將這張畫送到他永遠抵達不了的那個世界。

$$F_1 = F_2 = G\frac{m_1 \times m_2}{r^2}$$

他放好了畫，也取出了匕首。在他的記憶裡，那把匕首，是他和真正的江舫重逢時，從那個炮灰秦亞東的手中搶來的。現在，它就是終結這無限痛苦、送南舟和江舫再次重逢的鑰匙。

「南舟」對死亡不恐懼，只怕江舫找不到他的真正的南舟。

「南舟」用匕首尖在自己脖子上尋位按壓幾下，尋找到了最能一擊致命的地方。

他見〔江舫〕不說話，心中還是有幾分歉疚。

「世界之外，肯定還有新世界。」「南舟」寬慰他道：「我們會去到另外一個地方，在那裡會遇見【南舟】，或許還有很多個和我們做了同樣選擇的遊戲人物在那裡。你會有新的夥伴，就不會這麼孤獨了。」

「聽起來是個垃圾場。」〔江舫〕冷笑，「還有，哪裡還會有你這樣癡心的傻子。」

因為知道自己不傻，「南舟」也沒有被諷刺的自覺，只針對他前半句話說：「也可能是一個新的家園呢。」

〔江舫〕：「那拉個手吧，別……走丟了。」

他伸出雙手，分別執握住「南舟」的手。從他掌心傳遞來的溫度異常溫暖，帶著讓人心安的力量。

距離這個小副本強制終結，只剩下最後 3 分鐘。

「南舟」想要抬手，卻意識到，自己雙手的脈門，都被〔江舫〕這看似溫情的動作死死扣住，不得解脫。

他掙了兩下，都無法從他雙手的桎梏裡脫出。在滿月之下，單較力氣，自己是比不過〔江舫〕的。

「南舟」輕嘆了一聲，卻並不感到意外或是焦慮。

一朝夢醒，就像是見到了夜露的蜉蝣，朝生暮死，任誰都不能接受這樣蟲子一樣的命運。

「南舟」知道，自己沒有這麼容易就說服〔江舫〕。只是他想知道，〔江舫〕到底還有什麼捨不得、放不下。

「……舫哥。」對著這張臉，他自然而然地叫出了這個稱呼。

「你還是不肯放我走嗎？」

「我不信這世界上有什麼別的地方能容我們藏身，我不信任何人的保證。」｛江舫｝聲音斬釘截鐵，雙手更是如鐵一樣層層加力，把「南舟」的手腕扼得骨響聲聲，「……我更加不信你靠自殘能得到什麼好結果。如果你抹了脖子，就算到了那個世界，我也只會得到一具屍體。」

時間只剩兩分半鐘。

150 秒。

「南舟」知道他說得對：「那你……」他接下來的話，沒有說出口，也沒能說出口。

因為｛江舫｝在握掉了他掌中的匕首、在匕首「噹啷」墜地時，用單手死鎖住了他的雙腕，另外一隻手向上，死死扼住了他的脖子。

南舟的頸部很細，只用一巴掌就能全然掌控他的呼吸，稍稍一捏，便有大片大片的紅從他發力的掌印邊緣滲出。

｛江舫｝把他壓倒在屋頂上，把他的脖子招出格格的細響，用溫情脈脈的語調說：「要殺你，得讓我親自來。」

「南舟」無法呼吸，便從他另一手的掌控中脫出，伸手去抓他的手腕，卻發現他的脈搏跳得很快，與他面上的鎮定全不相符。在這生死關頭，他居然馬上猜到了｛江舫｝想要做什麼。

在氧氣被盡數隔絕的情況下，他想要開口說話，卻是無能為力。隨著肺部空氣的急劇流失，「南舟」眼前光影更迭轉急，天上那一輪懸月也變得忽明忽暗起來，像是一個接觸不良的碩大燈泡。

這不全是幻覺……遊戲世界讀取到核心人物「南舟」的生命值急速流失，也變得不穩定起來。

｛江舫｝不肯浪費時間去找｛南舟｝，就是要守在「南舟」身邊，為他找這麼一個難得的兩全法。

那些高維人只要「南舟」死，但不一定要真死。「南舟」割喉，必死

$$F_1 = F_2 = G \frac{m_1 \times m_2}{r^2}$$

無疑，但如果只是通過窒息，造成暫時性的休克和心臟停跳，那就說不定⋯⋯還有回轉的機會。

隨著「南舟」身體的痙攣，{江舫}俯下身來，手上力道不減，貼在他耳邊，輕聲說：「喂，如果世界不崩潰，那個南舟得到車票，我就會救活你；如果世界塌了，我們都不在了，你就要記得，是我殺了你，要給我記得牢牢的，像你記得他一樣牢。」

「南舟」無法回覆。他只是在握住{江舫}手腕的手指上溫柔地撫摸了兩下，權作應答。

{江舫}的皮膚被他撫摸得一陣起粟，臉頰也微微脹紅了，「小騙子，誰信你。你肯定在心裡罵我。」

「南舟」在心裡回答他：我沒騙你。了結了這段過往，就一起走吧。你還欠我⋯⋯好幾個問題。比如說⋯⋯

在「南舟」的世界漸趨黑暗時，一滴溫熱卻不期然落到了「南舟」臉上。「南舟」略感詫異，在無窮的窒息中伸出手掌，要去摸那水跡的來源時，手卻被牢牢捉在了掌心。

在世界歸於一片徹底的漆黑前，他的手被人輕握著，有人對他說：「走。我們一起走。」

關於這三個微小的盒中世界的故事，因為核心人物的死亡，啪咻一聲，像是完結了的遊戲或電視劇，在宇宙的某個角落中消失了。

將南舟從迷思中喚醒的，是一聲長而淒厲的列車鳴笛聲。

滾滾的雪白蒸汽騰空而起，在空中形成了筆直的一條熱線，直沖天際，彷彿天邊此刻叢叢雲朵，都是蒸汽所化。

南舟正身處一個老式的車站中，坐在月臺邊的一方條凳上。南舟執握在掌心的一份契約書，被一陣無端湧來的風吹得呼啦啦一陣響。

甲方：列車管理員

乙方：南舟

內容：甲方將乙方的複製體投入一段遊戲中。在遊戲開始後，乙方會完全忘記簽署契約的事情。甲方有責任保證將遊戲難度控制在乙方力所能完成的範圍內。乙方則要通過在遊戲中心甘情願的死亡，結束這場遊戲。在遊戲結束後，乙方將會收到獎勵車票一張，有效期為6個小時。有效期，自車票進入倉庫後開始計算。請在車票過期前，登上這輛絕無僅有的單程列車，去採擷屬於你的勝利果實吧。

藉由這紙契約，南舟終於回想起，自己和江舫他們接受副本傳送後，他們就進入了一個封閉的小房間，圍坐在一張桌前。桌上就擺放著這五紙合約，四周也沒有別的人為他們解說規則。

在封閉小房間內的氧氣耗盡前，他們討論了將近一個小時，得出的結論是，遊戲的難點在於「心甘情願」四個字。

在失去相關記憶的前提下，沒人願意心甘情願去死。但如果得回記憶，知道自己是一個複製體後，又怎麼會心甘情願地為主體去死？

綜合看來，這明明是一紙霸王合約，可為了完成最後一個副本，他們也是非簽不可。

在明白了自己究竟身處何方後，南舟第一時間打開倉庫。倉庫首位是一張古樸老式的淡綠色車票，上面烙著班次，恰和眼前這輛列車側身上鑲嵌的銅牌一致。

車票上沒有寫明目的地，卻清清楚楚地寫著南舟的名字。

這樣一來，車票就是單人單次使用，無法再出借給旁人。

南舟直接跳過了這張對獲勝而言至關重要的車票，在倉庫中依次搜尋起來。他記憶力很是出色，對倉庫裡的東西一樣樣記得分明。

可他前後足足翻找了三遍，才肯確認——沒有了。那張繪製著「南舟」、【南舟】與{江舫}的圖畫，沒有了。

$$F_1 = F_2 = G\frac{m_1 \times m_2}{r^2}$$

有些東西是可以通過設定帶入遊戲的，但遊戲世界，與他所處的車站世界終歸是不同維度，它根本帶不出來。

南舟低下頭，望著鐵軌，怔忡許久後，一道高大的陰影自上壓來。

一個面孔青灰、肌肉僵硬，宛如木偶一樣的乘務員沉聲詢問：「您好，您要上車嗎？」

南舟：「請問是六個小時後發車嗎？」

乘務員機械報時：「五小時零五十七分之後。」

南舟：「我的隊友們呢？」

木著一張面龐的乘務員，重複道：「您好，您要上車嗎？請出示您的票證。」

南舟把臉偏向一邊，不再看這個複讀機，「我等人。」

但檢票員像是一臺被設定了固定程式的機器。

他前前後後，重複問了「您要上車嗎」、「請出示票證」共十遍，一直沒有從南舟這裡得到任何回應，才木著一張冷臉，機械地移向別處，很快便走得不見了影子。

南舟低頭瞧著手中的契約書，目光落在最後兩行上，若有所思。他有話想問那名乘務員，是，等他一抬頭，偌大月臺上只剩下了他一個人。那乘務員像是憑空走入了其他空間，除了南舟一人留在月臺上，四周是一片令人心悸的空空如也，沒有一點活氣可言。

南舟怔忡片刻，又動手從倉庫裡取出一張紙條。

在進入遊戲前，他們各撕下五張便條紙，把真正的過關攻略寫在了上面，放進了倉庫的第一格，確保一打開面板就能看見。

「現世為假，自願送死，即可通關」。

然而，在「南舟」穿梭於沙箱世界中時，南舟其實也被困在「南舟」體內，意識清醒，可惜口不能言，肢體也無法動上一動，只能跟「南舟」共用視野。

「南舟」也曾清點過倉庫物品。

南舟看得清清楚楚，在正式進入遊戲後，這張記錄了過關方法的便條紙就憑空蒸發了，在任何一格都找不到它的影蹤。等他真正通關，它又好端端地躺回了倉庫……看來臨場打小抄的方法並不可行。

南舟動身在車站中尋找了一陣，並沒有發現任何出去的通路。這就是一個幾百平方公尺的候車站，平平無奇，站臺柱子上原本應該楔著站名的地方只剩下了四角釘孔，以及釘孔四周被人強行撬過的細微擦刮痕跡。

車站統一貼鋪著的齊腰高的雪白瓷磚已然泛黃，瓷磚上方的柱子及牆壁則統一刷著綠漆，漆已斑駁脫落了大片，看上去頗有些年頭了。南舟又細細搜索了車站內的垃圾桶等可以藏物的容器，桶裡乾淨得連一張紙片也尋不見。

車站內還有一個已然蒙塵了的、專門售賣報刊百貨的售貨亭，只是外面落了一重又一重的重鎖，四周也都是髒兮兮的玻璃，勉強能稱得上四面通透，從外往內窺看，至少可以確定裡面沒有藏匿什麼人。

如無必要，南舟暫時不想破壞什麼。

確定車站沒有什麼可調查的後，南舟從列車的 1 號車廂門登上，打算一節節查考過去。列車共有六節，1 號車廂的盡頭是駕駛室，門扉洞開，裡面並沒有司機。

南舟從第 1 車廂出發，一路向車尾走去。火車內部陳設簡單，每一排都有兩列座椅，雙排相對，隔在兩排相對的座椅中間的是一個一尺見方的可伸縮收納起來的塑膠桌板，上面布滿了淡黃色的、來歷不明的污漬。

這種內設裝潢屬於最古樸的老式火車，現在已經見不到了。但這些看在對萬事好奇的南舟眼裡，都是最新鮮的事物。

第 1 車廂裡還算乾淨，只是有兩個空了的塑膠水瓶扔在地上，瓶底有輕微的變形。

塑膠桌上還擺著一碗開了口的麻辣方便粉絲，南舟伸手摸上去，發現觸手冰冷，不知扔在這裡多久了，氣味腐敗，粉絲早已在溫爛後又變得乾枯，重新恢復了未被沖泡前的根根分明。

$$F_1 = F_2 = G \frac{m_1 \times m_2}{r^2}$$

南舟徑直往前走去。每節車廂的連接處都有一臺熱水器、一方洗手臺，和一個可以男女共用的廁所。南舟用手去摸鐵製的熱水器，發現居然燙得很，手指吃痛，只好捏著耳朵，繼續往前走去。

第2車廂更加整潔一點，沒有什麼雜物，像是被收拾整理過，但角落裡掉落了一枝老式圓珠筆，牆上也懸掛著一方錦旗，上書「文明車廂」。錦旗旁邊的車板上釘著一根鏽釘，釘子上掛著一方深藍色的硬板夾，夾上夾著一張表格，題頭是「發車記錄表」。

南舟剛拿起硬板夾，還沒來得及翻上一下，就被撲面而來的灰塵嗆得打了個噴嚏。等他定睛去看，記錄表上的日期都已模糊了，「乘員人數」一欄，用淡藍色圓珠筆填著4。

——4？這和【腦侵】世界裡的情況一樣嗎？錫兵、天鵝、懸浮在海中的木偶，都是以前失敗的玩家留下的記錄嗎？

南舟在心中默默記下，把東西放回原處，盡力不破壞它原有的樣貌，往第3號車廂走去。

3號車廂裡比較熱鬧，像是一群人放鬆下來，在這裡侃侃而談，桌上放著一本老雜誌，縫隙內都堆滿了灰塵，還有一大把嗑過的瓜子殼攤在臨窗的一方小桌上，沒來得及打掃清理。

南舟觀視一番後，便繼續往前走去。

連接3、4節車廂的廂門是緊閉著的。推開走到第3、4節車廂的連接處，南舟猛然駐足。

他望向第4車廂內的一切，神情逐漸變得困惑——這裡像是發生了一起激烈的鬥毆事件。

靠西側的一方塑膠桌折斷了，露出白生生的塑膠茬，尖銳無比。那尖茬的頭上染著黑紅色的鮮血，血液早已全乾，看上去是有人的腦袋或是眼睛撞上了這裡，因為，以這尖端為圓心，四周大片大片地噴濺著一個人形的鮮血輪廓。

原本好好地套在列車上的頭枕枕套也被蹭得亂七八糟，上面滿布血

污，有一整片窗簾被扯了下來，蓋在地上，上面也滲著大片的汙血，只是窗簾顏色偏深，血染在上頭，更像污漬。

南舟亦步亦趨，踏過這一地的凌亂，來到了第 5 車廂。

第 5 車廂中部的一面玻璃窗破裂了，一片片碎碴宛如刀林，片片尖銳地向上直立著。讓人心驚的是，玻璃片上烙著半個殘破的血掌印……就好像是有人被擲出了窗外，還猶自扒在窗玻璃上，為了求生，生生握著那玻璃，任憑尖刃刺入手掌，勉力堅持了許久，才頹然鬆手。

南舟伸手去比劃了一下那枚血手印，發現手印並不很大，像個女孩子的手。

而從 5 號車廂的車窗破裂處，噴濺著大量的鮮血，踩著鮮血的腳印一路向後延伸，進入了第 6 車廂。南舟也跟著腳印進入了最後一節車廂，車廂盡頭，聚集了一大灘血液。

這場景帶著濃厚的故事性。南舟甚至可以想像，一個在毆鬥中重傷的人，在把另外一個人扔出車廂後，大動脈也被身處絕境的那人反手割破。他踉蹌著走向最後一節車廂，仰靠在廂壁上，絕望地迎來了他的死亡。

南舟發愣良久。他以為在走出盒中世界後，一切遊戲就都宣告結束了，但這古怪的列車，再次給他出了一道謎題。

懷著心事從 6 號車廂的車門裡出來後，南舟又隱隱吃了一驚。

不知何時，月臺上起了濃霧。霧氣自西而來，天地同化一白，白氣如綢，流暢不羈，很快便湧動到了南舟身側，宛如一頭流動的巨獸，張開碩口，將南舟一併吞入腹中。

南舟按照記憶回到了自己最初坐著的月臺椅旁，重新進入了靜坐狀態。他需要好好整理一下思路……直到一串腳步聲從月臺彼端一路延伸而來，沉穩有力。

喀、喀。硬底皮鞋磕在地上的聲響異常清脆，在白霧之中徐徐而來，頗為詭異。

南舟起初豎耳細聽，但辨明來者身分後，便迅速打消了心頭的那一絲

激動，只是靜坐不動──第二個通關者出現了。

元明清手持車票和契約書，直到走至南舟身側，才駭然驚覺霧中竟然靜靜地坐了一個人，轉眼噔噔噔倒退數步，同時手中蝴蝶刀已經抖開，鋒刃轉瞬交合絞動數度，錚然有聲。

南舟沒什麼表情，仰頭望向他。

等看清霧中的面龐後，橫刀護在自己面前的元明清才略略鬆了一口氣：「嚇我一跳。」

元明清心情不錯，竟然大著膽子和南舟並肩坐在了一處。

在元明清落座後不久，那殭屍一樣的乘務員又不知道從哪裡冒出，前後共問十遍，要不要登車。

南舟望向一側被霧氣蒸騰得只剩下了一道虛影的時鐘。不知道是否刻意，車站上的時鐘被設計得異常龐大，時針和分針粗大鮮明，可以看出，距離自己剛到車站時，已過了整整 1 小時。

元明清顯然也發現了這 NPC 的表現是有規律可循的，發聲問道：「你多久來一次？」

這問題正好在 NPC 的回答範圍之內：「您好。發車前 6 小時到 3 小時，我會每隔 1 小時來提醒您一次；發車前 3 小時到發車前半小時，我會每隔半小時來提醒您一次；發車前半小時到正式發車，每隔 5 分鐘，我就會提醒您一次。」

元明清付之一笑，並不相信。

時間這種東西，還是掌握在自己手裡為妙。

待元明清提問完畢，南舟也問了他剛才沒來得及問的問題：「下一班車什麼時候來？」

可在答過元明清的問題後，NPC 不再作答，沉默著轉身投入霧氣之中。南舟伸手去抓他，卻只抓到了一把從他指間彌散開來的霧。

南舟分撥開霧氣，急追幾步，乘務員卻像是活活融化在了霧氣中，徹底消失不見。

經過前後兩次提問，南舟基本可以確認，這名 NPC 功能有限，一次只能回答一個問題。上次它回答了發車時間，這次回答了報時頻次。

　　南舟坐回原處，自言自語道：「下一次再問。」

　　元明清獨自闖過了最後的難關，此時心情正好，急於分享，哪怕身邊是一個不怎麼喜歡的人，他也不很在意了：「你遇到了什麼？」

　　南舟不大想和不相干的人講述「南舟」和｛江舫｝的故事，含混道：「我這邊的情況很複雜。你的遊戲是什麼？」

　　元明清：「我這邊是一個 FPS 遊戲。」

　　南舟：「……FPS？」

　　元明清想了想，嘗試用南舟能理解的邏輯解釋：「CSGO，穿越火線……吃雞？」

　　南舟還是定定望著他。

　　元明清呼出一口氣……他和南舟更差了兩個維度，解釋起來更加麻煩。他說：「差不多就和『古城邦』鬥獸場裡的九十九人賽一樣。」

　　南舟點一點頭，「哦。」他明白了。

　　元明清：「……」

　　南舟過於平淡的反應，讓他分享成功的喜悅都打了個八八折。

　　FPS 遊戲，全稱是第一人稱射擊遊戲。在這場遊戲裡，加上元明清，共計有一百名玩家被投入遊戲，遊戲地圖上會隨機掉落武器、防具和載具，供玩家選擇使用。玩家可自行組隊，也可以單獨行動，戰勝其他所有人、成功存活的隊伍或者個人，就能獲得遊戲第一。

　　元明清抽到的地圖是 30 公頃的海島雨林圖，具體建築共計一百二十七個，雨林覆蓋率高達 66%，有海上作戰區域，還有一定可能被雨林中的殺人藤、食人鱷、毒蛇毒蕈重創，導致嚴重的非戰鬥死亡，險象環生。

　　以上的各種條件看似變態，但這卻是元明清玩得最為滾瓜爛熟的遊戲之一……這也符合了契約書上所謂的將「遊戲難度控制在乙方力所能完成的範圍內」這一點。

$$F_1 = F_2 = G\frac{m_1 \times m_2}{r^2}$$

一開始，元明清也和南舟一樣，遺忘了進入遊戲的是一個「虛假的自己」。他確實之前玩過許多高模擬 FPS 遊戲，死了重開就是了。

然而這回的情形全不一樣。

「元明清」知道，自己是否能夠存活，根本不影響「立方舟」最後的許願流程，因為他的願望與他們完全無關。這是屬於他一個人的遊戲，事關自己的生死和勝利，他將他性情中原有的專注和狠毒發揮了十成十。

每架空投飛機上有五名初始玩家。按照遊戲規則，這五名玩家的落點都是一致的。「元明清」有意用刀子割斷了三個降落傘的安全繩，拿走了其中一個壞的，並將一個完好的拿給了自己看好的一名同機玩家 A。另一個好的降落傘，被玩家 B 隨手拿走。

拿到損壞了的降落傘的兩人，跳下飛機後，在一連串失控的慘叫聲中摔成了肉醬。

「元明清」則動用了具有緩衝功能的 A 級道具【救援隊竭誠為您服務】，在成功降落到雨林中的某個點位後，又使用 B 級道具【變色龍膠帶】，把自己身上被樹葉的擦傷大批複製，做成傷痕累累的樣子。

「元明清」成功用自己的「慘相」騙到了降落在不遠處的玩家 A，讓他以為自己只是有了樹枝緩衝，才僥倖不死。他不僅成功從 A 手中騙到了一個剛撿到的大血瓶，還成功讓 A 相信了，想要動手坑害隊友的是 B。

如果不是 A 運氣好，撿到了漏，或許，A 也是那被塗抹一地的肉醬中的一員。

……同仇敵愾，是最快建立統一戰線的最好方式。在聯手擊殺了 B 後，「元明清」和 A 自然締結了隊友關係，一路搭檔，合作衝殺了過去。

在元明清簡單講述了大概的遊戲設定後，南舟這回總算 get 了問話的重點：「那你是怎麼破關的？」

元明清不免驕傲地解釋道：「我就算不記得契約，我至少是高維人，我懂『他們』的思考模式，他們不可能給我這樣一個簡單的關卡。」

當然，這有可能因為遊戲方還念著大家同為高維人的情，故意給「元

明清」放了一點水。畢竟這最後一個關卡，怎麼看都像是一個各自為戰的單人遊戲，單獨為他放點水，似乎也無傷大雅，但元明清不至於這麼幼稚和理想化。

因為考慮到這一點，他一面盡全力狙獵敵人，完美補槍、適時補血，把自己刷成了本局拿了最多人頭的玩家，一面不忘完成支線任務，看起來是全身心投入了遊戲的樣子。同時，他沒有一刻放棄對「時間」的關注。

當遊戲中只剩下三個人時，「元明清」選擇用載具碾殺了自己的隊友A，在他重傷倒地時，又毫不留情地在他的太陽穴上補了一槍。這樣，他的對手就只有另外一個單人玩家了。

到這時，他沒有選擇主動出擊，而是再次確認了一下時間。

元明清說：「我接到的遊戲說明，大意是講，叢林中的螞蟻要不斷挑戰比自己強悍的同類，才能成為螞蟻中的強者，但即使如此，最終也是一隻強壯而孤獨的螞蟻──這不重要，重要的是，遊戲給我的通關時限是24小時。」

聽到這裡，南舟眉心微微一皺。

「……你也發現了，是不是？」元明清說：「這個海島本身面積不小，我們又是實體作戰，一路上需要補充能量和水分，還需要適當休息，保持最好的作戰狀態，一開始的確浪費了不少時間，可在找到越野車之後，我們的行動至少快了一倍。儘管也有三、四個玩家藏在叢林裡，想拖延時間打遊擊戰，可在追逐遊戲勝利的不止我們一支隊伍，在我們追殺別的玩家時，那些想躲起來保存實力的玩家也是別人的狙殺目標。」

「……所以，等到只剩下我和最後那名玩家的時候，我確認了一下時間──居然只過去了十二個半小時。」

南舟明白了。之前，「元明清」積極推動遊戲進程，就是想看一看，如果他全力以赴推進遊戲，究竟需要耗時多久？

十二個半小時，比限定的遊戲時間整整差了將近一倍。

這更讓「元明清」心中疑竇叢生，為什麼12小時就能完成的遊戲，

要給他放寬到 24 小時？

　　選擇元明清最擅長的遊戲模式之一，有可能是高維人給他放水。難道這過分寬裕的遊戲時間，也是高維人放水？

　　「元明清」認為自己並不值得。如果他是高維人，他會這樣輕而易舉地放過等同於是背叛了高維的自己嗎？如果自己是決策者，他又會用怎樣殘酷的方式對待自己？

　　思考了許久，「元明清」突然放聲大笑——當然是要在他登上頂峰的那一瞬間，在他最為得意、放鬆的時候，將他重新踹回深淵之中。

　　思及此，「元明清」從藏身的草叢中站了出來，高舉雙臂，用手槍朝天際放了一槍，聲震四野，四周是含著濃厚水氣的高草，抵著他的腰間，摩挲拂擺，沙沙有聲。數秒過後，一聲槍響響起，作為應答。「元明清」的額頭上被鑽開了一個貫穿的孔洞。

　　元明清已經許久沒有親身體驗過勝利的快感了。更何況，他最後的心甘情願，也帶了三分賭的成分，萬一高維人是利用了他的思維定勢，想要藉此把他誘入另一個死地呢？好在，他賭對了。他主動鳴槍、自爆方位的送死行為，被判定成了「心甘情願」。

　　講述完畢後，元明清想聽聽南舟對自己的評價。

　　這一場長達 12 小時的暴烈槍戰，把他這些日子的壓抑盡數隨著槍火洩出，直到現在，他的手還因為血液的高速流動而微微顫抖著。勝利在望的感覺，甚至讓他看南舟都順眼了不少。

　　他期待了許久，終於得到了南舟的回饋：「……嗯。」

　　元明清：「……然後呢？」

　　「你說得對。」南舟說：「你的關卡的確很簡單。」

　　元明清：「……」哽住。聽到這樣輕描淡寫的判詞，他頗感不爽，道：「交換一下情報吧。我想知道你那邊是怎麼通關的？」

　　南舟略去了幾樣關鍵情節，如是這般，簡單講述過後，元明清陷入了沉默。

元明清：「……」好吧，算他自取其辱，南舟的遊戲難度的確比他高得多，幾乎可以算是誅心。

「還有一個問題……」南舟兀自沉思，自言自語：「為什麼我的遊戲時間這麼短？」

「遊戲已經通關了，我建議你不要再多想。」元明清說：「你變成人之後，要是還遇上這麼一點事情就想東想西，會很累的。」

聞言，南舟看向了他，由衷道：「你今天話真多。」

的確是興奮過度了的元明清：「……」聳一聳肩，他把話題岔開：「也不知道你們那位李銀航李小姐遇到了什麼樣的關卡，她還沒有單獨行動過吧。」

南舟說：「在她能力範圍內的關卡，她能解決。」

元明清一時嘴快：「這可未必，也不知道你對她哪裡來的那麼強的信心……」話音未落，元明清膝蓋驟然遭了一腳，從椅子上一屁股歪了下去，尾椎骨重重磕在了水泥地上，疼得他差點流出眼淚。

南舟仍然端莊坐在原地，腳尖內合，彷彿剛才那一腳不是他踢出來的。他不動聲色地側頭看向元明清，「列車裡有些東西很奇怪，你想要上去看一看嗎？」

元明清：「……」

他忍痛拍一拍灰，竭力保持了冷靜優雅的起身姿勢，一瘸一拐地從6號車廂的廂門走了上去。

南舟並沒有跟上去。列車內部過於狹窄，兩人上去行走必然擁擠，滿地的血跡和紛亂也是一目了然，不必他上去解說。元明清雖然因為成功在即，情緒過於亢奮，但基本的判斷能力是有的。

元明清上列車搜索的時間比他想像得更長。南舟閉上眼睛，腦中疑問紛紛，這些疑問都很小，但無法讓他不在意。其中最讓他在意的，就是他剛才問元明清的那個問題——時間。

有元明清做對比可知，至少他們兩人，在不同遊戲世界裡的時間流速

Universal Gravitation

萬有引力

7

SKETCH

愛呦文創
f 愛呦文創　Q

是一致的。「南舟」的遊戲時間是 12 小時。「元明清」竭盡全力，能達成的最速通關時間也是 12.5 小時，加上他思考、躊躇的時間，他在副本裡消磨的時間將近 13 小時……正好和南舟結束副本、回到車站搜索和等待的時間相加起來一致。

南舟手中的車票顯示，列車將於 6 小時後發車。如果李銀航他們到時候還在遊戲裡呢？想到這裡，南舟睜眼，望向了自己手中的契約書。

【請在車票過期前，登上這輛絕無僅有的單程列車】。

絕無僅有，又是什麼意思？在南舟沉浸在思考中時，車站上的濃霧愈濃了。

忽然，他聽到約莫數十步開外，傳來了一聲熟悉的女聲驚叫。

南舟精神一振，站起身來……銀航？

李銀航睜開眼，發現自己正身處濃稠到近乎實體的霧氣中，茫茫然不知身在何處，打了個大大的激靈，從硬邦邦的候車椅上猛地彈坐起來，環顧四周，心下惘然……不過，她很快意識到了什麼，手忙腳亂地打開了儲物格。

南極星像是在裡面憋悶了很久，猛然從中跳出來，落在地上，迅速凝化成了人形。

他一頭金髮未及打理，打著捲兒凌亂地披在肩頭，在霧氣襯托下，一張唇煞白煞白，上來便握住了李銀航的肩膀，「誰准妳……誰准妳……」

他氣得把李銀航狠狠抱在了懷裡，把臉也低埋在了她的肩窩中。垂落的金色長髮，順著他的身體微妙地一顫一顫。

李銀航忙給他順毛，「哎呀哎呀，沒事了……你別哭……好好好，沒哭沒哭。」

看到這一幕，走過來的南舟眨了眨眼睛，「……」

他悄悄往回退去，想要躲回濃霧裡，但李銀航已經用餘光瞥見了他的影子，她充滿驚喜地招呼了他一聲：「南老師！！」

還不及南舟上前詢問李銀航他們又經歷了怎樣的冒險故事，元明清的腳步聲也在他身後響起。

月臺上已經集聚了三個成功過關的人，這本來是一件值得欣喜的好事。然而，元明清隨之而來的一句問話，讓南舟的心瞬間抽緊了。

「你究竟想讓我看什麼？」元明清說：「我認認真真從頭搜到尾了，車上什麼東西也沒有啊。」

南舟一愣，飛快地對剛想要說點什麼的李銀航打了個手勢，搶步登上了6號車廂。

李銀航用目光詢問元明清：發生了什麼？

元明清一攤手。

南舟再次進入了列車，列車內部的氣味是封閉空間特有的，帶著一種淡淡過潮的霉腥氣。他從6號車廂一路出發，逆流而上。

沒了。他所見的一切怪象都沒了：滿地狼藉的血跡、破碎的玻璃窗、窗簾下的血跡、斷裂的塑膠桌和噴濺出的人形血跡。

乾乾淨淨，一地清潔，毫無毆鬥發生的痕跡。

南舟走到3號車廂，拿起掛在牆上的「發車記錄表」查看，上面附著一張嶄新的表格，沒有任何記錄。

南舟這一路走來，入目的枕巾、座椅和桌面都收納得妥妥當當。沒有雜誌和瓜子殼、沒有扔掉的礦泉水瓶，也沒有腐壞了的麻辣粉絲。

這就是一列雖然老舊，但沒有什麼特異之處的普通列車……普通得讓南舟自心底凜上一層寒意。

他步出1號車廂，分花拂柳一樣撥開漫天濕漉漉的迷霧，向等在原地的李銀航他們靠攏。

李銀航見南舟突然上車，也沒有跟著他無頭蒼蠅似地亂走，只老老實實在月臺上等待，輕聲和一頭霧水的元明清交換訊息。

$$F_1 = F_2 = G \frac{m_1 \times m_2}{r^2}$$

待他回轉，李銀航也大致弄明白發生了什麼……也就是說，列車本身有什麼不尋常的地方嗎？

她向來是百分百信任南舟的，因此她自己還沒上車，便已經開始對「列車」的存在生出了三分警惕。

李銀航開口叫他：「南……」

南舟徑直反問：「妳的遊戲規定時長是多久？」

李銀航不解其意，卻答得乾脆利索：「24 小時。」

南舟：「妳提前出來了？」

李銀航對了一下錶，「是。我提前出來了十小時零二十分鐘。」

元明清聽這兩人像是老師給學生上課一樣一問一答，頗覺好笑：「哎，怎麼不問問她遇到了什麼危險？女孩子這時候還是需要安慰的。」

南舟反問：「她不管遇到了什麼危險，現在都好好地站在這裡，我為什麼要問不相干的問題？」

元明清討了個大大的沒趣：「……」

南舟拉著李銀航坐下，「妳遇到的是什麼遊戲？」

李銀航：「我們玩的是……」她不大懂遊戲術語，想了很久：「那是一種冒險加升級類型的遊戲吧，就是那種在大野地裡會隨機遇到怪物的……」

元明清大致明白了：「類似寶可夢的玩法？」

「嗯。差不多。」李銀航比劃著，「我那個遊戲畫風整體還是挺卡通的，說是一隻小螞蟻有一個逃離農場去看看遠方的夢想，牠有一個好朋友，要和牠一起逃出去。但是動物農場是不允許有背叛和逃離者的，每隻動物都有自己的位置，如果選擇逃離，未來只會被外面世界的無數隻腳踩成一地的斷肢。」

「所以，為了不讓我這隻小螞蟻亡於現實，農場裡的其他動物會讓我『幸福地死在夢中』。」

剛進遊戲時，「李銀航」一開始的確被周遭那春日暖陽、微風拂草的

場景設計迷惑了。等聽完規則，她的冷汗和著雞皮疙瘩一起往外冒，什麼僥倖心理都沒了。

「地圖是一個叫春日花花牧場的地方，我的任務是在 24 小時之內找到牧場的出口，沒有其他的交通工具，我得靠雙腿步行。牧場裡會隨機刷出怪來，等怪跳出來之後，我們就得打那種回合制的比賽，可以逃跑，但是有機率逃不掉……贏了的話，是會有積分掉落的，中級以上的怪物身上還會掉落地圖碎片，積攢夠一定的地圖碎片，就能拼出農場的地圖，能知道準確的出口在哪裡。至於積分……我們可以在一些固定的『商店』裡購買血瓶、養血草一類的道具回血。」

一邊說著，她一邊拿出了一個筆記本，顯然是在副本裡做了詳細筆記的三好學生。可惜的是，她的筆記和南舟的畫一樣，都不能從副本中帶出，她的筆記本上空空如也。

她只好按照自己的記憶，儘量還原和描述。

「怪物的種類很多，初級的有史萊姆、草精之類的小精靈，高級的就有豬頭人、牛骷髏。」

「我記得光是我們遇見的怪物，我就記了七十二種，每個怪物的屬性和攻擊方式都不一樣。」

「一局比賽的長短視情況而定吧。快的 2 分鐘搞定，最難的一次，我們刷了二十多分鐘，中間發現打不過，嘗試逃跑好幾次，都失敗了。」

元明清問：「妳的召喚獸有哪些？」

「規則都說了，願意幫助『我』逃出農場的只有一個朋友。」李銀航說：「……就只有南極星嘛，而且我作為遊戲人物，帶著南極星，是不被算進戰鬥序列的。一開始，所有的戰鬥都是南極星去打……是不是，南極星？」說著，她想去摸南極星，卻摸了個空。

剛才的一番真情流露，讓南極星在回過神來後，窘迫得恨不得找個樹洞鑽進去，麻利地變回了蜜袋鼯後，正用一對前爪牢牢抱住車站凳子腿，默默面壁自閉，假裝自己不存在。

$$F_1 = F_2 = G \frac{m_1 \times m_2}{r^2}$$

這還真是為李銀航量身定做的副本。

她並不記得自己是虛假的，對李銀航這種老實孩子來說，她在簡單摸清楚規則後，一開始自然是乖乖刷副本。

因此，她詳盡地記錄下對面所有怪物的數值條，並進行了相當實用化的時間分配：把大量時間用在了刷初級怪上，採取轉圈搜草皮的方式，一圈圈向外擴張，好盡可能多地刷出初級怪來。她並不急於獲得地圖，而是專心積攢積分，竭盡所能為之後的惡戰做好原始的積分積累。

對付那些初級怪物，南極星是相當占優勢的。他已經恢復了小 boss 的完全體，往往一口就能磕掉對方腦殼。

李銀航鍥而不捨地打著必贏的戰鬥，堅守新手村，一步不出，賴了足足三個小時，硬是刷到遊戲再也不給初級野怪區發怪，才不甘不願地向外走去。

當進入中高級怪物的發育野區後，他們的戰鬥便不再那樣輕鬆了。好在南極星還可以變化成人，在南舟的言傳身教下，他可以輕鬆扭斷一個羊頭人的頸骨，打出致命級別的暴擊。

只是，由於對手等級提升，他不可避免地在戰鬥中開始負傷。

由於遊戲強制的規定，南極星想要回血，必須要依賴商店採購的藥物，所以，為了節省積分，除非到了不得已的時候再磕血瓶回血，南極星幾乎場場都是帶傷作戰。

而且，代表肉體健康的血條雖然能夠恢復，長期重複的作戰導致的精神疲勞，卻是無從彌補起。

他們也沒有休息的時間。

農場的範圍實在太大了。最糟糕的是，當他們把地圖的碎片搜集到一半時，李銀航才發現，根據完整的地圖上的地標顯示，他們應該是選錯出口的方向了。

如果接下來的戰鬥還像眼下這樣密集，每行走 5 分鐘就會遇怪，後面遇到的敵人也只會越來越凶悍，那麼他們的前景實在堪憂，哪怕只是一個

恍惚，他就會受重傷。

在遊戲推進到第十個小時時，李銀航他們遇到了等級奇高的豬頭人。牠血厚攻高防高，南極星哪怕是變成人，在牠面前也還是一個纖細文弱的青年，還不頂牠的肩膀一半寬。

在李銀航選擇逃跑未果後，牠高速奔襲而來，用尖銳的獠牙刺穿了南極星的小腹，把他渾身上下咬得鮮血淋漓。

等到好不容易殺死了牠，南極星已經虛弱得跪地難起，渾身浴血地伏地喘息，金髮都被從自己頸上湧出的血濡濕了，血條被生生打到只剩下一層皮。

李銀航心疼得要命，只能餵他喝了一個大血瓶，讓他枕在自己的膝上，扶住他的心口，生怕他細若遊絲的心跳聲一下子就沒有了。

聽李銀航講到這裡，因為對她的性格有所瞭解，元明清對她如何破局的好奇心便愈發濃厚。

聽他問自己是怎麼逃出副本的，李銀航怪不好意思地回答：「我……其實我也沒弄明白。」

元明清詫異：「妳不明白？……那妳是怎麼出來的？」

「打完那個豬頭人後，我覺得蠻幹下去不對勁。」李銀航繼續說：「照這種打法，不等離開農場，南極星必然會死，到時候，我這種戰力的，根本沒辦法參與戰鬥，也沒辦法獨活。我拿這件事勸南極星休息，可他不肯。」

兩人就保持著這樣枕膝的姿勢，互相依偎著吵了一架。李銀航低頭道：「他跟我吼……說我想得不對。只要他死，我就能活了。」

南舟斂眉沉思……南極星的想法是可以理解的。

從先前的戰鬥已經可以看出，南極星是李銀航的召喚獸。如果南極星不在，李銀航這個單打獨鬥的「召喚師」，一路走下去，說不定反倒不會觸發戰鬥。

所以，在南極星看來，只有他死了，李銀航才可以一路暢通無阻地離

$$F_1 = F_2 = G \frac{m_1 \times m_2}{r^2}$$

開農場。南極星的打算，就是在自己力竭而亡前，盡可能為李銀航拼湊出一張相對完整的農場地圖。

李銀航訥訥道：「我不相信會這樣簡單，可我找不到理由說服他，也不想讓他死。」她看向南舟，語氣有點抱歉：「南老師，我不是很合格……那個時候，其實我很不理智的。」

南舟點了點頭，表示理解。那十個小時，是生死與共的十個小時。從理論上說，南極星的確是一個遊戲生物，和其他道具的存在沒有太大的區別。但在共同經歷了那些事情後，不是所有人都能理智地把南極星認定為可以犧牲的物品，果斷拋棄保命的。

「一路上，我們兩個就這個問題吵了兩個多小時，他又受了好幾回傷，都很嚴重，我根本不相信他能撐過 24 個小時……後來，為了驗證我的想法是對的，在進入一個戰鬥後，我強制把南極星收回了倉庫。」

「果然，一旦他從隊伍中消失，下一個被遊戲自動投入戰鬥的『召喚獸』就是我。就算犧牲了他，我也無法獨活。」

說到這裡，她抿著嘴唇，輕笑了一聲：「結果我皮太脆了，對面又是個豬頭人，我一下子就……沒了。」

「可下一秒，我就來到車站裡了。」

的確，從某種意義上來說，李銀航這種為了保護朋友而導致的犧牲，也是一種「心甘情願」的自殺行為。

講到這裡，李銀航餘光一瞄，居然看到一個高大僵硬的男人靜靜立在距離他們僅有 5 公尺的霧中，像是一個迷路的幽靈。誰也不知道他是什麼時候站在那裡的。

李銀航被這死人臉的 NPC 嚇了一跳，偷眼看向南舟和元明清，發現他們並無異色，心中也安定了下來。

NPC 又開始了他慣例的詢問，一板一眼問道：「這位女士、兩位先生。要不要登車？」

李銀航禮貌擺手，「不要，我們等人。」

不等他複讀第二遍，南舟便問出了一直在他心中盤桓的問題。他指著眼前的老舊列車，「這一班車出發後，下一班車什麼時候來？」

NPC木然答道：「沒有下一班車。」

李銀航吃驚了，舉起了契約書，「可是契約書上不是說了嗎？車票自從到我們手裡之後，使用時限是6小時之內……」

聞言，NPC偏過頭來，盯牢了李銀航。他是鳩形鵠面的殭屍臉，眼距極開，眼珠子有種魚類動物一樣的巨大渾圓感。

他用黑多白少的木頭眼珠子盯準了李銀航，毫無感情地複誦：「沒有下一班車了。」

CHAPTER

05:00

他要與之戰鬥的，
不只是時間，還有人心

李銀航頭皮猛然發麻，低頭看向手中的契約書。

「……獎勵車票一張，有效期為六個小時……」

「……請在車票過期前，登上這輛絕無僅有的單程列車……」

察覺到其中的關竅後，她一把攥皺了契約書的紙緣。倘若真的「沒有下一班車」的話，這契約書上的內容，無非是高維人給他們玩的一場文字遊戲！

南極星明顯察覺到了她情緒的變化，從椅子下鑽了出來，化作人形，蹲踞在條椅邊，探頭去看契約書上的內容。

他對任何事情的感知更偏向直覺系，對眼前發生的一切只籠統地覺得不妙，卻不好用語言來形容這種感覺。他請教李銀航：「怎麼了嗎？」

李銀航難掩氣憤：「……從一開始就在算計我們！」

見南極星依舊懵然不解，她拿起紙筆，氣呼呼地在筆記本中央嚓嚓地劃了兩條平行的、長短一致的橫線。

「上面是遊戲世界的時間，是 A、B 線。」李銀航用筆尖在兩條線段左右標上代碼，「下面是車站時間，也是現實時間，是 C、D 線。兩個地方的時間流速是同步的。」

說著，她在上下齊平的 B、D 點上多描了幾筆，「這個點，就是南老師結束遊戲、來到車站的時間點。」

南極星點頭，這個他能理解。

根據元明清和李銀航交換的簡單情報，南舟的遊戲時間是 12 小時。他卡在了時限結束前，在副本內實現了「自願的死亡」，第一個返回車站。接下來就是元明清。

李銀航從 D 點再延伸，將下面的 CD 線畫得長出了一截，又在多出的線段上標了個兩點。她指著距離南舟相對較近的一個點，說：「這是元明清回來的點。他的遊戲時間是將近十三個小時。」

南極星明白了，指著下一個點，「那這裡就是我們。」

李銀航領首，「是，將近十四個小時。」

$$F_1 = F_2 = G \frac{m_1 \times m_2}{r^2}$$

「這和我們在副本內的通關時間是一致的，更加可以反證遊戲世界和車站世界的時間流速是一致的。」

南極星恍然大悟：「……啊。」

李銀航：「剛才那個怪人說，沒有下一班車，那不管我們手裡的車票有效時間還剩幾個小時，我們可以搭乘的列車只有這一**輛**。發車時間，只能從南老師拿到車票的時間為基準開始計算。」

「……所以，你還記得，南老師的遊戲時間，是多久嗎？」

南極星恍然大悟，緊接而來的就是滿心的冰冷。截止目前，只有南舟的遊戲是 12 小時……而李銀航和元明清的遊戲時間，都是整整 24 小時。

南極星不禁想，如果他們再在牧場裡多吵幾個小時呢？如果李銀航自殺式進攻的選擇再做得晚了幾個小時呢？再或者，如果南舟的通關時間再早上幾個小時？他們還能趕上這班駛離悲劇的列車嗎？還是會因為「晚點」，終其一生，被困在這個沒有出口、濃霧瀰漫的車站？

李銀航垂首，滿懷憂慮地望向紙上簡略的示意圖。她在 C、D 線還沒有延伸到的空白處，虛空落上了一點。

確定高維人就是故意打時間差和資訊差後，她不得不擔心起來。現在距離發車，還有整整四個小時，可江舫和陳夙峰還沒有回來。

他們能趕得回來嗎？

南極星也和她想到了一樣的事情，捉住了李銀航的衣角，皺著眉表達自己的不安。李銀航反手摸了摸他美麗的金髮，抬眼看向南舟。

南舟對她點了點頭，對她的判斷表示了肯定。

李銀航：「南老師，有沒有什麼要補充的？」

「需要再回來一個人進行驗證。」南舟並沒有**繼續**分析下去，「現在的情報不足。」

一旁的元明清聞言，輕笑了一聲。

——南舟，你是這樣的人嗎？三個人都已經回來了，樣本和情報還不足嗎？你只是不捨得扔下某個人吧？

他很清楚，自己和「立方舟」只是暫時的合作關係，與還沒有回來的人相比，他已經踏入了成功的門檻。

如果有其他人因為在副本裡浪費時間沒能趕上車，那是他們的個人能力問題，他並不在乎。如果南舟想要留下來，陪伴某些沒能趕上車的廢物，他也不在乎。

此時此刻的元明清，更在意另一件事。他看向南舟，「列車上到底有什麼？」

意外的是，向來非常懂得共用情報的南舟卻搖了搖頭。

元明清蹙眉，「……什麼意思？」

南舟的回答語焉不詳：「……我要再想想。」

元明清挑起了一邊眉毛，在質疑聲即將出口時，他即時看向了別處，沒有把自己的想法問出口。

——你不會是因為江舫還沒回來，有意在我面前隱藏什麼情報，想叫我投鼠忌器吧？

但他知道這話不適合現在問出口。

南極星是南舟的寵物，李銀航則全盤信任南舟所說的一切。他就算質疑，面對著緊密團結的兩個半人，他的質疑也不會被採納，反而會讓他落入尷尬的被孤立的境地。

因此，元明清無比希望，下一個從副本中回來的人是陳夙峰。至少，這是一個有著個人的欲望和想法，不會被「立方舟」所謂的友誼和感情所左右的人。

因為無人說話，車站內的氣氛陷入了微妙的窒悶。

「我去弄點吃的吧。」李銀航試圖打破僵硬的氣氛，「肚子填飽，人的心情會好。」

南舟乖乖掏出一個蘋果，咔嚓一聲咬了下去。

眼看他用實際行動表明「我不需要」後，李銀航便站起身來，往列車方向走去，南極星自然跟上。

$$F_1 = F_2 = G \frac{m_1 \times m_2}{r^2}$$

當李銀航走出兩步開外後，南舟突然對她說：「借我三張紙吧。」

李銀航將筆插在封皮上，把整個本子都遞給了他。

南舟卻說：「不要。我只要三張紙。」

李銀航依言照做，攤開筆記本，齊齊貼邊撕下三張紙來，交給南舟。

在兩人的手握住撕下來的紙張兩端的同時，南舟對她提出了一個有點奇怪的要求：「從1號車廂上去。」

元明清沒忍住，又挑了一次眉。

李銀航愣了愣，旋即果斷點頭，「嗯，好。」

跟著李銀航進入車廂的南極星，在探頭確認開啟的駕駛室內無人後，好奇提問：「為什麼非要是1號車廂？」

李銀航爽朗道：「誰知道呢？上來看看再說。」

言罷，她用審視的目光將1號車廂打量了個遍。因為沒有開窗通風，車內的空氣窒悶得很，從桌子、椅墊上的陳垢而言，也談不上什麼乾淨清潔，只能算是無一雜物。

她把1號車廂翻了個遍，什麼有價值的東西也沒找到。

南極星不願讓李銀航落單，站在1號與2號車廂的連接處，向遠方眺望，輕輕抽動著鼻子。

李銀航想倚仗他出色的嗅覺，問道：「怎麼樣，聞到什麼了嗎？」

南極星搖頭，「沒有。」他問李銀航：「這輛車，真的有問題嗎？」

李銀航：「我不知道，不過我們可以先試一試。」

說著，李銀航從倉庫內拿出了一碗未開封的方便粉絲。這是她在進入副本前在商店裡用積分購買的方便食物。這些廉價的食水她囤了許多，就是怕碰到一個長期的野外生存副本，他們會挨餓挨渴。

她撕開包裝，把調料一一放好，拉開1號車廂任一處的桌板，把紙碗隨手擱放了上面。她又拿出了兩瓶水，水自然是冷的，無法泡開粉絲。

李銀航四下裡環視一圈，走到了鐵皮熱水器前，將手指往上一摸，試了一下溫度後，便把兩瓶剛剛從倉庫裡取出的礦泉水貼著鐵皮擺放，用熱

水器的溫度給水加溫。

南極星有點困惑，「這裡，不是有熱水？」

「這裡的東西我可不敢用。」李銀航說：「帶瓶子加熱是埋汰了一點，不過至少安全，顧不了這麼多了。」

再說，她的主旨也不是吃。她想在車廂裡留下盡可能多的痕跡，來確證如果自己離開這個車廂再回來，車內的環境會不會發生什麼變化？南舟那微妙的態度，讓人不得不擔心這一點。

她把紙碗和礦泉水留在了 1 號車廂，小心翼翼地向前探險。當她一路走來，推開 6 號車廂虛掩的門，向內張望一番後，肩部緊張的肌肉不免一鬆……什麼都沒有嘛。

在她微微鬆了一口氣時，她身後傳來一聲含笑的詢問：「……怎麼樣？」李銀航嚇了一跳，倏然回頭。

元明清抱著胳膊，和她相隔了一整個車廂，靠在 4、5 號車廂的門邊，言笑晏晏地歪頭打量她。

南極星早就察覺了元明清的動向，但因為他只是不遠不近地跟著，而李銀航又專心探索，他怕嚇著她，就一直戒備地關注著他，沒有出聲。

李銀航拍拍胸口，迅速平息下來了那股恐慌。

元明清舉起雙手，好證明自己沒有惡意，「我想，說不定不同的人上來，能看到不一樣的世界。」

他看向李銀航的目光帶著一點點幽深，試圖從她一瞬的微表情中看出她是否有撒謊：「……怎麼樣？李小姐和我看到的世界是一樣的嗎？」

不過他顯然是多慮了。李銀航本來就不怎麼會撒謊，更何況，她看到的車廂本就是一派祥和的。

李銀航跟元明清並不怎麼熟，只對他笑了笑，折回了 1 號車廂，確認桌子上的粉絲沒有變化，水也還靠著熱水器加溫，瓶身都有些燒得軟了，便徑直下了車。

元明清緊跟著李銀航下了列車。

$$F_1 = F_2 = G\frac{m_1 \times m_2}{r^2}$$

他還是擔心南舟和李銀航同氣連枝，瞞著他交流情報，他們已經走到了這一步，他不肯冒一點點被隱瞞的風險。誰想，在聽到李銀航說車廂內一切正常後，南舟只是面無表情地「嗯」了一聲，便不再有下文了。

元明清本盼著李銀航追根究柢，誰想她半點好奇心也沒有，老老實實地閉了嘴，讓他也無從問起了……接著，他們開始了漫長的、為期4小時的等待。

等待的感覺最是熬人，尤其是在濃霧漫漫間，彷彿時間的流動也被阻塞。最糟的是，隨著時間的推移，霧氣愈發濃了。

過於黏稠的霧氣湧入肺部，刺激得肺部一下下抽縮，有種透明潮濕的菌絲在胸口盤結、生長的錯覺。

李銀航受不了這樣的環境，早早去了列車裡。

列車雖然窗戶密閉、空氣不流通，但至少不會有這種呼吸不暢，每一口呼吸都像是浸在水裡的感覺。

元明清的身體也是人類構造，他在南舟身邊堅持了一會兒，嘗試和南舟交換情報，卻被南舟的一句「我還在想」和長期的沉默，以及外面惡劣的空氣，逼回了車廂。

元明清和李銀航坐在了3號車廂。

李銀航閒來無事，倒了瓜子在小桌子上，和南極星分而食之。瓜子是南極星最愛的食物之一，看著南極星用他那張漂亮又嚴肅的臉一下下認真地嗑瓜子，李銀航緊張的心情著實放鬆了不少。

相比之下，元明清卻依然緊繃，不肯放任精神鬆弛片刻。他貼著半開的3號車廂門，斜斜打量著坐在車站上，只剩下半個虛影的南舟。

即使目力超群，他也無法判斷此時的南舟在幹什麼了。他輕聲問身後的李銀航：「妳說，他在想什麼？」

李銀航：「我不知道，我只知道等舫哥他們回來。」

說著，她一轉臉，卻看到了一堆乾淨的瓜子肉，小麻雀舌頭似地攢在一起，擺放在了自己面前……南極星嗑瓜子，的確是又快又好。

141

她愣了一下，笑微微地摸了一下南極星的額頭，把他摸得不好意思了，迅速低下頭，繼續冷著一張臉嗑瓜子。

　　元明清：「……」算他多餘。

　　南舟身處濃霧之間，把李銀航給他的紙張墊在膝蓋上，快速描畫。他看不清紙張上的內容，他幾乎是憑感覺在紙上勾勒著自己心中的圖景。

　　期間，那一張臉彷彿是木頭雕刻的乘務員又來問過了他一次，是不是要登車。這就意味著，三個小時過去了。

　　南舟問他，一會兒誰來開車。

　　他的答案也很簡單：「是我。」

　　接下來，他果然提高了來提醒登車的頻率，每半個小時來一趟。

　　距離發車，還剩下……兩個半小時。更準確一點，是兩個小時零十五分鐘。

　　在這期間，南舟一直在紙上不間斷地描摹著什麼。

　　忽然間，他筆鋒一頓。

　　從霧氣深處，傳來了輕輕的、人類的喘息聲。

　　「哈……哈……」

　　南舟發力攥住了筆身……是陳夙峰的聲音……不是舫哥。

　　車內的兩人也聽到了外間的動靜。

　　李銀航從車廂探頭，「小陳？」

　　陳夙峰餘悸未定，努力穩住聲線：「……我回來了。」

　　他一張口，就吸入了一口足量潮濕的水氣，喉頭一縮，劇烈嗆咳起來，「咳——咳咳！！」

　　李銀航拿出兩張軟手帕，一張掩住自己的口鼻，低頭鑽出車廂，循著低沉的咳嗽聲，把另一張交到了陳夙峰手裡。

　　她確定，外面的環境已經不適合人待了，因為幾個呼吸間，她就明顯感到捂住口鼻的手帕變得濕軟。她一手拖住陳夙峰，一邊撐身對著霧氣喊：「南老師，上車來吧！這霧……」

$$F_1 = F_2 = G\,\frac{m_1 \times m_2}{r^2}$$

霧氣中傳來南舟的聲音：「我不上去。」

李銀航一臉問號，但也沒有多想，扶著陳夙峰的手，摸索著車廂外壁，找到就近的車門，把他引了上去，這是第四節車廂。

陳夙峰的身心顯然還沒有和副本完全脫離，望著周遭環境的目光一時迷茫不堪，腳下也不很穩當。

走到一處窗戶前時，因為列車地面的膠皮翹起了一角，他被絆了一跤，順手扯住了列車的藍色窗簾，試圖保持平衡，結果一下將套在鐵軸上的塑膠環扯脫了兩三枚，窗簾欲掉不掉地垂掛了下來。

李銀航拉了他一把，「小心點啊。」

陳夙峰感激地對她點點頭。

終於，他們成功抵達了第三節車廂。他被扶著坐下，良久地望著窗外的濃霧，神情怔忪、警惕的樣子，似乎是擔心那迷霧之後藏著什麼怪物。

李銀航起初沒明白，為什麼陳夙峰脫離副本後的反應會這樣奇怪。直到旁邊的元明清對她做了個「打開面板」的手勢。

李銀航受到啟發，查看了一下隊友陳夙峰的即時 san 值，她對數字比較敏感，因此記得所有隊友的基本面板資料。在她的記憶裡，陳夙峰的 san 值一直是 5，普通級別的水準，而現在，他的 san 值為「1」。

李銀航返回了 1 號車廂，發現靠著鐵皮水箱的礦泉水，水溫基本到 7、80 度了，就把兩瓶水都撬開，一瓶倒入盛著粉絲的紙碗，一瓶倒在從倉庫裡取出的杯子裡。熱騰騰的溫度從杯身上滲透傳遞而來，帶著一點讓人安心的力量。

因為熱水還不夠熱，泡發粉絲需要一定時間，李銀航就沒有第一時間端過去。她把兩個空瓶子立在 1 號車廂的桌面上，返回 3 號車廂，先把水杯遞給了陳夙峰，喝點熱水，至少能撫慰一些緊張感。

直到 5 分鐘過去，他的 san 值跳轉為「2」後，陳夙峰才徐徐吐出一口氣。

這一口氣吐得異常綿長，好像已經在他胸中淤塞了很久。

在他舒出這口氣後，南舟的聲音適時在外響起：「你的副本規定完成時間是多久？」

陳夙峰熱熱地喝了一口水，「我？我……十六個小時。」

聽到這個答案，李銀航難掩訝異，和元明清對視一眼……她還以為除了南舟之外，所有人完成副本的時間都是二十四個小時呢。她還偷偷琢磨了一下，「12 小時」和「24 小時」這兩個時間點有什麼玄虛，現在看來，八成是想多了。

李銀航瞧了一眼自己在筆記本上畫的簡易時間軸，計算了一下時間，「那你是在……副本時限快到之前脫出的？」

陳夙峰苦笑一聲，「僥倖了。」

南舟在外問道：「你的遊戲是什麼？」

陳夙峰站起身，往外望了一眼，「外面霧那麼大，你進來說吧。」

南舟沒有回答。

陳夙峰：「……？」

他回望了李銀航和元明清。元明清對他聳了聳肩，他們兩個也不知道南舟這莫名的堅持到底源自何方。

為了南舟能聽得更清楚，陳夙峰坐在了列車門口。

「我去的是一個克蘇魯世界觀的 AVG 遊戲，設定裡，我是一支研究員隊伍的隊長，要進入一個古老的墓穴調查神祕現象，大概的任務描述就是……『人類在神明面前都是螞蟻，但螞蟻也有一顆想要瞻仰神明的心』……諸如此類的。」

……李銀航了然了。怪不得他的 san 值跌成這個樣子。

陳夙峰的遊戲相對來說比較特殊，是文字冒險類遊戲。一旦到了劇情的關鍵節點，遊戲內會進入時停狀態，陳夙峰面前會跳出幾道選擇題，選擇的不同，會導致他走上不同的命運分支線。而且不同於一般的文字冒險類遊戲，陳夙峰沒有存檔點，這也就意味著，選錯一項，滿盤皆輸。

作為隊長，他甚至要在機關重重的墓道裡，選擇是往東走還是往西

$$F_1 = F_2 = G \frac{m_1 \times m_2}{r^2}$$

走。每到一個岔路口，眼前就跳出三道乃至五道浮空的選項，所有的人都一道停步，機器人一樣在後面齊齊盯著他，等待他的選擇，不選擇就無法前進、無法挪動，這種無形的壓力感，再加上窒悶的地下空氣，足夠把人逼瘋。

李銀航聽過他的描述，愣了許久，由衷道：「……那真的很難。」

陳夙峰抓抓後腦杓，「這其實還好。我的任務是在 16 小時內存活，只要能活著就行，『探索失敗』之類的事情倒無所謂。我的出生點就在墓道裡，我只能根據這一路繪製好的地圖倒著走，想把隊伍帶出去，遠離危險再說。」

「可是後來，出去的路被人毀掉了，我想要離開的目的也被發現了。我的隊員們突然開始追殺我……」陳夙峰無奈地搖頭，「我……算是被他們騙來的。他們中間只有兩三個人還忠於我這個『隊長』，其他的，全都成了神的奴僕和狂信徒。」

「他們本來是忠誠的科學信徒，可當他們的信仰深入到一定程度後，他們的思路發生了 180 度的逆轉。設定裡是這樣的，只要他對科學的信仰純粹到一定程度，突破了某個臨界值，精神就會在邪神的影響下，被那種不可名狀之物浸染。」

「從我隨身的筆記上可以看出來，我這個隊長，大概是因為要考慮、顧忌的塵俗之事太多，反倒沒有這些隊員那樣虔誠深入地研究，所以反倒慢慢變成了他們之中的『異類』。」

當這個殘酷的事實被拆穿，面對著雙眼猩紅、喃喃自語著難以名狀的言語的隊員，系統在陳夙峰面前彈出了「逃！」、「談談，試試看」、「巧了，我也是神明的信徒」三個選項。

陳夙峰當機立斷，選擇了「逃」。

他不敢跟這些人虛與委蛇，對自己偽裝的本事也沒有太多信心。

「我逃了很久，邊躲邊藏，墓道很長，墓室很大。我以為我能躲得過去，但第十四個小時的時候，我還是被抓出來了。」

145

　　當他被一個狂信徒按在牆壁上、用匕首在腰間捅了一刀後，在劇痛和眩暈中，陳夙峰勉強睜開眼，卻在不遠處的一處墓道上看到了一串用指甲寫在牆上的血字：你逃不掉的。

　　「的」字的中心一點上，嵌著一枚食指指甲。陳夙峰一低頭，發現自己的右手食指指甲不知什麼時候已經脫落不見了，他毛骨悚然。

　　李銀航光聽都覺得手心冒汗。外面的南舟也跟著微微點了點頭。

　　李銀航說得沒錯，高維人給陳夙峰出的謎題非常難。

　　脫離副本的重點明明是「自願選擇死亡」。然而，一方面，「選擇題」這種遊戲形式，極其容易固化人的判斷力，誘導陳夙峰把更多思考的重心放在「該怎麼選擇」這個問題上。

　　另一方面，他一上來，面臨的就是一個死局，自然從頭到尾都在想「我不能死、不能被抓，不能被獻祭」，他接受的這種心理暗示，會讓他根本無暇思考「我要自願去死」這件事。

　　列車內，李銀航想破腦袋也想不到陳夙峰要怎樣破局：「那你是怎麼……」

　　陳夙峰說：「他們押解著我和幾個人一直往下、往深處走。」

　　「後來，我們進入了一扇巨大的石門。」

　　「那裡面有一片大到讓我頭暈的空間……居然會那麼大、那麼大。」

　　陳夙峰明顯不大想去回憶，但他自虐式的攥緊拳頭，逼迫著自己去還原細節。

　　「……前面是一片漆黑，燈火不像是在照亮道路，像是在一點點被黑暗吞噬掉……我們像是走在食道裡。」

　　「他們推我在一個法陣前面跪下……我知道，他們要處決異類，因為我是他們的隊長，所以他們更加無法容忍我這樣的異類。」

　　「他們開始念念有詞，狂熱地歌頌邪神的偉大。」因為情緒逐漸激動，陳夙峰的語氣越來越快，將李銀航的心也吊得越來越高。

　　「我一直在等待選項的出現……我一直在等，我一路都在等。」

$$F_1 = F_2 = G \frac{m_1 \times m_2}{r^2}$$

「可是什麼選項都沒有來。」

「直到被壓到祭臺上跪下，我才反應過來，遊戲可能到我被抓住的那一刻就結束了。」

「我當時腦子裡是空的。我知道死定了，但想不出到底是哪裡出了問題。我選擇逃，沒有問題啊，我並不瞭解這種克蘇魯文明，就算想要偽裝信徒也根本偽裝不了，錯失了逃跑的機會，那就真的完了。」

「而且，他們的人數太多，對這裡的地形也比只拿了一張地圖的我熟悉，就算跑，我也跑不滿十六個小時。」

講到這裡，陳夙峰的語氣開始發起狠來。

「我知道我要死了，可我不能就這樣一個人死。」

「當他們開始圍著我跳舞，我搶先喊出了聲……」

「尊貴的神明，這裡所有的信徒，都將是您的祭品！」

李銀航豁然開朗了。他既然稱呼那邪神為「尊貴的神明」，並做出了獻祭的行為，那麼，陳夙峰本身也將成為邪神的信徒，自願成為了獻祭的對象……這變相滿足了「自願犧牲」的條件。

陳夙峰閉上了眼睛。黑暗中煥發出了炫目接天，乃至無窮的彩色。他從筆記中知道，自己不能直視那彩色深處的「神明」形象，不然他的 san 值必然歸零，就算活著回去，也會瘋癲。

身邊傳來了狂信徒們難以言喻的激動的哭喊和呢喃，也不知道究竟是因為恐懼，還是螞蟻終於瞻仰到神明的興奮。神明的雙足重重踏下，把螞蟻碾成了齏粉……再一瞬眼，陳夙峰就來到了這霧氣瀰漫的車站。

大致講述完畢後，他鎮定了一下情緒，連喝兩口熱水，勉強恢復了冷靜。環顧了四周後，陳夙峰確認了當前的情況，「除了我，就只有江舫哥還沒回來了，是嗎？」

元明清「嗯」了一聲，若有所思地看向窗外。

知悉了他的通關過程，雖然驚心動魄，但李銀航的心也安定了。還有兩個小時左右，陳夙峰能回來，那舫哥肯定也能回……

似乎是心想事成，月臺外忽然傳來了一連串腳步聲。

李銀航心中一喜，張口便道：「舫……」

南舟的聲音從濃霧深處傳來：「……是我。」

李銀航還以為江舫回來了，心中微微一緊。不過，南舟肯上車來也好……下一秒，濃霧深處傳來玻璃破碎的悶響，緊接著是鐵皮垃圾桶滾落在地的聲音。

李銀航一驚，霍然起身，剛要出去，元明清就按住了她的肩膀，「妳和陳夙峰留在這裡，我下去看看。」

元明清步入濃霧之中，追溯著聲音源頭，一路而去。

咔嚓。他踩到了一塊碎玻璃，元明清低頭一看，發現碎玻璃一路向前延伸，直通車站中的報刊亭……南舟把上了鎖的報刊亭的玻璃砸開了。

因為報刊亭內還沒有被霧氣浸染，元明清發現南舟正站在蒙塵的飲料架旁，低頭看著架子上的飲料，不知道在想些什麼。

元明清隨手拿起一本雜誌，擋在自己的鼻子前，好阻隔住令人不適的過潮的空氣，「你為什麼非要在外面待著不可？這輛車上有什麼你害怕的東西嗎？」

南舟看了他一眼，不欲作答，「我要等人。」

元明清上前一步，捉住了他的胳膊，「你到底想幹什麼？」

「你裝神弄鬼的目的，是想讓我們害怕列車嗎？」他盯著南舟，字字誅心，「你想讓我們都留下來，等著江舫，是嗎？」

元明清無法不在意，因為南舟在情報方面，明顯對眾人有所隱瞞。

元明清知道，南舟的性格向來直接單純，有什麼說什麼。唯一能讓他藏藏躲躲、不肯直言，甚至不肯登車面對他們的理由，除了江舫，還能有什麼？

江舫是他們之中至今唯一一個還沒能回來的，誰也不知道他究竟能不能按時回來？

而元明清之所以會對南舟產生懷疑，是因為在大約半小時前，那乘務

$$F_1 = F_2 = G \frac{m_1 \times m_2}{r^2}$$

員再次來提醒登車時，南舟所問的一個問題。那時，他問：「我想要什麼時候發車都可以嗎？」

乘務員的答案是：「可以，您是第一個到達車站的，優先順序最高。在您的車票有效期內，您有隨時發車的權力。」

接下來，乘務員的語氣熱切了一些：「所以，您要登車嗎？」

南舟：「謝謝。不要。」

乘務員：「……」

當時，李銀航還在車廂裡笑，元明清卻笑不出來。南舟的提問聽起來搞笑，但讓元明清注意到了兩件事。

第一，一般的列車時刻表和車票本身，都會標明Ｘ時Ｘ分發車，但他們的車票並沒有標明發車時間，契約書裡和他們約定的，也是使用車票的時效期限。既然不存在「死時間」這個概念，也就意味著發車時間可以是彈性的。

南舟嘗試向乘務員明確這一點，的確是有價值的提問。但另一件事，就讓元明清不得不起疑了——他之所以這樣問，是不是在盤算什麼？

由於做過一段時間的對手，元明清對南舟還是有所瞭解的。

以他閉塞的成長環境和匱乏的生活常識，應該不知道世界上還有「列車時刻表」這種東西存在，也不會知道，一般的火車票上都會在最醒目的地方標注登車時間。換言之，他本來應該不會察覺到這點怪異之處的，除非……他有私心。

南舟並不是憑藉常識想到這個問題的。他是擔心江舫在他的發車時間內回不來，所以不得不把每個細節都考慮得面面俱到。

如果南舟想靠引起別人對列車的懷疑，從而不敢登車，給江舫留出更多的時間，元明清是絕對不會同意的。

當然，這是基於南舟在列車內什麼東西都沒看到的情況下做出的判斷。如果他真的看到了什麼，元明清也必須知道不可。

如今，他們距離勝利真的是字面意義上的「一步之遙」。元明清的身

上還牽繫著他的前隊友唐宋，他不肯去冒任何風險。

元明清直視南舟，想要從他平靜的面目上看出一些端倪來，「……你到底在車裡看到了什麼？」

南舟現在的模樣很狼狽。他的睫毛被霧氣浸得濕漉漉的，愈發黑得驚人，幾絲長髮沾在嘴角和鬢邊，黑色的西服風衣緊貼著皮膚，勾勒出漂亮的胸線輪廓。

南舟望了一眼元明清抓住自己手臂的手。怕他不能理解，他又看了一眼，表意相當明確：放手。

元明清自然不放。

南舟啪的一聲打開他的手，「我會告訴你的，但不是現在。」

「你……」元明清頓時氣沮。

是，如果南舟抵死不肯說，單從武力值方面，他也無法強行撬開南舟的嘴。只是他還是不肯退卻，盯住南舟，神色不豫地和他對峙起來。

打斷他們對峙的，是從破碎的窗戶上方探出的一張臉。木偶臉的乘務員站在呈鋸齒狀的窗框間，像是一幅後現代的詭異畫作。

他彬彬有禮地詢問：「兩位先生，要不要登車？」

這意味著，距離發車只剩下兩個小時。

在他一連串的機械式發問開始前，南舟率先提問：「如果我手裡的車票過期了，發車時間要怎麼算？」

乘務員僵木著一張臉，呆板道：「南先生，您手裡的車票有效期只有6小時，超過6小時，就會自動作廢。發車的時間，會自動順延到元先生的車票作廢時間。」

南舟點頭，應道：「好。」那舫哥至少還有接近三個小時的時間可以用來通關。

聽到他這樣問，元明清愈發明確了自己的判斷。南舟是真的不在乎自己能不能通關，他只在乎江舫能不能回來。

想到這裡，元明清反倒鬆了一口氣……算了，等到南舟手中的車票過

$$F_1 = F_2 = G \frac{m_1 \times m_2}{r^2}$$

期，發不發車的主動權就捏在元明清自己手上了。

高維人最恨的就是南舟和江舫，而這兩人偏偏就是高度一體的。如果江舫超時回歸，導致南舟手裡的車票過期，不管江舫之後還能不能回來，他都不可能獨自登車，把南舟孤零零地扔在車站裡。到時候，他能把李銀航和陳夙峰帶走，就算仁至義盡了。

想通了這一點，元明清也不再庸人自擾，南舟願意死就死吧。

眼見那乘務員離開，元明清口吻也輕鬆了不少：「你非要打破這個報刊亭做什麼？……這個問題總可以問吧？」

南舟指著眼前的飲料架，「想看看這裡的水。你要喝水嗎？」

元明清反問：「你敢喝這裡的水？」

南舟眨眨眼睛，居然像是想通了什麼關竅一樣，認真地一點頭，同意道：「……哦。你說得對。」

元明清：「……嗯？」奇奇怪怪。

對話間，南舟的目光在元明清手中的雜誌封面上停留了一瞬，但馬上收回了視線。

元明清敏銳地捕捉到了這一點。因此，他帶著被打得微微紅腫的手背返回車上時，另一隻手裡就拿著這本雜誌。

他以最快的速度翻了幾頁，發現裡面也沒什麼特殊的內容，就是普通地講述家長里短的知音文學——難道是自己神經過敏了？

雖然試圖讓自己別再多想，元明清還是坐不安穩，把雜誌隨手放在列車的小桌上，又去把車廂地毯式搜查了一遍。

毫不意外，一無所獲。他從 1 號車廂查起，途徑 3 號車廂的時候，他發現那兩人倒很安閒。

陳夙峰甚至在翻他帶上車來的雜誌。

元明清對李銀航笑了笑，「妳還真坐得住。」

試圖用嗑瓜子來緩解等待焦慮的李銀航：「……啊？」

元明清指了指遙遠的 1 號車廂，「妳泡的粉絲都冷了。」

李銀航一下站起，「……啊！」

她本意是想讓陳夙峰吃點東西墊墊肚子，誰想一聽他講副本故事，就忘了1號車廂還放著粉絲這件事。

她剛要去處理一下自己弄出來的爛攤子，就被元明清攔住了，「這件事不算著急。」

等元明清把南舟有留在車站裡等江舫的意圖一講，李銀航果然著了急，不顧外面濃稠的霧氣，徑直闖了出去，想勸南舟別做最壞的打算。

確定她和南極星都消失在了霧中，元明清轉頭問道：「陳夙峰，你怎麼想的？」

陳夙峰還沒怎麼和元明清交談過，他突然跟自己搭話，他不大習慣地抬頭，年輕的臉上浮現出一點困惑，「嗯？」

元明清注視著他，「你有一定要救的人，是嗎？」

陳夙峰經歷過大風大浪，再不是那個純粹熱血的籃球少年了。他很快聽懂了元明清的弦外之音，翻了一頁雜誌，斂眉低聲應道：「……嗯。」

元明清滿意地微笑了。返回車上，經過一番審慎的思考後，元明清還是不能對南舟全然放心。

南舟對江舫的感情，他無法用一個準確的度量衡來判斷。如果南舟打的是「就算自己留下，也要讓江舫搭上離開的列車不可」的主意呢？

那麼，除非江舫真的能按時離開副本，來到車站，不然，哪怕要讓他們四個人手裡的車票統統過期，南舟也會讓這班列車的發車時間一點點順延下去，直到江舫回來。

南舟現在還只是停留在裝神弄鬼、故弄玄虛的階段。等到他自己的車票失效、是否發車的主動權移交到自己手裡後，他的行為，或許會進一步升級為暴力。

元明清可不信如果自己非走不可的話，南舟會跟自己講交情。這些人裡，只有自己和他曾是對手，他對誰容情，都不大可能對自己容情。所以，元明清需要拉攏一個肯站在自己這邊的隊友。

李銀航當然不行，她從一開始就和南舟、江舫組隊，感情非比尋常。

陳夙峰是最好的合作對象。如果到了那時候，南舟真的要發瘋，非讓列車留下不可，他至少能有一個頭腦清醒的幫手。

畢竟，南舟能阻止他元明清，就能阻止李銀航、阻止陳夙峰。兔死狐悲，不外如是。

南舟這個小怪物，看起來安靜斯文，瘋起來，可和江舫那個人不相上下。這樣想著，元明清望向窗外的霧氣，出了神。

最好的結果，還是江舫下一秒就回來，一起登車的話，那就是皆大歡喜的 happy ending 了。

月臺上的李銀航也是這樣勸南舟的：「舫哥一定會按時回來的，南老師，你別想那麼多。」

南舟淡淡地應道：「嗯。」

元明清的心思，李銀航也能猜到個七、八分。偏偏他的擔憂也不是胡思亂想、無的放矢。南舟的種種舉動，的確透著股莫名的古怪，不肯上車也是，拒絕溝通也是。

她問：「南老師，你到底在想什麼呢？」

南舟低頭，用腳尖輕輕地去磨擦腳下浮凸的登車警戒線。

「在想他。」南舟純直道：「還有好幾個小時才能見面呢。」

李銀航：「……」為什麼這時候還要塞她狗糧。

她還想要再問些什麼，就聽南舟反問她道：「銀航，妳叫我一聲老師，我就再給妳出個題。」

李銀航穩住心神，「……你說。」

南舟：「這個副本裡的時間陷阱，從頭到尾，一共有幾個？」

李銀航乖乖記下問題，又四顧一番，壓低聲音，悄悄道：「南老師，

可以告訴我，你在車上到底看到什麼了嗎？」

她從不認為南舟有惡意，但她同樣知道南舟絕對有所隱瞞，而且一定是相當重要的線索。此外，資訊不全，她也沒法做出準確的判斷。

聽了李銀航的問題，南舟沒有說話，而是探手在大霧中拍了拍李銀航的雙肩。

李銀航：「嗯？」

在第二個副本中，江舫曾拆除過謝相玉安在了三人組身上的竊聽器，笑著交到自己手中，讓他捏爆。現在，他也從李銀航肩後衣物的皺褶裡摸索到了一顆米粒大小的竊聽器。

李銀航的提問是無心，鼓動她來找自己的人卻有意。

他把竊聽器湊到唇邊，嚴肅道：「自己思考，帶著問題來找我。她是，你也是。」

李銀航：「……」

竊聽器那邊的元明清：「……」這是天下老師的統一話術嗎？

外面的空氣品質委實堪憂。

只不過和南舟多說了一會兒話，李銀航便有了上氣不接下氣的感覺，再次勸南舟登上列車未果，她自己只好先上去。

窗外的霧氣已經達到了一定的飽和度，不再增濃。原本應當寡淡的霧，現在反倒成了這小小的車站世界中最濃郁的底色，彷彿天地之間正壅塞著一隻巨大的、雪白的幽靈。

只剩下南舟穿著一身黑，浸在霧中。

隔著窗戶，能看到他靜靜地、固執地坐在那裡，像是白水裡滴入的一滴墨，也像是一顆幽靈的跳動的心臟。

左右也只是等著，沒有其他事情可做，李銀航索性思考起南老師留給她的課後思考題。時間陷阱……嗎？她打開筆記本，開始做筆記。

現在已有四個人過關。根據每個人不同的經歷進行分析，可以用來分析的情報已經不算少了。如契約書上所說，想要通關，就需要用副本世界

的虛假自己的「死」，換來車站世界的「生」。

南舟的破局點，是發現自己記憶中多了一段本不該存在的記憶。

元明清的破局點，是在他全力通關後，發現這次副本的時間過長，難度係數過低。

陳夙峰，是要做好每一個選擇，並且不一味迷信選擇。要主動利用副本中的邪神力量，自我獻祭，換取救贖。

自己則是要甘願頂在精疲力盡的南極星面前，為朋友犧牲。

將這些點林林總總記到筆記本上，李銀航開始咬著筆頭發呆。除了共用了「螞蟻」這個主題外，這些副本遊戲之間難道有什麼微妙的關聯嗎？

這些破局點中，唯一和時間相關的是元明清。她認真地在元明清的名字上打了一個圈，彷彿是鄭重地在空白的數學題開頭寫了一個解。然後她又順利地卡住了。

察覺思路又一次出現卡頓，李銀航便另起爐灶，嘗試把副本的遊戲性質一一列舉出來。她又是連線又是找共同點，硬生生把思維導圖畫成了一團漿糊。草稿紙是滿的，她的腦子是空的……不行，重來。

李銀航另開一頁，定氣沉吟，在腦海中反覆回顧學生時代老師對「注意審題」的提醒。

時間陷阱……嗎？她眼前一亮，刷刷刷列出了所有人規定的遊戲通關時間和實際通關時間。等比數列、等差數列……李銀航把這幾個數字顛來倒去，算得頭都大了，卻也還是沒找出什麼規律來。

她把筆夾在鼻尖和努起的嘴巴之間，一面記著做題，一面還在心裡記掛著未曾回來的江舫，怎麼也安定不下來。

南極星察覺了她的苦惱，放下了瓜子，「妳在想什麼？」

李銀航把自己亂七八糟的圖給南極星看。

南極星很認真地對著那一團毛線盤起了邏輯。

「故弄玄虛。」元明清連李銀航都不抱希望，更別提南極星的鼠腦子了，「他真的看到什麼，為什麼不說？」

南極星不置可否：「他肯定，有理由的。」

元明清：「什麼理由？私心罷了。」

南極星跟李銀航對話久了，人話也總算說得熟練了一些。他在腦中構思了片刻，終於迸出了一個完整的句子：「既然他不肯說，那他就有說了你們也不會信的理由。」

元明清冷笑一聲：「那這個理由為什麼偏偏讓他看見？」

這句話一出，李銀航後脊柱一陣電流似的麻癢感直沖而上，脫口道：「……是啊，為什麼偏偏讓他看見？！」

話脫口的一瞬，元明清也察覺了某種可能，身軀跟著一震。

陳夙峰還沒來得及聽他們三人的副本故事，只是各自玩的遊戲大類有一點初步的瞭解，此時當然是一頭霧水：「怎麼回事？」

李銀航把之前的紙張統統翻過，打開了新的一頁，由於她情緒激動，落筆時的字跡都隱隱發了抖。

「南老師的副本，是我們中最奇怪的副本。」李銀航說：「他需要在三個盒子世界中穿梭，唯一的通關方法，就是要猜到『他不是自己』。可是這難度太大了，他在其他兩個世界裡，一個掌控不好，就會被每個盒子原有的主角殺死，況且，誰會去懷疑自己的記憶？」她拿筆尖指著「南舟」兩個字。

「所以，高維人給了他一個提示。」

元明清不大情願地參與了討論，補充道：「……在他找到每個可以通關的盒子並且打開後，新世界重組、舊世界破裂，這時候，天空會跳出來一些遊戲評論，這提醒他，他所在的世界可能有內外之別。」

陳夙峰一皺眉，「我就沒有這樣的提示。」

李銀航：「我們都沒有。」

「我們的通關，其實或多或少都有一些賭的成分在，但南老師的這關，遊戲人物『南舟』必須要先覺醒，由這個『遊戲人物』判斷是不是要脫出遊戲……」

　　聞言，陳夙峰打了個寒顫。也就是說，南舟的命運，在一段時間內，將完全由遊戲人物「南舟」作主，而他什麼也不能做，只是想想都令人毛骨悚然。

　　「那麼，南老師的遊戲就會有兩種走向。」李銀航以「南舟」的名字為起點，畫出了兩條線。

　　「第一，這個遊戲人物拒絕脫出遊戲，繼續在遊戲世界中生活下去，那麼，南老師的遊戲就徹底失敗了。」

　　「第二……他成功回來，而且是第一個回來。」

　　南極星做了個更加易懂的總結：「要麼不回來，要麼最早回來。」

　　「不一定吧。」陳夙峰只知道他們三人大致的遊戲形式和時間，以此推測道：「南舟哥和元明清的遊戲完成時間不是前後腳嗎？要是元明清再快一點……」

　　元明清咬牙：「不能更快了，這一關我是用盡了全力的。」

　　雖說遊戲要求他 24 小時內完成這一局吃雞，但元明清知道，速戰速決才是上策。將戰線拉得過長，麻痺的不只是敵人，還有可能是自己，而且他這局還是順風局。

　　再加上這是事關他未來的最後一局，元明清絞盡心智，耳聽八方，靠著極佳的狀態一路衝殺，才取得了如今的成績，再開一局，他也不能保證他的用時能比現在更短。換言之，近十三個小時的遊戲時長，是元明清綜合各方面的條件能獲得的最佳戰績了。假如他能贏，他必然是跟著南舟，第二個回到車站的。

　　「接下來是我。」李銀航寫下了自己的名字，「我的牧場戰鬥遊戲，是一個剛開始還覺得能打一打，但越打就會越感到吃力的遊戲，不僅需要前期經濟支援，還要靠絕對的運氣。」

　　「我向來是不怎麼相信運氣的，所以我必然會把大量時間花到打初級怪上，好積攢更多的積分。」

　　「等我開始考慮『犧牲自己』這件事時，遊戲肯定是中後期了，南極

星也肯定已經是強弩之末了。所以，在遊戲中，我會出現三種可能。」她在自己的名字後畫出了三條延長線。

「第一，我沒能完成任務，和南極星一起死在了遊戲裡。」

「第二，我察覺可以靠『犧牲自己』來通關的時間太久了。等我回來，你們中已經有人把這輛唯一的列車開走了。」

「第三，我順利回來，但也肯定花費了很多時間。」

李銀航看向陳夙峰，「好在我運氣不錯，第三個回來。」

陳夙峰抱臂，回頭細思自己的副本，越想越覺得其中詭異莫名。

他的遊戲要求是必須「生存」十六個小時，那他的第一要務當然就是活著，活得越久越好。相應的，他在副本裡表現得越好，回到車站的時間也會越晚。

他能活著回來，幾乎可以算是從生死一線謀得的僥倖。這也花去了他將近十五個小時，讓他成為了第四個回到車站的玩家。

「南老師說的時間陷阱之一，可能指的就是這個。」李銀航說：「我們返回車站的時間順序，其實都是可以計算的。」

她在紙上重重畫了一個「1」。這是第一個時間陷阱，車站本身，對他們來說就是一個嶄新的副本，這是一個嵌模式的副本。

「回到車站」，並不是副本的終點，而代表著另一個副本的開啟和重新計時。

「高維人能預測到我們通不通關？」陳夙峰詫異，「如果南舟從第一個世界就沒回來，那豈不是……」他的話音戛然而止。

陳夙峰並不傻，話說到此，他也發現了問題所在。

「南老師不回來，對高維人來說才是好事啊。他的遊戲失敗了，等於舫哥也提前敗了。」李銀航苦笑一聲，說：「舫哥不可能扔下南老師一個人的，至於我們是否活著，對他們都不算很重要了。」

她不知道，江舫還許過願，願意永遠和南舟以同一種生命形式重逢。高維人的如意算盤，自然要打在他們兩個身上，若他們輸了，「立方舟」

$$F_1 = F_2 = G\frac{m_1 \times m_2}{r^2}$$

就垮了一大半。

元明清挑眉，質問道：「就算我們回來的順序是可以被提前預測的，那又怎麼樣？」

李銀航：「南老師一定在第一個列車上看到了什麼，那就是第二個時間陷阱，也是能回答你這個問題的答案。」

「既然我們的時間都可以被計算，那在高維人規劃好的時間表裡，南老師和舫哥，必然是最極端的一頭一尾，好互相牽制他們兩個人。」

「而且，剛才南老師說……」李銀航一時沉默。

剛才，南舟給她布置作業前，曾自言自語道：「還有好幾個小時才能見面呢。」

他是指和江舫的會面時間。

明明距離發車不到兩個小時了，他為什麼會用「好幾個小時」這種表述方式？他是早就預測到江舫趕不上火車了嗎？

換言之，這不是高維人設置的，而是南舟為她設置的第三個時間陷阱。如果趕不上這列車，他會選擇留下來等江舫嗎？他要讓自己提前做好心理準備嗎？這些，都需要有關第二個時間陷阱的真相來解答。

想到這裡，李銀航鼻尖酸楚，深吸一口氣，抱著筆記本，從列車衝入霧中，一路快步走到了南舟面前。

她堅定而認真道：「南老師，我來交作業了。」

「時間陷阱，一共有三個。」

「可以請你告訴我，第二個時間陷阱是什麼嗎？」

南舟卻說：「再等等。」

李銀航聞言，強制壓抑的心焰又轟然一聲升上了三分，「等什……」

咚——咚——咚——車站的巨大時鐘嗡鳴著發出了報時音，震得人的心臟一下下跟著共振，酥麻難受，彷彿有螞蟻在心上亂爬。

因為霧氣過濃，指標上都蓄集了太多的水分，隨著鐘聲響起的，還有水滴砸落在水泥地上的碎響。

鐘聲層層逕逕地傳遞出去，驚出了一聲遙遠的鴉啼。

霧中傳來了他們早已聽熟了的腳步聲，伴隨著一點明黃色的、逐漸迫近的光源。那名乘務員提著一盞防風燈，像一隻螢火蟲，再次翩翩來到了他們身前。

與先前不同，他換上了一套體面的老式工裝，左胸的口袋上別了一枝筆，臉上也有了一點笑模樣，「先生、女士，要不要登車？」

南舟說：「不。」

聞言，乘務員居然露出了些為難的表情，道：「可我需要填寫發車記錄表呢。」

李銀航一驚。如果她沒記錯的話，以前的乘務員都是在他們提問後才會作答，倘若他們不提問，乘務員就只會複讀同一句話：「要不要登車？」這還是他第一次主動接話。

南舟卻似乎對這一點並不感到詫異，建議道：「你可以等到該發車的時候再填。」

乘務員輕嘆了一口氣：「好吧。那我要先去做發車準備了。」

南舟：「請。」

他剛走出兩步，南舟忽然在他身後問道：「勞駕，請問一下，這班列車的目的地是什麼？」

乘務員回過頭來，對他一笑，「當然是美好自由的未來啊。」

李銀航看著南舟和乘務員一問一答，心中冒出了個有點恐怖的想法……這個「人」，看起來怎麼越來越像人了。

這一回，乘務員沒有再消失在霧中。他提著那盞燈，從附近的 3 號車門登上了車。

倚門而立的元明清閃開身體，給他讓了個位置，並一路目送著他走到掛在 2 號車廂廂壁上的空白登記簿前，從胸前口袋裡取出一枝藍色的老式圓珠筆。

填好日期後，他的筆端在「乘員人數」一欄旁停了一會兒，又苦惱地

$$F_1 = F_2 = G\,\frac{m_1 \times m_2}{r^2}$$

嘆了一聲……好像南舟「不肯明確是否登車」這件事，給他的正常工作造成了莫大的困擾似的。他用筆夾夾住塑膠硬板，一路磕磕絆絆地往駕駛室走去。

元明清回過頭來，發現南舟也打亮了手電筒，對自己以及他身後的陳鳳峰招招手，「你們過來。」

南舟的膝蓋上正攤放著三張簡易的圖畫。

元明清有點不爽，擰亮自己的手電筒查看畫的內容時，還在抱怨：「上車去看不好嗎？」姑且不論糟糕的空氣環境，在霧氣中，視物能力被動降低，手電筒的光亮只夠照亮四周的一小塊地方。

李銀航也不喜歡車站的氛圍，置身其中，原本就稀薄的安全感被壓得極低，彷彿隨時會有一隻手從後探出，往她的肩膀上猛拍一記。直到她看清這畫中的內容，另外一股寒意平地從腳跟處竄起。

被霧氣浸泡得濕軟的紙張上，用鉛筆繪就的素描畫看上去有些模糊。但在這篇幅有限的三張紙上，南舟儘量完美地還原了自己在車上看到的後三節車廂的血腥場景。

血跡是黑白的，但由於畫面真實，衝擊力極強。再加上紙張自帶的軟爛感，給人的感覺就像是從畫中滲出的血跡染到了指尖一樣，叫人渾身不舒服。

元明清率先代替其他人發出了疑問：「這是什麼？」

「你們不是問我最先回來，在車上看到了什麼嗎？」南舟說：「這就是我在車上看到的。」

有人被擲出窗外，有人被斷裂的桌板刺穿眼睛，有人流盡滿身鮮血，死在最後一節車廂……這是一幅沒有屍體的地獄圖景。

元明清駭笑：「這是什麼意思？」

「我第一個回來之後，先於你們看到了這輛車的未來。」南舟簡明扼要地解釋：「畫裡面的事情，未來一定會發生。」

李銀航心中乍然一片光亮……原本缺失的那塊可以承上啟下的拼圖，

終於落到了它該落的地方。

因為南舟的副本時間最短，他被安排在第一個歸來。只有第一個回來的人，才能鑽入時空的某個罅隙，看到列車內的未來景象。

正是因為看到了未來，南舟才從種種痕跡判斷出，江舫應該很難在預定時間內趕上列車。所以，南舟從一開始就知道，自己要留下來等江舫。

回想南舟做出的種種古怪行徑，元明清還是半信半疑：「你怎麼證明你看到的就是未來？」

目前，畫作中唯一和現實相符的，就是陳夙峰進入 4 號車廂後，因為踉蹌而不小心扯落了一半的窗簾，但實際上，那窗簾只扯鬆了一小半，畫裡染了血的窗簾則完全披靡在地。

南舟說：「我一直在證明。」

李銀航一時心有所感，注意到了從紙背後透入的淡淡筆跡，好像後面還有內容。她順手把紙翻了個面。待她看清紙面背後的內容，她頓時凝住，掩口驚呼一聲：「啊！」

第一、二、三節車廂裡，南舟所見的內容，躍然紙上。第一節車廂裡泡乾了的麻辣粉絲，和兩個滾到角落裡、燙到發軟的礦泉水瓶。

第二節車廂裡懸掛在廂壁上的發車記錄表，還有角落裡滾落的、原本佩戴在乘務員胸口的同款藍色圓珠筆。

第三節車廂裡堆了一桌子的瓜子殼，還有攤放的雜誌。畫上的內容，都和車裡目前已發生的大部分內容重合。

「我第一次上車，以為車裡原本就該是這個樣子。」南舟舉起手電筒，看向了瞠目結舌的元明清。

元明清頭皮發麻，「……可你發現，你和我看到的完全不一樣。」

南舟一點頭，「嗯。後來，我又一個人把車廂從頭到尾走了一遍。」

車內恢復了「正常」，但這偏偏是最不正常的。每走出一步，南舟便更確信了一分——車站，也是一個副本。

不過，他要與之戰鬥的，不只是時間，還有人心。

　　李銀航不免用自己代入了一下那時候的南舟。如果易地而處，她是第一個目睹到列車上的詭異現象的人，卻又從元明清口中得知，他所目睹的車內景象與自己所見截然不同，自己絕對會異常不安，馬上拉著元明清上車，一一講解自己見到的怪現象，試圖證明這輛列車的怪異。

　　畢竟這種「僅僅一人知道恐怖是什麼」的感覺太糟糕了。類比一下，就是宿舍裡有一個且僅有你知道其存在的女鬼，只要是個人，正常情況下都會忍不住把這份恐懼分享出去。

　　但是，這份分享，會帶來毀滅性的後果。

　　因為第二個回來的人是元明清。一個半途被迫加入「立方舟」，根本沒有和隊伍中的任何人建立起信任的高維人。

　　據實以答，並不會換來真心，只會換來猜忌。畢竟誰都知道，南舟的唯一私心就是江舫。

　　江舫如果沒回來，他一定會不計代價拖延列車的發車時間，哪怕犧牲他自己。誰知道他會不會為了營造「列車危險」的氛圍，而撒下一個彌天大謊？

　　如實陳述自己「看到列車未來」的事實，是沒有任何好處的，因為他沒有證據。所以，南舟做了什麼呢？

　　他在車裡轉了一圈後，不動聲色地下了車。他再也沒有提一句列車內的事情，只平靜詢問了李銀航在副本裡所經歷的一切。

　　他孤身一人，承擔起了本該所有人平攤的恐懼和不安。

　　「我從車上下來，就沒有再上去過。」南舟淡淡道：「我聽銀航說要上去弄一點吃的的時候，我就想，開始了。」

　　「未來的事情只有發生了，才能一點點變成『未來』。」

　　「未來是需要靠一個個事件去推動、去製造的。」

　　「只要我不拆穿未來會發生的事情，那麼，隨著時間往前推進，我就能找到證據來佐證我的說法，讓你們相信我。」

　　「但是我拆穿的話，未來就會變軌，我也再找不到辦法來證明我說的

是對的，最後，我無法勸服你們，你們也不能只相信我的描述。最後，你們還是會搭上這班列車。」

而第一個拼湊起未來的事件，就是「李銀航要上車去弄吃的」。這樣一來，第一節車廂裡，那碗方便粉絲和兩瓶礦泉水的來路就有了著落。

察覺到這樣一個事件的出現，更堅定了南舟要「推動未來事件的發生」的想法，在這個過程中，他才能憑空製造出足以說服眾人的「證據」。李銀航恍然大悟：「所以，你管我要了這三張紙⋯⋯」

南舟點一點頭，拿過李銀航的筆記本，翻開其中斷頁的部分，把三張撕裂的紙張對上去，嚴絲合縫。

南舟抬起頭來，看著元明清，堅定地問他：「這樣，就能證明這畫不是我提前畫好的。在要到紙後，我也再沒上過一次車⋯⋯你一直在看著我的，是不是？」

南舟變成了一個獨立於列車這一空間之外的「觀測者」。列車本身則變成了一個薛定諤的盒子，裡面的一切偶然事件，都在自由地發生。包括陳夙峰因為站立不穩扯鬆了的窗簾，包括被李銀航遺忘在了第一車廂的麻辣粉絲，包括南極星勤勤懇懇為李銀航嗑的瓜子⋯⋯

這些事件不斷疊加，並隨著時間的推移，一步步走向未來⋯⋯走向那個血流滿地的未來。

CHAPTER
06:00

真正的好戲，
馬上就要開場了

至此，南舟一切詭異行徑都變得合理起來，包括他坐得好好的，卻突然去打砸報刊亭的行為，也都有了合理的解釋。

　　南舟也承認了這一點：「我畫到一半的時候，發現車上的大部分東西我都能理解，只有雜誌，我弄不清是從哪裡來的。」

　　在進入副本前，他們把手頭上的所有道具都盤點了一遍，按需分給了每個人。

　　他們手中唯一的雜誌類道具就是那本可以吸引注意力的【色情雜誌】，但封設又完全不同，所以南舟打算去報刊亭一探究竟。

　　可元明清分明記得，就在剛才，自己被玻璃破碎的響動吸引到報刊亭時，南舟並沒有站在雜誌架面前。對此，南舟的解釋是——

　　「我不是很懂飲料的那些牌子。」南舟說：「我以為所有的飲料瓶都是系統裡賣的那樣。」沒想到花花綠綠的，都很好看。

　　雖然時間點和場合都不對，但聽了南舟的描述，李銀航還是忍不住腦補了一隻小野貓氣勢洶洶地跳進一戶人家的窗戶覓食，結果被一樣自己從沒見過的逗貓玩具吸引了視線的樣子。但下一秒，她就樂不出來了。

　　元明清：「……所以，那本雜誌是……」

　　南舟看向元明清，點點頭，認同了他的判斷：「嗯。我在列車上看到的那本，就是你過來看我的時候，隨手拿到的那本。」

　　元明清冒出一身冷汗，他發現，所有事情形成了一個奇特的閉環。

　　因為南舟在列車上的 3 號車廂提前看到了攤放開來的雜誌，又不明白雜誌的來歷，所以才強行破開報刊亭查看。自己被響動吸引了過來，又不願顯得太刻意，便隨手拿起了一本雜誌端詳。

　　南舟發現自己所拿的雜誌恰好是他所見的那一本，便不經意多盯著看了一會兒。而自己則因為南舟這一眼，對雜誌起了疑心，便將這本雜誌帶回到車上翻閱。這本雜誌，就此出現在了車上，並成為了南舟所見車中未來的其中一環。

　　首尾相連，圓滿呼應。

　　正如乘務員所說，這輛列車的終點站，確實是「未來」。可能是充滿血腥的未來，也可能是經過修正後、無限光明的未來。

　　他喃喃自語：「……莫比烏斯帶啊。」

　　李銀航是聽說過這個名詞的。大概指的是把一條紙帶扭動 180 度，再將首尾黏連起來的曲面環。如果把一隻螞蟻放在上面，就會出現一個奇異的現象：螞蟻繞紙環面爬動一圈，可以在不越過紙邊的前提下，把這張紙條的正面兩面都爬個遍。

　　用螞蟻舉例，是講解「莫比烏斯帶」時幫忙理解這一概念的通用例子。因此，教她這個概念的老師曾跟他們開玩笑說，世界上每多出一個莫比烏斯帶，就有一隻螞蟻慘遭毒手。

　　他們就是那群被不知不覺放上了莫比烏斯帶的螞蟻。這條存在於虛無中的紙帶，即將把他們指引上那個演示給他看的不歸之路。

　　但在李銀航看來，迴圈並不難解，只要螞蟻願意從這條紙帶上跳出去，就能終結這永無止境的迴圈地獄。前提是，他們必須信任南舟給出的一切訊息。

　　南舟也為此付出了極大的努力，為了博取信任，他甚至獨身一人在陰濕冰冷的大霧中坐了數個小時。

　　向來是無條件信任南舟的李銀航偷偷借著手電筒的餘光看向了陳夙峰和元明清，發現他們也並沒有什麼懷疑的神色，不由得偷偷鬆了一口氣。

　　南舟拿出的可以算是實錘了，即使是元明清，也不得不信。

　　紙是現撕的，不存在提前做偽的可能。

　　南舟的詭異行徑，讓元明清十分關注他的行蹤，一直在隔窗窺看他；車廂之間更是前後通透，南舟根本沒有偷溜上車看到車內變化的機會。

　　當然，也不可能是李銀航和他裡應外合。李銀航是繼元明清之後第三個回到車站的，她的一舉一動都落在元明清眼裡，她沒有時間和南舟商討計劃。即使在她少有的和南舟的獨處時間裡，元明清也在用竊聽器偷聽。

　　車內的諸般隨機事件，都是在南舟拒絕登車後發生的，他可以確信，

李銀航根本沒有告訴南舟車內這些小情況變動的時間和空間。

雖然第 1 車廂的空水瓶還沒有滾落，第 2 車廂的行車記錄表也沒有被添上內容，圓珠筆也還好端端地夾在硬殼墊板上，不過，這些細節上的出入都是可以理解的。這是在更遠的未來發生的事情，還沒來得及發生，情有可原。

想通這些關節後，元明清的臉色卻沒有好上分毫，反倒更加難看了。他手裡正握著第二車廂的未來畫，這張畫，按理說沒有後三節車廂的血腥，也沒有第一、第三節車廂實錘的「未來正在發生」那樣直觀。

可以說，第二車廂裡的一切，目前還都沒有發生。但他還是用手電筒牢牢對準畫面的一個角落，臉色奇差無比。

有霧氣阻隔，李銀航當然沒辦法即時捕捉到每個人的微表情，她渾然未覺元明清精神的緊繃，輕鬆道：「那我們應該做點什麼呢？」

「我們當下所做的一切，都在推動未來。」南舟說：「我們要擺脫未來，只需要在現階段，讓未來不可能發生就是了。」

這也和李銀航的設想一模一樣，只要剪斷紙環，莫比烏斯帶自然會解開。但李銀航總覺得哪裡不大對勁，她記得，行車記錄表裡，顯示的人數是「4」。

那也就是說，「立方舟」的五個人中，有四個人上車，註定有一個人落單？是舫哥沒有回來嗎？還是他們早在登車之前，就產生了爭鬥，殺死了一個人，從而埋下了什麼隱患的種子？

結果，她剛剛胡思亂想到這裡，一旁的元明清就開始發難了，他咬著後槽牙道：「所以，你打算怎麼讓這個未來『不可能』發生？」

「我還沒有完全想好。」

南舟用沾滿霧露導致濕漉漉的黑色眼睛看向元明清，看得他一陣火大。元明清怒道：「你還是不打算上車，是不是？！」

聽了元明清的話，李銀航一頭霧水，她來不及去想「還」是什麼意思，搖頭道：「……不對不對。」

　　她用手電筒照了四周一圈，發現第二車廂的畫在元明清手上，便將一道手電筒光掃過去，對準了行車記錄表的位置。

　　「你們看，這不是說有四個人……」

　　陳夙峰輕輕在旁補充了一句：「乘務員也上車的。」

　　李銀航愣了一下，旋即耳膜嗡的一聲，轟響了起來……是啊，四個乘車人員，不是「四個乘客」。她的慣性思維，讓她以為最後他們能成功上車的人有四個。

　　在南舟回來的第三個小時，他問了乘務員，一會兒誰來開車，乘務員的答案是他來開。

　　當時，李銀航就在列車裡聽得清清楚楚，卻並未深想。直到現在，她才明瞭南舟這樣詢問的用意。

　　李銀航循著這個思路一路想下去，手足的血液一點點冷凝起來。

　　她終於理解了，為什麼南舟要把這一切稱呼為「時間陷阱」。她血液逆流，掌心發麻，低聲道：「時間陷阱一共有四個，是不是？」

　　聽到她這樣說，南舟終於轉向了她，沉默而讚許地點了點頭。

　　陳夙峰不解：「什麼意思？」

　　他不能理解，也是正常的。元明清投誠時，曾對江舫、南舟和李銀航講述過《萬有引力》之所以會存在的真相。

　　地球是一個單獨的副本世界，高維人為了更好地享受遊戲，曾經把地球相對高維的時間調得極快，地球的萬年，在他們看來，不過短短一日。他們這樣做，只是為了讓物種的演化更加快速，體驗數據在光速進化中碰撞出的、偶發的美麗。

　　後來，因為演算過於真實，地球上的恐龍滅絕，最核心的生物死亡，高維人也很快找到了新的玩具，沒有修復老副本的打算，便把地球副本廢棄了──這件事說明，高維人可以調整副本與副本之間的時間差。

　　這是高維人在最後一個副本，把他們先拆分成五個小副本，各自為戰的理由。

這也是一個被李銀航忽視的、第一個真正的時間陷阱。

　　她蒼白著臉，向陳夙峰分析，也好釐清自己的思路。

　　她說：「高維人能把『未來』演給我們看，第一，他們知道我們每個人都會回來；第二，他提前知道我們回來的先後順序。」

　　陳夙峰訝然，埋頭細想一陣，斷言道：「這兩件事都不可能做到。」

　　是，理論上，都不可能。不管是陳夙峰的臨場獻祭隊友，還是李銀航頂替南極星出去戰鬥，都是靈光一現的個人行為。

　　萬一李銀航完全沒有犧牲自己的打算，一根筋辛辛苦苦地玩到最後，結果完全錯過列車了呢？

　　萬一陳夙峰沒有反抗成功，被隊友們獻祭掉了，或是踩中墓中陷阱，不被算作「自我犧牲」，白白折進去了呢？

　　別說他們，就連看上去對副本十拿九穩的元明清，也不能排除在副本中被流彈打死的可能。

　　假設車站時間和副本時間是同步的，高維人是怎麼能提前演算出他們的未來，並展示給第一個回來的南舟看的呢？

　　李銀航做出犧牲自己的決定，可是在副本遊戲推進到第十四個小時的時候。那個時候，南舟可早就看到車廂內的未來了。

　　然而，如陳夙峰所說，高維人也是不能預測未來的。倘若他們能預測未來，當初就不會因為一時狂妄，答應和江舫交換心願，也不會腦袋一熱，選擇和江舫賭博，來決戰誰是團隊榜第一。但是，如果……

　　她顫聲問陳夙峰：「如果，高維人打了個時間差呢？」

　　「如果，這根本不是我們……第一次在車站裡會合呢？」

　　陳夙峰瞠目結舌。

　　四人身處五里長霧中，相對無言。

　　一片霧氣，恰和此時眾人的心境相符。

　　待陳夙峰反應過來，馬上不可思議地反問：「這怎麼可能做得到？」

　　李銀航焦慮地咬著手指，滿心宛如亂麻纏繞。她其實也沒有很明確的

$$F_1 = F_2 = G \frac{m_1 \times m_2}{r^2}$$

想法，只是籠統地覺得不對，哪裡都不對，可要她用語言描述自己馬賽克一樣的思路，還在如此緊急的情況下⋯⋯

嗚——乍然間，列車的汽笛一路向上，衝破空際，像是一柄豎直的利劍，將濃重的霧氣自中剖開。她猛地打了一個顫，手中的圖紙沒能握緊，飄落在地。

這是車中的「乘務員」拉響的汽笛聲。他友好而冰冷地提示著他們，距離登車，還有 50 分鐘。

南舟俯身拾起發軟的繪紙，淡淡答道：「做得到的。」

「我一直在想，在最後一個副本裡，高維人先是讓我們簽訂契約書，又把我們分開，肯定有理由。」

「比如，把我們分開來，各個擊破，總能殺死一兩個人吧。」

「可是，會有這麼簡單嗎？」

「元明清⋯⋯」說到這裡，南舟看向了他們中唯一的高維人，「你說，高維人會滿足於只殺死我們中的一兩個人嗎？」

元明清深深呼吸，吸入了一肺冰冷的水珠。他現在確信，這次副本背後隱含的千絲萬縷、錯節盤根，的確需要平定心神，一點點從頭解起，才有撥雲見日的可能。

讓自己的心緒沉澱下去後，他鄭重地搖了搖頭。不可能，以高維人的驕傲，對他們來說最好的結果，就是「立方舟」五人組的全軍覆沒，一個不留。

但因為有觀眾的監督和懷疑，他們即使是真心實意想要送「立方舟」去死，也不得不留下一些破局線索，讓他們不至於全無生機。

魔鬼躲藏在可怕的細節之中，需要他們費心發掘，但它也堂皇地出現在大局之間，讓人難以覺察，比如說⋯⋯

元明清問南舟：「你是從什麼時候開始懷疑的？」

南舟的副本難度非常強，一著不慎，他便再也離不開那個遊戲世界。高維人在南舟的副本難度上可是半分都沒有放水，元明清很好奇，他究竟

是怎麼……

「我是在聽到你的副本之後才開始懷疑的。」南舟說：「我說過的，你的副本太簡單。」

元明清：「……」

南舟娓娓分析道來：「你也說過，那是你最擅長的遊戲，你只是有一定的可能死在副本中，卻不像我、像銀航、陳夙峰一樣，是九死一生的局。所以，我認為，你的副本本身就是破局的線索之一，告訴我們事情不可能那麼簡單。」

當時看似嘲諷的話語，如今聽來，卻有了別樣的震撼效果。

誠如南舟所說，元明清經歷的吃雞副本，橫向對比之下，的確是他們中最簡單的那個。

簡單到不符合高維人想讓他們全部死掉的主要指導思想。但身處其中的元明清怎麼會嫌副本簡單？他只會覺得自己幸運，認為是高維人對他還有一點情分。直到現在，元明清對高維最後一絲盲目期待終於徹底粉碎，蕩然無存。他們同樣不希望叛徒活著，就算不死在副本裡，也最好死在其他地方。

南舟說：「我的副本給了我最多的、最有價值的提示。」

陳夙峰試圖加入討論：「是副本時間特別短嗎？」

「這是第一點。先記住，留著以後再說。」

說著，南舟從倉庫裡取出了五枝長短一致的鉛筆，「我們已經有四個人通關，都還記得自己的遊戲任務說明嗎？」

事關生死，他們當然不會忘卻。李銀航翻開筆記本，一一歷數：「南老師的遊戲裡，每個遊戲成就都和螞蟻相關，而且遊戲把三個盒子世界裡的主要角色都稱作『螞蟻』……；元明清的遊戲主題是互相殺戮，『螻蟻』競血；我的遊戲裡，設定是『小螞蟻』要找到離開農場的道路；小陳的遊戲，是用『螞蟻和神明』來隱喻『人類和邪神』的關係……」

她合上筆記本，做了個總結陳詞：「共同的主題都是『螞蟻』啊。」

「不是要妳找相同，要找不同。」南舟一針見血，「我的副本，是除了標題之外，唯一一個詳細提到『列車』的。」

他們四個人，每個人的副本名稱都叫做【螞蟻列車】。只有南舟，在所有人都遺忘了契約書內容的前提下，提前得到了「要去趕列車」這個關鍵資訊。

當時，他將「列車」理解成了排成一串的盒子世界，就像從一個封閉的車廂，走入另一個車廂。他的理解並沒有錯，但這樣的理解，並不應該局限在單一副本內。

「第一個線索，我的副本時間是最短的。」

南舟舉起了一根鉛筆，又拿起了第二根。

「第二個線索，只有我的副本提前切題，知道了『螞蟻列車』可能代表著什麼。但你們應該是在回到車站，看到列車後，才知道為什麼副本叫【螞蟻列車】的吧？」

李銀航和陳夙峰一齊沉默……的確如此。他們的遊戲本身，和「列車」毫無關聯。

李銀航也曾對這一點表示過疑惑，但最後強行理解了一波，認為參與遊戲的「螞蟻」是五個，他們「立方舟」的五個人在一起，說不定就是「列車」了？後來，回到車站，看到真正的「列車」，李銀航便沒再懷疑過，又怎麼會認真細想？

在李銀航他們緩慢消化資訊、試圖分析線索二到底要如何和當下的情況聯繫起來時，南舟把第二根鉛筆和第一根並排放置，上下兩端完全平齊，隨後，他左手手背朝上，用修長的中指和食指牢牢夾住兩枝鉛筆的下端，確保兩根筆像是「站」到了他的手指上一樣。

旋即，他用右手取來了第三根筆。他說：「第三個線索，是我會在一個平行時空，遇到另一個我。」

南舟並沒有詳解這條線索背後的意義。

但聽他這樣說，李銀航後背憑空滋生出了一股寒意，原本混沌的思

路，也像是終於找到了一個明確的出口。

「第四個線索。」南舟如法炮製地夾好第三根後，舉起了第四根筆，「我做了一個夢。」

夢裡的南舟，是一隻可憐的螞蟻。他奮力破開硬土，掙扎求生，以為自己覓到了一條生路，但其結果卻是被太陽一樣的凸透鏡投來的光束聚焦，活活焚身而死。

「第五個線索，也是最重要的一個提示。」南舟終於把五根鉛筆並排放好，讓它們齊齊立在了自己的指間，「我遇到了……時間差。」

在副本中時，南舟就產生過明確的疑惑：

當「南舟」打開第一個盒子，進入【南舟】的世界時，他並沒有感受到很明顯的時間差。但當他第一次進入｛江舫｝的世界時，他因為莫名的昏眩，失去了數分鐘的意識，墜下了屋頂，以至於被第三個世界裡的｛江舫｝囚困了床上。

「那時候的我，認為這是隨著時間遞進盒子世界中產生的危機。每進行一次盒子穿越，我恢復清醒的時間就會越來越長，在這個過程中，會遇到很多危險。」

「但事實證明，後來並沒有發生這種事情。」

｛江舫｝搶奪了他的盒子，做了穿越實驗。彼時，南舟意識全無，沉浸在破碎的混沌之中，就這樣過了一個小時，直到｛江舫｝回來，把他從混沌中解放出來。但對南舟來說，這一個小時，不過是一個霎眼的工夫。

南舟用冷靜的聲音，分析著最為可怖的事實：「所以，我想，既然在我的副本裡，第二世界和第三世界會有時間差，那我們的『副本世界』和『列車世界』之間，是不是可以人為製造出時間的縫隙？」他低頭看向自己手中齊齊排列的五枝筆。

「我們每個人都認為，我們在完成遊戲之後，就馬上被傳送回了車站，因為我們彼此之間核對時間，都沒有出現問題。」

南舟的指尖拂過了第一根筆的頂端，「回到第一個線索那裡。我的遊

戲完成時間是整整十二個小時，雖然是踩點完成的，但也是最短的。」

他的指尖挪到了第二根筆上。

「這個傾盡全力的元明清。」南舟說：「他花了十三個小時。」

南舟將第二根筆稍稍向下按去。第二根鉛筆在力的作用下，越過了中指和食指交疊的縫隙，在他指腹處微微探了一節出來。下一枝則是李銀航，副本用時 13 小時 40 分鐘，所以第三根鉛筆按出的長度要比第二根筆更長。

第四根鉛筆代表的是陳夙峰。副本用時 14 小時 45 分鐘，因此，他只有一小節鉛筆還露在手背上方了。四根鉛筆，在南舟的操作下，逐漸變得像是被放反了的 WiFi 信號，長短錯落有致。

也許是前四根筆的挪移，蹭到了被南舟夾在指端又最不穩當的第五根筆，還不等他動手調整，第五根鉛筆便從縫隙滑落到了地上，往前滾出一段，直到碰到了李銀航的鞋尖，才停了下來。

第五枝鉛筆，代表著還未歸來的江舫。這樣的掉落，背後的意義未免過於不祥。

南舟沉默片刻，才垂目輕聲道：「……我們已知的是，高維人沒有預知未來的能力，更不可能把未來放給我們看。但在車裡，我又明確看到了未來……我們搭上車之後的未來。」

「這個未來，包含了我們回來的先後次序，也包含我們基於自己的性格做出的各種選擇。」

「高維人就算再擅長模擬，也不可能模擬出這樣真實的場景。」

「所以，我想，他給我們看的不是未來，而是過去。」

陳夙峰本來思路還算清晰，被南舟這麼一說，登時陷入混亂：「等等……等等，先別這麼快！慢慢捋一下……你是說，我們完成任務後，回到車站的時間有問題，是嗎？」

南舟俯身拾起了第五根鉛筆，握在右手手心。

「……是。」他一字一頓道：「我們在完成任務後，誰也沒有在第一

時間回到車站。」

「我們在副本和車站之間的縫隙裡，被『緩衝』了。」他看向參差錯落的四根鉛筆，將右手橫放在了左手下方。

「就像在那個盒子世界裡一樣，我先一步進入了混沌之中，元明清是第二個掉進來的，接下來是銀航、陳夙峰。」

「後來，在最後一個人成功通關後，我們又被按照真實的通關時間，依次投放到了車站裡。」

言罷，南舟鬆開了左手的食指。四根原本代表了不同時間進度條的鉛筆，齊齊落於左手掌心，再次變為了平行而立的樣子，時間線在他們毫無覺察的時候，又恢復了「正常」。

「對我們來說，從副本回到車站，不過一眨眼的時間而已。」

「就算我們事後核對，車站的時鐘，和我們自己的體感時間，都在告訴我們，時間沒出問題。」

「但是，只不過打了這麼一個巧妙的時間差，高維人就能神不知鬼不覺地掌握我們每一個人從副本中的具體返回時間了。」

李銀航遍體生寒，這就是……真正的第一個時間陷阱了。

陳夙峰：「……可是，他們要掌握我們回來的時間做什麼？」

「方便做出下一步的安排。」

南舟說：「萬一，第一個從副本裡回來的是在動作遊戲裡超常發揮的元明清呢？」

「或者，南極星一開始就失手，身受重傷，銀航甘心替死的時間被提前了好幾個小時呢？」

「再或者，你一開始就被抓了，結果用了同樣的方法獻祭了所有隊友，包括你自己呢？」

「一旦每個人回來的時間順序亂了，他們就必須即時調整計劃，確保副本能夠順利完成。」

陳夙峰的聲音變得有些艱澀，因為他想到了某種可能，只是僅剩的理

性讓他不敢去確認。

「什麼……副本？」

「還不明白嗎？」沉默良久的元明清咬牙切齒道：「高維人不會預知未來！唯一能解釋南舟在車中見到的那些場景，不就只有一種可能？！」

「我們已經死過很多次了！」

「這根本不是我們第一次回來！！」

陳夙峰心神劇震，向後退開數步，「這怎麼可能？我們死了，怎麼還能復活？！」

元明清涼涼地看向陳夙峰，「你明明在你的邪神副本裡死了，為什麼還能復活？」

陳夙峰的耳畔嗡的一聲，瀰漫開了流水般的耳鳴聲。

而南舟舉起了自己畫畫時用來墊底的契約書，往他的心口補上了最後一刀，「陳夙峰，你確定，這是我們五個人簽過的唯一一份契約書嗎？」

陳夙峰本能地想要張口反駁，荒謬，太荒謬了。但他細思之下，卻是一字難出，他根本找不到可以反駁的點。

南舟的思維獨闢蹊徑，一切的構想，都構建在了「高維人不可能預知未來」這個絕對的大前提上。他拒絕登車，通過六幅畫，證明他之前看到的「未來」，是真真切切會在車廂中發生的事情。

這就產生了一個悖論——明明無法預知未來的高維人，卻將一段按照自然邏輯，將會在未來發生的事情播放給了南舟看。基於這一悖論，南舟回溯了自己所經歷的一切，從一切細節中抽絲剝繭。得出的結論，哪怕再離奇，那也是最接近真相的通關之法。

陳夙峰不禁想，在等候發車的這六個小時之間，南舟的頭腦中席捲著的風暴，恐怕從來沒有停歇過。

陳夙峰靜下心來，順著南舟的思路想下去。

各自為戰的單人副本，不過是漫長的莫比烏斯帶中的一環。在明確了所有人的返回時間，確定與他們先前的設想無誤後，高維人就可以著手布

置車站了。在這期間,他們五人一直在時間的縫隙裡沉睡,一無所知。

「我想,我們並不是第一次回來了。」南舟用極平靜的語調,陳述著令人毛骨悚然的事實。

「因為第一次回來的時候,列車上還什麼都沒有發生過,我就算上了車,看到的也是再正常不過的車廂。」

「第一輪,我們必然得不到任何提示。」

「所以,一切都順利地發生了。」

那後三節車廂的累累血跡,就是鐵證。

短時間的高強度思考,讓李銀航的腦袋快要爆炸了。她按著太陽穴,望著碎裂窗玻璃上的女性手印,頭痛欲裂,「我們為什麼會發生這種你死我活的爭執?」

難道說,這班列車其實並不通向未來?是假的列車?還是說,那名「乘務員」在中間做了什麼,挑撥離間?他們之中有人有了異心?他們中混入了高維人?元明清被策反了?

在諸多亂哄哄的念頭間,她的一顆心咚咚亂跳,頭腦間好似壅塞了大把大把的念頭,細細思量,卻又是一片空白。

南舟清冷宛如山間冰泉的聲音流過,適時地打斷了她的胡思亂想:「銀航,跟我玩是或否的遊戲。」

李銀航:「啊?」

即使在霧中,他的目光依然明亮鋒利,「背後的人早就規劃好了我們每個人返回車站的時間點,是不是?」

李銀航:「⋯⋯是⋯⋯」

南舟繼續發問:「為了確保那些規定好的時間點完全準確,不出差錯,他們有可能利用盒子穿梭中的時間差,確定我們每個人回來的具體時間,是?不是?」

李銀航:「⋯⋯是。」

南舟:「第一個回來的是我,是,不是?」

$$F_1 = F_2 = G \frac{m_1 \times m_2}{r^2}$$

李銀航：「是。」

南舟：「第二個回來的是元明清，是，不是？」

李銀航：「嗯，是。」

南舟：「妳和陳夙峰回來的順序，稍微變動一下的話，影響不大。但舫哥一定是最後一個回來的，是，不是？」

李銀航：「是。」

南舟：「以每張車票進入倉庫的時間計算，車票的有效期是六個小時，是，不是？」

李銀航：「是。」

南舟：「如果妳是這背後的高維人，想要做手腳的話，會給舫哥安排簡單的副本嗎？」

李銀航心臟一抽：「……不，不會。」

她如果是高維人的話，只會把江舫的副本安排得越難越好，副本流程安排得越久越好。他乾脆死在副本裡，才是最好的，到那時，南舟一定會等江舫，不會拋下他一個人走。

南舟的車票一定會過期，他一定會錯過列車。而南極星……一定會留下來陪南舟，他始終是南舟的南極星。這個名字，取自於一顆最靠近南天極的恒星，是南舟想尋求自由的願望縮影，如果南舟選擇留在車站，流放自己，那麼南極星一定會陪在他身邊。

所以，最後成功搭上列車的，除了那木偶一樣僵硬的乘務員，一定只有他們三人。而沒了南舟或南極星的武力壓制，車上會發生什麼樣的爭鬥都不意外。

問到這裡，南舟問：「妳現在有冷靜下來嗎？」

李銀航緩緩吐息，「是。」

這種不動聲色的溫柔，讓她有種想哭的衝動。

南舟沒再管她的感動，轉向了元明清，「現在應該是第二次，或者第三次了。高維人不會容許我們這樣一次又一次地試錯下去，所以，我猜

想，三次輪迴，應該是極限了。」

　　一般副本，都酷愛使用「3」作為重要數值，一旦他們做錯選擇超過三次，就極有可能會迎來徹底的失敗。

　　高維人的演播室內，資料流淌的密度前所未有，稠密得像是波湧的海水。在過濃的數據中，偶爾有泛白的高維人人影一閃而過，彷彿是深海中漂浮的魚骨。

　　在極度的高壓引發的死寂中，一名員工焦慮道：「他們又接觸到這個副本的真相了！」

　　正如南舟他們所推想，這個車站世界也依舊是一個副本。

　　這個副本，是另一份契約書裡的內容。

　　契約書規定，他們會來到一個車站，他們要主動放棄車站裡的輪迴記憶，來換取通關副本的線索，前後共有三次容錯的機會。南舟他們要尋覓逃生法則，逃出這個副本，才算真正的勝利。

　　當然，在進入車站封閉的候車室後，他們五人均被抹去了記憶，在無知無覺的情況下，簽下了另外一張契約書，分兵而戰，各自冒險。

　　他們本以為這個副本層層環套，極難破解。沒想到，除了註定了失敗結果的第一輪副本，南舟非常順利地把謎題解出了……還捎帶手把「三次輪迴」的契約書內容反推了出來。

　　由此可見，南舟的確是個天生的解題人。

　　「呵呵。慌什麼？」

　　導演卻是絲毫不亂，盯準螢幕，語音中帶著自得的笑意。

　　「他就算想到了謎題，想得到答案嗎？」

　　而且，最有趣的是，南舟他們根本無法判斷，目前車站裡的輪迴究竟是第二輪，還是第三輪。只要這一回，他們還做出和上次一樣的選擇，那

$$F_1 = F_2 = G \frac{m_1 \times m_2}{r^2}$$

就註定了失敗的結局。

這個副本巧妙就巧妙在，即使你知道謎面，也會一路向那個已經註定好的結局走去。

導演冷笑答道：「現在，還是我們的優勢局。」

真正的好戲，馬上就要開場了。

元明清目不轉睛地望著南舟。

「你剛才為什麼不回答她的問題？」元明清敏銳地指出：「車上的我們，為什麼會發生爭執？」

南舟搖頭，「沒有線索的事情，我不會去浪費時間推想。」

元明清鋒芒十足：「你是不肯想，還是發現了什麼，卻不肯說？」

情勢再度急轉直下。

李銀航一臉迷惑，在兩人中間來回看了一陣。她沒鬧明白，為什麼好不容易恢復了正常的元明清會再次突然對南舟發難？在她看來，高維人的吃相再難看，無論如何也得給他們留生路吧？

甚至可以說，越是精巧的布局，破局的生路就越簡單。

如李銀航先前所說，只要做些什麼先前不會做的事情，跳出「莫比烏斯帶」，他們這些「螞蟻」就能重獲自由了，不是嗎？

面對南舟和元明清的劍拔弩張，她嘗試從中打圓場：「我們做點什麼吧。比方說，把那個乘務員幹掉？」

沒人應答她的玩笑話，她乾笑兩聲，尷尬地抓抓頭髮。

開玩笑的，小命重要。

他們誰都不掌握駕駛老式火車的技能，弄死 NPC，他們連發動列車都做不到，直接困死在原地，那才是真實的完犢子。

元明清對南舟說：「那你跟我們一起上車、一起走。有你在，我們不

會起內訌，車裡面的慘劇也不會發生了。」

「的確，這是一個辦法。」南舟點點頭，「但是不可能，我不可能扔下舫哥一個人走。」

元明清高舉雙手，鼓了兩下掌，嘲諷道：「漂亮！」

——江舫不來，南舟又拒絕上車……這樣不是又走回了老路了？！

愕然之間，李銀航終於後知後覺地領悟了高維人用心之惡。她忽略了，莫比烏斯帶的特性，還包含了無窮無盡的重複。想要逃出迴圈，哪裡是這麼簡單的？

「我是一定要留下的。」南舟說：「再說，車裡為什麼會發生爭鬥，我的確不清楚，就算上了車，我們照樣可能會死。」

元明清氣得渾身發抖：「哈！『可能』？！你只要不等江舫，就沒有這種可能了！」

南舟：「我說過，我做不到。」

氣氛以肉眼可見的速度，迅速變得僵冷起來。

「還有一種辦法。」在死一樣的寂靜間，南舟坦然地提出：「誰都不上車，所有人一起放棄車票，留在這裡，等舫哥回來。」

此時此刻，李銀航腦中浮現出的第一個念頭居然是對南舟的違抗：……怎麼可能？

她斷斷想不到，元明清一直以來的懷疑和擔憂，居然成真了。南舟的目的，真的是要留他們所有人在車站，一起等江舫？

陳夙峰也明白了：「……所以，南哥，你是故意拖了這麼久，才把這些情報告訴我們的嗎？」

在發車前不到一個小時的時間，他才來把這些事情一一分析給他們聽。經過他這一場頭腦風暴，現下距離登車時間，已經只剩下30分鐘！

南舟根本不是在和他們商量，他根本就是在通知他們，他不要上車！

對陳夙峰的質疑，南舟不置可否。他繼續道：「列車副本的主題，和我們各自經歷的單人副本一樣，都叫【螞蟻列車】，那麼主題承上啟下，

23

$$F_1 = F_2 = G\,\frac{m_1 \times m_2}{r^2}$$

很有可能還是『犧牲』。這個世界裡，或許我們全部拒絕登上列車，自願犧牲，才是真正的通關方法。」

「憑什麼要我們為一個『或許』犧牲？」元明清冷冰冰道：「那個乘務員說過，這是唯一一班離開車站的列車了。你為什麼不犧牲一下，放棄江舫，上車來啊？」

南舟低下頭，用沉默相抗。單人的自願犧牲，是很容易做到的，但當犧牲牽涉到集體，由誰做出「犧牲」，就變得無比重要了……重要到可以輕而易舉地撕裂一個集體。

打破靜謐的，是再度鳴響的汽笛。火熱的蒸汽撕裂冰冷的霧氣，用新的白填補了舊的白，像是電影裡的疊影，呈現出奇妙至極的視覺效果。

距離發車，只剩下 30 分鐘。

接下來，每隔 5 分鐘，駕駛室裡的乘務員都會鳴響那催命的汽笛，無情地提示他們時間的流逝。

之前的亂麻已經被一刀斬開。目前，他們所有的行動可能，都坍縮成了兩個具體的選項。上車，或是不上車。

李銀航緊張得氣管都在痙攣抽搐，在極端的緊張下，空氣中潮濕陰冷的嗅感被放大了無數倍，逼得人喘不上氣來。

留給他們選擇的時間所剩無幾，事已至此，李銀航反倒想通了，為什麼高維人要把南舟設定第一個回到火車上。

首先，不管副本怎麼設計，南舟都是有實力第一個完成任務的人。

第二，這能兼顧觀眾的觀看效果和戲劇效果，這一點很好理解。

畢竟如果換李銀航打頭，自己看到車廂裡的種種，恐怕會當場表演一個心態爆炸。

都是決賽局了，高維觀眾想看的是強強對決，而不是菜雞跳腳。

第三，南舟和江舫，是隊伍裡唯一一對可以形成固定的對彼此的牽制局面的人。把他們兩個安排在一頭一尾，最能激發其他玩家的懷疑，讓他們認為南舟的所作所為是有私心的。

換自己來，就沒有這種效果了，因為她沒有撒謊的理由和動機，大家反倒會相信自己的話。能在短期內選出這種水準的副本，也算高維人煞費苦心了。

最核心的問題是，既然想讓南舟和江舫形成牽制關係，那麼，江舫明明也有能力破局，為什麼不把他放在第一個？高維人此舉最核心的目的，是他們確信，以江舫的性情，根本不會和他們講道理。

李銀航都能想像出，如果江舫第一個回來，並且睹了車廂內的異狀後，他絕對會當場格殺質疑他的元明清，然後笑咪咪地舉著帶血的刀，問剩下的兩人究竟想不想等南舟。他們可以選，自己不會強求。

李銀航本來就是從開局就跟著南舟他們的，哪怕不用暴力要脅，也會更傾向於選擇相信他的判斷。剩下一個陳鳳峰，也是孤掌難鳴。

但南舟和江舫全然不同。他的性情雖是冷淡，骨子裡卻是滿滿的溫柔，他的刀尖從來不會朝向隊友，在那個充滿光魅的小鎮如此，在《萬有引力》裡也是如此。

他有實施暴力的絕對能力，卻從不崇尚暴力，他始終堅持在夾縫中尋找最優解。

南舟緩緩呼出一口氣，「我知道，勸你們不上這趟列車，是很難的。只是車一開，你們再想要下去，就沒有後路了。」

元明清針鋒相對地指出問題：「留在這裡，就會有後路嗎？」

這個車站是完全封閉的，處境比南舟的永無小鎮還糟糕，至少那裡有新鮮的空氣，以及可供基本生活需求的活動場地。萬一賭錯了，要一輩子留在這裡……單單是想像這種可能性，都叫人頭皮發麻。

似乎是為了和這種焦慮的氛圍形成呼應，汽笛驟然拉響，像是高維人高歌猛進的號角，也像是為他們提前奏鳴的喪鐘。

南舟不為所動，繼續分析：「我說了，【螞蟻列車】的主題是從我們各自經歷的五個副本一直延續到現在的。『自我犧牲』的主題或許也是延續下來的，只有我們所有人一起留在車站，才能談得上『犧牲』吧。」

元明清步步進逼：「這是你的猜想而已。再說，個人戰裡，我們只有自己，當然只能犧牲自己；現在是團隊戰，我們五個人是一個整體，犧牲江舫，不也算是『犧牲？」

南舟：「我不認為副本設置的目的是要我們犧牲某個特定的人。」

元明清：「但你卻會因為一個特定的人拉著我們所有人去死。『希望我們全軍覆沒』也是高維人的目的，你自己說過的。」

南舟：「我的意思是，高維人在設計副本時，不該出現『某人必死』的選項，這樣一來，本身的難易度就會失衡。」

元明清：「按照你的推測，高維人製造了時間空隙，在明確了我們所有人的具體通關時間後，才把我們投入車站的，那江舫的結局其實早就定下了吧，根本不存在難易度失衡的問題。」

他盯牢南舟，「你怎麼知道江舫是至今還在副本裡，還是已經死了？他的存在，本身對你而言就是個『誘餌』，讓你不能放下，不是嗎？」

李銀航聽著他們密不透風的邏輯戰，接不上話。

她不得不承認，元明清的話雖然句句刺耳尖銳，卻都有理有據。南舟必須回答這些問題，否則，就算是李銀航也不敢冒險留下。

然而，南舟的邏輯異常清晰，絲毫不受咄咄逼人的元明清的動搖，「他是不是活著，跟要不要上車是同一種類型的問題。你負責證明他已經死了，我負責證明留下是正確的。」

元明清：「……」

「好極了！」他無言以對後，怒極反笑，攤開手道：「誰願意留下來陪這個瘋子驗證他的猜想？」

李銀航和陳夙峰兩相沉默，並不作答。

元明清盯準了李銀航，「妳嗎？」

李銀航默然不答。元明清著意看向了陳夙峰，用目光示意他說句話。

陳夙峰和他一樣，都有必須要救的人，絕不能陪著南舟去玩這一場二選一的豪賭。

乘務員當然有可能說謊，車裡當然有可能暗藏殺機。可一旦錯過這班車，他們也有可能在這永遠孤獨的車站長久地活著，直到物資耗盡、直到發瘋癲癲，甚至自相殘殺，互啖血肉。

　　如果真的全軍覆沒，那麼誰的願望都不會達成，《萬有引力》這個遊戲將會永遠持續下去，永遠成為供高維觀眾觀賞的生死場。

　　這是真正的一念天堂，一念地獄了。

　　面對這樣的生死抉擇，陳夙峰卻表現出了遠超他年齡的穩重。

　　他雖然立場與元明清一致，卻沒有被情緒左右，畢竟他和南舟從來沒有過敵對關係。

　　他提出了一個重要的問題：「南哥，如果上車是死，留在車站裡就能成功，為什麼你還會在這裡？」

　　李銀航一悸。她之前從沒想到過這一點，如今被陳夙峰一提醒，她心下更見不安——如果南舟成功等到了江舫，而且留在車站裡才是正解，那他現在應該已經離開遊戲了才對啊。

　　陳夙峰坦誠道：「我不想靠賭來決定生死和未來，距離成功只差一步，我只會採取看上去最穩妥、最正確的做法。但是，南哥，只要你能解決我的這個問題，我就相信你。」

　　「是，這就是我要說的。」南舟點點頭說：「我能證明，上車是錯誤的行為。」

　　元明清抿一抿乾涸的唇，並不指望南舟真能拿出什麼可以動搖他決定的鐵證，畢竟留給南舟的時間只剩下 20 分鐘。但他還是抱著一絲自己也說不清源自何方的希望，道：「……你說說看。」

　　誰想，南舟果真語出驚人：「我確定，我們失敗過兩回，這已經是我們第三次在車站上討論這件事了。」

　　汽笛聲再度拉響，扯得人耳膜發痛，也讓人的心為之一撼。

　　高維人的演播室，將南舟的這句話同步播放了出來。聞言，導演志得意滿的臉隨之僵住了，他猛地抄起傳導儀器，好將南舟的話聽得更仔細。

不可能的！南舟不可能分辨出來，現在是第二次還是第三次輪迴！因為在每個場景，他們都會對空間和人物進行再更新。

狼藉的車廂、被打碎的報刊亭，都會在輪迴結束後被修復一新。

只要人員全部死亡，一切就都會自動刷新到全新的場景！他怎麼可能猜得到？！

在導演瘋狂頭腦風暴、想要弄明白究竟是哪裡出了問題時，車站裡的南舟開始了他的分析：「我分析過，第一次輪迴，我們是必然失敗的。」

李銀航茫然地點頭。是啊，因為那時車內還什麼事情都沒有發生，南舟看到的就是一列再正常不過的列車，所以彼時，他們不清楚車廂的恐怖，所面臨的問題就只有一個：江舫並沒有在南舟的車票過期前成功回來。所以，為了等不知道是否會回來的江舫，南舟放棄了車票，選擇留在了車站，元明清則帶著其他人登車離開。

路上發生了什麼事情未可知曉，留在車站的南舟身上，也必然發生了什麼。總之，全員覆滅，第二次輪迴開啟。

還是第一個回來的南舟，在車廂裡看到了血染遍地的未來，那時的南舟一定會行動起來，像現在這樣，窮盡百法，試圖說服其他人相信他所見的一切。然而，因為立場問題，他始終無法讓所有人信服，最終陷入了難解的閉環——只要江舫不回來，南舟仍會留在車站。而不敢冒險滯留車站的三人，還是會選擇按照契約書的指示登上列車。

按理說，第二次輪迴和第三次輪迴應該是完全沒有區別的，南舟怎麼能判斷現在是第二次還是第三次？

南舟說：「陳夙峰，剛才你問我，為什麼我留在車站，也沒有成功完成任務。」

陳夙峰頷首。

南舟說：「因為我選的路是對的，你們選的是錯的。」

元明清乾笑一聲，「太自信了吧？」

南舟轉望向元明清，「車廂裡面，你們三人的死是有跡可循的。銀航

被扔出車窗，你，或者陳夙峰，一個失血過多，一個被捅穿眼睛，但在你們回來前，我同樣檢查了車站。車站裡可從來沒有出現這種幻象。」

元明清一眨眼睛，想要反駁，卻一時語塞。

南舟繼續分析：「你是不是想說，『高維人沒有放給我看』？」

「可如果有的話，高維人真的會不放給我看嗎？」

「如果車站裡也有血腥的場景，不是更容易動搖我的判斷？讓我更加相信，車站也是很危險的，上車說不定才是正確的選擇。」

「所以，我認為，車站上根本沒有死過人，他們根本沒有影像可放。」南舟肯定地說道：「我選的路是對的，我只是沒有去走這條正確的路，離開副本而已。」

李銀航脫口問出了此時三人都最為關心的問題：「為什麼？」

南舟答道：「因為，如果你們都死了的話，通不通關對我來說，毫無意義。」

「別忘了，我們還要許願呢。」

這句話，伴隨著衝天而起的汽笛鳴響，讓李銀航混沌的心神如歷洗雪，瞬間明亮起來。

沒錯，她一心想著副本，卻忘了通關後的許願環節！

他們的最終目的，明明是要終結《萬有引力》這個遊戲的。如果許願的人數不足，南舟要麼放棄自己的願望，替人類許願，自己則永生永世困在遊戲中。要麼，他只許和自己相關的願望，脫離遊戲，哪管遊戲裡的人類死活。

南舟道：「就算我活著走出這個車站，外面依然是《萬有引力》的世界，遊戲也永無終結。」

「我不會選擇這樣的完結方式，我也不喜歡。」

「高維人也正是掌握了這一點，讓我沒有辦法做出獨自走出車站、完成遊戲的選擇。第一個世界，我看不到列車裡的異象，所以沒有證據判斷我身處輪迴。等我知道的時候，我已經來不及對第二個輪迴裡的我做出一

$$F_1 = F_2 = G \frac{m_1 \times m_2}{r^2}$$

些提醒了。」

「在第二次輪迴開始後，我一定會嘗試做出一些標記，提醒我，不要登車，登車是錯誤的選擇。」

元明清此時也產生了極度的動搖。他察覺到，自己正在被南舟說服。

他回頭看向浸在濃霧中的列車，不知道這矇曨之中靜靜潛伏的鋼鐵巨龍，究竟是生之希望，還是一口鐵皮棺材。

他必須要尋找南舟的邏輯漏洞，來填補他此時內心的不安和動搖：「可是他們根本不會讓你留下任何標記的！」

「嗯，我知道。」南舟說：「我想到了。高維人會刷新一切，就連我自己都可能是被刷新出來的人，這一點我在第二輪就能想到……我相信我自己能想到。」

不管他是在車站的牆上噴塗「不要上車」，還是在自己身上刻字刺青，抑或是在某個隱祕的角落偷偷刻字，都無法留下確鑿的證據。高維人只要一抬手，就能輕而易舉地抹去這一切。

想要破局，只有……

「我只要不讓他們刷新就好了。」南舟說：「我自己刷新。」

說話間，南舟從倉庫裡取出了 A 級道具【逆流時針】。它是【小明的日常】過關的核心道具，但它的評分只有 A 級。因為它和一般的溯時道具不同，它並不能攜帶記憶穿越，只是回溯過往，徹底重置時間與空間。

正如它的說明那樣──

【時間是世間最不可玩弄之物。】

【該發生的事情，永遠會發生。】

而此時，這面用兒童筆觸草草勾勒出的紙上時鐘，顯示「正在使用中」，底下的小字提示，它已經運行了 5 小時 45 分鐘，並將於 1 小時 15 分鐘後失效。

三人臉色大變。

現在，距離發車還有 15 分鐘。而南舟在列車離開、獨自在車站內等

待僅僅 1 小時後，就選擇使用這個道具，逆流時間，溯源而上，重啟了整個世界。

　　一個小時的等待時間，說明南舟並不是因為長期的等待而絕望，也不大可能是遭遇到了遠超南舟實力水準的攻擊，不得已而為之——正如南舟之前所說，如果車站上有打鬥過的痕跡，高維人絕對不吝復刻過來，讓車站和列車兩地都滿布血腥，好干擾他們的判斷。

　　排除了一切其他的可能，車站裡絕對有可能孕育著全新的生機！

　　高維導演驟然捏碎了傳導耳機。

　　當空間和時間都被重置，誰會判斷出，這是道具的力量，還是副本的力量？南舟……居然在副本中，騙過了副本？！

　　車站上，南舟說：「我能想到的手頭可以利用的道具，就是這個了，沒想到悄悄翻出來的時候，發現它已經在使用中。」

　　第一次輪迴，他什麼頭緒和線索都沒有。在得知自己還有兩次機會後，南舟自然不會浪費道具。

　　他放棄了通關的機會，選擇了第二次輪迴，好收集更多的線索。

　　在第二次輪迴的終點，南舟用一個原本功能相當雞肋的 A 級道具，騙過了所有人，開啟了一輪「假輪迴」。他也用這個 A 級道具，向其他三人提供了留在車站裡的理由，雖然這個證據並不足以證明留在車站是完全安全的，但已經足以說服他們賭上一把。

　　結束了這一輪高強度的頭腦風暴，汽笛早已響過了數聲。

　　南舟環視眾人，「所以現在，你們怎麼想？」

　　沉默，良久的沉默。

　　高維人的演播室也是一片肅靜，唯有數據密集的水流聲，宛如心跳的鼓點。

　　導演扣緊了散碎開來的傳導器，自我安慰：還好、還好，南舟雖然說服了其他三人，但他最後也絕對不可能離開車站！因為……

　　在這沉默之中，李銀航悄悄舉起了手來，但她卻並不是為了表態：

$$F_1 = F_2 = G \frac{m_1 \times m_2}{r^2}$$

「我有一個問題。」

南舟：「嗯。」

李銀航：「南老師，如果在遊戲可以通關的時間點，舫哥也回來了，你們用兩個心願，應該也能換到脫離遊戲的機會的吧。畢竟舫哥⋯⋯」接下來的話，她沒好意思說出口。

說白了，如果江舫當時回來了，他才不會管他們的死活。他和南舟完全可以許兩個心願，雙雙脫離系統，哪管背後洪水滔天。

李銀航鼓足勇氣，說：「所以我猜，你發現生路的時候，舫哥並沒有回來，是不是？」

她之所以覺得奇怪，是南舟在講述這段經歷時，反覆使用的主語是「我」，而非指代南舟和江舫兩人的「我們」。她想，南舟雖然已經遺忘了那段記憶，但他一定推測到了什麼事情，才會採取這樣的表述方式。

南舟點一點頭，平靜道：「是，他沒有回來，這也是我想挽留你們所有人的原因。」

李銀航一愕：「誒？」

「我一直覺得奇怪，剛才我也這麼說了。」南舟說：「假如舫哥的單人遊戲副本時間比我們所有人都要長，這就實在太不公平了。遊戲的平衡會被破壞，高維觀眾會不滿意這種行為的。」

「所以我認為，他有可能⋯⋯」

恰在此時，一道輕快的腳步聲向他們靠近。

咔噠、咔噠。「乘務員」先生踏著坡跟皮鞋，披霧踏露而來，在距離四人 3 公尺開外的地方站定，雙手交握在身前，「各位乘客，距離發車只有 5 分鐘了。請問，各位登車嗎？」

南舟沒有回答，他只是走到乘務員身前，抬頭仰望著他，問：「如果沒人走的話，你會把車開走嗎？」

「當然。」乘務員頷首，「未來，是一定有人要去的。」

南舟「唔」了一聲，又前進一步，伸手輕拉住了他的衣角，很輕很輕

地問：「……舫哥，是你嗎？」

此話一出，「乘務員」彷彿是童話裡的角色，被解開了某種魔咒，他僵硬的肢體明顯一鬆，彷彿被剪斷了所有傀儡絲線的木偶。那麻木的、彷彿根本不屬於他的面孔肌肉，也像水一樣溶解，變換了形狀，一頭銀髮沿著漆黑的帽簷披散而下。

江舫身著乘務員的服裝，微微喘息兩聲，調勻呼吸節奏後，含著一點笑意，溫柔地撫一撫南舟的頭，「累壞了吧。」

南舟：「嗯。累壞了。」

「濕漉漉的。」江舫衝他招招手，「來，抱抱。」

南舟一言不發，結結實實地撲在了江舫身上。

他身上的霧露和著竭盡心智後脫力的冷汗，搖落在了江舫的肩膀。

什麼解釋都可以留在以後，他現在只想擁抱江舫，和這位螞蟻夥伴碰一碰觸角。

大霧迷漫了整個車站世界，一天一地的風雨氣味，伴隨著呼吸，進入每個人的體內。濃霧仍然讓人喘不過氣來，但其他三人再也不提「我們上車談」，寧可在車站上被糟糕的霧氣環繞。

不祥的陰雲還未退去，可對南舟來說，他已覺得天地間一片平曠安寧。拉著江舫坐下不久，他便發出了一聲短促的感歎：「……啊。」

車票從他的倉庫中消失了，他永久失去了登上眼前這列駛向「未來」的列車的資格。

在場每個人心中都充塞著無數的問題：為什麼是他？為什麼江舫是他們中唯一一個扮演了 NPC 的角色？

南舟已無權登車，好在元明清的車票還有 50 多分鐘的時限才到期，他們還有時間去盤一下事情的前因後果。

李銀航腦中一片混亂，呆頭呆腦地詢問：「舫哥，你不應該是最後一個回來嗎？」她比劃了一下，「一頭一尾什麼的……」

江舫含笑點點頭，「嗯，我猜高維人原本應該是這樣設計的。」

$$F_1 = F_2 = G \frac{m_1 \times m_2}{r^2}$$

南舟問：「你的副本時限是多久？」

江舫回答：「20小時。」

南舟點一點頭，這個時間是合理的，這樣一來，五個人的副本最多也沒有超過24小時的。一方面，這不會讓高維觀眾覺得江舫有被刻意針對，畢竟元明清和李銀航的通關時間比他還長四個小時。

另一方面，副本的目的本來就不是要在規定時間內「通關」，而是要自願完成「犧牲」這個動作。總而言之，就是突出一個表面「公平」。

江舫說：「我的副本叫做蟻巢迷宮……實際上就是無數面鏡子組成的迷宮。」

「迷宮上面有封頂，鏡子本身也很脆弱，不能翻牆，也沒辦法占據制高點觀察迷宮全域……」

江舫娓娓道來之餘，把帽子摘下來，扣到南舟頭上，好替他擋一擋水氣的侵蝕，「任務說明裡設定，我是一隻勤勞的工蟻。」

「每一隻工蟻都渴望為蟻后做出貢獻，換取交配的權利。」

「我作為工蟻，意外發現了一罐質地出色的花蜜。」

「迷宮內某些特定的鏡子，可以通過折射，製造出另一個「我」，一個和我一模一樣的生命體。」

「鏡子中的『我』在誕生之後，它們就擁有了生命。它們是與我相貌不同的工蟻，它們會嫉妒我做出的貢獻，要殺死我，從我手裡搶走花蜜，去蟻后面前獻殷勤，交換交配權。」

「這些新製造出來的工蟻，可以在鏡子和現實迷宮間穿梭——大概是又可以實體化追殺我，又可以從我經過的鏡子裡突然冒出來偷襲我——不管是普通鏡子還是特殊鏡子。」

「我要通過觀察，躲避能製造出『我自己』的鏡子，同時躲避已經被製造出來的『我自己』的追殺。」

「『在20小時之內找到處於迷宮中心出口的蟻后，並把花蜜送到它面前』……」江舫說：「這就是我的副本任務。」

講到這裡，江舫輕鬆地一聳肩，「……大體就是這樣嘍。」

李銀航瞠目結舌。

半晌，她做了個總結：「這是人玩的遊戲嗎？！」

江舫笑道：「是吧，我們銀航都這麼說了。」

江舫好端端地坐在這裡，跟他們談笑自若，證明他已經從那重重危機間脫身，成功通關。因此任誰也提不起什麼緊張感來，但誰也不知道，在十數小時前，江舫遭遇了怎樣慘烈的圍殺。

那時，他的視野四面都帶著血的，他單手撐在破碎的玻璃碎碴上，旁邊倒伏著的另一個他，慢慢被一片鏡子碎片吸收。

「呼——呼——」風聲迴蕩，將他的喘息聲送到極遠方。

地上散落的玻璃破片，折射出一萬顆從他額角滾落的汗珠。

江舫的指尖草草裹著繃帶，邊緣不間斷地洇出鮮紅的血來。

他雖然用「工蟻」稱呼這些和他長得一模一樣的鬼魅，然而，他們都實實在在的是人，是他自己。每一個鏡子裡，都有另一個自己，每一個自己都在凝視著他。他需要和每一個自己對視，確認它們究竟是真實的影像，還是滿懷惡意的魑魅。

在江舫的目光鎖定到其中一個影子，和它對視了十數秒後，鏡中人忽然毫無預兆地揚起了一個大大的笑容。江舫一拳擊碎了鏡面，卻只收穫了一地碎片，一地殘影。

那種從指尖泛起的疼痛感還沒來得及消退，一股冰雪般的冷意就覆蓋了上來，替他鎮靜消痛。現實裡的南舟在霧裡抓住了他的手，輕而認真地摩挲他的指關節，似乎已經猜到了他哪裡受傷最嚴重，絲絲的曖昧癢感消解了神經過繃的痛楚。

多年積習所致，江舫還是不大習慣在眾人面前做親昵的事情，被南舟撫摸得臉頰微紅……好在身處霧氣裡，看不大出來。

他不由輕咳一聲，繼續道：「好在這些『工蟻』一被製造出來，也不只是為了殺我。它們把一切自己之外的敵人都當做可以殘殺的對象，只不

過我拿著花蜜，被殺的優先順序最高。」

　　江舫的副本和南舟的副本實際上有些共通之處。高維人一致認為，能對付南舟的只有南舟；能殺死江舫的，也只有江舫。

　　某種意義上，高維人還挺看得起他們的。

　　李銀航不禁再次代入，想如果換自己去闖關，她能幹什麼？結果她越想腦袋越大。

　　首先，長期處在鏡海中，被無數個自己環繞，本身就是極大的精神壓力。其次，打碎鏡子，暴力通關絕不可取，鏡子是打碎越多、數量越多的特殊材質。

　　按照「每一面特殊鏡子都會製造出一個江舫」的設定，一旦不小心打碎特殊鏡子，或者讓普通鏡子的碎片落到特殊鏡子前，都有可能會複製出另一個自己來。

　　再次，繞路規避也很難。

　　李銀航用腳後跟都能想到，高維人一定會把「特殊鏡子」和普通鏡子的外形特點設計得相差不多。當江舫開始觀察鏡子的時候，他本人不也會在同一時刻暴露在鏡子面前嗎？

　　她想來想去，認為最好的策略就是在觀察出哪些鏡子會複製出人之後，儘量避戰，能跑就跑。

　　實在逃不了，就乾脆把花蜜放在地上，撒腿就跑，專心過迷宮，由得那些被複製出來的「工蟻」搶奪花蜜去。

　　她只需要躲避一些暗箭，儘量提升通過迷宮的速度，說不定能提前抵達迷宮中心。到時候，她只用以逸待勞，截殺抱著花蜜來到迷宮終點的獲勝「工蟻」就好了。

　　唯一的缺點就是她不瞭解迷宮的構造，如果輕易把花蜜拱手送人，搞不好這些「工蟻」會比她更快來到終點……

　　想到這裡，她猛地一拍腦袋……她又忘了，副本的要旨不是通關，是要完成「犧牲」啊。

在李銀航開足馬力思考時，元明清卻沒有她那樣的閒心，他的車票的失效時間也快要到了。

「直接說吧。」元明清說：「你是怎麼通關的？」

江舫靠在凳子上，用手指輕輕抵著太陽穴，用讓人聽了就來火的溫煦笑音答道：「元先生真是一如既往地容易著急。我記得，當初你上我的當的時候，跑得也非常積極，非常快。」

元明清：「……」強自壓下額角跳出的青筋，「……講重點。」

江舫直入重點，一鳴驚人：「副本創意很好，可惜不大經拆。」

江舫在看完規則後，就覺得很奇怪。副本難度過高了，帶著花蜜，自己就是被合攻的眾矢之的。

放棄花蜜、藉其他「工蟻」之手傳遞固然是一個方法，但要知道，這些複製出來的「工蟻」是可以在鏡子中移動的，效率必然更高，找到出口的時間，肯定比自己更快。

除此之外，他注意到了一點怪異之處。如果副本裡每一個江舫都認為自己才是真正的江舫，那此刻的自己難道是真正的自己嗎？說不定只是一個鏡中的複製人罷了。

這個念頭只是一閃而逝，但可以說，江舫是唯一一個在剛進副本的時候，就窺破了高維人設計副本的用心的玩家。

而在他開始實際操作後，江舫發現，遊戲難度比他想像的還要更高。

江舫想要殺死江舫，是很困難的一件事。

所以，在親自手刃了三個自己的複製體後，江舫蹲在一面安全的鏡子前，沉思了大約一刻鐘光景。

然後，江舫做了兩件堪稱瘋狂的事情。第一，他把花蜜兌了水。第二，他取出了一樣 C 級道具，也是最無用的道具之一，一面普通的小鏡子【愛美之心，人皆有之】，江舫看中的是它的功能。

【理論上可無限取用。】

【因為愛美的心是不會停止的。】

$$F_1 = F_2 = G \frac{m_1 \times m_2}{r^2}$$

正常人會害怕破壞鏡子，製造出更多的分身，江舫偏不。

他在無限的鏡海中到處奔跑，用繃帶裹住手掌，打碎每一面鏡子，並一路丟下可以無限取用的鏡子，順便用一把小小的噴槍，沿途讓每一面鏡子上都沾上了蜜水。

不到一個小時，狹窄的、僅供兩人通過的走道裡，就密密麻麻地塞滿了「江舫」。

因為複製體過多，鏡子裡已經塞不下了，無數個「江舫」像是繁殖能力極強的旅鼠，以成百倍、成千倍的速度暴漲，在擠壓之下面部變形，掙扎呻吟，因為彼此身上的蜜糖香氣，瘋狂地互相攻擊、撕咬。

江舫好像根本覺察不到這個計劃的瘋狂，面對著在霧氣中聽到他的描述、各自目瞪口呆的幾人，遺憾道：「任務只說讓我把蜜帶到蟻后面前，又沒說讓我把整罐蜜帶回去，實在不行，我到時候隨便割一條沾了蜜的手臂，也算是能交差了。再說，本來只是想增加它們的數量，讓它們幫我把所有的鏡子擠碎的，誰想到……」

副本內的鏡子數量本來已經夠多，江舫短時內又增加了大量不該存在的鏡子，極大地干擾了副本的運行和計算邏輯。

用更通俗易懂的話來說，蟻巢副本裡爆出了太多預算之外的螞蟻，把蟻巢給撐爆了。

彼時，高維人的演播室裡也是一片兵荒馬亂。

江舫只用了六個小時，就叮鈴咣啷地把副本給拆崩潰了，蟻巢中的「江舫」本身是虛假的，本來要通過自我犧牲來完成任務，但副本的崩潰，讓作為「副本」一部分的江舫隨著副本的爆炸，完成了自己的任務。

上頭打來通訊質詢：「不是說江舫會在最後一個回來嗎？」

導演焦頭爛額地盯著已經進入單人副本和車站副本之間的時間空隙、陷入沉睡的江舫。

他被剛才畫面上同時出現上百個「江舫」的視覺奇觀給精神污染得不輕，到現在視覺裡還有殘影。

按道理說，江舫的確應該是最後一個回來的。江舫想要破局，通關點只有一個：在他衝破重重阻礙通關來到迷宮中心後，他會發現王座上的蟻后也和自己長得一模一樣。那個是被囚禁在副本深處的、代表江舫本體的存在，是一個虛擬的符號。

　　這個江舫不能動，也不能說話。

　　工蟻江舫需要心甘情願地把蜜獻給他，就算完成了「自我犧牲」——這一路腥風血雨的護送，就代表著「犧牲」。

　　但根據團隊對江舫的性格估算，他必然會因為多疑，不肯交出蜜，甚至會刺殺這個真正的江舫。這樣的話，他就將一輩子被迫留在蟻巢迷宮裡，取代蟻后的位置，和無數個自己交配，永不停歇地產出後代。

　　高維人的如意算盤打得劈啪作響。江舫要麼失敗，要麼被迫完成這麼長流程的迷宮追逃戰，最後一個返回車站，怎麼算他們都不虧。

　　誰能想到，他根本和「蟻后」沒打上照面，就直接把整個副本暴力破拆了？

　　事已至此，也無法可想。人都提前回來了，觀眾都在看著，要想再通過打亂時間線作弊，是不可能的了。

　　導演定了定精神，對通訊器那邊回覆道：「我們會予以補救的。」

　　「我們做了 Plan B。」導演發了狠，一字一頓道：「一定萬無一失。要是最後出了什麼差錯，我就去三類世界的資料工廠撿垃圾。」

CHAPTER

07:00

愛你這件事，
大概是天賦吧

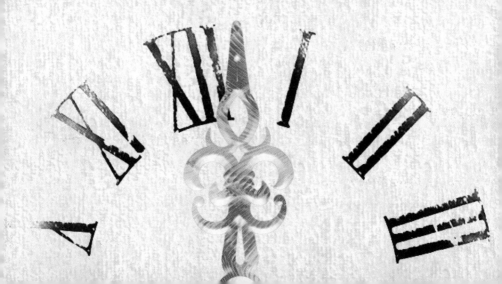

發下重誓後的導演一邊進行緊急調度，一邊慶幸，還好，為了確保「立方舟」每個人都按照既定順序回到車站，高維人特地為他們預留出了一段時間緩衝區，好明確每個人離開副本的具體時間。

　　江舫還未睜開眼睛，耳畔就被刺耳的警報聲環繞。他單手按住耳朵，皺了一下眉，順道瞥向手中的契約書，以最快的速度瞭解了在自己身上到底發生了什麼。

　　——啊，原來「蟻巢迷宮」只是副本中的一個遊戲罷了。

　　可他既然已經過關，為什麼還會留在這樣一個老式車站？把自己好端端送出去不好嗎？

　　江舫以最快的速度判斷出，這裡極有可能是另一個副本。

　　尖利的廣播聲夾雜著嗶嗶啵啵的電流音，如針一樣直刺鼓膜。

　　「警告、警告，玩家江舫以違規方式通過副本，將進行懲罰加時賽……」

　　「違規就違規吧。」江舫仰頭看向廣播器，將手中契約書捏作一團，擲向發聲口，「叫什麼叫。」

　　導演眼望著從車站即時回傳的影像，表面老神在在，心中卻是焦慮萬分。江舫的提前回歸是絕對的意外。因此，他的補救不僅要兼顧副本的邏輯，能讓劇情按照他們預定的軌道推進下去，還要照顧觀眾的觀感，「加時賽」就是一個折中的辦法。

　　終局遊戲裡，「立方舟」和高維人前後共簽訂了兩份契約書。

　　他們各自的小副本，是第二份。

　　第一份契約書，才是真正的【螞蟻列車】，契約內容，也是一個和螞蟻有關的故事。

　　有五隻小螞蟻完成了任務，想要回家。離巢後，牠們會分泌出資訊素，為自己標明回家的道路，不幸的是，在一場瀰天大霧裡，天上降下的露水，洗去了資訊素的味道，只留下了淡淡的痕跡。

　　但是被淡化後的資訊素是會欺騙人的，螞蟻要根據殘跡，做出抉擇。

哪一條才是回家的正確的路？家，究竟是在腳下，還是在遠方？

上天垂憐，憐憫牠們想要回家的心情，因此螞蟻們前後共有三次試錯的機會。但上天同時也是公平的，每一次重新開始，牠們都會遺失上一次的記憶。

每一次，牠們中的某一隻螞蟻也都會得到一點提示，牠們需要一點信任，還需要一點造化。這樣，真正的螞蟻列車才能發動起來，載著牠們，駛向牠們的故鄉。

導演特地授意，要把第一份契約書的內容做得含混不清，這就留給了他們暗箱操作、掌握最終解釋權的機會。

因為這是最後一個任務，南舟他們不得不簽下這份契約。

當時的李銀航還在吐槽，這不就跟那些手遊一樣嗎？不把手機裡的私人資訊授權給遊戲方，就禮貌地飛起一腳把你奔出去不給玩。

但高維人的沒人品顯然超乎了李銀航的想像。

簽下契約後，他們並沒有來到車站，而是進入了一間逼仄的候車小房間……面前擺著第二份契約書。

因為第一份契約書裡有這樣的條款：每一次重新開始，他們都會遺失上一次的記憶。

這就是副本為他們定義的「重新開始」。他們簽訂第一份契約的記憶被抹除後，又緊跟著簽下了第二份。

五隻小螞蟻就此被拆分開來，各自完成任務去了。

現在江舫越了軌，就必須要結合兩份契約書的內容予以補救。幸運的是，江舫在他的個人副本裡確實違規了——當然，如果不違規、循規蹈矩完成副本，江舫就算能回來，也必然是最後一位。

所謂的「加時賽」，就是讓江舫以車站為舞臺，額外進行一輪新遊戲。SRPG 遊戲，即模擬類角色扮演遊戲。

江舫要扮演一隻不合群的螞蟻，他的外貌、聲音、身高都會被修改，他要完美扮演一個指引眾人登車的列車員角色，一隻盡職盡責的人肉時

鐘。傀儡絲線會指引他做出合乎人設的行動，比如他一次只能回答一個特定的問題、比如每次報時，都要重複詢問十次「是否登車」。

隨著時間的推移，傀儡絲線對他的控制會逐步放寬，不過諸如發動、駕駛列車之類的事情，絲線還是會代勞。

這場角色扮演遊戲對江舫的絕對要求是，他自始至終都不能崩人設，也不能做出任何不符合他身分的事情。

這就是以遊戲形式進行的懲罰了。

要想解除江舫的身分詛咒，僅有兩種方式。

第一，列車離開車站，並開始平穩行駛之後，他的詛咒會自動解除。

第二，有人能認出他，並喊出他的名字。

這也是導演煞費苦心、為江舫量身訂製的角色。

首先，在車站裡出現一個「乘務員」角色的引導型 NPC，絕對稱不上違和。其次，江舫如果故意透露訊息給南舟，哪怕是一個微小的動作，高維人都會有合理的理由，以「崩人設」的理由把他即刻絞殺。

再次，江舫扮演的「乘務員」，形態極其古怪非人，他只會被南舟他們懷疑、忌憚，絕不會被信任，更不會有人認為這個木偶一樣的人是江舫。如果他頻繁在南舟他們面前出現，出盡百寶，做出古怪的行徑，試圖提醒南舟自己的身分，想必南舟在體會到他的「良苦用心」前，會先對這個形跡可疑的 NPC 產生殺機。

南舟手刃江舫，那場面必然萬分精彩。

在仔細聆聽了所有的任務後，江舫不去接任務，而是抽出匕首，在布滿塵跡的石料地面上劃割兩下……理所當然地收穫了一連串「禁止 ooc」的警告音。任何嘗試留下線索的行為，都是「不符合身分的事情」。

安排完這一切，導演大大地舒了一口氣，讓精神陷入舒適的波流中，給自己緊繃的神經進行一輪按摩。在他看來，南舟他們敗局已定，江舫也逐漸被透明的傀儡絲線包裹成繭。

在他失去自己的聲音前，導演清晰地聽到他對著空氣自言自語：「你

$$F_1 = F_2 = G\frac{m_1 \times m_2}{r^2}$$

覺得他會認不出我嗎？」

導演一愣，旋即，他明白過來，江舫是在對幕後的操控者，也就是自己喊話。

導演對著鏡頭，報之以嘲諷的冷笑，「……他會嗎？」

江舫已經提前抵達了他的演員位子，當其他四人或前或後地完成各自任務時，導演半訝異半不爽地嘖了一聲。運氣還真好，五個人居然都活著，不過接下來，才是最精彩的部分。

停轉的命運時鐘開始轉動，原本該最後一個到來的人，卻早早等候在了月臺上。

南舟夢寐初醒，握著一紙契約書，坐在了車站的候車椅上，呆呆望著前方，一聲不出。

江舫隔著密密的絲線，望向那個坐在月臺上的身影，微微笑了。

他邁著六親不認的步伐，走到南舟身前，用高大身軀的陰影覆蓋住了他，並用嘶啞怪異的腔調問道：「您好。您要上車嗎？」

——你好，我的小紙人。

南舟並沒有認出他，但接下來的故事發展，也讓導演頗感失望，江舫恪盡職守，一點多餘的動作都沒有做，一句多餘的話都沒有說……彷彿已經窺破了他們想要讓他違規的迫切用心。

第一輪，由於列車裡毫無異狀，大家都在安心等待，只有南舟留在了大霧裡。他到處走走、摸摸、看看，砸窗進入了報刊亭查線索，並順手帶走了一本雜誌。

江舫聽到李銀航勸他上車，他的答案是：「我再等等。」

他在等誰，不言而喻。南舟想要自己一回來時就能直接看到他，察覺到這一點的江舫心尖甜得要命。

但隨著時間一分一秒的流逝，南舟要等的人始終沒有回來，元明清開始催促他登車，南舟的答案只有一個：「我再等等。」

將這一切盡收眼底的江舫輕嘆一聲——殺個人啊，寶貝。

江舫已經隱約猜到，這輛列車不是正確的選項，留在月臺裡才是正確的選擇，不然為什麼高維人要多此一舉，設計一個車站，還要自己扮演列車員？儀式感這麼強的嗎？

　　反正都已經走到這裡了，元明清也沒有用了，索性直接一刀殺了立威，少讓他催促著發車，這樣也能讓李銀航和陳夙峰不敢妄動。經過這樣有力的勸說，他們也會「自願」留下的。

　　可惜，他家小紙人性格很好，不願因為自己要等江舫拖累他人，就這樣放他們離開了。

　　江舫仍是一字不出。

　　他總覺得這個副本裡外都透著古怪，迄今為止毫無線索的副本，能稱得上副本嗎？他扮演的「列車員」角色又有什麼意義？

　　直到他驅車駛出車站數十公里後，塵封的記憶漸漸開啟，江舫也隨之回憶起了第一份契約書的內容——啊，怪不得沒有線索，原來要靠輪迴的方式。

　　此刻，束縛住江舫的絲線也盡數消融無蹤。他站起身來，推開車門，離開了已經進入自動駕駛模式的駕駛室，穿過扔著方便粉絲和空塑膠水瓶的1號車廂，走到2號車廂時，他從上衣口袋中取出藍色圓珠筆，在藍色塑膠板上夾著的登車人員表上寫下了數字「4」。

　　隨即，他隨手把圓珠筆丟棄到了車廂角落，走向了3號車廂。他就這樣對上了三張茫然無措的臉，無視了眾人對他突然出現在這裡的憬然，江舫單刀直入地詢問：「都想起來了吧？」

　　「你怎麼……」李銀航突然反應過來了，立時焦急起來，「南老師和南極星沒有上車！他在等你！你怎麼……」

　　江舫沒有回答。

　　李銀航抱持著最後一絲希望，問道：「列車能掉頭嗎？」

　　江舫搖了搖頭，來前，他已經做過試驗了，這輛老式列車內部的任何一樣零件都像是生鏽了一樣，他根本操縱不了。

$$F_1 = F_2 = G \frac{m_1 \times m_2}{r^2}$$

元明清卻並不多麼在意留在車站裡的南舟的死活，口吻輕鬆道：「我們已經出來了，也算是完成任務了吧。」

江舫仍沒有答話，巡看了一下車廂內的瓜子皮和雜誌，「我們到4號車廂去聊。」

——別把這裡弄亂了。

其他人當然是聽從他的安排。

在所有人都進入4號車廂後，江舫掩好了連接3號和4號的車廂門，直入主題道：「我們要掉頭回去接南舟。」

此刻的江舫，已經猜到了什麼叫「螞蟻的資訊素」了。這一輪輪迴時他們留下的痕跡，會成為指引下一輪「他們」察覺真相的線索。

李銀航欣喜道：「好啊，我們怎麼回去？」

江舫咬下了列車員的白色手套，用嘴叼著手套尖尖，把制服袖子往上折，露出了漂亮的腕側小骨，他活動了一下指骨，劈啪有聲，隨口道：「就這麼回去。」

察覺到空氣中一絲若有若無的殺機，元明清本來尚佳的臉色驟然變了，「……江舫，你想幹什麼？」

「大家配合一下。」江舫把手套塞進口袋，面對三人，禮貌道：「請儘量死得慘一點吧。」

死寂。

在這樣的死寂中，李銀航聽到自己的聲音在微微發抖：「舫哥，你說……什麼？」

江舫的回答是隨手從支架上卸放下一方小桌，單手按住一角，提膝一撞，便把大半塊塑膠桌板折了下來，只剩下一長條冷森森的塑膠尖茬還懸在原處。他走入了第五車廂，用肘部砰地擊碎了一扇封死的窗戶。

截至目前，車輛已行駛了將近1小時。車底傳來的規律的、充滿力量感的碾壓聲，讓車身轟隆隆地震顫著。

他們已經開出了車站許久，卻仍未駛出這蜿蜒如龍的長霧。

龐大的霧山成了天地之間唯一的支柱，彷彿是凝住的固體，直到車窗開啟，才讓人恍覺這「山巒」原來是流動著的。

江舫把塑膠板的一端探出窗外，浸入霧中，蜻蜓點水似的，在霧裡一點即還。

待江舫再取回塑膠板時，車廂裡的三人的臉色瞬間難看到無以復加——塑膠板和霧氣接觸的部分，居然被平齊地削去了一整片！

在外間流淌的根本不是流動的霧氣，而是萬重的刀片！只要落入其中，就會在瞬間碎裂成萬千分子顆粒，飄散無蹤。

「看到沒有？我們錯了。」江舫用遺憾的口吻道：「不該上車。」

這輛車的確是駛向「未來」的，可惜，「未來」的名字叫做死亡。

元明清後退幾步，膝彎撞到了座椅，順勢頹然坐倒其上，乾嚥了兩口口水。他想爭辯，說不定到了站，或者等這股霧氣消散了就好了，但他還不至於天真至此。

陳夙峰詫異道：「可你剛才是什麼意思？」

江舫輕輕笑了笑，就帶著這樣的笑意，閃電一般捉住了深受震撼、正在發癡的元明清的手腕。

元明清也並非任人搓圓捏扁的人物，在他意欲抬手反抗時，江舫從袖管中滑出一截細鋼筋，一個穿刺動作，徑直貫穿了他的手掌。

在他吃痛瞬間，江舫藉著車身向前的衝力，推著他橫穿了整個車廂，來到了4號車廂，反手扭住了他的後頸衣物，單腳踩在單邊座椅上，腰身一擰，驚險地躍跳過座椅靠背，在狹小的車廂走道和元明清前後易位。

他身在半空中時，掌心裡就翻出了剛從倉庫取出的短匕。

江舫甫一落地，匕首尖端便朝著意欲向前衝逃的元明清肩頸處共捅了三、四刀。

在接連不斷的襲擊中，元明清痛得幾欲發狂，身體不由自主地往前傾倒而去。

江舫成功借勢，抓住元明清的頭髮，將他的眼睛瞄準了他剛才親手劈

$$F_1 = F_2 = G \frac{m_1 \times m_2}{r^2}$$

開、還與桌軸藕斷絲連的尖銳桌板，合身引他向前撞去⋯⋯

李銀航發出了一聲尖叫，掩過了血肉四濺的聲音。

整個過程不超過 5 秒鐘。

乾脆利索地完成了一場血腥刺殺後，江舫喘勻一口氣：「就這個意思。我特意把門都關好了。」江舫用沾了血的大拇指指了指 3 號車廂的方位，貼心地補充道：「免得你們把上一節車廂弄亂了，讓他弄不懂車裡到底發生了什麼？」

陳夙峰呼出一口濁氣，點了點頭，「⋯⋯明白了。」

他們搭上了錯誤的列車，唯一的出路就是儘快回到車站，終結這一次的輪迴。

與其被霧氣無聲無息地殺死，或者被霧氣困在車內不敢下車，活活餓死，不如製造儘量多的慘殺，讓車廂裡的畫面越慘烈越好。

南舟是第一個回到車站且擁有自主行動能力的人，在契約書中提到的「提示」，極有可能是留給他的。

他們這四隻小螞蟻，需要以自己的生命為線索，給南舟留下足夠的「車廂危險」的資訊素。

陳夙峰左右四顧，扯下了 4 號車廂本就鬆垮的窗簾⋯⋯

他在剛回到車站時，由於 san 值差點歸零，心神不屬，被李銀航扶上了車，又被凸起的膠皮絆了一跤，扯鬆了這片窗簾，現在這道窗簾，可以用來做他的裹屍布。

陳夙峰平靜道：「殺了我吧。」

面對江舫，他的話音沒有太多動搖，即使元明清正鮮血斑斑地跪在他面前，垂落的手臂肌肉還在神經質地一下下抽搐著。

江舫凝視了他半晌，接過了他手裡的窗簾，順手拍了拍他的肩膀，理性評估道：「你出去之後可能需要讓虞律帶你去接受一下心理治療，這樣總是想著死可不好。」

陳夙峰：「⋯⋯」

李銀航：「……」

他們雖然都沒敢說話，但都在心內一致認為江舫才是最需要心理治療的那個。

處理陳夙峰沒有花費太多時間。

江舫用沾滿了元明清鮮血的窗簾絞殺了他，並將他溫熱的身體橫抱著放倒在地，用窗簾仔細地覆蓋了他的軀體。

確保他已經成功斷氣後，江舫將目光投向了李銀航。

李銀航：「……」

她的後背緊緊貼靠著廂壁，冷汗盈額地同他討價還價：「舫哥，我們的交情不壞吧……我可以選擇怎麼死嗎？」

江舫紳士道：「好的，我尊重女孩子的選擇。」

李銀航：「……」我謝謝你。

她回到了 5 號車廂，踩著柔軟的座墊，站在了源源不斷向內湧入霧氣、碎裂了一大片的車窗玻璃前。

她看向窗外，有種如臨深淵的錯覺。

深呼吸幾記後，她回過頭來，「舫哥，你能過來一下嗎？」

江舫靠近，並認為李銀航或許是對自己下不了手。這種心情可以理解，元明清已經留下了足夠慘烈的跡象了，他不介意讓李銀航死得更乾淨無痛一些。

當他走到李銀航身前時，她的丸子頭被風拆開了幾縷，拂過她的眼睛，但她下手是出乎意料的精確——李銀航單手一揮，用掌心裡藏著的刀片，割開了江舫的頸動脈。

她蒼白著臉，促狹地對江舫微笑道：「這樣……是不是就更像我們在打架了？」

江舫愕然了一瞬，捂著噴血的頸部，眨一眨眼睛，嘉許地笑了——謝謝，考慮得很周到，也替我省了事了。

完成了這小小報復的李銀航，面朝著江舫，反手扶住了斷裂的車窗玻

璃荏口，在車窗邊緣留下了半個鮮紅的血手印。她身體後倒，把自己拋到了風裡，剎那間，她就消匿無蹤了。

從江舫頸間一突一突噴濺出的鮮血，從他的手指中快速外溢，江舫眼前的世界變得一明一暗，像是接觸不良的燈泡，呼吸的聲音被放大到了無窮大，他每一次吸入的氧氣，都有大半從頸部的創口流失了，肺部的機能很快罷工，緊接著是其他臟器。

江舫倒是無所謂，他按著斷裂開的動脈一段，慢慢踱步到最後一節車廂，一路踩著自己流下的鮮血，任紅意濡濕了他銀白的髮尾。

他貼著車廂坐下，把腦袋後仰，對著空氣中的某某微笑，「久等了，我來找你啦。」

第二次輪迴，從此開啟。

所有人與車站相關的記憶徹底清空，集體回收，返回原點。

江舫被車站的警報聲吵醒，再一次接受懲罰，被傀儡的絲線包繞入內。南舟這回也確鑿地看到了他們「自相殘殺」留下的影像。

可惜，結果仍然不盡如人意。

眾人此時都在車站上，身在局中，霧裡看花，自然記不得輪迴的契約，看不到殺人的霧氣。南舟雖然設法證明了列車記憶體在某種「輪迴」，卻也拿不出確鑿的證據，證明留在這間看似充滿絕望、無路可走的小車站才是他們正確的選擇。

江舫：「……」唉，他陷入了同樣的惆悵。

愛人不會殺人，愁人。

其結果，是列車再次載著四人，發車駛向了死亡。

再次在駕駛室恢復了意識的江舫：「……」噴。

連帶著恢復的，還有第一輪他們的所有記憶。

這回，江舫剛剛進入 3 號車廂，元明清就破口大罵：「你要是再敢把我的眼睛往桌子上撞，我就先宰了你！」

江舫的笑誠意滿滿，一點不打折扣，冷聲道：「克服克服。一回生，

二回就熟了。」

元明清被江舫的厚顏無恥深深震驚——對不起，記性不好，居然又把江舫當人看了。

而與此同時。

身處車站的南舟孤獨地坐在霧中，等江舫來。

他說不好是什麼時候，彷彿只是一個剎那間，他周遭濃郁的霧氣便盡數散去，南舟似有所感，回身望去⋯⋯

在原本應該是一堵牆的車站彼端，不知何時，居然誕生出了一條嶄新的鐵軌。

不同於剛剛駛離的老舊綠皮火車，一輛明亮整潔、配色綺麗、充滿浪漫色彩的卡通列車，正停在軌道上，張開鋼鐵嘴巴，熱情地等待一人守候在原地的南舟。

它彩燈環亮，奏響了勝利的汽笛，嘟——嘟——

當目光接觸到車身的剎那間，南舟沉寂在腦中的記憶全方位甦醒過來。上一輪，他也見過這樣一輛車，在看到車的瞬間，他便明白，遊戲結束了——他孤獨地迎來了他的勝利。

他的舫哥，要麼死在了副本裡，要麼在剛才那輛已經離開的列車上。南舟想，大概只有他們死了，自己這邊正確的火車才會出現。

南舟垂下眼眸，他沒有閒暇去悲傷。

第一次輪迴時，同樣是站在這輛列車前面，因為證據太少，南舟不敢確信江舫的去向。他放棄了登車，除了想要救銀航和陳夙峰，就是想要再試驗一次看看。

這一次試驗是有成果的。

他發現，兩次正確的列車到來的時間，都是在錯誤的列車發車後 1 小時左右，但準確來說，正確列車兩次到來的時間並不完全相同。這一次，比上一次稍早了些。

如果說錯誤列車發車 1 小時後，就必然會發生什麼，有一個強大到可

$$F_1 = F_2 = G\frac{m_1 \times m_2}{r^2}$$

以瞬間抹殺他們幾人性命的不可抗力，導致了車裡發生慘劇，但為什麼前後兩次的時間會有差異？足足5分鐘呢。

錯誤的列車上，究竟發生了什麼？

南舟稍加思索，心裡便明白了大半。「列車員」的出現，絕不是偶然，將這兩次的經驗疊加起來，再加上他對江舫的瞭解，如果車裡的4人中有江舫的話，一切就都解釋得通了。

江舫就會是那個導致了兩次差異的不可抗力，他是一定要盡快回來找自己的。

南舟雙手扶膝，站起身來，輕輕嘆過一口氣後，把南極星揣好，邁上了列車中的一節車廂。他不用車票，就擁有了登車的權利。

一朵紅白相間的蘑菇驟然跳出，露出了燦爛的笑臉……正是在測試關卡迎接南舟的那朵蘑菇，老熟蘑菇了。

它用小短手扠上腰，「嘿，又見到你了。」

南舟這回相當熟練地答道：「不好意思，這次我還是不上車。」

他掏出刀片，以同樣熟練的動作割開了自己的手腕——不管是這一輪還是上一輪，他都必須通過「自我犧牲」的方式來放棄勝利，逆轉時間，回到江舫身邊。

但同樣，不管是哪一輪，他都沒有選擇在車站上做這件事。因為南舟擔心，自己的血流在了車站上，萬一留下了「資訊素」，會在下一輪誤導自己的判斷，讓自己誤以為車站也是危險的。

他連自己的死，都是精心計算好的。

不過，這次，出現了一點小小的不同。

在沒有人注意的地方，血液不斷流失的南舟握緊了口袋裡一頁薄薄的作業扉頁，也即從【小明的日常】中帶出的【逆流時針】。

時間開始在無人知曉的地方悄然逆轉。

道具下方，從零開始，一秒一秒，開始計時。南舟想，久等了，我這就帶著證據，回去找你。

南舟利用【逆流時針】，將原本正向運轉的時鐘向後撥轉數輪，帶領所有人，回到了他們第二輪被傳送入車站之前。

　　他雖然做得隱祕，卻也並不害怕被高維人察覺。他們就算發現眼前的輪迴是第二輪倒帶，而並非期待中的第三輪，想要動手腳，總也不能動得太明顯。當然，能免一點麻煩就免上一點，不被他們發現是最好的了。好在，南舟運氣不壞，這也託了副本設計的福。

　　「立方舟」在車站中的三次輪迴，都會隨著五人的全部死亡自動刷新、再度開啟。刷新由系統自動化操作，重回原點，恰好和南舟的選擇相合。導演眼見一切都按照事先擬定的劇本完美推進，也跟著放鬆了警惕，誰都沒能察覺到南舟的小動作。

　　重新坐回車站候車椅上時，南舟心頭湧上一股迷茫。清風過處，將他手上的契約書吹得噗啦噗啦作響。

　　如道具使用說明所言，回到一個指定的過去時間點後，所有人的記憶也隨之倒帶清零，只有時間再次回到使用【逆流時針】的那個點，遺失的記憶才會重新歸位。在此期間，它便沉默地躺在南舟的倉庫，不引人注目地靜靜走字。

　　南舟發現了各自單人副本和車站副本之間的時間裂隙，證明了列車內的時間輪迴存在，察覺了除了在他們的契約書之外，還套疊著另一份契約書，以及……江舫從副本裡回來的真正順序。

　　南舟想，自己在綠皮列車發車僅 1 小時後，就動用了【逆流時針】，只存在兩種情況。

　　自己在車站上遇到了足以立即致死的突發情況，為了保命，用了回溯時間的道具。

　　第二，自己贏了，但是贏得不對。

　　先談第一種可能性，既然是輪迴，選擇也只局限在「登車」和「不登車」兩種。自己選擇了後者，那麼「不登車」的結局，肯定也只有兩種，要麼成功、要麼失敗。

如果南舟失敗了，那在第一次輪迴時，他一定會在車站上留下被殺的痕跡……就像南舟在列車上看到的血腥殘影一樣。

高維人一定會物盡其用，盡可能地讓南舟覺得「車站危險」，讓他在「登車」和「不登車」這兩個選擇間更加百般糾結、難以抉擇。

南舟在第一次輪迴時，選擇在正確的列車之上自盡，就是不願留下痕跡，迷惑了自己。事實上，車站上沒有任何南舟被殺的痕跡，因此第一點並不成立。

接下來就是第二點，南舟的確贏了，留在車站裡才是正確的選擇。

倘若自己真的等回了江舫，舫哥絕對不肯為救其他三人再入輪迴冒險，只會堅定不移地帶自己走，到時候，他們一定會有爭論。

爭論也是需要時間的，就算江舫在錯誤的列車發車後馬上歸來，他們仍然要就此事展開長時間的討論。南舟必須承認，在這種事關生死的事情上說服江舫，是件很難的事情。

最後，他們就算能得出一致的結論，決定放棄唾手可得的成功，回來拯救銀航他們，所花費的時間也不可能只有一個小時。

南舟想，唯一能讓自己在 1 小時內就乾淨利索地選擇倒帶的理由，只有一個：他成功了，但江舫並沒有回來。或者說，他早就回來了。

他想，舫哥……如果是「乘務員」呢？

如果沒人猜中江舫的身分，就算其他人全部被南舟說服，放棄車票，留在車站，江舫也還是會被操控著搭乘上這輛列車，踏上這段註定死亡的旅程，到那時，南舟悔之晚矣，他只會再次拒絕登車，留在月臺，永久地在這個副本中等待下去。

高維人為他們設下的四重時間陷阱，至此，都被南舟一一勘破了。現在，活生生的江舫站在南舟面前，讓南舟所有的推理和判斷更有了明確的佐證。

去，抑或留？車站上的眾人雖然仍是記憶全無，但謎底已經昭然。

陳夙峰當機立斷，把車票放回了倉庫，「我不走了。」

　　李銀航什麼也沒說，只是將目光靜靜對準了元明清……不必提她，她的選擇，用不著說。

　　在眾人從四面投來的目光中，元明清埋下頭，攥緊了被汗水漬染得油墨暈開的車票。他該賭嗎？他……能賭嗎？他眼前閃過唐宋張揚的笑容，以及他為自己留下的最後一句話。

　　「拜託你了，我的……朋友。」

　　元明清手臂的肌肉繃得近乎痙攣。他把他原先視若珍寶的車票揉皺成一團，擲入列車與鐵軌的縫隙中。

　　他呢喃自語：「我真是瘋了。」在這句話後，再沒說一句話。

　　當元明清也表明放棄車票的態度時，車站陷入了一片令人窒息的岑寂，所有人都在等待，而打破沉默的，是李銀航的一句略帶欣喜的感歎：「……哎，你們看，霧是不是淡了一點？」

　　每個人都看到了。霧氣在以肉眼可見的速度變薄、變淡，叫人驚詫的是，待霧氣散盡，再次出現在他們眼前的，並不是骯髒老舊的老式火車……是一堵牆。

　　不知道什麼時候，霧氣將這輛無人的列車溶消殆盡。

　　身後傳來了嘟嘟的悅耳音樂聲。

　　南舟回首，再次在原先是封閉牆壁的地方，看到了那輛被彩燈環繞的列車，列車上迴圈閃亮的彩燈，像是摘落了一天的星，再播灑其上，放眼看去，滿眼都是無聲的歡喜和熱鬧。

　　當正確的列車映入他們的眼簾時，他們先前被封存的記憶也盡數歸位，關於死亡、關於輪迴、關於某人偏激而又狂烈的愛意。

　　五隻小螞蟻如獲至寶，魚貫入內……當然，被連著摁頭往尖銳桌角上撞了兩次的元明清有意識地和江舫拉開了距離。

　　不知道是不是自己的錯覺，南舟覺得，這一回他上車，蘑菇的成色不是很好，不像上次見到他時那樣高興。

　　南舟主動打了招呼：「你好。」

回應他的是蘑菇的一個白眼，「哼。」

南舟：「唔？」

他順利過關，幸災樂禍想看他倒大楣的 NPC 自然不會開心。

此時，演播室內的導演早已因為打擊過大，資料超載，陷入昏迷，自不必提了。

為保萬無一失，他們登車後卻不要求發車，把整輛列車的邊角縫隙、裡裡外外都搜索了一遍，確定無虞後，才向早就等得不耐煩的蘑菇 NPC 提出了發車請求。

由於他們在車站中延宕猶豫了不少時間，等霧散開又耗費了一些時間，搜索列車又花了些時間，【逆流時針】的計時眼看就要到期了。

隨著車輛啟動，南舟倚窗而立，回望車站，想要看看這見證了他們兩次失敗的車站……也是他們共同戰鬥過的最後一個副本。

誰想，南舟一眼往外望去，竟看到一個穿著牛仔背帶褲、鼻梁微塌、臉頰上散落著星辰一樣的小雀斑的男孩，站在月臺中間邊緣，和他對視。

南舟一愣，雙手扶住窗框，把半個身體探出了窗戶。

「等……」

雖然未曾真正謀面，但南舟想，他大概能猜到這孩子的身分……小明。他們經歷的第一個正式副本裡的核心 NPC。

他的聲音被逐漸加速的列車運行聲和風聲稀釋，一股長風掀起了江舫扣在南舟頭上的乘務員鴨舌帽，南舟一頭稍長的烏髮凌亂地飄飛在空中。

那帽子飄飄蕩蕩，一路順風回落，落在了小明的懷裡。

他拾起帽子，抱在了懷中，呆呆望著南舟的方向，繼而揚起瘦麻桿似的胳膊，用力朝他揮了兩下。

小明渴望回到過去的執念，化作了【逆流時針】，他被南舟帶離了那個家、帶離了那個詛咒，當【逆流時針】被使用過後，他也終於得到自由了。他的身影，如霧一樣變得透明。

麗日當空，將小明的面容染成了淡金色，他懷擁著還帶著南舟體溫的

帽子，仰頭望向這正好的天空，陶醉地深吸了一口氣後，漸漸消散至無。

啪。那頂閃著細碎金光的帽子墜落在了地上。

外間是綺麗的火燒雲，溫柔地籠罩了百萬里之遙。

他們在駛出車站後，便一路向上，飛升進入了夢幻的童話世界，與群山一般的紅雲並排而行，飄飄蕩蕩，宛若飛翔在半空之中，一路托雲踏海，萬象皆新。

五隻小螞蟻排排坐在車廂中，被映照得滿臉綺紅。

李銀航一個個看過去，大腦終於遲鈍地理解了眼前的境況。

奇跡一樣，他們五個都還活著，他們正在開往勝利和未來，開往他們現實中的家。

他們……成功了？真的成功了？！

李銀航後知後覺地狂喜起來，興奮得拖著南極星滿車廂亂轉。

陳夙峰臉上也浮現出了些笑影，去了車廂的末尾吹風。

元明清不想和江舫共處一室，一看到他就眼睛痛，很想找點什麼東西滴個眼睛，於是主動選擇滾蛋。

這樣一來，車廂裡就只剩下了並肩而坐的南舟和江舫。

江舫舒展了雙腿，「要出去了。」

南舟點點頭，「嗯。」

江舫側臉，「害怕嗎？」

南舟：「不害怕。」

江舫：「要學的東西有很多呢。」

南舟：「我很好學的。」

江舫笑了：「這倒是。」

江舫又問：「你想先學什麼？」

$$F_1 = F_2 = G\,\frac{m_1 \times m_2}{r^2}$$

南舟：「你教我什麼，我就學什麼。」

江舫湊近了他，英華熠熠的眸光中，倒映著一個南舟，「不然，先學著吻我吧。」

說著，江舫指了指自己的側臉，示意他可以就地實操。

南舟：「……」

江舫閉上眼睛，面頰上泛起一點淺淺的桃花。

南舟探過身去，乖乖地要親他的臉。

江舫正過臉來，主動迎上他正湊來的唇，溫柔一吻。

南舟被吻得心尖怦然一動，和他柔軟的唇畔笨拙地輕碰兩記後，南舟抬手，用拇指抵住了他的唇畔，輕聲問：「……你之前有跟別人學過嗎？」他還是很介意江舫說他有很多朋友這件事。

「大概是天賦吧。」江舫把聲音放得緩而溫柔，微笑道：「……愛你這件事。」

每個人都需要各自做點什麼，去釋放一下情緒，短暫的溫存和放鬆時間過後，五人再次齊聚一堂，此時的他們，並沒有徹底懈怠下來的權利。

江舫單刀直入，引出了他們下一階段的挑戰，他環視眾人問道：「你們都想許什麼願望？」

在場的人由於剛剛被高維人愚弄得不輕，此刻的統一念頭都是希望高維人有一個算一個，統統原地爆炸。

不過也就想想，願望許得太過分，高維人萬一一翻臉，不跟他們玩了，他們就麻爪了。

然而，在他們還沒開始正式商議時，異變陡生。

列車的行駛速度漸漸放緩，四周的雲層也逐漸變薄……他們竟然駛入了一間設置在雲間的臨時停靠站。

待車輛停穩後，車門沿著滑軌向兩側打開，一個陌生的、西裝革履的外國中年男人四顧一番，踏入了車廂。

「你們好。」那人操著一口標準的英語，好在蘑菇適時地舉起了語言轉換器，同步傳譯了男人的話。

他自報家門道：「……你們可以叫我麥丁森。自我介紹一下，我是目前單人玩家排行榜裡，排名最高的。」

南舟和江舫對視一眼。

的確，當時在許願池邊許願的時候，他們的指引員、鋼鐵兔子皮卡就有提過：「遊戲結束後，只要玩家的最後排名達到第一，不管是單人，還是團隊，你們的心願，就都有實現的可能。」

當初，江舫和南舟帶領的測試隊伍「。」一路過關，最終折戟在教堂副本中，也為團隊賽定下了一個基準分。

這回，「立方舟」真正意義上實現了我贏我自己，超越「。」奪得了正式比賽中的團隊賽冠軍。當他們超越「。」的時候，遊戲系統便宣布，鎖定其他玩家的分數。

那麼，這位麥丁森先生應該就是鎖分之後，各個分賽區比較下來，單人得分最高的玩家了，和他們一樣，他也擁有了許願的權利。

麥丁森相當紳士友好，落座後便規規矩矩坐下，和每個人禮貌地點頭致意。

大家紛紛掛起商業笑容，表面寒暄，心中各自打鼓。

蘑菇拿著翻譯器暫時離場，這個紅傘傘不大想替這群勝利者打零工。

李銀航憂心忡忡，用手立擋在嘴巴一側，輕聲詢問南舟：「南老師，你說這人能是真的嗎？」

南舟模仿著她的樣子和語氣，回答道：「觀眾還在看著我們。」

聞言，李銀航稍稍放鬆了一點。也是，任何綜藝比賽都要有個結局，觀眾才會心滿意足地放下遙控器。

高維人就算沒能取勝，也不敢隨便夾塞一個生面孔到他們面前來，欺

騙他們是單人賽冠軍，除非⋯⋯

四道目光齊刷刷投向了元明清。

元明清明白他們目光中的用意，嘆了一聲：「他不是我們的人。」

李銀航並不相信，既然這是全球性的遊戲，元明清在這個遊戲區，麥丁森在另一個遊戲區，元明清怎麼能打包票自己認得他？

元明清單看眼神，就曉得她在想什麼，「我們能認出來同類的。」他抬手，抵住了自己的右眼眼尾，「你們可以理解成⋯⋯一種符號？」

即使元明清後來因為背叛，一切特權都被取消，可這種「認出同伴」的本領是天生而來，寫在每個高維人的初始資料中的。因為高維人擁有隨意捏臉的權利，常有人會按照自己的喜好，為自己選定不同形態的外設，獸人、天使、精靈，或者乾脆是擁有智能的四足動物、蜻蜓、蟬。

正如這個烙在元明清眼中的標誌，它會印在外設中最顯眼的地方，是他們出廠自帶的出生身分證明，能夠讓高維人一眼就辨認出同類的身分，不致殺傷對方的性命。

元明清並沒在麥丁森的眼裡看到這種證明。這種證明是不可損毀的，不存在高維人為了瞞騙過元明清，動用手段把這種標誌暫時消去的可能。

可在他這樣說過後，其他幾人都沒有露出如釋重負的神情⋯⋯明顯是不怎麼信任他。不過十幾分鐘過去，元明清就深刻領會到南舟百口莫辯、必須自證清白的苦楚了。

「我騙你們做什麼？」元明清苦笑，「都一起走到現在了，我和你們的立場是一致的。」

李銀航不置可否。

她想說，你都贏了，自然要考慮後路了，向高維人示好的最好方式，不就是「將功補過」、出賣他們嗎？如果他真的撒謊，這位麥丁森先生是他的同謀，兩個人不管誰許願「立方舟許的願統統不成真」，他們都要完蛋的。

到時候，只要討了高維人的歡心，等回去之後，他不管想要什麼，是

復活唐宋，還是不受懲罰，都可以和高維人慢慢談。那是內部矛盾，沒什麼不好解決的。

似乎是窺破了李銀航的心思，元明清嘆息一聲：「妳放心⋯⋯他們個個驕傲得很，不會跟我談條件的，我只能自己爭取。我是不會跟他們賭善心，浪費掉我的願望的。」除此之外，元明清也沒有別的話可以自辯了。

「你們要是懷疑我，我就把麥丁森砍了。」元明清自暴自棄道：「反正免得節外生枝，這樣最好，一了百了。」

「好啊。」江舫做了個「請」的手勢，並以熱情邀請的口吻道：「沒關係，不要有心理負擔，就算他是人也沒關係啊，最後我們銀航也能把他復活的。」

元明清：「⋯⋯」

他默默翻了個白眼，反正是殺你自己的同類，你都不在意，我有什麼可在乎的。

眼見元明清要起身，麥丁森先生突然冒出了一句純熟的中文：「這可不好，我也有自己的願望呢。」

元明清：「⋯⋯」

李銀航：「⋯⋯」

她臉蛋一紅，合著別人聽得懂中文？！他們還在他面前叽叽了半天怎麼殺他的事情？

江舫卻是半分都不忸怩，用十分理性客觀的語氣跟麥丁森先生探討道：「您好，您有什麼非活下去不可的理由嗎？」

「你們看，這是我的兒女。」麥丁森先生也不避諱，從頸間拉出一條項鍊，「⋯⋯是一對漂亮的雙胞胎，我很想念他們，他們在七年前的一場校車事故中去世了。」

那項鍊和照片，看成色已經很久了，鑲嵌照片的銀飾微微發黑，該是有人時時握在手裡懷念把玩，在這樣先進的年代，能用這樣傳統的方式來長期紀念一個人，不似作偽。

$$F_1 = F_2 = G \frac{m_1 \times m_2}{r^2}$$

「……我希望他們能活過來，回到我身邊。」

麥丁森先生用湛藍的眼睛瞄準了江舫，「如果你們能有辦法幫我許願，我願意死。」

江舫笑道：「我們這裡正好有要許願親人復生的人呢。」

被間接點名了的陳夙峰微微動容。他的目標，就是復活他在車禍中喪生的哥哥，麥丁森先生的心願和遭遇，恰和他一致，讓他無法不共情。失去至親之人的痛楚，他體會過，如果有能讓死去之人魂兮歸來的機會，卻要因為己方的猜忌不得不放棄，那實在是太過遺憾了。

他輕輕對江舫搖了搖頭。意思很顯，他並不認識麥丁森的兒女，而且，這對小弟弟小妹妹的去世時間和他哥哥陳夙夜不同。

陳夙峰擔心，如果自己代麥丁森許願，會因為細節上的差誤讓那一對小孩子無法復活。同時，他也有一點私心，他的願望只想為哥哥而許，怕影響到哥哥復活的效果。

察覺陳夙峰心有猶豫，麥丁森也知道他不大樂意幫自己。

他看向江舫，哈哈一笑，「您總不會想讓我自己去死吧？畢竟我也不瞭解你們，你們的保證，我真的可以相信嗎？」他開懷暢言的樣子，與剛上車時的謹慎守禮是大相徑庭了。

江舫也笑開了，「可以理解。再說，我就算想殺您，恐怕也不被允許吧。」說著，他朝著另一節車廂正坐在小凳子上、百無聊賴地晃蕩著小短腿的蘑菇瞄了一眼。

「您猜，為什麼會有一個蘑菇在？」

麥丁森先生努了努嘴，在胸口畫了個十字，用玩笑的語調道：「謝謝上帝，也謝謝蘑菇。」

它的存在，極大可能是要保護單人賽和團隊賽的冠軍，想也知道，它不會允許「自相殘殺」或「冠軍自殺」這種事情發生。

想通了這層關節，元明清腦瓜子一嗡，「……那你剛才為什麼鼓動我去殺人？！」

221

江舫回過頭去,「沒事,你們是自己人,蘑菇未必會弄死你。」

就算蘑菇真的因為元明清殺害麥丁森,反手弄死元明清,他們也正好減少了兩個不確定因素,皆大歡喜。

元明清:「……」

他的心裡滾過了一萬句髒話。

江舫不理會被他氣得連做了五個深呼吸的元明清,轉而看向南舟,「你怎麼想?」

南舟言簡意賅:「要小心。」

江舫看上去是在問接下來的許願環節怎麼樣,但南舟知道他真正想問的是,自己怎麼看待麥丁森。

在南舟看來,麥丁森先生是個很有技巧和小心思的談判專家。他一上來,就判斷出這五人是一組的。

麥丁森非常清楚,自己作為一個全然陌生的成員臨時加入他們,必然會遭受懷疑,他也不知道這隊「團隊賽冠軍」是什麼樣的人,儘管有 NPC 蘑菇頭保護,他也絕不能掉以輕心,這就是他一開始說英語,並假作聽不懂他們的話的理由。

直到他們的話鋒對準了他,他才出言為自己辯解,並用最快的速度為自己找好了讓他們不會立即殺害自己的理由。不論這個理由是真是假,他這份不動聲色的沉著和應變力都值得人佩服,也值得警惕,畢竟直到現在,連江舫也摸不透他的性情究竟是怎麼樣的。

當然,沒有這點心理素質,他也不可能成為單人賽的第一。不過,既然有蘑菇在,就不能乾淨俐落地殺死此人,麥丁森先生又絕不會自覺自戕,那就只能先走一步看一步了。

江舫靈活地將話題調轉到了許願上:「你聽說過猴爪的故事嗎?」

麥丁森插話道:「啊,一篇很著名的恐怖小說。」

南舟沒有看過,他看準了江舫,等他講故事。於是,在童話列車於漫天彤雲間穿山過海時,江舫簡單地為所有人講述了這個故事,一個和許願

相關的故事。

一對年邁的夫婦意外得到了一隻能夠許三個願望的猴爪，同時也從它原來的主人那裡得到了一句警告：「最好不要隨便使用猴爪」。

老夫婦沿襲了任何此類故事裡主角的統一行為模式：不聽勸。

他們的第一個願望，是許願得到 200 英鎊。200 英鎊到手的同時，他們得到了兒子的死訊，在工廠裡工作的兒子被機器絞死，200 英鎊正是他的死亡撫恤金。

老婦人悲痛欲絕，用猴爪許下了第二個願望：「不管什麼代價，請讓我的兒子回來！」

夜深之時，門外傳來了森森的敲擊聲。這敲擊聲嚇壞了他們，慌亂之際，老夫婦許下了第三個願望：「希望死去之人回到他應去的地方。」

最終，誰也不知道那天夜裡叩響他們房門的，究竟是什麼東西？

在這個故事的啟發下，李銀航想到了許多和許願相關的故事，有好的、有壞的。七色花、神龍、以及《漁夫與金魚》中的金魚，他們自然不能寄希望於高維人是有求必應的哆啦 A 夢。

「現在我們要去許願，可他們會怎樣實現願望，代價是什麼，會怎麼善後，我們統統不知道，也不知道許願的具體形式會是什麼？究竟是我們所有人共同許，還是分開許，以及前一個人許的願，會不會被後一個人覆蓋……」

江舫說：「所以，要記住一點：不管怎麼許願，每個人在盡可能排除其他變數的前提下，把自己的願望說得清楚。」

按照當初通報的許願規則，他們總共有六個願望可許，每個人當前都有需求和欲望。

麥丁森先生率先表態：「我的願望剛才已經說過了。」

江舫看向南舟。

南舟說：「我的願望在一開始就許過了。」他想要變成人。

江舫點點頭，又看向元明清。

他說：「我再想想。」

他還在糾結，到底是取消唐宋和自己和高維人簽訂的合約，讓他們的家人免受巨額賠償和階級降位的痛苦，還是許願讓唐宋復活。

江舫給他繼續思考的機會，看向陳夙峰。

陳夙峰目標明確，毫不猶豫：「我希望我哥哥活過來。」

說完，他看向了李銀航。

李銀航也清楚自己的使命，簡略道：「我希望所有在遊戲中死去的人復活。」但她注意到，江舫微不可察地皺了一下眉。

她馬上意識到，自己這個願望許得並不漂亮。

「我……」李銀航剛想要開口補充，身體就隨著列車的停運往旁側輕輕一傾……他們到站了。

這夢幻的列車在停穩後，驟然解體，破碎成無數細碎的光塵。

一片閃著光暈的地面從他們腳下向四周延展開來，形成了一個面積闊大、約有 500 平方公尺的圓形懸空廣場。廣場四周，無數粗如榕樹、繪製著生命樹圖騰的白玉庭柱，一根根環繞著他們拔地而起，營造出了一個小小的、浮空的伊甸園。

廣場上空無一物，只有中心的檀木圓桌上，環圈點著六根漂亮的雕花蠟燭。

蠟燭燭身上的圖案，也是卡巴拉生命之樹。

此時，《萬有引力》內所有分區的五處安全區內，均響起了和公園商場散場關門時的同款音樂。伴隨著舒緩動人的旋律，所有人在同一時刻收到了語種不同、語調悠長的廣播。

【各位玩家，感謝你們這數月來在《萬有引力》內的遊玩】

【即使心有遺憾，但也不得不散場；即使難分難捨，但也不得不分離。目前，遊戲已決出勝負】

【中國區服團隊賽冠軍「立方舟」，聯邦區服單人賽冠軍米基·麥丁森，將在眾位玩家的見證下，完成最後的遊戲許願】

【請各位拭目以待，期待這最後的精彩吧】

這時，正值午夜時分。

易水歌站在基站頂部，雙手扶住鐵欄杆，望向天際陡然生出的、壯觀宏偉的倒懸廣場。

在他腳底下，無數倖存的玩家被廣播喚醒，如蟻聚來。他們以同樣的姿勢，仰頭看著這天造的奇觀，眼裡統一閃著希冀、擔憂、期待、不安的光……終於要結束了嗎？！

易水歌托腮，感慨道：「謔，挺快的嘛。」

一隻腳輕勾在了易水歌身旁的鐵欄杆踏腳上。

易水歌頭也不回，也知道身邊人是誰。他迎著拂面而來的風，問：「如果這上面的是你，換你許願，你會許什麼？」

謝相玉眼睛也不眨一下，「我許願你有生之年天天陽痿。」

「好素質。」易水歌面不改色地誇獎他：「從一而終，我越來越有和你過一輩子的信心了。」

謝相玉：「……」我他媽是在罵你，你他媽不要侮辱成語。

「許願你胖一點吧。」易水歌順手攬過他的腰身，輕拍了拍，「腰都給操細了。」

謝相玉：「……」罵人 jpg

他翻了個白眼，尖酸道：「義警易先生不是心懷天下嗎？怎麼不許個讓世界和平的願望？」

易水歌笑了，把一頭略自來捲的頭髮往後捋去，露出一個美人尖，「我不在上面啊……我要是在上面，現在恐怕要苦惱死了。」

塔上塔下，每一個聲音都在討論許願的事情。

大多數人並不像易水歌，他們把這件事想得單純又美好。

「鏗鏘小玫瑰」之前做資訊販子的工作，小日子過得緊巴巴，被生活所迫，轉職到「家園島」做農業生意後，她們卻誤打誤撞地走上了一條正途。四個穿著沾著泥巴的牛仔褲的姑娘，坐在她們蓊鬱果林的排水溝旁。

盧璐露捧著蘋果，虔誠且由衷道：「希望以後每天的收成翻倍再翻倍。」話沒說完，她的腦袋就挨了兩下打。

「地妳還沒種夠啊。」陳美冰沒好氣道。

楚微也含笑評價說：「傻。」

唯一一個沒動手打她的是隊長邵倩，她溫柔地揉了揉盧璐露的腦袋，笑道：「沒種夠的話，等我們出去，我把工作辭了，咱們一塊找個地方種地去。」

盧璐露也不疼，抿嘴一樂，枕在了邵倩肩上。在她們看來，一切都要結束了，只要能活著，她們就有無限的未來可以遐想。

此時的「鏽都」。

「青銅」的陸比方，像是一隻溫馴高大的大型犬，伏在 2 樓窗邊，和四周其他玩家以同一個姿勢仰望天空。梁漱見他手裡仍握著那面印有他與女朋友及妹妹陸栗子照片的小鏡子，一時失笑。

以前，梁漱看這小子這麼惦記他的妹妹和女朋友，人又憨厚，一副死心塌地要立 flag 的樣子，總怕他一個不小心，出了點兒事，沒能苟住，平日裡就儘量顧著他，可也架不住他為人實誠，幹什麼事兒都愛衝在最前頭。沒想到他運氣不壞，一路下來只受過兩、三次傷，就這麼跟頭跟蹌地活到了現在。

賀銀川咬著一根狗尾巴草，將穗咬得一翹一翹。他沐浴在月色和天柱的雙重光芒下，倚在樓下含露的草坪上，輕吹著《紅河谷》的口哨。

梁漱笑道：「賀隊，心情不錯？」

賀銀川單手倚在膝上，指尖敲擊著膝骨，打著拍子，嘴角掛著淡淡的微笑，好心情溢於言表。

他忽然像是想到了什麼，笑顏頓斂，「小周？」

他身後盤腿而坐的周澳：「……」他已經放棄告訴他自己其實比他大兩歲的事實了。

賀銀川憂心忡忡地把周澳的手抓來，細細研究，自言自語：「等出去

後，你的手不知道能不能好。」

周澳低頭望一眼裹到了指尖的繃帶，他的小臂和雙手早在一個副本中，為所有人保障後路時，被墜下的石門齊肘碾碎，要不是賀銀川玩命，在下一個副本中把完成率衝到了 100%，給他贏得了一個能代替他雙手功能的 S 級道具，周澳很有可能活不到現在了。如果周澳沒記錯的話，那是賀銀川第一次把過關放在最優先的位置。

周澳不以為意，淡淡道：「只要能活著就不要緊了。」

賀銀川抱著他的手，滿驚訝地瞥了他一眼，「誰說不要緊？你要是手沒了，等你找到媳婦前我都得給你做飯啊。」

梁漱在旁邊忍笑忍得肩膀微顫。周澳望著賀銀川藏在鬢角髮絲內的一刃微亮的刀疤，「那就不找了。」

賀銀川沒抬頭，「不找哪兒行，我做飯可難吃啊。」

周澳：「吃過，可以的。」

賀銀川擔心完周澳，餘光一轉，才發現他們中少了一個人，他四下環顧：「小林呢？」

此時的林之淞獨身一人站在鋪滿駁光的街道上，年輕的臉繃得緊緊的。之前，林之淞曾和易水歌短暫探討過許願的事情，知道這背後的利害，無論如何也放下不心來。

他的雙拳垂在身側，攥著兩把滿滿的汗，深呼吸兩記後，抵著衣服狂跳的心臟才稍稍恢復了些正常。

他望向天空——拜託你們了。

一部分玩家因為遊戲接近尾聲而狂喜，一部分在想那個多出來的外國佬是誰，一部分玩家仍在擔憂「立方舟」會趁這時候對追殺過他們的人展開報復。

各人的心思不同，卻都不約而同地對上面的人寄予了厚望。這些人一生的祈禱和濃重的希望，都化作無形的重擔，沉沉壓在了千尺高空之外的「立方舟」的肩膀上。

麥丁森先生倒是對周邊的環境不甚好奇，他的雙眼都鎖定在平臺中央亮起的六根蠟燭上，眼中盛放出熱烈的光芒。注意到南舟和江舫靠近平臺邊緣，查探情況去了，他便試圖向桌子方向靠攏。

　　李銀航踩在堅實的地面上，腿卻是虛軟的，想要跟身邊的南極星說話，分散一下此時的緊張感：「南……」

　　緊接著，她駭然發現，自己張口時，聲音小得超乎尋常。這裡的空氣雖然能供人順暢呼吸，卻不再是能夠傳遞聲音的媒介——她想要說的話根本傳不出去。

　　李銀航張了張嘴，並沒有陷入慌亂。

　　她在第一時間嘗試打開自己的倉庫，然而，不管是倉庫、等級欄，還是世界頻道的對話方塊，她面板上的一切狀態被鎖死了，包括她想要取用的紙筆，都呈現出「無法使用」的死灰色。

　　她唯一慶幸的是，南極星並沒有被南舟放入倉庫，他還活生生地站在自己身前，和她同時發現了他們只能乾張嘴、發不出聲的事實。

　　望著他困惑的面容，李銀航發現自己根本無法想像，南極星和這些道具一起被冰封在這些格子裡，面目鐵青、喪失活力的樣子。

　　悅耳的提示音恰在她心底一片冰涼時響起。

　　「歡迎。歡迎南舟先生、江舫先生、李銀航小姐、元明清先生、陳夙峰先生、麥丁森先生，來到我們最後的許願環節。」

　　「現在，請有序進入等候室。」

　　那聲音平曠遼遠，響徹全球遊戲區，讓底下喁喁的低語聲一時止息。

　　等候室？這裡一馬平川，哪裡有房間？當李銀航心底冒出這個疑問時，腳下浮空的大地抽搐震動了起來，發出了隆隆的低吼。下一瞬，一面巨大的灰色牆壁貼著她的肩膀憑空升起！

　　她下意識地想要躲避這平地而起的異變，一個踉蹌，眼前便是一花。

　　她被南極星保護在懷裡，向後疾拉而去！

　　數道聳立的高牆，以迅雷不及掩耳的速度，趕羊一樣將本來是分散站

$$F_1 = F_2 = G \frac{m_1 \times m_2}{r^2}$$

立的幾人等份切割了開來，形成了六個並排而立、長、寬、高均為 3 公尺的正方形房間，房間內顯而易見地沒有任何出口。

察覺到他們現在成了籠子裡的小白鼠，李銀航憤怒至極，怒搥了一記牆壁。現在他們說不出話，且無法利用紙筆溝通，連當面寫字都做不到，他們還沒有商量好要怎麼許願！

可高維人明擺著是不打算給他們任何準備的機會。

廣播中悠揚的女聲中也適時浮現出一點嘲諷的笑意：「請決定許願的順序。」

說著，高分子材料的牆壁上亮起了一個長方形的輸入框，下方自帶輸入數字的軟鍵盤。

接下來，是一片聽不見呼吸聲的、窒息至極的寧靜。被強制禁言的幾人，都不約而同地感受到了手心的微汗感。

天地之間，只剩下了那個愉快的女聲：「請六位優勝者，從 1-6 這六個數字中，選擇自己許願的次序。」

「許願的次序，按照從小到大的數字順序順位元排列。」

「友情提醒，許願的順序，講究先到先得哦。」

南舟望著螢幕，凝思半晌後，選擇了「6」，他可以擔任收尾的工作，萬一許願有什麼紕漏，他可以補全。

但當他鍵入數字「6」，並不大嫻熟地點下「確認」按鍵時，他的指端傳來了報錯的異常震動感，輸入框也在剎那間轉為了刺目的鮮紅——「6」這個數字，已經有人占據了。

是誰？與南舟有同樣困惑的，是身處他隔壁的江舫。他垂下手，微微搖頭，這可不大妙啊，最後一個位置至關重要，如果被不懷好意的人占去了，那可糟糕了。

然而事已至此，也無法轉圜了。

江舫刪除了「6」，轉而鍵入了「1」。「1」仍然是一個關鍵位，如果能給後來的人做好榜樣，或許能彌補他們前期對於「許願」細節溝通不

足的麻煩。

望著再次亮起的紅燈，江舫輕嘆了一聲……看來，有很多人都有自己的小心思啊。

最終，江舫的許願位鎖定到了「3」。

所有人的許願位置，在極致的沉默中被擇定，當最後一個人鍵入自己選擇的順序後，女聲再次響起。

「……每個人都在生日時許過願望。」

「許下心願後的常規環節是什麼呢？自然是吹熄蠟燭嘍。」

南舟閉上眼睛，側耳傾聽著每一個細節，他沒有過過一個正式的生日，但他清楚地記得，平臺中央的桌子上，有六根燃著的蠟燭。

「請各位許願者按照確定下來的許願順序，聽取提示，依次離開等候室，來到許願臺前，說出自己的心願後，並吹熄蠟燭。」

「請記住，每個許願者僅有一根蠟燭可使用。」

「每根蠟燭上都有相應的編號。不可以任何形式觸碰、損毀、熄滅其他許願者的蠟燭，做出以上行為的許願者，本人願望無效。」

「放心，被觸碰、損毀、熄滅的蠟燭，會被調換成新的蠟燭，不會影響許願的效果。」

「注意：排位靠前的許願者，願望一旦形成，後來者不可以任何形式否定前者的願望，只能增添相應的條件，予以補充。在後來者的願望不與先前願望產生本質衝突的前提下，願望將可成立。」

「那麼，如果對基礎規則沒有疑惑的話，我們就開始吧。」

李銀航：「……」NND 他們有「表達疑惑」的機會嗎？

在她腹誹時，轟轟然地，一扇等候室的門拉開了，一隻腳在門內駐足猶豫了許久，方才一步邁了出來！

CHAPTER

08:00

他無論如何也想不起
另一雙眼睛的主人了

地面很堅硬，但在步步邁向「許願臺」時，第一個許願的元明清卻覺得宛如是踏著風霧前行，心底和腳底都是一應空落落的。

　　他一邊走，一邊用這短暫的時間環視著懸浮在天的廣場。如果最後是他和唐宋贏了，這時候的唐宋會說些什麼呢？

　　……唐宋。元明清很久沒有這麼平靜地想起他了，可濺到他口中的血液的鹹腥味，偏也在此時濃烈起來。

　　在距離桌子約 10 公尺時，元明清踏入了一個透明的空氣泡，在穿越那層看不見的透明薄膜時，空氣中出現了明確的阻隔感。他似有所感，低低咳了一聲。

　　「咳——」

　　他彷彿是正對著廣播的擴音器，只不過一聲低嗽，聲音便層層逕逕地從四面八方擴散了出去，久久在高空中迴蕩，倒把他自己嚇了一跳。他對主持秩序的蘑菇指一指自己的嘴，拉了個拉鍊……這個擴音器能關掉嗎？

　　蘑菇用小短手正了正自己的蘑菇帽，高傲地擋住了視線，看向一邊，並不理會他的眼神示意。

　　元明清：「……」嘖。

　　元明清回過頭，垂下眼睫，近距離地感受到了蠟燭烤灼的熱力。

　　他將指尖抵在標號為「1」的蠟燭邊緣，蠟燭是楔死在凹槽中的，無法取拿。一滴盛在燭坑中的蠟淚被他的動作驚動，滾滾而下，迅速包裹了他的指尖。

　　在燒灼的細微疼痛中，元明清並沒有撤回手來。在察覺到「願望有可能被所有人聽到」這個設定後，他由衷地感到歡喜。

　　他能明白高維人的意圖。其實，如果不是有觀眾收看這個節目的話，「立方舟」的利用價值恐怕就到現在為止了，高維人其實根本沒有實現他們心願的必要。

　　他們大可以隨便找個空房間，讓他們說出自己的心願，給他們希望、戲耍他們一番，然後把他們隨手碾作飛灰，再從倖存在現世的地球人中精

$$F_1 = F_2 = G \frac{m_1 \times m_2}{r^2}$$

挑細選一番，開啟《萬有引力》第二季。

然而，現在的他們被擺在萬公尺高空上，全球的遊戲參與者都能聽到他們的心願，細究起來，這其實算是高維人搬起石頭砸了自己的腳。他們想賺錢，於是把遊戲面向了公眾。

《萬有引力》天然的直播性質，註定了它與普通遊戲的命運不同。這個遊戲節目在高維裡人氣相當火爆，很多高維觀眾在觀看遊戲直播並投入大量金錢的同時，也對副本中的地球人產生了奇妙的感情。

就像大家愛遊戲裡的紙片人一樣，很多人覺得，就算遊戲完結了，心滿意足地放下遊戲操作柄的同時，這些遊戲中的人也應該繼續活在世界上的某個角落。

沒有哪個遊戲打到頭，直接把遊戲裡的所有角色殺了重開的道理。

再說，如果第一場遊戲裡的人沒有離開遊戲，回到現世，而是全部死亡，就算重開第二季，新被選中的玩家們看不到希望，遊戲的動力必定大打折扣。

所以，對大多數高維人而言，這不過是一個節目的完結而已，他們需要的只是一個不爛尾的謝幕。

被踐踏了臉面的只有遊戲主辦方。

「立方舟」已經為他們貢獻出了一場完美的實況遊戲演出，那麼，實現一下這些「小螞蟻」們的心願，可能會稍微麻煩一點，但也不是完全沒有可行性，地球更是完全沒有毀滅的必要。

在大多數喜滋滋地等待著遊戲直播完結撒花的高維人來說，只有極少一部分的清醒派，在憂心地球的發展會影響到高維人。

因為在研究過發展軌跡後，這些高維人意識到，現如今高高在上、身而為神的他們，曾經在某一個歷史階段，和現在茫然而快樂的地球人們何其相似。

在未來的某個時刻，地球人會在重重暗夜森林中，跨越千里而來，刺穿他們的喉嚨，完成這一場遲到的報復。那也許需要千年，或許根本用不

到千年……只是安於幸福現狀的羔羊們和大部分高層不會瞧得起地球人，更不會認為這種未來會有發生的可能。

元明清曾擔心過，這場高層間的博弈，會以清醒派的勝利告終。

好在，從目前看來，是「安於現狀派」更勝一籌了。

不甘心的同樣只有遊戲主辦方而已。

所以，主辦方才為他們置辦下了這樣一個公開的懸空大廣場，當眾公開所有人的心願，想給唯一提前用掉了許願份額，試圖回到現世的南舟製造最後的一點麻煩——畢竟所有參加過遊戲的人類玩家，都知道南舟不是人，他就算能出去，難道還能活？

這從側面映襯了主辦方的妥協，換言之，他們一定會完成他們的願望！當然，南舟未來死活與否和元明清無關。

在等候室的選擇屏跳出來的瞬間，元明清毫不猶豫，第一個做下了選擇……序號 1。他的願望必須實現，這聽起來是句廢話，走到現在的人，誰沒有非實現不可的願望？只是，他比旁人更自私，也更瞭解高維人。

望著眼前這六朵跳躍著的燭火，元明清冷冷哂了一聲。主辦方埋下的雷，可不止「南舟的身分」這一點。

規則顯示，靠後許願的人，無法修改靠前許願的人的願望，只能在兩個願望邏輯不相悖的情況下，合理地補充一些條件。也就是說，許願順序越靠前，越能掌握主動權，更何況，這六根蠟燭是一齊點燃的……而蠟燭是消耗品。

規則只說，「不可以任何形式觸碰、損毀、熄滅其他許願者的蠟燭」，並詳細地說明了，如果蠟燭被破壞後不會影響許願效果，云云。

看似是對他們非常友好，但是，規則可沒有說，如果輪到許願者許願時，蠟燭自然燒盡了，那許願效果會怎麼樣？

這正是元明清擔心的，如果前面的人在思考中浪費了過多的時間，或是許了其他愚蠢的心願，恰和他的願望相悖，元明清怕影響到他的許願效果。趁著思考的間隙，元明清仔細觀察了蠟燭的高度和燃燒的速度。

　　蠟燭是普通的蠟燭，根據外露火芯的長度判斷，這些蠟燭，恐怕只夠燃燒 30 分鐘，他們的許願時間，遠比他們想像中更短、更倉促。

　　然而，即使時間如此緊迫，元明清也不得不浪費相當的時間，來審慎思考許願的措辭。在沉思了將近 3 分鐘後，他終於緩慢地開口了。

　　元明清條分縷析、口齒清晰地許下了他的心願。

　　「您好，《萬有引力》遊戲的主辦方。」

　　「在不能單方毀約，並必須如實履行契約的前提下……」

　　「在不動用任何記憶修改、進入幻覺、身陷夢境等非現實手段，讓我誤認為我實現了願望的前提下……」

　　「在沒有任何副作用的前提下……」

　　「在後續無責的前提下……」

　　「取消編號 DMS12 和 DMS13 和『萬有引力泛娛公司』除隱私條約外簽訂的一切合約。」

　　最終，他還是選擇了拯救自己和唐宋的家人，讓他們不至於陷入那絕望的第三階級的數據工廠中去。

　　他和唐宋的獨一無二的個人代碼和公司名稱，他都準確無誤地使用了高維語，在不讓底下的地球人知曉真相的前提下，確保表意一絲不錯。他放棄了一切報酬，單獨保留了隱私條約，為的是擔心後續公司故意公開他和唐宋的身分資訊，讓他和他的家人永無寧日。

　　許過願望後，元明清在不干擾其他蠟燭的前提下，輕輕吹熄了屬於自己的蠟燭。接下來，是長達十數秒、對他而言卻漫長得像是一整個世界的等待。元明清緊張地雙手扶住許願臺，扣在桌底的指腹因為過度用力而泛了白，直到……

　　「叮。恭喜元明清先生，許願成功，您的願望，會實現的。」

　　元明清緊繃著的肩頸肌肉驟然放鬆，在那一瞬間，他幾乎有了癱坐在地的欲望。

　　好在，最後，他還是站穩了，勉強維持住了自己的風度。

此時，元明清高速運轉到幾乎停轉的大腦，終於有空隙去想想其他的事情了。他想，一定有玩家在質疑這個古怪的願望，他為什麼要浪費這樣寶貴的願望，來和某個公司「解約」？

可惜這疑問聲傳不到這萬公尺的高空中來，關於自己的這個詭異選擇，或許會在未來成為許多普通地球人的談資吧。

廣播並沒有提示他回到等候室，於是，元明清便退到了一邊，等待著搶到了 2 號位的許願者到來。

之所以非搶到第一個許願位不可，除了私心之外，元明清也有一點隱隱約約的真心。

正如他先前所說，他是高維人，最瞭解高維人的思路，他需要向這些人示範許願的正確姿勢。

其一，絕對不要動用任何「無盡」、「大量」等指代意義模糊的詞彙。舉個例子，如果許願擁有「無盡的生命」，那高維人大可以把人變成一塊擁有思維的石頭、一具被良好貯藏且意識清醒的木乃伊。如果許願擁有「大量的金錢」，那高維人可以完美利用一整本刑法，從各種違法途徑給你送來有也不敢花的錢。

所以，許願的用詞越明確、越具體，越好。

其二，從預設前提入手，用條列的方式盡可能規避一切能夠讓高維人大做文章的坑。

其三，絕對不能許過於宏大的願望，包括高維死絕、世界和平，因為誰也不知道高維人會以什麼離譜他媽給離譜開門的方式完成你的願望。

悅耳的女聲再次響起：「第一名許願者已經許願完畢。請第二位許願者做好準備……」

六間等候室中，又有一扇門憑空生出，應聲而開。

看到從等待室裡走出的人，退出了許願泡泡的元明清略訝異地揚起了眉毛。

李銀航越過了他，對他輕點了點頭，她的神情遠比過去的任何一個時

$$F_1 = F_2 = G \frac{m_1 \times m_2}{r^2}$$

候成熟淡然……當然，假如不看她走一步打一下擺子的雙腿的話。

已經退出了可以發聲的「空氣擴音室」的元明清，對李銀航比了個「二」的手勢——為什麼要選第二個？

李銀航踏入了那空氣泡的瞬間，發現自己的呼吸聲再次變得清晰可聞。根據剛才她聽到的元明清的聲音，她判斷，當自己靠近許願臺時，就能重新恢復說話的能力、音話同步了。

「我的願望很重要。」李銀航強作鎮定、簡明扼要地解釋道：「所以越早許願越好。」

元明清聳了聳肩，能在所有人開始集中搶號的時候馬上想通這一點，她的確成長了許多。但元明清並沒有進入擴音室內、手把手指導李銀航的意思，他的幫助，也只能點到即止，他已經完成了遊戲，馬上要回到高維去，沒有再給自己找麻煩的必要了。

女聲響起時，高塔之上、距離中天之壇距離最近的易水歌沉默發力，攥緊了掌中的遙控器……來了。

「立方舟」中唯一的女性，只有她了，是李銀航。

元明清所許的心願，只與他個人有關，和其他人無礙。

李銀航要許的，才是事關所有人未來和存亡的第一個願望。

高塔上的易水歌，是看不到天上高臺是什麼樣的情景的，但他知道，高維人不會那麼好心。他們絕不會事先告知「立方舟」許願的規則和形式，所以「立方舟」只能在事前簡單瞭解每個人的願望，並不能給出一個明確的許願方式。

方才，李銀航對元明清那句「我的願望很重要」的解釋，也隨著廣播大範圍擴散開來。

易水歌聽得清清楚楚……李銀航居然需要對元明清解釋她之所以會出現在第二位的理由。也就是說，他們連許願的順序都沒有機會商量，那就更加沒有機會商量許願的內容了。

易水歌擔心，她會單純許願讓所有的玩家都復活。這是好事，卻也是

一個過於龐大、指向不明的心願，龐大到有太多可以操縱的餘地。

　　正如他之前的推測，高維人的所謂「復活」，極有可能是回到《萬有引力》危機尚未爆發的某個「存檔點」，但彼時彼刻的存檔點位，沒人知道高維人正在對他們虎視眈眈。他們仍是會在懵然無知中走上老路，就算她附加了條件，讓玩家們可以帶著所有的記憶復活，他們又該怎麼反抗高維人絕對的控制力？

　　當然，易水歌相信，李銀航如果許的願望有紕漏，南舟或江舫一定會在後期予以補正。可惜，一棵樹的根基如果扎得歪斜了，不管事後怎麼修補，那也會旁逸斜出。

　　易水歌垂目，望向了掌心中的控制器。

　　當初，他建立信號塔的初衷，就是為玩家們建立最後一層屏障，「立方舟」在「斗轉」賭場和曲金沙爭勝並進入決勝局時，易水歌曾經試驗過信號塔的作用，干擾了高維人的發頻信號，自己取而代之，頂替了高維人原先計劃好去協助「如夢」的荷官。

　　事實證明，一個小小的指令，就能干擾高維人對他們施加的影響。高維人將整個《萬有引力》的沙堡，建立在原先地球人製造的《萬有引力》的地基之上，的確是一件大大的幸事了。

　　他們對外宣布，建立信號塔的初衷，是為了聯繫外面的世界，事實並非如此。第一，是給那些能力不足以應付副本的玩家找點事情做。第二，是為了保護他們自己。

　　李銀航如果許願許出了大錯，真的造成了無可挽回的局面，易水歌就會嘗試啟動全部信號塔，遮罩高維人對中國區服的一切影響，讓中國區服從高維人的視線中直接消失。

　　他會把所有的玩家困死在這五個安全區中，重新制訂遊戲和交易規則，利用原有的一些元素，和其他人共同努力，構建起一個小社會。他寧可所有人的願望都不實現，也不願他們一無所知地回到過去，重蹈覆轍。

　　就算他們的科技水準在高維人面前不值一提，易水歌也要把這面無形

的、簡陋的盾牌舉起來，抗衡這來自光年之外的無盡的洪流。

易水歌不願將自己的螳臂當車當做英雄主義……畢竟，他們總要做點什麼。

易水歌冷靜地策劃著他們的後路，被茶色墨鏡蓋住的雙目一瞬不瞬，遙望那環繞的天柱臺。他一頭蓬鬆微捲的長髮被夜風向後撩動，露出了光潔的額頭。

自從和元明清成功交接後，李銀航已經許久沒有說話了。四下裡也被這氣氛感染，就算想要開口和身旁人說些什麼的，因為這徹骨的岑寂，也沒了發聲的膽子，只好閉口不言，呆呆地遙望天際。

一時間，天地俱靜，只能聽得到虛擬的夜行昆蟲拍打翅膀的細響。

易水歌準確且機械地讀著秒，短暫而漫長的第五分鐘即將過去時，所有人都聽到，李銀航發出了一聲長長的嘆息。

「您好，《萬有引力》遊戲的主辦方。」

她完全沿襲了元明清的「大前提」許願模式，重複過前兩條後，她又補充道：

「在願望一定能實現的前提下……」

「在沒有任何副作用的前提下……」

「在回歸方式合理，不會引起社會動盪和安全危機的情況下……」

「所有在《萬有引力》正式服、測試服中，因各種自然、非自然原因死亡的玩家，和存活至今的、存在於現有榜單上的所有《萬有引力》遊戲玩家一起，在西曆 2059 年 7 月 16 日，統一以保存了一切個人從出生起，到失去清醒意識的前一秒的全部意志和記憶的、保存了一切個人正常生命形態特徵的形式，返回地球上中國 C 城的工人體育場。」

這個願望許得漫長至極，活活繞出了個九曲十八彎，以至於大部分人聽得雙目圓睜，一頭霧水。

謝相玉眨了眨眼睛，發出了一聲感嘆：「譖。」

他自己都沒察覺到自己的口吻有多麼像易水歌。

易水歌久久凝望著半空中的高臺，高速跳動的心臟緩緩止住了發狂之勢，扣住發信器的指尖也隨之鬆弛了下來。

　　身處「鏽都」街道上的林之淞身體前後搖晃了兩下，一直鋼鐵般緊緊繃住的雙腿肌肉鬆下來時，他便單膝跪倒在了街道上……成了。

　　誰也不知道李銀航偷偷在心裡醞釀了多久，也不知道她是什麼時候察覺到「許願」這件事背後潛藏的陷阱的。或許是在元明清當初告知他們高維人的存在的時候，或許，就是在剛剛在等候室時。

　　高塔上的謝相玉把側臉枕在臂彎上，看向易水歌，「我一直以為她就是個抱大腿的寄生蟲。」

　　見易水歌不理他，他沒趣地聳聳肩，自言自語地嘟囔：「7月16日，C城的工人體育場……還挺會選。」

　　高臺上的李銀航殊無得色，她只是靜靜俯下身，閉目吹熄了蠟燭。這回，通報的女聲等待了很久，才以極其不情不願的態度，給出了回應。

　　「……恭喜李銀航小姐，許願成功。」

　　「您的願望，會實現的。」

　　李銀航雙手往許願臺上一撐，頭也不回地離開了空氣泡。

　　在千人追擊戰時，在世界頻道裡，南舟說，因為我們有李銀航。

　　從那時起，她就知道，自己很重要。南舟的願望份額早就用掉了，她更不應該指望依靠著江舫，去補全她的願望。他只需要錦上添花，不需要雪中送炭。

　　李銀航別的不行，在利益計算方面，頭腦是相當清楚精明的，許願的時間、地點、人物、條件，缺一不可。

　　首先就是時間。失蹤事件是從7月8號正式爆發的，李銀航則是第5天進入副本的，根據他們第一個正式副本的搭檔「順風」，也就是沈潔隊伍提供的資訊，曲金沙是在第一天就進入了副本，他拉起「斗轉」賭場，經營得煊赫輝煌，足足花了半年多的時間。

　　後來，經過摸排和打聽，李銀航得知了確切的時間：在他們正式進入

副本的那一天，曲金沙已經在副本中待了整整八個月。

元明清說，高維人可以操縱「地球」這個總副本的時間流速。所以，以曲金沙作為參照物，地球時間過去了 5 天，副本時間則流轉了八個月。

李銀航他們在副本中的時間，加上休息時間，也不超過三個月。這樣折算下來，7 月 16 日正好是地球副本的現在進行式，也是災變發生的第八日。

高維人可以控制時間的相對流速，卻無法倒轉時間。

這也就註定了，他們不是回到過去的某個時間點，而是保有全部記憶地回到屬於他們的地方。

既然時間確定了，接下來就是地點。她選擇的地點是 C 城體育館，那是全中國最大的體育館之一，能夠容納十萬人共坐。

全球死了的、活著的遊戲玩家就算在同一時間全部集中在那裡，在「不會引起社會動盪和安全危機」的條件限制下，也不至於會發生嚴重的踩踏事件。

然後，是任務和條件。所有玩家都必須保有記憶，不能糊裡糊塗地回去，李銀航相信，高維人會做好遊戲資料的相關備份。她刻意把回歸時間設置在 16 號，留出了一段時間做提前量，就是讓高維人有充足的時間，把已死之人的資料從垃圾場中找回。

「一切個人從出生起，到失去清醒意識的前一秒的全部意志和記憶」，保全的是玩家們的記憶。

「一切個人正常生命形態特徵」，保全的是玩家們的肉體。

她不敢估算高維人要為此付出多少努力，更不敢確定他們會不會由於嫌麻煩，拒絕實現她的願望。她也在賭，只要他們答應了自己的願望，她就能把所有人帶回去。

如果不是時間不足，蠟燭燃燒的時間有限，她又不知道除了中國區服以外其他玩家的情況，她恨不得把所有已有的玩家名單統統念上一遍，以免高維人要賴皮……該死的高維人。

李銀航垂首站在空氣泡邊，心中一點也不快樂，反而有種想要落淚的衝動，她好像已經做到極限了，但是不是還有哪裡不夠好呢？

　　在她出神思考時，又一扇等待室的門轟轟而開，她迎來的是江舫溫柔的笑臉。他雙手交掌，輕拍了幾記，雖然無聲，但李銀航清楚，這是對她的讚美。

　　她彎起嘴角，眼淚卻因此滾滾而下，太難了，她回去要吃火鍋，然後睡上三天三夜，天王老子來了都攔不住她。

　　江舫和李銀航擦肩而過時，又順手輕搭了一下李銀航的肩膀，她實在是許了一個很好的願望。

　　那麼，輪到他來補全李銀航的願望了。

　　臺上的燭淚大量流淌，縱橫交錯。所有的蠟燭已經燃燒過半，屬於江舫的 3 號蠟燭的火光不住跳動，在他淡色的瞳仁裡進行著一場小型的熔冶工作。

　　到目前為止，大家選擇的次序並不超出江舫的預料，而江舫本人又不是第一次和高維人做交易，一回生，二回熟，他的神態相當輕鬆。

　　面對著許願臺和無數隱形的鏡頭，他展露出了一個漂亮的笑顏，「親愛的《萬有引力》主辦方們，你們好。」

　　和前兩人一樣，江舫不厭其煩地預設了大量的前提，這是必走的環節，畢竟誰也不知道高維人會抓住什麼漏洞，給他們的願望偷工減料。

　　而江舫真正的願望是——

　　「《萬有引力》的幕後主持者們，和一切與主持者們具有共同生存形式的高維生命族群，在《萬有引力》徹底終結，將所有玩家送回 C 城體育場後，不得再以該生命族群理解範圍內、能力範圍內的任何方式，對地球內一切生命體、非生命體的物質進行觀測和干擾。」

　　同樣是複雜而有效的願望，目的是杜絕這無休止的高維遊戲。

　　江舫曾想過，要許願讓高維人們失憶。但地球的發展已經到了這一步，就算高維人們集體忘卻了宇宙的角落中還存在這樣一個被他們荒棄的

$$F_1 = F_2 = G \frac{m_1 \times m_2}{r^2}$$

副本，總有一日，地球人也會在打破科技壁壘的同時，再次面對高維的單向侵略。除非地球人放棄一切發展，安於現狀，再也不在科技上寸進分毫，江舫覺得那樣沒有趣味。

江舫也想過，乾脆簽訂一個讓高維人來保護地球人的條約好了。但藉別人的手保護自己，本質上還是把原本可以掌握在自己手中的未來主導權讓渡給別人的愚蠢行為。「保護」，也是個太寬泛的詞彙，在高維人看來，圈禁也可以是一種保護。

所以，他擇定了這樣一個方式，讓地球徹底消失在高維人的觀測視野中，兩者各自失落在茫茫宇宙中，切斷一切聯繫，再不相見。

李銀航挽救和保存了所有遊戲玩家們的生命，江舫則一刀斬去了束縛著他們的鎖鏈。

當然，他也不是毫無私心的，這條由高維人一手締結的鎖鏈，既繫在人類的頸上，也繫在江舫的頸上。當初，為了救回南舟，他的代價是「一直做測試，直到《萬有引力》不再需要我」。

他為李銀航的願望補上了「《萬有引力》徹底終結」的條件後，遊戲終結後自然就不再需要他了，他和高維人先前的契約就此解除。

而他也將作為李銀航願望中「存活至今的、存在於現有榜單上的所有《萬有引力》遊戲玩家」中的一員，和南舟一道重返現世，他要還給南舟一個完全自由的江舫。

當江舫和李銀航完成了這一場願望接力後，便輪到下一位了……

四度敞開的等候室大門內，走出了南舟。

他一步步走到了許願臺前，彷彿當初一步步走向「鏽都」的許願水池。過去，他走向的是水，現在是火。

南舟面對著 4 號蠟燭，再次重申：「我當初許下的願望，是想要帶著南極星，一起變成人類。」

細細盤算起來，他許下的願望其實是很輕易草率的，因為那時的南舟自己都不知道，為什麼他想要變成人，彼時，他以為自己想要自由。

後來他知道，他想要的，只有江舫。

江舫微微翹起嘴角。想也知道，聽到南舟的許願，現在他們腳下的安全區會是怎樣一番天翻地覆。

然而，南舟沒了下文。

女聲：「……許願的話，請您吹熄蠟燭。」

南舟說：「可我想先知道，我的彩蛋具體能怎麼使用？」

起先，南舟認為「帶南極星一起變成人」這個條件就算是「幸運加成」，但後來他細想了想，覺得把「幸運加成」這樣理解，不大妥貼。

當時他們的引領員鋼鐵兔子對金幣作用的解釋也相當浮皮潦草，心不在焉。南舟想，它可能是把生活中的糟糕情緒帶到了工作中，這樣不好，他需要再明確一下。

高臺上一片沉寂，顯然，如果南舟不提這茬事，高維人壓根兒沒打算提，只想要把這一章草草揭過。

「提示……」女音開始變得不大耐煩起來，「因為玩家南舟曾獲得彩蛋【幸運女神的金幣】，願望可以進行部分幸運加成……」

南舟鍥而不捨：「幸運加成是指？」

女聲死樣活氣地解說道：「總共有三種加成方式。」

「第一，調整願望的優先順序，您的願望會最優先實現。」

「第二，調整願望實現的難易度，在幸運加成下您的願望會比其他人更容易達成。」

「第三，在原有的願望上，增添不與先前願望相矛盾的條件。」

說話間，當初被池水吞沒的幸運幣，出現在了許願臺上。

「請通過拋擲硬幣選擇幸運加成的方式。」

「硬幣正面是字，是第一種加成方式。」

「正面是生命樹繪像，是第二種加成方式。」

「硬幣立起來，是第三種加成方式。」

……這不想讓南舟調整願望的心思簡直是昭然若揭。

南舟低頭研究了片刻硬幣，果斷回頭，「舫哥。」

「在呢。」江舫越過他的身體，從他手中接過硬幣，一手撐住南舟的肩膀，另一手指腹抵住硬幣略厚的邊緣，繞中心法線旋轉數圈，熟悉過手感後，問道：「想要哪種方式？」

南舟：「第三種。」

江舫用大拇指輕挑住邊緣，下壓手腕，在女聲出言制止不許有人代投幣前，就將硬幣拋上了半空。硬幣側棱著桌，輕跳了一跳，旋即開始在滿桌凝固的蠟淚間轉著圈穿行。

江舫的手勁使得極巧，當它停止滾動時，硬幣的側棱面仍是穩穩朝上，豎立在了桌面上。在三支尚燃燒的蠟燭映照下，硬幣的雙面均是流光泛泛。

南舟知道，自己先前的願望過於簡易，如果不增添一些新的條件，他很容易被鑽空子。

在同樣疊加了相當的前提條件後，南舟宣布了自己的新願望：「我希望，我和我的朋友南極星，在保有自己身體基礎特性、擁有正當社會身分的前提下，成為和李銀航同一種類的生命形式。」

聞言，一旁化成了蜜袋鼯形，從等候室內就扒在李銀航丸子頭上的南極星開心地偷偷甩了兩下尾巴。

女聲：「……」

她麻木道：「恭喜南舟先生許願成功，您的願望會實現的。」

許願推進到現在，已經只剩下兩個名額。

南舟退出空氣泡後，目光便對準了兩個還未開啟的等候室。下一個許願的人，會是誰？他也很好奇，誰的手速那樣快，選擇了最後一名。

第五扇門彷彿碾著人心一樣，吱吱嘎嘎地打開了。

麥丁森先生邁出了門檻，看到那一頭的金髮，李銀航略開心地一握拳，第五位是他，那第六位就是陳夙峰！再怎麼說，他們也有人保底了！

陳夙峰肯選最後一位，說明他的確穩重了不少。陳夙峰知道，李銀航

245

想要復活所有死去的玩家，所以她一定會靠前許願。等她許了願，虞哥就能回來，這樣一來，他的願望就只剩下了「復活哥哥陳夙夜」，這是一個附加條件。所以，他在第一時間搶占了末位、確保之前所有人的願望不出問題後，才肯謹慎地許下自己的願望。

他雖然年輕，已經先後從哥哥和虞退思的死亡上，習得了沉穩和盤算。陳夙峰盤腿坐在地上，交握著汗津津的雙手，充滿希望地醞釀著自己的願望，要怎麼才能完整無缺地帶回哥哥？高維人是否擁有哥哥還活著時的存檔呢？

誰想，外界久久沒有傳來任何聲息，久到讓陳夙峰抬起頭來，滿懷詫異地看向了封閉的四面牆壁……外面發生了什麼事？麥丁森先生為什麼一直不說話？

此時的麥丁森先生，面對著許願臺上僅剩的兩根蠟燭，佇立良久，不發一言。

他的左手搭在檯面上，一敲一敲，震得桌上的瘦弱的燈火搖落，兩根蠟燭眼看就要燃到盡頭。

李銀航被他的小動作看得無端火大，「……」幹什麼呢？

可她強制按捺下了心中的躁鬱，並不想打擾麥丁森先生的思考進程。他要復活他的一雙子女，這在《猴爪》的故事裡，也是相當困難的，誰也不能保證高維人跨越時空，為他帶回來的是怎樣的一雙兒女，麥丁森先生有權進行深思熟慮。

可等著等著，李銀航又覺得不對勁了。她之前許的願望，也包括了「死人復生」的內容，儘管不算盡善盡美，但再怎麼說，也能有一點參考價值吧？他用得著思考這麼久嗎？

李銀航往空氣泡的方向靠近了幾步，踮腳張望，情況未明，她也沒有在第一時間輕舉妄動。

他們之所以在許願完畢後，第一時間內離開空氣泡，就是怕自己的某個動作過大，掀起一點風，不慎吹熄了自己或是旁人的蠟燭，導致自己的

願望全盤作廢。

再說，麥丁森先生的心願可是復活自己的兒女，這難得的機會，他們如果過分催促，未免不近人情。可蠟燭的燃燒時間畢竟有限，如果他這樣延宕下去，陳夙峰又該怎麼許願？

李銀航替他焦躁萬分時，等候室內的陳夙峰早已起身，他判斷了許願臺的方位，撫摸著朝向許願臺的那面牆壁，試圖尋出那扇隱形的門和牆壁的接縫。陳夙峰知道這是無用功，但他可以通過這樣的動作，試圖分散自己的注意力。

良久過後，麥丁森終於開口了，有些奇怪的是，明明精通中文的他，是用拉丁語許的願，不過這也不算特別奇特，人在要精確表達時，往往是會採用自己更熟悉的語言的。

若是換高中時的叛逆版陳夙峰，連英語都長年在及格線上下徘徊的他，必然如聞天書。

然而，和虞退思住到一起後，為了生活，他必須要以五花八門的方式掙錢。可巧，陳夙峰在網上接過人工翻譯的單子，曾嘗試自學過一段時間的拉丁語……因為每篇拉丁語單子的單位價格更高。

陳夙峰的拉丁語水準其實非常一般，頂多停留在「勉強看懂」和「勉強能聽」。可是，陳夙峰聽出，麥丁森先生的表達也非常初級……這並不是他擅長的語言啊。

他有口難言，只能凝神細聽，拾起早被自己荒廢了一段時日的拉丁語記憶。

不大嫺熟地報出一長串的前提後，麥丁森吸了一口長氣。

「我的願望是李小姐的願望延伸……」

這句話，他是用英語講的，但正式許願的內容，他還是用了拉丁語，因為他只會拉丁語中最簡單的詞彙，所以他的語速很慢。

「我希望……以《萬有》……遊戲正式運行後的時間計算……不要讓第十個月後死亡的玩家……活過來。除了他們，玩家都可以活。」

女聲總算是打起了精神，含笑道：「只是增加了部分時間條件限定，和前面的願望沒有本質矛盾。」

「恭喜麥丁森先生許願成功，您的願望會實現的。」

陳凤峰抵在牆上的雙手倏然間僵住了……麥丁森在幹什麼？他剛才，說了什麼？

同一時刻，南舟也在用目光問江舫：他說了什麼？

江舫輕輕搖頭。

江舫是個語言通沒錯，可僅限實際應用，早就沒有國家用拉丁語進行日常的交流溝通了，這是一門只殘存在書頁間的、已死的語言。

既然從江舫這裡得不到答案，南舟便逕直去問當事人。

在麥丁森先生離開許願臺，動作優雅地打算離開空氣泡時，重新進入空氣泡的南舟攔住他，單刀直入：「你許了什麼願望？」

麥丁森對答如流：「希望我的兒女復活啊。」

南舟：「太短了。」

麥丁森：「唔？」

南舟：「你的願望太短了，不像是要許願你的兒女復活。」

麥丁森望著南舟年輕的面容，嘴角含笑。

他想到，自己在遊戲後期，是怎麼為了獲取某個副本的大量積分，設計害死一大批玩家的。

身處等候室的麥丁森把李銀航他們許的願望統統聽入了耳，他不得不放棄了原本要許的到現世發大財的願望。麥丁森不可能讓這些玩家帶著記憶，活著返回現世來找他麻煩。

麥丁森覺得自己已經很克制了，畢竟副本推進到後期時，早已是大浪淘沙，容易死的人早死了，真正死在副本中的人已經很少了。騙「立方舟」自己要復活兒女，也不過是他的計謀罷了，他們有五個人，自己孤身一人，不打些感情牌博得他們的同情，委實很難，尤其是那個最年輕的、姓陳的小男生，望著自己的眼神，可真是共情滿滿啊。

$$F_1 = F_2 = G \frac{m_1 \times m_2}{r^2}$$

麥丁森回過神來，輕聲笑道：「我的語言是這樣的，可以用很精煉的形式表達精確的內容。您放心，我的願望和你們沒有太大關係。」他用手比劃了一下，「而且，只是一個無關緊要的，小小的心願罷了。」

說罷，麥丁森先生笑著對南舟點一點頭，從南舟右肩繞過，便要向外走去。

誰想，下一瞬，麥丁森的臉頰就發出了一聲讓人骨刺牙痠的悶響，從等候室衝出的 6 號陳夙峰一拳砸中了他的下巴。

麥丁森吃痛，身體往後一跌，仰面倒去，眼看後腦杓就要砸翻許願臺，一側的南舟抬腳一勾，托住了麥丁森的後背，再狠狠照他脊骨一踹，麥丁森先生頓時像一團狼狽的垃圾一樣，朝空氣泡外橫飛而去！

陳夙峰緊追上去，自後抓住摔得頭破血流的麥丁森的頭髮，將他的腦袋狠狠磕向地面，鮮血四濺！

在極致的沉默中，陳夙峰陷入了極端的瘋狂。他無聲地痛打著麥丁森，拳頭上沾著凝乾的瘀血，他每一拳怒砸下來時，都像是在問，為什麼？你為什麼要這麼做？

麥丁森口唇破裂，面頰腫起，口角接連不斷地淌下黏連的鮮血。事發突然，他連喊也喊不出來，只能用腫得只剩下一條縫隙的眼睛，求助地看向了遠處的蘑菇。

可蘑菇抱著一雙小短手，笑咪咪地看著這一切，他的願望已經實現了。高維人讓他們不痛快的目的也算是達成了一半，麥丁森先生是死是活，又有什麼關係呢？

南舟在他洩憤到一定程度後，從後壓住了陳夙峰的肩膀，指向了許願臺的方向，那裡只剩下一丁蠟燭，在孤獨地燃燒著它僅剩的生命。

——不要打。不管你是出於什麼理由要打他，留給你的許願時間都不夠了。

陳夙峰什麼也沒有說，用發紅的眼睛盯準了南舟，睫毛細細地發著抖，連帶著攥住麥丁森衣領的手也跟著哆嗦不停，喉頭不住發出輕而細的

哽咽，彷彿無聲的哀求。

南舟：「好的，我明白了。」

他半跪下身，從陳夙峰發顫的雙手中，解救出了可憐的麥丁森先生。

麥丁森先生如獲大赦，如同抓住救命稻草一樣，死死地抓住了南舟的衣襟不放。

南舟用雙手溫柔地托住了他的頭顱，用口型無聲詢問麥丁森：你許了什麼願？

麥丁森在疼痛難忍間，還在思考要怎麼應對，就看南舟再次用口型說：算了，我不在乎。

咔嚓一聲，麥丁森的脖子被乾淨俐落地扭轉了120度。

李銀航訝然，「……哎。」

南舟將麥丁森的屍身放下，單膝跪地，看向李銀航，滿不在乎地一聳肩——如果妳的願望能實現，那死在遊戲中的他一定能復活的，對吧。

陳夙峰望著自己的指尖。

他的皮膚原本是乾淨勻健的小麥色，如今指尖上血色盡褪，幾近透明，被火光照得亮堂堂的，殷紅一片。

陳夙峰輕聲問：「麥丁森許的願望，能算數嗎？」

女聲愉悅道：「您好，是算數的。」

陳夙峰的眼中張出細細的血絲，可語調是前所未有的平淡冷靜，質問道：「為什麼？李小姐許願所有人活著，他憑什麼能讓進副本十個月以後的玩家死？」

他抬眼望向天際，像是在進行一場絕望的天問：「這樣隨便改掉前面的人許願的內容，也是可以的嗎？」

李銀航瞬間駭然，等回過味來的時候，她面頰抽搐扭曲兩下，一抬腳狠狠踹在了頸骨碎裂的麥丁森的太陽穴上。

「陳夙峰先生。」女聲禮貌且無情道：「需要我重申一遍規則嗎？『在後來者的願望不與先前願望產生本質衝突的前提下，願望將可成

$$F_1 = F_2 = G \frac{m_1 \times m_2}{r^2}$$

立』。李小姐的願望本質是『希望玩家復活』，麥丁森先生的願望本質是『希望部分玩家不復活』，麥丁森先生的願望只是時間的附加條件，這哪裡有衝突嗎？」

「願望……本質？」陳夙峰輕輕地哦了一聲，「也就是說，我只要用好這個『本質』，哪怕和他願望的本意相悖，我的願望也能達成嗎？」

女聲沒有回答，或許是在計算和思考。

陳夙峰追問：「是嗎？」

女聲高傲地哂笑了一聲，重申道：「陳先生，您的願望，不能和他有本質上的衝突，也即不能否定他的心願本身。」

「除此之外，只要你能，我們就能達成。」

節目組放進麥丁森，本來是想放進一條「鯰魚」，讓這個不擇手段的利己主義者給南舟和江舫他們搞搞亂。沒想到，這混亂著落在了陳夙峰身上，這也不壞。

電車難題，也是高維人最愛看的戲碼。

復活哥哥陳夙夜，和復活虞退思是兩碼事。哥哥陳夙峰死在兩年前的車禍，虞退思死在副本中，二選一，陳夙峰會怎麼做這道選擇題？

南舟對此並不感到多麼緊張，他記得自己和陳夙峰探討過該怎麼許願，只要許願那場造成悲劇的車禍沒有發生，他的哥哥、虞退思，還有虞退思的雙腿都能救回。

當然，倘使陳夙峰這樣許願，因為麥丁森而死亡的其他玩家是必定救不回來了。可禍是麥丁森惹的，陳夙峰也不能直接否定麥丁森的願望，規則如此，就算事後清算，也怪罪不到陳夙峰身上。

陳夙峰久久不言。

他望向蠟燭的眼光，無限接近於永恆，但蠟燭無法帶給他永恆，它已經到了燒盡的邊緣，只剩下一灘鮮紅的蠟淚，和苟延殘喘地留在上頭的一撮焦黑的芯絨。

一明，一滅。

女聲催促他：「蠟燭將滅了，請儘快許願。」

「許個願望吧。」陳夙峰閉上眼睛，耳畔響起的，卻是哥哥陳夙夜輕快爽朗的聲音。

那是他十七歲時的生日，飯店包廂裡的陳夙峰不動，毫不客氣地一指虞退思，「他怎麼在這兒？」

陳夙夜輕拍了他的腦門一記，「又犯渾了不是？」

陳夙峰氣鼓鼓的，「咱爸泉下有知，要是知道你搞這個……這個，不打斷你的腿才怪呢！」

陳夙夜哈地樂了一聲：「你去，今天晚上做夢跟爸告密去。我腿沒了，你也別想好。」

陳夙峰不跟他拌嘴，直眉楞眼地瞪著虞退思，「問你呢！我過生日，你跑來幹什麼？」

鼻梁上架著一副金絲眼鏡的虞退思，挽著襯衫袖子，乾乾淨淨地坐在那裡，聽到這樣不客氣的話，只是平靜地推一推鏡架，答道：「他在這兒、你在這兒，我就在這兒。」

陳夙峰：「……」

這話說得圓融漂亮，讓陳夙峰想發作都找不到理由。

「蛋糕是我買的，蠟燭上邊兒的『17』是你虞哥給你挑的。」陳夙夜一邊拆蛋糕，一邊跟陳夙峰講話：「他就怕你不吃。」

「蠟燭你使勁兒吹，吹不壞。」虞退思適時在旁補充：「努努力，看看能不能吹到天邊去。」

陳夙峰被氣得鼻子都歪了，偏偏陳夙夜大笑起來。

想到這裡，身處天心高臺上的陳夙峰，也在令人沉醉的夜風中靜靜微笑了。

李銀航擔心他受打擊過大，邁入空氣泡，搭上了他的肩。

她不敢把聲音放得太大，唯恐吹得哪口氣過重，吹熄了那搖曳的殘燭燈火，「抓緊許願吧，總能救回來一兩個的，要是這麼拖下去……」

　　陳夙峰並不傻，他睜開眼睛，雙目不挪，凝視那小小的火苗，任由這一團火在他眼中升騰成了一輪灼熱的太陽。

　　是啊，他是要選的。他可以讓車禍不發生，救回兩個人，其他的那些死去的人，關他什麼事？……當然，他也可以只救回一個人，他的思緒又隨著燭火的搖動，回到了之前的某天。

　　那時，虞退思已經重傷，自己則剛照顧他不久。

　　他推虞退思去陽臺上曬太陽，自己去做午飯。等他回來時，虞退思已經在融融的金黃日色中睡著了，膝蓋上攤放著一本照片集，這是他們一起出去玩的時候拍的。

　　腿腳健全、斯斯文文的虞退思，打起壁球來又輕靈又凶悍，斃得自詡運動神經一流的陳夙峰滿地找牙，氣得他那天晚飯都沒吃，對著虞退思磨了一個小時的牙。

　　想到過去幼稚又無聊的自己，陳夙峰無聲地抿了抿嘴，輕手輕腳收起照片。

　　細微的動作惹得虞退思發出了一聲低哼，曚曚曨曨地睜開了眼。

　　每當初醒時，虞退思總會把自己認成陳夙夜，陳夙峰已經做好了被他認錯的準備。然後，他清清楚楚地聽到虞退思帶著一點惺忪的鼻音，叫了他的名字：「夙峰？」

　　這是兩人相處中再平凡不過的一個瞬間了，不旖旎、不浪漫、不曖昧，只是虞退思醒過來後，沒有認錯人，第一個叫了照顧自己的人的名字。陳夙峰的一廂情願，就起源於這個午後。

　　他回過頭，看到暖陽在虞退思的眼裡開出一點光焰，正如他眼前躍動的火光，這團火透過他的眼睛，燃在了他的心裡。

　　從那時，經年的烈火燃燒在他心裡，越升越高。陳夙峰知道那是錯，可心長在他的胸膛裡，他挖不出來，單靠他一個人，要怎麼撲滅這罪惡的滔滔巨焰？

　　哥哥已經死了，他死了……很久很久了。

他和虞退思，兩人不過是再簡單不過的相愛、相戀，日子裡都是恬淡幸福的，沒有經過任何風浪。

和虞退思經歷過真正的磨難、痛楚，乃至生死的，明明是自己。

現在，選擇權捏在自己手上了，他選擇誰、放棄誰，都是情有可原、都是其情可憫。

陳夙峰喃喃道：「我的願望……」

「我希望……」

可他並沒有在第一時間說出口來，從他口中噓出的氣流，惹得將滅的燈火又黯淡縮小了幾分，孱弱的樣子，幾乎給人它已經熄滅的錯覺。

李銀航在旁看著，直替他上火，打算再勸他兩句。

忽然間，陳夙峰回過了頭去。偏在分秒必爭的現在，他問了一個無關緊要的問題：「哎，江哥。」

空氣泡外，被點名的江舫點一點頭，「你說。」

陳夙峰恍惚道：「如果沒有我，剛才在列車上，你會殺掉他的，對吧？」他所說的「他」自然是麥丁森，這是他從剛才起就在思考的問題。

蘑菇就算要故意給他們找麻煩，禁止玩家自相殘殺，他們還有南極星。為求萬全，不管麥丁森如何巧言令色，以情動人，江舫一定會設法殺了這個半路殺出來的麻煩。

他們不殺麥丁森，一部分原因是殺了他後的懲罰不明，但的確有一部分原因，是因為有陳夙峰在。麥丁森所謂「復活親人」的願望，恰好踩在陳夙峰的痛點上。

一念之差，便就這樣放了他一馬。

聽到陳夙峰的問話，江舫似有所感，他猜到了陳夙峰可能會許什麼願望。他沒有點頭，也沒有搖頭，卻往前走了兩步。

陳夙峰想，江舫猜到了，但他也不會來阻止自己。

南舟不大明白，他在人情世故這一節上，終究是缺了些常識。他跟在江舫身後，輕扯了扯他的衣角，用目光詢問出了什麼事。

$$F_1 = F_2 = G\,\frac{m_1 \times m_2}{r^2}$$

　　江舫什麼話也沒有說，只是反手伸出，握住了他的手腕，用指節頂住了他右腕的蝴蝶紋身，輕輕摩挲。

　　殘餘的蠟燭爆出了灼熱的燈花，這是它生命最後的光火了。

　　陳夙峰花了 1 分鐘時間去回想。他這一生，好像從來沒有發揮過什麼作用，他的腦子不大聰明，所以，副本中大多數需要動腦子的環節都是靠著虞哥。

　　要說對「立方舟」有什麼協助，他不過是在「輪盤賭」這個環節上稍稍錦上添花，並沒有提供太大的助力，他那點個人積分，換另外一個人來頂位也無所謂的。

　　在【螞蟻】副本中，他也是單人作戰，不會對其他人造成什麼特殊的影響，有他沒他，都無所謂。

　　甚至，如果不是他在「千人追擊戰」中主動去找「立方舟」結盟，虞退思不會被高維人盯上，不會給他們困難的副本。

　　如果沒有他，江舫不會放過中途上車的變數麥丁森。

　　如果沒有他，哥哥不會為了緩和他和虞退思的關係，帶他們去旅遊，就不會遇上那個疲勞駕駛的司機。

　　發現自己這一生從頭到尾的確沒什麼建樹後，陳夙峰終於安心了。

　　他用一聲靜靜的嘆息，作為了收尾。

　　「我的前提，和許願的南哥、江哥、銀航姐一樣。陳夙峰，XX 地質院三級研究員陳夙夜的弟弟，身分證號為 110105……」

　　他懷著一點解脫的心情，認真地、一字一頓地許下了他的願望：「我希望，陳夙峰在他還在母胎一個月的時候，因流產而死。他從始至終，從來沒有存在在這個世界上。」

　　沒等他身後的李銀航明白這願望究竟代表著什麼，陳夙峰鼓起腮幫子，噗的一聲，輕輕吹熄了蠟燭。

　　願陳夙夜沒有這個弟弟。

　　願虞退思從沒有認識過他。

願哥哥和虞哥百年好合。

願一切經歷過苦難的人，身體健康，長命百歲。

女聲這回沉寂了許久、許久。

陳夙峰的願望，的確和先前任何人的願望都沒有悖逆，因此，他們只能作如是答：「恭喜……陳夙峰先生許願成功。」

「您的願望，會實現的。」

小世界之外，高維人的腦袋都大了。

徹底抹去一個人曾存在於世的一切蹤跡，抹去因果，是一項極其龐大的工程，但這是勝者的心願，規則如此，必須完成。

自此之後，世上再無陳夙峰。他的願望被滿足了後，誰都可以得救，包括死去的麥丁森，除了他自己。

李銀航心中惶恐至極，伸手去抓他的肩膀，「不、不……」

陳夙峰回過頭來，對她笑了一笑。

下一瞬，他在李銀航掌下，化為了一片數據的沙。

他心中的那團火終以死亡作結，凝結成冰。

——哥哥、虞哥，我愛你們。你們不必愛我，因為我從沒活過，我真高興。

陳夙峰陷入了一個永無止境的長夢。

夢裡是他的 17 歲，有兩隻長著白色翅膀的鳥結伴從他的窗前飛過，牠們是那樣溫存、那樣美好，不知道有人曾多麼羨慕地望著牠們的身影，卻始終不允許自己去追逐牠們的腳步。

許願臺消失了。天心廣場上唯一的光源也消失了，滔滔如流水的黑暗攪住了天上地下的每個玩家。

南舟能感覺到，自己思想中的一隅在被修改、調整，發出無聲的爆

裂，可他無能為力。

地球這一廢棄副本上誕生出的嶄新的生命芽苗，早已超出高維的控制許可權。

他們並不能強制對地球上的生物施加影響，就連《萬有引力》的遊戲，也只是利用了原有的遊戲平臺進行了高強度的系統優化。

但有一種情況除外——和當初南舟用記憶換回江舫一樣，陳夙峰向高維人全盤開放了自己的「授權」。一旦獲得授權，高維人對陳夙峰的操控許可權就瞬間提升到了頂格。

既然要完成陳夙峰「從來不存在」的心願，也連帶開放了其他人有關陳夙峰的記憶。不同於祖母悖論，他不是自己穿越回去殺死自己，要殺死的人也只有自己。

用便於理解的概念來解釋，陳夙峰甘願從真人變為了高維人的遊戲角色，從歷史的檔位中，刪除了屬於自己的那一份人生檔案。

從他刪檔後，歷史便開始了漫長的自我修復和重整。但這實際上也只發生在一瞬間，因為過去的修正，也只在過去完成。

南舟撫上了自己的手腕，摸上了刺青蝴蝶的翅膀。

陳夙峰是一個普通的小人物，一隻再孱弱不過的小蝴蝶，單憑他的雙翼，能搧起多大的風暴呢？

南舟並不知道，因為陳夙峰實在很少講起他自己。

南舟只記得，陳夙峰講過，陳夙夜和虞退思相戀，是因為地質院要打一個勞動爭議的官司，恰好和虞退思的事務所對接上。

陳夙夜和虞退思的相戀，與年輕的陳夙峰無干。但他們的一死一殘，在陳夙峰看來，卻和他息息相關——如果不是他不接受虞退思，陳夙夜根本不會策劃這場關係破冰的旅行，不會遇到疲勞駕駛的司機，更不會有慘劇的發生。

隨著陳夙峰的離去，這段過往也會被抹去吧。

沒有糟糕的旅行、沒有車禍、沒有他這個討厭又幼稚的弟弟。陳夙夜

會和虞退思順利地同居，住在寬敞的房子裡，溫柔地親吻、做愛。

當然，意外和明天永遠不知道哪個先來。誰也不知道他的哥哥陳夙夜是不是命中必有此一劫，但陳夙峰願意為哥哥、他的虞哥，還有因為麥丁森的願望而死的玩家去做這一場豪賭。

就像他在「斗轉」中對自己的腦袋毫不猶豫地扣下扳機。

恐怕在陳夙峰那裡，「倘若沒有自己」這件事，早被他翻來覆去想了許多次。

沒有自己的話，哥哥不會死、虞退思不會殘廢。

陳夙峰不會因為和虞退思在一起，而讓兩人同時被拉入遊戲——高維人說不定只是想抓他一個人而已。

虞退思也不會因為陳夙峰沒和他商量、主動湊上去，表露出要和「立方舟」結盟的意圖而被高維人盯上，死在高難度的副本中。

哪怕在搭檔死亡、他試圖來找「立方舟」時，陳夙峰也還是不認為自己有任何貢獻。當時，「立方舟」已經有了元明清加盟，積分扶搖直上。

要不是高維人不死心，強逼曲金沙加入「如夢」，遊戲早該在那時候就進入決賽局了。

「立方舟」在「斗轉」翻弄風雲，占據了絕對優勢後，才在「國王遊戲」環節拉他進隊。

陳夙峰心裡很明白，「立方舟」肯收容他，一是因為當初「千人追擊戰」時曾承諾給他一個席位；二是因為，他們不希望最後「立方舟」的人數是「4」，給高維人讓他們 2V2 自相殘殺定勝負的機會。

「斗轉」賭場之中，陳夙峰唯一能稱得上貢獻的，就是在「俄羅斯輪盤賭」環節悍不畏死，用氣勢活活嚇退了對方，可在慣性自卑的陳夙峰看來，這根本沒有什麼。

即使在最後的「螞蟻」篇章，他為「立方舟」團體做出的貢獻，對他而言，也只是普通的「信任」而已。

從頭到尾，都是陳夙峰自己不肯放過陳夙峰。

　　表現就是，他居然能把那個垃圾人麥丁森成功許願的源頭也怪在自己頭上。他心裡的病真的很重，這沉屙頑固，一病經年，終於讓他用最極端的方式殺死了他自己。

　　南舟與陳夙峰有關的最後一個念頭是：如果陳夙峰從未存在過，那他許的願望，豈不是也不該存在？

　　……這也是南舟最後一次想起「陳夙峰」這個名字。

　　籠罩在他們眼前的黑暗不知持續了多久，才緩緩亮起一豆明光。

　　光芒越聚越濃，終至破曉。

　　高臺上不見了麥丁森的屍體，彷彿自始至終，這裡都只有五個人。

　　一個陌生高姚的男人站在了他們面前。

　　他是很溫柔多情的長相，斯文爾雅，生得非常好，腦袋上扣著一頂儒雅的風帽，和……是完全不同風格的人……和誰呢？

　　「你……」

　　新的記憶湧入腦中，自動更新後，李銀航脫口喚出了他的名字：「……陳……夙夜？」

　　她幾乎咬到了自己的舌頭，並疑心自己叫錯了人名。

　　此時，空氣泡、許願臺和等候室均已消失，他們也成功恢復了溝通交流的能力。

　　陳夙夜正望著虛空中的某處發呆，聽到這一聲呼喚，陡然一愣，轉向了他們，「嗯？」

　　南舟看著這個人，與他相關的記憶慢慢被喚醒。

　　陳夙夜從第一個副本就和他們相遇，那時，他的隊伍名字叫做「南山」，因為這是他和愛人第一次見面的咖啡廳的名字。他的同性戀人並沒有和他一起進入遊戲，因為陳夙夜先生是在上班的途中被那股奇異的力量

帶入異空間的。

陳夙夜在遊戲中找了一個搭檔，組了一個雙人隊。他在攻略副本的過程中性格偏於穩重，穩紮穩打，因此表現一直不慍不火，排名不算太靠前，但他因為為人良善，處事熨貼，和「立方舟」的關係一直不錯。在「千人追擊戰」中，他也是少有的出言支持「立方舟」的玩家之一。

在搭檔意外死在副本中後，他就一直獨來獨往，沒再找過旁人。後來，在結束「斗轉」之戰後，「立方舟」找到了他，拉他入隊，來填補單人的空隙。

陳夙夜雖然穩重，但該他承擔的時候，他也扛得起來，不會推三阻四，他同意入隊。

陳夙夜在最後【螞蟻】篇章的單人環節中，在東躲西藏中翻閱筆記，推測出或許向邪神獻祭自己才是最佳策略。但因為個性求穩，他還是把時間拖到了靠後的位置，被隊友擒抓後，才有條不紊地將自己獻祭，順利過關，搭上列車後，察覺到麥丁森這人出現得蹊蹺，陳夙夜也在最大限度上體現了他的穩重。

「弄死挺好。」他略狡黠輕快地一眨眼睛，「省得出問題。」

終於，他和「立方舟」一起，站在了高臺之上。

和南舟他們一起同步回顧了新角色「陳夙夜」後，高維演播室內噓聲一片，大失所望。

他們本來認為，重新修正歷史過後，或許出現在高臺上的不會是「立方舟」，畢竟修改過往會造成的影響可想而知。

可惜，陳夙峰這隻蝴蝶真的太小太小了。他從沒有做什麼驚世駭俗的事情，連抹去他整個人的存在，也都不會對歷史的走向產生太大的動搖……這不僅讓麥丁森的願望落了空，居然還白送給了他們一個願望。

與此同時。

南舟注視著陳夙夜溫柔的下垂眼，「你許的願望……」

「啊……」陳夙夜摸摸帽子邊緣，爽朗自嘲地輕笑一聲，「是有點蠢

$$F_1 = F_2 = G\frac{m_1 \times m_2}{r^2}$$

吧。」他說：「我這輩子挺幸福的，也沒什麼想要的。」

這話是實話，陳夙夜從小優秀出挑，除了在學術上，並沒有太大的野心，他生平所求，唯一個安心而已。

他平靜道：「我這個人性格就這樣，總是想著穩妥最好。你們的願望已經夠了，我就不再畫蛇添足了，就許一個我和我的愛人平安喜樂，白頭到老的願望吧……這樣最好。」

陳夙夜沒有說，其實他這輩子，還是有過一點痛苦和遺憾的，那源於一個在母親腹中夭亡、從未出生過的孩子。他一直想要有個妹妹，或是有個弟弟也不壞，只是，他距離那個孩子已經過於遙遠。

他無法確定這個孩子是什麼樣的，連是男是女也不知曉，他也不能單方面做主，把他帶到這個世界上。童年的幼稚的遺憾，是不適宜在決定人類命運和未來的重大關口，將之宣之於口的。

他只好掩去心中那一絲失落，笑道：「穩當一些，比什麼都好。」

南舟望著他，「你和他……」

他想到，他這個樣子，和某個狂熱激烈的賭徒完全不同……明明是那麼相似的一雙眼睛。

但他無論如何也想不起另一雙眼睛的主人了。

小王子，你以後願意跟你的
騎士去周遊世界嗎？

在南舟回想那雙眼睛應該屬於誰時，一個深沉又冷淡的聲音，在所有玩家耳畔轟然鳴響。

「五位玩家許願結束。」

「《萬有引力》遊戲至此終結。」

「感謝這些日子的陪伴，祝願各位晚安。」

「有緣，再會。」

這宛如公園散場一樣的提示音過後，李銀航眼前一暗，一股巨大的暈眩感撲面而來。

她彷彿陷入了一場宏大的長夢，夢裡血火交織，海水翻湧，但她定睛想要看清時，一切又都化為了曚曨暗流，構築出一個疊加了煙霧濾鏡的新世界來。

李銀航有種預感，她可以出去了。

可她還沒來得及跟南舟他們道別，她還沒有問一問，她許的願望到底有沒有問題？

待她再睜開眼時，再度映入眼簾的一切，讓她一時回不過神來。

四周暮色四合，身邊人面孔不同、膚色不同，月色將每張生動的面孔都勾勒得光影分明。

李銀航正坐在一個塑膠座椅的卡位上，因為坐得不穩，從剛才起，她就一直靠在一位年輕姐姐的肩膀上酣睡……

C 城體育場……她回來了，她還記得、她還有記憶！

由於受到了過度的驚嚇，李銀航失卻了語言能力，只是呆呆地坐著。

在她睜開眼睛時，數萬人同時甦醒過來，數萬人一起發呆的場面，堪稱壯觀。身側的每一雙眼睛，都和她一樣茫然。

不知道是誰發了一聲喊，有一半人都轟然站起身來。

一部分爭先恐後地向出口方向湧去，一部分四下喚著自己的熟人，聲音淒厲尖銳，聲震萬里。但也有相當一部分人，只在最開始混亂了一番，屁股將將離開了座椅，但很快就坐了回去。

$$F_1 = F_2 = G \frac{m_1 \times m_2}{r^2}$$

　　經歷過生死，能活下來的人，至少知道什麼時候應該鎮定，哪怕是假作鎮定也好，他們沒有必要去增加踩踏的風險。

　　李銀航看到有人匆忙地站起來組織紀律，她依稀辨認出，其中一個距離自己最近的身影是賀銀川，可她說不好現在是什麼心情。

　　她獨自坐在人群中，垂著頭，試圖用時間來消化這眼前發生的一切。

　　直到一隻手輕輕在她右肩擊了一掌，一個緊張中帶著一點羞怯的聲音，期期艾艾地在她耳畔響起：「這裡，人……真多，是不是？」

　　相較於 C 城體育場的一片躁動，坐在某城商場天臺邊緣的南舟眨了眨眼睛，在微涼的晚風吹拂中，望向了遠方的一片黯淡的霓虹燈彩。

　　他旁邊是一塊不亮燈的看板，上面是一幅耳機廣告的海報。南舟看了一眼，發現廣告主人公沒有江舫好看，也沒有自己好看，便挪開了視線。

　　海報中的人物帶著陶醉的笑容，彷彿能聽到全世界的天籟之聲，但對南舟來說，這世界好大，也好空。

　　習慣了身在副本中的南舟，第一次發現自己看不到某個世界的邊際……可是，他要去哪裡找江舫呢？

　　直到現在，南舟這才發現，自己許的願望是自己以合理的方式變成人，並沒有強調要和他們一起出現在 C 城體育場，所以他們把自己單拎了出來，扔到了這世界的某個角落——高維人，真討厭。

　　一個鐘頭後，南舟被抓到了警察局，因為自殺未遂，外加毀壞公物。

　　失蹤事件發生的七天來，人們人心惶惶，相當多的人因為親人朋友的莫名失蹤痛苦萬分。

　　為避免有心理脆弱的人一時糊塗，把路走窄了，當地政府每天都會組織人手，在高樓、水庫等地附近進行巡查。

　　南舟就是被一個紅袖標大爺巡夜的時候發現的。那時候，他半個身子

懸空在十五層高樓外，側著腳面，踩著僅有五寸寬的外飾鋼架，在吱呀吱呀的細響中，拿著從天臺角落裡找到的小半瓶黑色噴漆，往耳機海報上的明星臉上噴字。

他剛噴了第一個字，就被一道掃來的手電筒光晃到了眼。

大爺出現在了天臺邊緣……懷裡抱著一個西瓜。

南舟滿臉狐疑，他看了大爺一眼，繼續專心致志破壞公物。

大爺試探著走到他身前，踮起腳，略吃力地搬起那個大西瓜，朝著樓下狠狠一摔。

南舟停止了搞破壞的手，愣住了。

「小夥子。」大爺抬著頭，誠懇勸慰道：「你看，你要真摔下去，就會變成這樣。」

南舟拿著噴漆罐，望著底下散落一地的鮮紅瓜瓤，「……嗯？」

大爺也不敢拿手電筒去晃南舟的眼睛，一臉憨厚道：「小夥子，還想跳不？」

接下來，從來沒想跳樓的南舟盛情難卻，被大爺拉上了一輛雙排的老年代步車。

把南舟安頓好後，大爺舉著手機，多角度拍攝南舟的破壞現場取證。坐在副駕駛座的南舟嗅到了一絲淡淡的清香，他回頭看去，發現後駕駛座上堆著十來個用細網兜住的西瓜。也不知道大爺靠這樸實的西瓜救援法，將多少想要跳樓輕生的人從死亡邊緣拉了回來。

被大爺一路領到附近的警局時，通過讀取虹膜，南舟在掃描器上看到了自己的身分 ID。他好奇地歪一歪頭，和照片裡的自己對視，想要伸手去觸摸，可惜那頭像一閃即逝。

這就是自己的身分……嗎？

因為失蹤的都是年富力強的壯勞力，為保證維穩系統還能正常運轉，已退休的老警員也被返聘了回來。

戴著玳瑁老花鏡的老警員，捧著一茶缸熱水，在休息室門外打量著這

$$F_1 = F_2 = G \frac{m_1 \times m_2}{r^2}$$

個漂亮到有點非人感的年輕人。

外間沒來得及關閉的廣播裡，還在沙沙地播放著晚間播報。

「中央人民廣播電臺。」

「中央人民廣播電臺。」

「現在開始每日例行播報。」

「請全體居家的人民群眾，如有用水、用電、用氣、醫療、心理輔導等生活需求，可向各鄉鎮人民政府、各街道辦事處、村委會、居委會、派出所撥打電話，也可統一撥打市長服務熱線 12345，我們會根據您的區域位置資訊儘快調度派單。」

「請全體同胞，如有如上需求，可就近向特區行政機構、特區聯絡辦、市、縣、鄉、社區、裡村等派出機構求助，或統一撥打……」

「黨員及人民軍隊將始終保持先進性，衝鋒在前，替民分憂，不忘初心，牢記使命。」

「我們必將克服時艱，盼得親人的歸來。」

南舟豎著耳朵聽了很久，直到老警員和巡視員交涉歸來。

老警員沒有坐到南舟對面，把一杯熱水放到他面前，自己拉了一張椅子，坐到他身側，打量了兩眼，抿了一口熱茶，操著一口偏軟的腔調，批評道：「年紀輕輕，這麼好的一張皮相，幹麼要死啦。」

南舟坐在柔軟的轉椅上，雙手扶膝，坐得筆直，「我沒有要死。」

老警員舉著手機上的照片，不相信道：「人家都給你拍下來啦。」

南舟看著照片上一副尋死相的自己，堅持道：「我在找人。」

聞言，老警員枯橘皮一樣的面容輕動了動，在手機上滑了兩下，看到了南舟搞破壞的實跡，「你要找的人，姓江？」

南舟點頭，「嗯。」

老警員咳了一聲，往前拉了拉椅子，這些天，他見多了為找親友心急如焚，什麼出格的事兒都肯做的人。

他寬慰南舟道：「別做傻事，人總會回來的。要是知道你尋死覓活

的，笑不笑話你啊。」

南舟非常老實：「嗯。笑話的。」他又補充了一句：「而且人已經回來了。」

老警官略憐憫地看他一眼，這孩子怕是鑽了牛角尖，都快魔障了。

他熟絡地在南舟的肩膀拍了兩下，感受到了極有彈性的肌肉，謔了一聲，又說：「行了，準備準備，可能要交一下罰款。」

南舟：「……」

警官覷了他一眼，「現在雖說是亂了，可規矩也沒壞。小夥子，你就盼著那張海報不貴吧。」

他打了幾通電話，聯繫了那棟商廈的負責人，輾轉了幾手，聯絡到了廣告商，告知了他們海報被損毀的事情，並試圖諮價。

掛了電話後，老警員舒了一口氣，勸戒道：「人家說不追究，可小夥子，你這行為也不漂亮，以後可不能這麼幹了，這是違反治安管理法的你曉得吧。」

南舟似懂非懂。

老警員低頭，「留個聯繫方式。」

南舟誠實道：「我沒有聯繫方式。」

老警員：「……你家人的聯繫方式？」

南舟：「我家人現在找不到。」

老警員：「……」得了，還是再觀察觀察吧，免得貿然離開這裡，這傻孩子一拍屁股，又跑去哪裡鬧自殺了。

他把筆帽一合，「那先寫個 500 字檢討書吧。」

南舟一臉問號地愣住。

老警員給他拿了紙筆，放在眼前，看到他正對著一張白紙，端端正正地在題頭位置寫上了「檢討書」三字，微微嘆了一口氣……和他女兒差不多大的小孩兒啊。

他第一個女兒沒了，後來……又丟了一個女兒。想到這裡，老警員一

股惻隱之情油然而生，他走到南舟身後，「吃晚飯了沒？」

南舟：「沒有。」

加上在【螞蟻】副本裡的單人線加雙人線，他該有三十多個小時水米未進了。

老警員：「叔這裡有速食麵，吃一口？」

南舟乖乖地：「嗯。」

老警員嘆了一聲，這麼聽話的小子，一時想不開，要是真有個三長兩短，多可惜。他端著茶杯，轉身欲走時，就聽南舟問：「Ｃ城在哪裡？」

「喲，怎麼著都一千多公里外吧。」老警員回頭問他：「還有親戚在Ｃ城那邊？」

南舟「啊」了一聲，對這個距離概念頗覺模糊，他埋頭想了一會兒，倦意卻漸漸來襲。

南舟抬頭，禮貌道：「我睏了。叔叔，我可以在這裡睡一會兒嗎？醒了我再寫。」

老警員瞧著他漂亮的臉蛋，疼愛之心水漲船高，「吃完再睡。」

Ｃ城的工人體育場中，混亂漸息。

因為最近發生的連環失蹤事件，體育場內原先預定的演唱會和相關賽事都取消了，出入口的自動捲閘門都落下了，還從外頭掛上了大鎖，把他們牢牢封死在了體育場內。

所有玩家歷經死後逢生，當然都歸心似箭。見一時出不去，手機沒丟棄的玩家，第一件事便是掏出自己的手機聯絡家人，糟糕的是，偏偏這附近設有一個信號遮罩基站，所有移動設備的信號格都是空空如也。

在經歷過最初的躁動後，大家也都漸漸安分了下來。

他們來自天南海北，就算這麼衝出去，也不能馬上買到車票回家。

在宣洩的罵街聲之外，大多數聲音都在激動地互相詢問：「我們真的回來了嗎？」

「他們……就這麼放我們回來了？」

「那些……那些東西，會不會以後再來？」

易水歌翹著二郎腿，評價道：「還挺狡猾。」

他身側的謝相玉難得贊同他的說法：「拙劣的手段。」

當陳夙夜許願後，不到 3 分鐘，身處信號塔高處的易水歌便覺眼前一黑。高維人將所有玩家弄暈，沒有給他們任何心理準備，就把他們扔了回來，而不是有條不紊地處理好一切，再把他們送回。恐怕，他們就是要利用這樣突如其來的落差，在玩家心中人為製造出不安和疑竇。

他們是否還在遊戲中？高維人是否會捲土重來？他們是不是永遠被困在了一個模擬的副本裡卻不自知？這種反覆不定的疑忌，足以把精神意志力不強的人逼瘋。

當然，易水歌除外。他相當看得開，高維人再怎樣被「立方舟」他們愚弄，也始終佔據著優勢，這也是他們傲慢的資本，誰會和一個遊戲裡的「螞蟻」們計較？

不過，高維人也有小心眼的權利，說不準就違背了「立方舟」許的心願，把他們丟入了一個虛擬的世界，讓他們以為自己回到了地球。可是，那又怎麼樣呢？人生本身，不就是一個漫長、無聊、偶有起伏的副本嗎？

易水歌餘光一瞥，與距離他十數步開外、十一點鐘方向的一個男人對上了眼神。

易水歌一挑眉毛，無比熱情地衝他揮了揮手。那人悚然一驚，收回視線，倉促回頭，後頸處的一叢毛髮都炸了起來。

謝相玉好奇：「熟人？」

易水歌：「這倒不是，一個強姦犯。」

謝相玉：「……嗯？」

易水歌輕鬆道：「被我宰過一次。」

$$F_1 = F_2 = G\ \frac{m_1 \times m_2}{r^2}$$

謝相玉冷哼：「哦，原來是你的同類。」

易水歌臉不紅心不跳，「嗨，我們兩個怎麼也算是和姦吧。」

謝相玉啐了他一口。

易水歌笑著，低頭去翻自己的口袋。

謝相玉大腿根部一痠，本能地收縮了臀部，往旁側一挪，色屬內荏地怒吼：「你要做什麼？！」

每當他露出這種表情，就是要拿什麼喪天良的東西來調理他了。可在看清他掌心攤放的東西後，謝相玉面頰一紅。

「我的地址在 S 城高新區的玉馨家園，2 號樓 3 棟 801 室，我自己全款買的，跟你大學離得也不遠。」易水歌說：「喏，備用鑰匙。週一到週日，什麼時候想我了，來看看我。我看你也行。」

為了掩飾自己此地無銀的尷尬，謝相玉罵了一聲：「誰會想你？」

易水歌抬手，大方地拍了拍他的尾椎骨。

一股電流從尾椎骨直通到後頸，酥得他腿都軟了，謝相玉下意識地脫口而出：「你老實點！我他媽報警你信不信？！」說完後，他搧自己一巴掌的心都有了。

「有這種意識最好。」易水歌笑道：「以後要繼續培養這麼良好的法治意識啊。」

在兩人調笑著拌嘴時，小型的衝突不斷爆發。

在發現一時半刻離不開體育場後，很多人開始翻副本中的舊帳了。儘管有人自發維持秩序，但體育館面積廣大，也做不到面面俱到。

東側看臺上，一個外國人正在被一群同樣是高鼻深目的外國人擒住衣領痛毆。可同樣得罪了大票遊戲內的犯罪分子的易水歌，就這麼端端正正地坐在這裡，硬是沒人敢湊上來尋他晦氣。

謝相玉開始東張西望，易水歌問他：「看什麼呢？」

謝相玉：「你看到南舟和江舫了嗎？」

他對南舟還是有那麼一點執念的，副本中也應該有不少人想要感謝他

們。可他觀望了許久，卻沒辦法從這麼多張面孔中準確地找出那兩人來。

「我剛才看到李銀航和一個男的在一起。」易水歌撐住下巴，「江舫和南舟不在她身邊。」

謝相玉：「那……」

易水歌笑笑，無所謂地一聳肩，「有緣自然會遇見的，是不是？」

這一片突如其來的聒噪，自然吸引了居住在體育場周邊的居民的注意，有人撥打了應急電話投訴。

負責看守體育場的人打著哈欠，用指紋開啟了中控系統，打開了體育場封閉起來的雙重門鎖，前來查探情況。

吱嘎——吱嘎——聽到四道捲閘門同時上捲的聲響，倏然間，體育場內變得寂靜一片。

老人提著巨大的發電式手電筒，蹣跚著走進來，隨手摁亮了體育場的應急大燈。

噔——燈絲嗚嗚地燃燒起來，熾白熱烈的燈光，宛如太陽，將灼人的光芒澆到了每一個人身上。

一隻飛蛾尋光而來，落在了大燈的邊緣。

老人瞇縫著眼睛，看清楚了這坐滿了體育場的數萬人。他手中的手電筒掉落在地，張了張嘴巴，發出了一聲喟嘆：「天哪——」

清晨時分，老警員接到了一通上級的電話，詢問是否有一個叫「南舟」的人留在警局。

確認南舟還在後，上級便讓他找兩個幫手，把警局後的籃球場清空，把籃球架挪開。

老警員不解其意，但還是照著做了。

大約一小時後，一架直升機旋開一地的塵灰，轟然降落在了籃球場的

$F_1 = F_2 = G \dfrac{m_1 \times m_2}{r^2}$

半場。緊跟著，第二架也降了下來。

這樣壯觀的場景，老警員只在電影裡見過，險些把眼珠子瞪出來。

兩隊身著軍裝的軍人，從直升機上魚貫而下，打頭的正是賀銀川。

他對一頭霧水的老警員敬了個禮，一身的風塵僕僕，「勞駕，請問，南舟在哪裡？我們檢測到了他的身分 ID 在這裡使用過。」

老警員望了一眼他身後兩隊軍容嚴整的軍人，抹了抹額頭上沁出的冷汗，想到了那個和衣睡在休息室裡的漂亮青年，試探著提問：「他是通緝犯嗎？」

「不。他是⋯⋯」賀銀川想了想，認真作答：「是英雄。」

南舟身上罩著老警官的薄外套，躺在用數張椅子拼起的臨時床鋪上，睡得鼻尖微微沁汗。朦朧中，有隻手搭上了他的肩膀。

南舟雙眼還在交睫中，體內的應急機制乍然啟動，他慣性地在黑暗中擒住對方手腕，雙指下扣微壓，要用巧勁卸下對方手腕。

對方卻也不是等閒之輩，察覺情勢有異，一腳飛起，嘩啦啦踢翻了他腰身往下的兩張椅子。

南舟腰力奇好，並不像常人一樣側身滾動躲避，單腳踢凳借力，高高彈起，雙腿微分，絞住來人頸部，鷂子一樣輕靈地翻跳到他頸上，狠狠一甩⋯⋯跳、絞、甩、倒，在一秒內一氣呵成。這早就是南舟的肌肉記憶了，他在《永晝》裡，就是這樣活下來的。

在肌肉甦醒後幾秒，小豹子一樣蹲踞在一片狼藉中的南舟才成功睜開眼睛⋯⋯他向來不擅長在睡眠後快速整理思路。他先看到了被他摔倒的賀銀川，再看到了屋裡環繞著他、軍容嚴整的兩隊軍人，最後看到站在休息室門口，滿面惑然地望著他們的老警員。

南舟放開手來，睏頓地望著他們，心中疑惑⋯⋯好多人。

賀銀川甩了甩手，「呵。」

他的手腕正以一個不大正常的角度翻折著。

南舟呆了一下，意識到自己似乎惹了禍，「⋯⋯啊。」

賀銀川急忙解釋：「沒事兒、沒事兒，我習慣性脫臼。嗨，早些年不大愛惜身體，給自己造成這德行了，跟你沒關係哈。」為了表示沒事，他動作異常麻利，咔地一下把自己的手腕接了回去。

南舟看向其他軍人，他們也在靜靜打量自己，氣氛一時凝滯。

忽然，一曲慷慨激昂的《本草綱目》rap 在寂靜狹窄的休息室內炸響。南舟保持著面無表情的樣子，被嚇了一跳。

老警員愣了愣，四下裡望了望，才發現那嗡嗡的震動和洪亮的鈴音來自自己褲袋裡的手機。他手忙腳亂地掏出手機，來不及細看來電者，便急匆匆掛了電話。

掛斷電話後，老警員略抱歉地對他們點了點頭，把手機塞回原處。

誰想，不到 10 秒鐘，鈴聲再次響起。他「嘿」了一聲，重新掏出手機，可這一眼望去，他就挪不開眼了，螢幕上一明一滅的名字，活活把他變成了一具泥雕木塑，老警員也不知道自己是怎麼按下接通按鍵的。

「……喂？」

電話那邊聒噪得緊，每一個聲音都在重複著同樣無意義的「喂喂喂」，摻雜著激動的哭叫和呼告。

電話那邊的人輕聲說了一句話，似乎是怕嚇著他，可是，那聲音被無數歡喜的聲音淹沒了。

「媽媽、媽媽……我回來了，我要回家，我……嗚……我想吃妳做的醬湯……」

「是我，嗯，我回來了，我在 C 城，女兒也在我身邊……好好的，我們都好好的。」

「慧君！到我這裡來！！我在這兒！」

「老大！老大你在哪兒？……我們在哪兒？」

眾聲鼎沸，這逼得電話那邊的人不得不提高了聲調：「爸，我！」

這下，就連南舟都聽到了。李銀航滿懷喜悅的聲音透過信號從千里之外傳送而來：「我，小銀行！」

$$F_1 = F_2 = G \frac{m_1 \times m_2}{r^2}$$

遮罩信號的基站關閉後，每個人都在撥打電話，都在盡力抬高聲調，好將自己的喜悅無盡放大。

李銀航已經在第一時間聯繫過了母親，結果母親受到的情緒衝擊太大，她本來想緩一緩，再跟爸爸講。兩老年紀都大了，經不起這大悲大喜的衝擊，可是周遭的喜悅是會傳染人的，她等不及。

老警官舉著手機的手微顫了顫，皺縮的眼角潤濕了，他的小銀行，戶籍都是他親手辦的小銀行。但很快，多年從警的經驗，讓他迅速冷靜了下來，並穩準狠地抓住了重點：「剛才我聽到有人講，妳在哪邊？」他頓了頓，看向了南舟，「……C城？」

另一邊，賀銀川也沒跟南舟含糊：「怎麼樣，跟我走吧？」

南舟把老警員的外套拎在手裡，仔細地理了理衣邊的皺褶，披在一把還立著的椅子靠背上，「去哪裡？」

賀銀川：「去看江舫。」只用四個字，賀銀川就不費吹灰之力，成功誘拐了一隻紙片人。

臨走前，南舟走到了老警員面前，乖乖提交了昨天自己聽話吃泡麵後擬寫的檢討書。字跡鋒折有力，言辭懇切認真，是可以擺出去做模範檢討書的水準。

老警員看著這個寫檢討也寫得不同凡響的漂亮青年，一時講不出話來，南舟卻有話同他講。

「銀航，她很好。」南舟組織了一番措辭，認真道：「是一個……非常出色的人類。」

攜南舟登機後，賀銀川簡單向他解釋了現況。

江舫的情況和其他人不同。

在半年多前，《萬有引力》爆發出原因不明的事故，全球數百名玩家

陷入昏迷，並先後離世，唯一還活著的人只有江舫。

於是，江舫的身體被有關部門接手，轉入了代號 101 的機密醫院，被各種高精尖醫療器械圍繞，精心照顧，日夜監測，希望他能早日醒來，說明情況。

半年之後，大規模失蹤事件爆發，所有人都懷疑，失蹤事件和當初玩家的異常昏迷和死亡脫不開關係。所以，即使在人手最緊缺的時候，也始終有人在即時觀測江舫的身體狀況。

「他現在已經在醫院醒過來了，但醫生不讓其他人進去看他，也不叫他說話，說要做一個系統檢查再說。」賀銀川說：「我們的目的地就是醫院嘍。」

南舟點了點頭，「體育場……」

賀銀川續道：「小周他們接手了，那裡的情況……也挺複雜。」

南舟用目光傳達出了一個疑惑的「嗯？」

「不是什麼大事。」賀銀川抬手搔一搔側頰，「簡而言之……就是有本來該死掉的人復活了。」

在李銀航的願望裡，復活的對象包含《萬有引力》中內測和正式運行中的所有人類玩家。

「我遇到的人裡，有個叫宋海凝的姑娘，還有個名字很古怪的……啊，對，華偲偲，他們在現實中已經去世了，骨灰葬進陵園，身分 ID 也註銷了。這一樁樁、一件件的，都是麻煩事兒，接下來可有得忙了呢。」

「唔，這樣的話，的確會很忙。」南舟問：「你怎麼不留在那裡？」

賀銀川一聳肩，爽朗笑道：「天塌下來有小周頂著呢，他個兒高。再說，我跟你們怎麼說也是有點交情，讓我來接你，比一個陌生人來，感覺總會好點兒吧。」

南舟也跟著他的稱呼，道：「小周，你的朋友，他的手……」他比劃了一下。

賀銀川愣了一下，自然理解了他想要說什麼，滿開心地一咧嘴。他嘴

$$F_1 = F_2 = G\frac{m_1 \times m_2}{r^2}$$

角翹起來的時候，眼角眉梢一併都是笑著的，「李銀航同學不是說了嗎？要所有玩家都恢復『個人正常生命形態特徵』。若真斷了兩隻手，就不算『正常生命形態特徵』了吧？」

南舟「唔」了一聲，安心不少。他看了看背脊挺直的一隊軍人後，返身看向了窗外。

他們駛入了叢雲之間，千形萬象的浮雲伴著初升不久的日光，彷彿揉碎了億萬個太陽，傾囊遍灑，直往人的眼眸和心裡流去。

賀銀川著意望著他，「問了這麼多，不問問你自己？」

南舟問：「你們帶走我，是需要我幹什麼嗎？」

賀銀川扳了扳手指，「可能……參加一點政治學習，多看一些書，上上課，接受一些測試，然後……」他壓低了聲音：「拿個編制。」講到這裡，他又恢復了自然的講話腔調：「當然。我們第一件事，還是去看他。」

南舟將鼻尖輕輕抵在飛機玻璃上，「我們還要多久能到他身邊？」

賀銀川看了一下錶，「我們這是最先進的軍用直升機，每小時差不多450公里……兩個小時後，怎麼都能到了。」

南舟：「唔。」

賀銀川：「急嗎？」

「不急。」南舟一瞬不瞬地盯著外面，說：「我要記住，把這朵雲講給他聽。」

賀銀川循著他的目光向外看去，發現他們正鑽入一條蜿蜒盤旋的雲柱。彷彿穿越這條憑天之巧手鑄造的雲間隧道，下一刻，他們就能降落到江舫面前。

賀銀川本人天生沒什麼浪漫細胞，他望著這一天一地的雲海，只是想，謔，小周要是在這兒就好了。

　　南舟沒有來過醫院，因此他不知道鮮少有醫院會是這樣寂靜的，一群人的腳步聲磕在地板上，彷彿能在人的靈魂上踏出陣陣回音。

　　在院長的引領下，他們抵達了診療樓的頂層。

　　在這樣的知死方生之地，因為蘊含了太多貪嗔癡怨，愛離別苦，所以連空氣都是冷窒的。儀器細微的滴答聲，電流運轉的嗡嗡聲，構成一曲生命的重低音交響樂。

　　當他們抵達江舫的病房前，江舫的主治醫師也接到護士的通知，從門內走出。

　　賀銀川迎上去，「他怎麼樣？」

　　主治醫師戴著厚重的口罩，壓低聲音，輕聲和賀銀川交換情況。

　　護士只不過一錯眼的工夫，一隻貓就輕捷無聲地溜進了病房。

　　護送了他一路的軍人步子往前邁了一步，思索片刻，卻也沒有出言阻止他。

　　南舟站到了江舫身前，病床上的江舫側過頭來，靜靜望著他。

　　他整個人都白到透明，白到連頸脈和眼白都泛著淡淡的藍。他張了張嘴，指尖微挪，南舟便會意地用指尖去追隨他的，和他食指相抵。

　　江舫笑了，輕聲道：「小王子，你的騎士還是把你帶出來了……以後……你願意跟騎士去周遊世界嗎？」

　　南舟在醫院住下了，但他總感覺，江舫的主治醫師不喜歡他。

　　在他向江舫陳述自己的這一想法時，江舫剛嚥下一勺熬好的薄粥，「怎麼會？」

　　南舟：「他總是瞪我。」

　　江舫笑了：「他說不定瞪的是我。」

　　南舟：「為什麼？」

$$F_1 = F_2 = G\frac{m_1 \times m_2}{r^2}$$

江舫：「他不喜歡我。」

南舟：「他為什麼會不喜歡你？」口吻理所當然得好像喜歡江舫應該是所有人天生都會做的事情。

「他呀……」

江舫剛要說話，他們的話題就被強行截斷了。

主治醫生推門而入，他戴了一副沒有邊框的眼鏡，整個人的氣勢都透著股手術刀式的凌厲，見到他們的第一件事，就是從眼鏡上方猛瞪了病床方向一眼。

因為此刻的兩人不分彼此，所以一起吃了這記白眼。

南舟回頭看江舫：你看他。

江舫抿嘴一樂。

南舟並沒有要聽醫囑的意識，因此，在他第一次偷溜進病房後，他不幸錯過了主治醫師和賀銀川的對話。

當時的賀銀川見醫生一直在翻記錄，略擔心地追問：「江舫的身體有什麼事嗎？」

周澳的胳膊都好了，江舫應該不會……

醫生推了推眼鏡，「沒大問題。」

賀銀川：「啊？」

病人謎之昏厥，又謎之康復，整個過程過於全自動，讓醫生實在沒什麼成就感，因此他的回答也相當簡潔：「他的身體狀況很特別……各項資料和昨天相比，像是被重新刷新過一樣，要說有什麼問題，也就稍微有點營養不良，需要進行一些簡單的康復運動。如果條件允許，他下午出院都沒有問題。」

賀銀川放心地拖長聲音喔了一聲，撫著下巴思忖片刻：「……那個，能想點兒辦法嗎？留他在醫院多待兩個月。」

醫生為人也是乾脆利索，不問緣由，啪地將手中的診療冊合上了，「嗯，我瞭解了。」

　　賀銀川點了點頭，透過窗戶，看向蹲在江舫病床邊的南舟。

　　他需要一段時間，來完成一份詳實的觀察報告，來佐證南舟是對社會無害的。於是，這份彙報工作的其中一部分，交給了冷面冷情、脾氣暴躁的主治醫師楚糾。

　　楚糾面無表情地走到病床前，詢問了幾句江舫這兩天的飲食情況，又掀開他的被子，按壓他的腿部肌肉。

　　「嘶——疼。」江舫身體一軟，上半身靠入了南舟懷裡，撐在身側的指尖去尋找南舟的手，「南舟……」

　　南舟乖乖把手遞給他，並抬頭認真對楚糾說：「醫生，我們動作可以輕一點。」

　　楚糾：「……」他額上的青筋亂跳。

　　——你頂多是沒勁兒，你疼個屁。

　　偏偏江舫演得極其逼真投入。之前，楚糾已經不下三次懷疑過，為什麼每次觸診他都能疼成這樣？他想，症狀因人而異，可能他和別的患者不一樣吧。

　　直到某次，自己來診療時，南舟恰好不在病房。

　　江舫捧著一臺遊戲機，看到楚糾進來，便主動掀開被子，繼續操縱著飛機在槍林彈雨間靈巧穿梭，在他觸診期間，連大氣都沒多喘一口。

　　彼時，楚糾還天真地以為他的情況有所好轉，「今天不疼嗎？」

　　「不疼。」江舫聞言抬頭，粲然一笑，「他不在嘛。」

　　楚糾：「……」

　　他聽到自己的後槽牙響了一聲，強行在這個裝病的患者面前，保持自己的翩翩風度：「嗯，你這個情況，我會即時告知你的家屬的。」

　　江舫又從百忙中抽空看了他一眼，笑道：「你可以說啊，我不介意。我好得快，你們也安心，對不對？」

　　楚糾：「…………」

　　限於要把南舟穩在醫院兩個月這一任務，楚糾的確什麼都不能說。而

且他嚴重懷疑，江舫猜中了他們要把他留在醫院的意圖，吃準了他只能對南舟守口如瓶……他要憋死了。

再次觸診完畢，江舫額上覆了薄薄一層冷汗。

楚糾沒忍住，又翻了個白眼：小兔崽子演得跟真的一樣。

他憤然離開狗情侶的病房，又返過身來，透過觀察窗看了一眼。

江舫倚在南舟胳膊上，像是很不舒服的樣子，蹭得南舟肩側的袖子微微上捲。

江舫睫毛上帶著一點汗珠，從他胳膊上抬起眼來，輕望了一眼南舟。

南舟眨了眨眼，隱約猜到這是求偶行為，因為他被撩到了。於是，他很認真地吻了一下江舫被咬出齒痕的唇。

楚糾：「……」瞎了狗眼。但他還是強忍著花一千字控訴病人的衝動，在觀察日誌上寫下了古板正直的「一切正常」。

相比之下，賀銀川的南舟觀察日誌就很有內容。他們有意識地放任南舟去做一些事，也經常和南舟談話，進行一些測試。

目睹南舟把一個握力計揉麵團般輕鬆捏成一團廢鐵後，賀銀川問過他：「許願的時候，怎麼想到要保留著原來的能力啊？」

這也是最讓一些人擔憂的事情了，想要進入人類社會，南舟的這點「不合群」會是致命傷。

南舟誠實答道：「我想，回到現實後，你們如果對我不好，我還可以帶著他一起跑。」

賀銀川大方地一笑，「想建立信任的確挺費事兒，我們一起努力。」

南舟盯著他看了一會兒，往自己喉嚨位置比劃了一下，「你的嗓子有點啞。」

賀銀川：「……啊？」

說著，南舟從自己的口袋裡摸出一排喉寶糖，分了一塊給他，自己也順便咬了一塊。他的腮幫鼓起了一小塊，嘟嘟囔囔地解釋喉糖的來歷：「他讓醫生給我的，說空氣和永無鎮的沒法比，讓我保護好嗓子，你也要

保護好。」

　　賀銀川將這段對話附在本輪談話記錄之後——南舟的同理心很強，甚至超過一部分人類。

　　幾天後，南舟第一次接觸到網路，賀銀川給了他一個平板電腦……當然，每個軟體開的都是青少年健康模式。

　　南舟的學習能力的確一流，他很快學會了看短視頻。在觀摩了半小時後，南舟走到了江舫的病床前，「我給你變個魔術。」

　　江舫看著他手裡裝滿水、又擰開了蓋子的瓶子，已有預感，但他仍然問：「什麼？」

　　南舟把瓶口亮給江舫看，「你過來看這個。」

　　江舫微微嘆一口氣，湊上去。在他的臉完全湊到瓶口上方時，南舟一捏瓶身，他的手勁讓瓶子裡的水變成了一個活噴泉。

　　江舫：「……」他就知道。

　　看著水珠順著江舫下巴不間斷淌下來後，南舟的嘴角彎了一彎，湊上來親了一下他嘴角的水珠。

　　江舫扳正了他的臉，在距離他的唇只有半公分的位置，含笑低聲糾正道：「親錯了。」他加深了這個吻。

　　——權衡利弊後，你的笑比較重要。

　　根據資料組統計，南舟在網路上關注和檢索的內容，大體包括魔術、繪畫以及甜點的製作方法這幾個方面，比大部分人類都健康得多。

　　他搜索的問題，也代表了他這些日子的見聞和困惑。比如，「這是什麼鳥 [附一隻停在醫院窗外樹梢上的鳥類照片]」、「蘋果的營養價值有多高」、「怎麼應對愛人頻繁的求偶行為」、「怎麼克制對愛人的生殖衝動」、「總是想要擁抱是一種疾病嗎」，堪稱早期野生南舟馴服 ipad 珍貴錄影。

　　南舟第一次接觸大批人群，則是上面有意沒有放營養餐，讓南舟獨立嘗試穿越祕密病區，前往醫院前端的公共食堂打飯。當然，賀銀川暗地裡

$$F_1 = F_2 = G\frac{m_1 \times m_2}{r^2}$$

安排了一些人手，以防突發情況。

　　沒想到，南舟剛按照指示牌，端著空飯盒一路找到了食堂大門，剛掀開布簾子，就呆了一呆，整個人身子向後，慢慢退了回來。

　　尾隨他的人員一臉問號，南舟不動，他們也不能動。

　　南舟抱著飯盒，在門口的臺階上坐了 1 分鐘，好讓自己冷靜下來……人……很多人。

　　他沒見過密度這麼大的人類，冷靜消化了這個事實過後，南舟又站起身來，深呼吸一口，滿懷勇氣地踏入了食堂。

　　當天，賀銀川的南舟觀察日誌裡又多了一條——南舟很討老年人的喜歡。理由是，不明南舟身分的打飯阿姨，在看到南舟的臉後，滿懷愛心地給南舟的拉麵裡多加了兩片牛肉。

　　與此同時，南舟當日的搜索記錄也成功喜加一：食堂裡為什麼會有這麼多人？

　　半個月後，江舫開始復健。

　　一開始的時候，南舟還坐在一旁，偷喝江舫的運動功能飲料，因為很甜。直到他發現，復健是一件會和人有很多肢體接觸的運動，而負責江舫的復健醫生是個年輕英俊的小帥哥。

　　南舟咬著吸管，覺得飲料的口感不大好，有點酸，他主動走到醫生身側，「你教教我吧。」

　　江舫的確因為躺了半年，四肢發軟無力，由此可見，高維人顯然在「恢復正常生命形態特徵」這方面給江舫單獨打了折扣。他撐著平行槓練習立位平衡時，汗水滾珠似地往下掉，整個人像是被過度雕琢了的玉器，美則美矣，質地便顯得脆弱了。

　　南舟就站在他面前，時時把飲料軟管放到他唇邊，替他補充水分。

　　江舫連續走了幾個來回，還是因為腳下一個發軟，踉蹌著往前倒去，南舟馬上前迎，攬住了他的腰身。

　　江舫枕在南舟肩側，肩背因為喘息一聳一聳。

　　南舟的指腹掠過了他的腰間，帶起了他的病號服，露出了一截柔韌的腰身。南舟用指尖輕拂著他露出的一截脊背骨，落到尾椎時，又反摸上去，想著一些和江舫有關的心事。

　　忽然間，他後頸側邊微微一熱，好像有人把一個吻烙在了那裡。

　　這個吻過後，他面頰的熱度隔著衣服融融地傳遞過來，倒好像是這個吻把他自己弄得害羞了起來似的。南舟一切從心，把江舫抱緊了，輕輕地用自己的頭頸和他一碰一碰，模擬小動物的交合。

　　在復健室外目睹了這一切的賀銀川頗感欣慰，這證明南舟有和人締結親密關係的能力。因為和資料組的任務不互通，他並不知道南舟天天在平板上搜索什麼見不得人的內容。

　　於是，賀銀川在觀察日誌上大筆一揮，寫道：南舟和江舫感情要好，親如兄弟。

　　一寫到兄弟，他又想到周澳了，也不知道他們那邊忙得怎麼樣了？

　　想人人到。第二天，周澳就到了醫院。

　　賀銀川大笑著抱住了他，朝他後背猛拍兩把，又捋起他的袖子，摸了摸他小臂內肘的陳年傷疤，滿意道：「還好，零部件都全著呢。」

　　周澳被他摸得耳根微溫，冷著一張臉「嗯」了一聲。

　　——可以用兩隻手抱住你，就挺好。

　　跟著周澳來到醫院的還有李銀航及南極星。

　　一個月前，所有出現在體育場的玩家都在第一時間被統一保護起來，當局分別聽取了「青銅」、「鎏金」、「隕鐵」三支走到遊戲後期的官方隊伍的彙報後，經過一番緊鑼密鼓的商討，緊急拍板徵用了當地數家已經停業的賓館，讓玩家好好休息。

　　在著手梳理整個事件前因後果的同時，他們也為玩家們提供了基本的

$$F_1 = F_2 = G \frac{m_1 \times m_2}{r^2}$$

通訊服務，但網路還是停留在 2G 的水準，暫時未全部開放。

　　不少玩家都為了個人生存，在遊戲中主動或被動地害死過人，如今大家一齊死而復生，難免尷尬，他們需要時間來消化這一事實。而且，李銀航的願望也只能保證玩家們的身體健康，護不住他們的心。

　　不少人出了遊戲後，記憶還停留在死亡的那一刻，留下了不可磨滅的精神創傷。有的人因為終於解脫，欣喜若狂，反倒又哭又笑，精神崩潰。最後，即使有些玩家表面正常，也要接受為期半個月的治療和觀察，才能回家。

　　這是一項過於繁重的任務，但至少，停頓的社會秩序有了繼續前進的信心，卡鏽的齒輪，再次咯咯吱吱地運轉起來。

　　街上零零星星地添了人煙。身著耀目橙色的清潔工開始打掃街道上的狼藉，竹絲拂在地上，絲拉絲拉，窸窣有聲。街邊支起了一口油條鍋，滿鍋新油在日光下亮得晃眼，趁著剛出鍋的油條還酥脆焦香，一把芝麻撒上去，更添滋味。

　　有人聞著香味，打開了數日不開的窗戶，玻璃在窗軌上劃出了細細的響動。有人認得炸油條的大爺，趴在窗邊大喊道：「老蘇，多少錢？」

　　賣油條的蘇大爺用圍裙擦擦被熱氣烘到的眼角，扯著嗓子叫：「不要錢，都拿去！拿去！」

　　伴隨著嘹亮的呼喝，新的一批油條下了鍋，刺啦——日子是要過出來的，所以總要發出點兒聲響。

　　這也是李銀航坐在車上，一路上所看到的。她比手畫腳、滿懷欣喜地向南舟講解著一個城市的甦醒，一定是味蕾醒得最早。

　　南極星現在還是小鼴鼠的形態，正抱著一根香蕉興致勃勃地剝皮。

　　南舟望了牠一眼，「牠怎麼樣？」

　　「很好。」

　　李銀航想要多講一些這些天兩人相處的心得，比如為了更好地安撫初到陌生環境的南極星，知曉南極星真實身分的人在仔細問過李銀航的意見

後，安排她和南極星共住一間雙人房。

　　比如南極星最近在認真學習讀文識字，和她各自占據房間一角，玩成語接龍遊戲。

　　比如李銀航打電話跟死而復生的室友車潔聊天，兩人哭成一雙淚人，南極星手足無措地蹲在她旁邊，用手搭在她的膝蓋上，彈出一雙軟軟的鼠耳給她 rua。

　　但是話到嘴邊，她竟然說不出什麼旁的，心中只籠統地有著一種心情，她不自覺地笑了，「……就是，很好。」

　　南極星舌頭很尖，愛吃，也會吃，單是每日送來的盒飯，吃得多了，他也能一一分解出調料和火候，顯然是個顛勺的好坯子。他現在也在一心一意地啃香蕉，專心致志地享受著美食，明明是那樣強悍勇猛的生物，卻甘願困於這一碟滿盛的人間煙火。

　　正因為此，李銀航很想教他懂得更多，懂得這世界美好，光陰動人。

　　江舫靠在軟枕上，他的頭髮有些長了，斜斜搭著肩膀，結了一個漂亮的辮子，「銀航，妳今後怎麼打算？」

　　李銀航聳聳肩，坦然一笑。她知道，他們的未來註定不會普通平凡了，在網路正式恢復後，恐怕大半個世界都會知道他們的名姓，她或許會改個名字，獨自轉遁他鄉。

　　或許，她會被邀請留在一個特殊的地方工作，和一兩個非人類做鄰居，偶爾一起穿著拖鞋，開著用工資新買的四座轎車，去小吃一條街買炒牛河和泡泡餛飩吃。

　　日子疊著日子，怎麼樣都能過起來的。

　　見李銀航垂目沉思，周澳在旁簡單道：「一切看妳。」

　　他今日帶李銀航來，就是想讓他們見一面，也讓李銀航對她的未來拿個主意。

　　李銀航和南舟、江舫、南極星是不同的，她是正兒八經的人類，思想健康，為人良善，可以選擇留下，也可以抽身離去。

李銀航做事情常常是行一步，看三步。

見不到江舫和南舟的這些天，她一直在想這件事，於是，面對著周澳和賀銀川，她很快給出了她的答案。

她回過頭去，務實道：「留下的話，包分配嗎？」

賀銀川笑，「當然，會找一個適合妳的崗位。」

李銀航：「給分房嗎？」她一指江舫，「就住在他們隔壁，成嗎？」

三月光景，一閃即逝。

南舟參加過幾場體能和心理測試，他自己不曉得結果，可看賀銀川的神氣，就知道結果不壞。

南舟偶爾會從醫院的圖書館裡借來幾本書睡一睡，高興的時候便用眼睛讀一讀。

漸漸地，他知道了這世界的許多故事，幾多複雜，也幾多絢爛。

江舫的身體康復得很快，很快到了可以握著手杖和南舟一起去看院中紅葉的程度，祕密醫院自帶的小院內，植滿了楓樹，潑灑了一世界的紅。

一簇簇殷紅的火焰在他們頭頂燃燒，一點火星飄飄蕩蕩地到了南舟頭上，他動手取下楓葉，對著太陽照望，葉脈異常清晰，一條一縷血脈都延展著流向天際。

南舟心頭微動，「以後，我們一起種一棵樹吧。」

那棵需要一年才能成熟的蘋果樹，到底還是沒在他們的倉庫中長出來，南舟想要他們將來在一起的地方，也有枝繁葉茂的蘋果樹。

江舫同樣心念一動，捉住了南舟的手。

「算一算，日子快到了。」江舫說：「我們去有一萬畝蘋果林的地方，去摘很多很多蘋果，好嗎？」

聽過他們的要求，賀銀川面上難得有了點猶豫。

江舫笑了笑，說：「問一下你上面的人吧，他剛從一個監牢裡出來，不該困進另一個監牢裡。再說，我們不出國，九百多萬平方公里，夠我們瞧的了。」

賀銀川點點頭，「好，我去請示一下。」

請示的結果很快就下來了。

同時，他們拿到了一輛原本就記在江舫名下的房車鑰匙，和一套完備的野營設備，當然，也附贈了一套中控的 GPS 系統。

賀銀川也爽快，在交車時，大方地告知了他們車中定位系統的存在，江舫和南舟都沒有意見，他們也理應給別人一些安心。

將一切準備停當後，江舫載著南舟，從一條單獨的通道，緩緩駛出了充滿了消毒水氣味的醫院。

南舟趴在窗邊，看向外面一格格向後移動的遠大世界，出神。

還未出城時，忽然間，他坐直了身體，咦了一聲。

江舫忙著看路，路上的車輛已經多了起來，他無暇分神，隨口問道：「……怎麼？」

「看到一個認識的人。」南舟想了想，給出了一個奇怪的答案，「但我不認識他。」

江舫確認過前方路況後，好奇地側身去看南舟所說的那個熟悉的陌生人，可惜，他們已然失之交臂。

此時的虞退思長身玉立，站在天光下，手裡端著一杯香醇的咖啡，站在某間大學的門口，像是在等什麼人。他面朝著學校的榮譽告示欄，一個個看過去。

直到他的肩膀被人輕快地搭了一下，虞退思回過頭去，身側卻沒人。他再回頭時，便看到陳夙夜言笑晏晏地背手站在他面前，「看什麼呢？」

這裡是陳夙夜的母校。他在《萬有引力》事件中的失蹤大大牽動了他已經退休的導師的心，老人家無神論了一輩子，為了這個得意門生特地去求了一趟觀音菩薩，於情於理，陳夙夜都要來看看老人家。

虞退思拿熱咖啡去貼他的面頰，「沒什麼。」但他還是著意往後看了一眼，彷彿有什麼在意的事情。

陳夙夜肯定道：「你有心事。」

「也不是什麼心事……」

虞退思在榮譽欄的某處比劃了一下，「我記得……有人在幾年前，得過一個市級籃球賽聯賽冠軍，是不是？」

說完這話，虞律師自己也覺得這話沒有邏輯，輕輕一哂。

陳夙夜一挑眉，「是暗示我可以從現在開始學打籃球的意思嗎？」

虞退思微揚了揚嘴角，擺擺手，目光卻還留在原本該掛有冠軍獎牌的地方。

那裡空空蕩蕩，好像理應沒有任何東西存在。

江舫和南舟的目的地，是一個叫做阿克蘇的地方。

沒過兩天，他們駛入了天與沙的交界點。江舫很重享受，原本的房車就一切按照最舒適昂貴的規格來，行駛在路上，好像是兩隻小蝸牛開著他們的家在路上自由馳騁。

夜間，兩人在一處天然且無名的沙海清泉旁休憩。

江舫手把手教南舟燒烤，可惜任何食物經了南舟的手，都有化神奇為腐朽的能力。江舫只是去取個蜜汁的工夫，一對雞翅就比翼雙飛，變成了一對烏鴉翅膀，走得齊齊整整。

南舟的燒烤釺子被搶了，他盤腿坐在一旁，拿出了自己的素描本，用他那自成一格的畫風，在紙間塗塗抹抹。

　　一切都變慢了，野風吹皺泉水的聲音、江舫翻動烤物的動作、落日下滑的速度……最後，一撚細細的彎月升入半空，照在人眼中，眼睛都是清涼的。

　　飯罷，恰好起風，時間趕得剛剛好。

　　沙粒撲撲打在房車外壁上，像是下起了一場滔滔的大雪。

　　兩人躺在柔軟的房車床鋪上，穿著同款的短褲，裹著同一條被子，打著一盞小燈，漫無邊際地聊著他們的奇思妙想。他們有許許多多話可講，比如，今天他們在構思一件奇妙的事。

　　起因是南舟想到了在最後一個副本裡，滯留在了車站的小明。

　　他小聲問：「舫哥，如果時間能倒流，倒流到你想回去的那個點，你會做什麼？」

　　江舫也小聲答：「我去找你的作者，逼著他給你寫一個來到我身邊的結尾。」

　　南舟很是贊成：「嗯，等我出來，就去敲你家的門。」

　　江舫逗他：「我家住在公寓，不住獨棟。」

　　南舟：「我去爬窗戶。」

　　江舫：「我家的窗戶很高的。」

　　南舟：「我很會爬高。」

　　江舫摸了摸這隻自豪自己會爬高的貓貓的頭髮，用耳語的腔調繼續和他說著平凡的情話：「烏克蘭不大也不小，光是基輔，窗戶總共也有幾萬扇吧。」

　　南舟：「那我就一扇一扇慢慢地開。」

　　「不嫌麻煩？」

　　「找到你，不麻煩。」南舟說：「你也可以在窗下種一棵蘋果樹，給我指路。」

　　「找到我之後怎麼辦？」

　　「嗯……」

$$F_1 = F_2 = G\frac{m_1 \times m_2}{r^2}$$

良久的沉默後。

「就像現在這樣。」南舟說：「和你躺在同一個被窩裡，告訴你，我來了。我們在一起，70歲、80歲也年輕。」

被子間，兩雙腿裸露的皮膚將觸未觸，將離未離，但都被不遠處透來的熱度燙到了皮膚。

「……是啊。是這樣的。」江舫的聲音變得沉鬱而溫柔。

他側過身來，壓倒在南舟身上，親吻了他的側頸。

在他們生活的這方宇宙沙箱中，存在著一個固定的定律，那就是萬有引力。就像蘋果樹萌芽、就像蘋果下落，他們必將相遇，就是這個宇宙的終極法則。

在黑暗中，南舟喘息漸漸轉急，微汗的一縷黑髮沾在他的額頭上，他困惑地緊著聲音，低聲道：「你在……做什麼？你對我做了什麼？」

江舫笑著在他耳邊念詩：「『做春天在蘋果樹身上做的事。』」

江舫還要動作，忽然像是意識到了什麼一樣，抬起頭來，對於虛空中的某處粲然一笑，「還要看嗎？」

那邊負責觀察他們動向的人，早就紅著臉關掉了一切圖像接收裝置。

江舫轉過臉，轉向了螢幕，活潑地一眨眼，「還有不知道是不是活在哪個世界的你們，也不許看了。」

世界啪咻一聲，歸於黑暗。

唯餘滿目山河，繁星閃爍。

（正文完）

CHAPTER

10:00

【番外】

世界予你

江舫和南舟的旅途比計劃更長。

在見過阿克蘇的蘋果海後，他們一路穿過塔里木盆地，越過半個青海，到了川藏之交。

進入草原的這一天，他們的房車可謂命途多舛。

午間時分，他們的右前輪被一顆尖石子扎漏了氣，本來他們打算先換上備胎應付應付，不巧備胎剛一換上，便馬上顯示胎壓不足。

行駛到日暮時分，他們在荒野上遇見了十幾戶牧民，終於從一戶人家借到了全套工具，補胎成功。

這時，天色已晚，他們索性不再上路，和牧民比鄰而居。

夜間，他們點起熊熊篝火。這裡是最原生態的地方，遠離科技、遠離城市、遠離一切純粹以外的東西。

熱情的草原漢子看上了江舫這個明顯帶著毛子血統的年輕人，挽起袖子，邀請他摔跤。

不過江舫更擅長藏鋒，如果不是必要，江舫不愛在人前顯露鋒芒。他柔弱地擺擺手，「我？我一般……可我弟弟還行。」

南舟正在試圖用一把青草騙到小馬駒，就被莫名拉到了場地中央。看著比自己高出近一頭的漢子，南舟仰視了他一小會兒，回過頭去看江舫，抬手沉默地比劃了一下——比你高。

高大健壯、臉膛通紅的草原漢子也打量著這胳膊還沒羊棒骨粗的年輕人，毫不掩飾自己的好奇，操著一口不標準的普通話問：「嗨，

你行嗎？」

客人雖然身量高䠷，可白瓷似的嫋嫋立在那裡，就像是一只他不敢亂碰的玻璃花樽，要是把客人弄傷了，那可不好收場。

在草原漢子開始暗暗撓腦殼時，江舫向南舟簡單解釋規則：「摔倒他就好。」

南舟：「贏了有什麼獎勵嗎？」

聽到他這樣問，底下善意地哄笑一片。向來爽快的漢子面對這樣天然的同性美人，竟難得地手足無措了一下，「那你要什麼嘛？」

南舟想了想，指向了遠方一片披滿月色的山丘，認真道：「我要那座山。」

漢子以為自己聽錯了，「啥？」

南舟：「山。」

那座山就是一座山，是廣袤草原上的一點隆起，或許最資深的地理學家也不會知道它的名字。它的獨特之處，或許只是從他們的角度看去，它正像天柱一樣扛著一眉新月。

漢子眨巴眨巴眼，憨直道：「山是國家的嘛，我又扛不過來。」

南舟認真答覆：「我不要你扛過來。我只要知道，這裡有我的一座山就好了。」

漢子：「你輸了咋辦嘛？」

南舟指上天際，「我送你一顆星星。」

漢子不懂，哈哈地樂了，「星星也不是你的呀。」

南舟卻很堅持：「我輸了，我以後都不看它。」

漢子揉了揉鼻子，沉腰抬手，「那行。來。」

南舟：「嗯，來。」

後來的事情，漢子已經記得不大清楚了，他只曉得自己腳下一懸，眼前一黑，這玻璃花樽就把自己這個五大三粗的大老爺們兒按倒在了地上。他還在發呆之際，聽到南舟輕聲道：「這算倒了吧？」

　　當夜，南舟一個人挑遍了牧民中所有年富力強的壯勞力，卻倒在了半杯度數不到 20 的馬奶酒上。

　　他喝醉了酒，酒品卻很好，不吵不鬧，只老老實實地蹲在羊圈旁想他的心事。

　　一隻小羊好奇地用前蹄踩過柵欄，抬高身體，和他對視。

　　小羊：「咩。」

　　南舟鄭重地：「你也好。」

　　江舫哭笑不得，把人半哄半抱地拉回了房車上，打算用自熱水壺燒點熱水，沖醒酒茶讓他喝了，胃裡能舒服點兒。

　　彼時，篝火晚會已散，大家三三兩兩地各歸帳篷安睡。

　　去借水的江舫走到一處帳篷邊，隱約聽到粗布帳篷裡有人在「編閒傳」，窸窣的說話聲混合著昏黃的燈色，一併暖融融地透出來，聲音慢而混濁，顯然是一對老年人在挑燈夜話。

　　老婆婆說：「他們都輸了，你聽著麼有？」

　　老公公很是憤慨：「現在的年輕人，真不中用，我要是再年輕個 3、40 歲，哪個懂輸是啥意思？」

　　老婆婆回道：「是啦，你最了不起，年輕個 40 歲，敢上天揭天蓋蓋喲。」

　　老公公：「揭了天蓋蓋不至於，倒是能揭了妳的紅蓋蓋。」

　　帳篷內傳來一陣笑和捶打聲。

　　「瞎扯。你講，一覺起來，真年輕了 40 歲，你還娶我啊？你肯

定跑了，去敲隔壁阿娜爾的氈房。」

「結果敲錯嘍，又敲回了妳的房。」

「瞎扯、瞎扯，你不會瞧路哇？」

「妳說我瞎扯，我就瞎摸唄，摸啊摸，年輕的瞎子又到妳門口啦，這位年輕的好姑娘，妳給我開門嗎？」

江舫聽得微微笑開了，剛要轉身離開，才發現身後無聲無息地多了個和他用同樣姿勢偷聽的腦袋。

南舟微紅著臉龐，小聲問他：「開門之後呢？」

果然，老婆婆笑著捶著他，「開門之後呢？」

老公公：「開門之後呀，小娃娃跑出來三、四個，都長成了大小夥子大姑娘，我們的牙齒也都掉光啦。」

南舟感歎：「啊。」

江舫逮走了偷聽牆角的貓，趕回了床上，又去另一家帳篷裡借到了一壺熱水。回到房車前時，江舫發現房車的門被關上了，他似有所悟，心臟熱烘烘地發著燙，笑著叩一叩門。

南舟帶著醉意，靠在門後問：「是誰？」

江舫：「走錯門啦。」

南舟撩開了門旁窗戶的內簾，「那你為什麼不走？」

江舫調笑：「等著小娃娃跑出來呢。」

門開了，出來的是一個南舟。兩人用緊緊貼靠在一起接吻的方式，從內關上了房車車門。

江舫撩起了一點他被汗水濡濕的額髮，「總想著小孩子，你很想有一個孩子嗎？」

被抱放到床上的南舟以非常理所當然的正直口吻道：「出來後

我看過了好幾本書的，我不行的。可我只是想試著做我沒做過的事情。」言罷，他咬著江舫的耳朵，輕輕說了他的祕密：「所以，每次我們做完，我都會抱一會兒腿。」

江舫胸口發熱，擁抱著南舟，喘息漸深。

江舫的喘息聲很悅耳，和他本人一樣，本身就是一種誘惑。

相對來說，慣於忍受一切的南舟是不知道自己在快樂時也是可以喘出聲來的。他只是努力忍耐，只在實在耐受不住時，才從齒關間逸出一兩聲輕吟。

夜涼，夜靜，夜也很長。

他們就是在這個時候，和一場初雪偶遇了。

雪是在後半夜下起來的，他們起初對此一無所覺。

江舫早起後，起身摸一摸南舟的小腹，肚子柔軟微熱，看來昨晚事後清理得挺乾淨的。他翻身起床的同時，開始計劃今日的食譜，當然，首先要通風掃除，他信手拉開窗簾，偶遇了一天一地的白。

屋外有一輪雪白的太陽，不冷不熱地透過玻璃照進來，幾束光絲牽動著灰塵在空中舞蹈，不刺目，很溫和。

江舫坐在床邊，凝望南舟許久後，俯下身子，想悄無聲息地送他一個早安吻，偏在這當口，南舟睜開了眼睛。

江舫下意識退了一點。與人親密這件事，他已經頗有心得，但在和南舟的眼睛接觸時，二十餘年來的習慣殘餘，還是給他留下了一些不大好的本能。

　　幸好，南舟不在意這些。他張開雙臂把江舫抱了個滿懷，他抱得很認真，彷彿是要把自己的心送到江舫的胸膛裡去。

　　他在江舫耳邊拆穿他：「你親我。」

　　江舫抵賴：「沒有。」

　　南舟頓一頓，用清冷中透著點軟的聲調說：「那你親親我。」

　　南舟喜歡親熱，南舟也喜歡雪，從醒來後，他就一直在看雪。

　　金黃的秋意中摻著一點動人的白，給遠山的林木增添了一番層次，遠遠望去，彷彿正湧動著一股股微亮的波瀾。

　　南舟除下了單薄的黑風衣和襯衫，穿著一件高領毛衣，面頰凍得白裡透粉，團在一張舒服之至的半黑半白的羊羔絨毛毯中，整體配色看上去像是一隻可愛的企鵝。他伸腳踩在伸縮梯上，用心畫雪。

　　江舫在用從牧民那裡採購來的羊肉清燉，一撮薄鹽，一捧花椒，幾點翠色的香菜末浮在燒得直滾奶白湯泡的羊湯上，色澤誘人嚥唾，再下一把當地的手工粉條，熱滾滾的氣兒烹得雪花都不往下落了。兩只肚大的青瓷碗，結結實實地盛起了兩碗溫暖，羊肉堆得很滿，在湯上冒著尖尖兒。

　　江舫走到南舟身邊時，南舟恰好也抬起頭來。他用筆指向那處被他贏來的無名小山，「你看，我們的山下雪了。」

　　他們走了上千里路，南舟走到一處，就會向天、向地、向人要一處風景，一片蘋果林、一條星河、一道涓流，現在，又有一座小山入帳了。

　　江舫問他：「要這些做什麼？」

　　「我要贏一個世界給你。」南舟低頭，在畫中小山的上方勾勒著昨夜的月色，「你有很多家，這是我送你的家。」

江舫心臟一緊，緊跟著便是絲絲泛起的甜，「別人以後路過，看到我們的家了，怎麼辦？」

　　南舟邏輯自洽：「那是客人，怎麼能不讓客人來呢。」

　　客人會說，好美的山，好清澈的溪流，好浩瀚的星海。

　　南舟會驕傲地說，是吧？這是我和他的家。

　　南舟之前要畫的只有一個小鎮，現在擺在他面前的世界，是無法窮盡的一幅畫卷。

　　世界是讓人挪不開眼的花花世界，人是讓人捨不得放開的摯愛之人。這就夠了。

（完）

【番外二】
現世可親

　　兩人返回 C 城時，已是深冬時節。

　　南舟第一次喝到臘八粥，驚為天粥後，又在新居中迎來了自己的生日。

　　南舟現在仍是南老師。他的頭銜是國家特聘的格鬥教練，分到了一間大院的公寓房，這裡曾是一名退休教授的家，裝修都是現成的，偏於中式，電視牆別出心裁，一處處劃格分類，做成了一面書牆，可謂一室風雅。

　　電視裡播放的新聞中，喜氣洋洋，萬象更新。

　　親人失而復返，所有人對這儀式感早已勝於內容的新春佳節，難得生出了幾分真心。

　　家家戶戶貼出春聯，除垢掃灰，對未來一年的美好滿心期盼。

　　李銀航從廚房裡探出個頭來，「南老師，餃子吃什麼餡的？」

　　南舟認真地給出答案：「蘋果。」

　　李銀航：「……」

　　她傳話給拌餡的南極星：「豬肉大蔥。」

　　南極星立在流理臺前，腰間繫著圍裙，篤篤地切著肉，「嗯。」

　　肉餡在幾滴蔥段煸炒過的熟油間吱吱作響。

　　李銀航則把一盆扒好了凹塘的水、麵粉、蛋放到南舟面前，給他簡單講解了一下該怎麼把這一團混合物變成麵坯。

　　於是紙片人南舟老師聽話地抱穩一口鐵盆，乖乖揉麵，千揉萬

揉，揉出了一屋麵香。

李銀航拿了一顆蜜桔，剝著皮的同時，跟他講解：「南老師，你明天過生日，今天包餃子，這就叫『包小人』，明天可得吃長壽麵啦。」她絮絮叨叨的：「我本來想留下來給你過生日的，可是春節的車票真不好搶，搶來搶去，就只剩下明天的兩張票了。」

南舟的手一頓，「兩張？」

「嗯。」李銀航往廚房看了一眼，「我和他，我們倆。」

廚房內鍋碗瓢盆互碰的聲音低了些，顯然是有一隻蜜袋鼯的耳朵悄悄豎了起來。

南極星在兩家都有窩，他要是想串門，就開了窗戶，在兩家的防盜網上跳上兩跳，篤篤地去叩另一家的窗戶就是，但是他最近往李銀航家裡去得勤了些。

主寵兩個肩並肩窩在沙發上吃蘋果時，南舟還好奇地問過他：「銀航家裡有什麼？你那麼喜歡去。」

南極星咬著蘋果，面頰上金光微微，「她家裡有……有……」究竟有什麼，他期期艾艾了一陣兒，終究也沒說出來。

為此，南舟還特地去李銀航家裡調研過。他發現兩家格局高度相似，除了細節處的裝修外，並沒有什麼大的不同。

南舟困惑了一陣後，一錘掌心，豁然開朗。

鑑於以前南極星還是蜜袋鼯時，總是愛咬些書頁磨牙齒，有一次還吃了他一個畫冊角。

他大概是看著書牙癢，又知道不能搞破壞，怕舫哥生氣，才到李銀航家去躲一躲的。

李銀航笑說：「他說……想看看我的家。」

南極星點頭，「嗯。我有了一輛車，但我還不會開。妳要嗎？」

李銀航務實地擺擺手，「不要不要。家遠，加油費又貴。」

南舟也就沒多問，繼續老老實實地揉麵，李銀航折返回了廚房。

南極星雖然懵懂，但和南舟又有不同，他在感情方面的理解進步神速。他悶著頭說：「我……我還是留下吧，我不去了。」

李銀航著意看他一眼，猜中了他的小心思卻不拆穿，故意嘆氣道：「票買了哎，明天早上 9 點的……現在發車前 24 小時退票，要有 20% 退票費的。」

南極星小聲：「那怎麼辦？」

李銀航不答他的問題，歪頭反問：「怎麼啦？說好要去的。」

南極星氣悶著切土豆，「我，不好看。」

李銀航笑：「我們好看著呢。」

見她不明白，南極星只得如實把自己的顧慮講出口：「……我很奇怪。」他指了指面上細細的、褪不去的金色紋路。

李銀航早就打好了腹稿：「就說你喜歡 cosplay 唄。」

已經學會了看家庭狗血劇的南極星擔憂道：「妳家親戚會問我是誰的。」

李銀航一擺手，大氣安慰：「沒事，我家那些七大姑八大姨還沒我能嘮呢。」

南極星：「……可妳怎麼跟他們說，我是誰？」

「唔……」李銀航叼著橘子，「你是南極星，是我的好朋友，是國家包分配的小廚子，還是……」

南極星耳朵一尖，等她的下文，可李銀航忽然驚喜地咦了一聲：「那一半挺酸的，可這一半是甜的誒。」

不由分說，她將一點甜蜜塞到了南極星口中。

南極星含著甜甜的橘子，抿著嘴巴，有一點高興、有一點快快，可他不知道後者是由何而來，就像他不知道李銀航扭過身後不明原因地微紅了的臉蛋。

屋內的暖氣實在開得很足。

南舟正在揉麵，聽得門外有人敲門，就穿著柔軟的法蘭絨拖鞋，踢踢踏踏地去開門。

進來的江舫面頰微紅，一遇熱氣，睫毛上就凝上了薄細的水珠，他晃一晃手裡的塑膠袋，「醋買回來了。」

李銀航轉出廚房，接過他手裡的醋壺，一抬頭看到他的半丸子頭，抿嘴一樂。

「他紮的。」

江舫簡單地解釋了自己新髮型的來歷後，又笑盈盈地指了指自己英倫風的外套夾克和灰羊絨質地的圍巾。

「他搭的、他繫的。」

李銀航：「……」

往好處想，這應該是她今年的最後一口狗糧了。

麵餡醋轉眼齊備，李銀航發出一聲呼喚：「洗手包餃子啦——」

已經換上了家居服的江舫，一邊挽袖子，一邊道：「不急，先等一等他。」

李銀航：「……啊？」

大約 1 分鐘後。

電視上溫柔可親的女主持人說：「本節的新聞直播間就是這樣，感謝您的收看，再會。」

電視這邊的南舟禮貌地一點頭，「再會。」

隔空慰勞了在他生日前夕還專心為他播報新聞的主持人，南舟也學著江舫的樣子，挽起袖子走向了那一盆麵、一盆餡，走向了他的人間煙火。

此時，正是萬家飯熟時。

S市，賀銀川家。

賀銀川是老拚命三郎了，哪怕被調任文職，也能在崗位上做出不死不休的架式。

他連續加了兩天的班，被領導勒令他滾回家休輪休假。

他倒下後，一枕黑甜，直到日落時分，迷迷糊糊睜眼時，窗外已是華燈初上，可屋內並不是黑的，隱隱有煎炒烹炸的細響從廚房方向傳來。

賀銀川穿著黑色背心和只到大腿一半的平角短褲，晃到了廚房，見到了周澳的背影。

他不意外，周澳有他家的鑰匙。

他躡手躡腳地靠近。周澳也知道他在躡手躡腳地靠近，故意把菜刀放到一邊，轉頭去拿菜碼。果然，下一秒，有人就一個飛撲，上到了他的後背。

周澳腰身一板一挺，伸手托住他挺翹結實的屁股，把他牢牢背在了身上。

賀銀川膝蓋處的一塊陳年傷疤輕蹭著周澳的褲線，有人渾然不

知，有人裝作渾然不知。

賀銀川給人背在了背上，一時有點說不出的狼狽，但他既來之則安之，索性直接環住了周澳的脖子，開心道：「哈，又逮到我們田螺小周了。」

周澳則是乾脆俐索：「早飯午飯都沒吃？」

賀銀川：「……」仔細回想了一下，補充道：「昨天晚上和昨天中午好像也……」

周澳：「……」他頸上的青筋都起來了。

賀銀川見勢不妙，及時認慫：「錯了錯了，以後聽周隊的話。」

見周澳也沒有責難，他鬆了一口氣，偷偷從周澳身上溜下來，又去摸他切好的黃瓜吃。他剛咬下一截來，就聽重新拿起菜刀的周澳平靜道：「……以後，我常來。」

賀銀川不解其意，笑咪咪地又去摸黃瓜，卻被周澳示警地打了一下手背。

賀銀川一點也不生氣，盯著周澳重生的手掌，得意地翹起了嘴角，揚手照周澳屁股上出其不意地猛拍了一巴掌，等他回敬。

他還想讓周澳多用用他的手，他瞧著就高興。

沒想到，周澳回身靜靜看了他一會兒，抬手摸了摸他的頭髮。

賀銀川：「嗯？」

他有些困惑地撫了撫自己的鬢角，不過自己的目的，好像也算是達成了……？

一對玩偶正和福利院的小朋友們飛吻道別，一個身強體闊，一個嬌小可愛。孩子們眼中滿是不捨，不斷和他們揮手。

直到離開孩子們，來到了停車場中一輛略舊的麵包車前，兩人才各自摘下了自己的頭套，這樣冷的天，他們悶在玩偶服內，也出了一身水洗似的熱汗。

嬌小少女的一縷粉毛黏在側頰上，她也渾不在意，用肩膀隨便蹭了一下。旁邊的高大男人沉默地遞了一條橡皮筋來，她才笑著接過，給自己紮好。

《萬有引力》遊戲中的種種、「朝暉」的種種，譬如昨日死，宛如今日生，可蘇美螢不是只能活 7 天的螢火蟲。

她忘不掉那個被【回答】操縱後的自己犯下的那些彌天大錯。所以，她要讓自己忙起來、累起來，好讓自己的心好過些。好在，有人願意陪在她身邊。

紮好頭髮後，她問魏成化：「我們去哪裡？」

還沒等魏成化作答，身後就傳來一聲招呼：「這還用問？喝啤酒，吃火鍋去啊！」

她愕然回頭，看見了另外三張熟悉的面龐，蜘蛛紋身，四眼，還有安安靜靜站在一旁，沒什麼存在感的男人。

她呆站在原地，在夜色中望向她的「朝暉」，張了張口，想要打一聲招呼，眼淚卻先流了下來。

同一時刻，孫國境可是忙得團團轉。

他的燒烤攤重新開張了，生意更勝以往。

羅閣成件成件地搬運著新到的啤酒，齊天允正在炭火中煙薰火燎，被籠罩在牛肉和辣椒的香氣中，看不清面目。

孫國境正圍著圍裙，給人點單。

他接待的客人，好巧不巧，正是沈潔，她這回是帶著女兒一起來吃飯的。

可惜，他們雖然都和「立方舟」合作過，但也僅限於知曉名字，見面也並不相識。

沈潔和每一個普通的客人一樣點單：「十串牛肉，五串乾豆腐，五串魷魚，五串烤心管。都少辣。」

孫國境也和每一個人情練達的老闆一樣，一邊劃單，一邊拖長了聲音：「得嘞——」

洪亮的叫喊，將深夜路邊的那點自得、那點歡喜，盡數喚出。

飯後，李銀航帶著南極星告辭。

時近午夜，趁著南舟洗澡，江舫下了一趟樓。

待南舟出來，江舫拐走了濕漉漉的貓，把他帶到客廳裡，說 12 點的時候才許他回臥室。

南舟就縮在江舫懷裡看紀錄片。期間，他數度想溜去臥室一窺究竟，都被江舫成功捕獲。

直到午夜 12 點時，江舫才一手牽著南舟的手，一手捂住他的眼睛，站在他的身後，將他一步步引導向了門扉緊閉的臥室。

　　吱呀——門扉緩緩而開，捂住南舟眼睛的手也隨之鬆開。

　　南舟微微睜大了眼睛，一堆精美的包裝盒，齊齊整整地擺在他們的臥室中。

　　PS7、一張黑膠唱片、一本翻開就可以總覽山河的立體書、一個可以即時記錄他們生活的拍立得、一套齊全的高級畫具和顏料、一個手繪……南舟數了數，一共有二十四件生日禮物。

　　「過去的那些年，是我不好，錯過了那麼久你的生日。現在，我一次性把禮物給你補齊了。」

　　江舫從後擁住了他，把下巴輕抵在他的肩窩，輕輕摩挲，「以後，一年一年的，都是你了。」

　　南舟說不好此刻的心情，只知道現在自己的心臟跳得很快。於是，他返過身，扯住江舫的衣領，微踮起腳，溫柔地與他接吻。

　　與他同頻共振，才是最好的。

（完）

星河遠闊

　　第三類世界的資料處理工廠，不同於地球的喧囂吵嚷，是極致的靜謐。每個在此工作的高維人，都和天上的星星一樣沉默。他們只負責靜坐在營養艙內，佩戴著聯通設備，貢獻出自己的大腦，作為運算和篩選的一樣工具。

　　高維人的大腦很奇妙，將高功能性和低使用度這兩種特性巧妙地結合在了一起。譬如【腦侵】工廠，旨在通過開發食用型大腦，賦予它各項情緒和刺激，在它孕育「成熟」後，高價販售，以滿足高維人的口腹之欲。

　　譬如元明清所在的資料垃圾處理廠，利用的就是高維人大腦自帶的高效處理能力。聯通設備會將各種垃圾碎片匯流傳輸入腦，經過功能強大的大腦審閱過後，再分門別類，投入各自的資料垃圾桶。

　　工位的名字叫「蜂巢」，連成片的工位叫「蜂箱」。

　　現在，元明清就是「蜂巢」中的一員「工蜂」。

　　在用勝利者的願望，將自己和唐宋的家人從嚴酷的合約條款的泥淖中拉出後，元明清主動申請，獨身前往第三類世界的資料工廠，做了一名低等的資料垃圾分類員。

　　此時的元明清也不再是遊戲中那張面孔，他之前使用的那張臉，認識的人太多，可謂全球知名。他不好做事，也不好生活，於是元明清向官方申請了外貌修正，給了自己一張嶄新的人類面孔，好在這也不違和。人類的面孔，是高維近來的流行款外設。

《萬有引力》畢竟是風靡全球的遊戲，高潮迭起，最後的收尾也不失精彩，給大家帶來了極強的新鮮感。即使遊戲現在已經停服關閉，卻因為這種「急流勇退」感，在高維留下了一片風潮餘韻。

只是究竟是不是真正有高維人在幕後操控，在高維人的論壇中仍是眾說紛紜。這本來就是節目組自己理虧，為防萬無一失，在遊戲中塞了預定的冠軍，還多塞了一堆私貨和輔助。如今，他們如果不主動切斷和地球副本的聯絡，必然有好事者要去一探究竟，看看地球裡究竟有沒有「元明清」、「唐宋」這一號人。

恰好，江舫也許了讓高維和地球脫鉤的願望。所以，節目組最終決定順水推舟，了卻這一樁隱性的麻煩，也好給自己留一些體面。

連接既然一斷，一切便都無從查起，高維人們熱熱鬧鬧地議論了幾日，便又期待展望起下一場大型遊戲能整出什麼精彩的花活了。

無人知曉也無人關心元明清的真正去向。

由於他許的願望中包含了保密條款，因此知道元明清真實身分的人，除了中控系統外，實在寥寥。就像現在元明清的直系組長，也只曉得這個年輕人主動要求，要單獨負責《萬有引力》運行期間某一日的所有資料垃圾。要知道，高維產生的資料垃圾多得駭人，短短 10 秒的垃圾，便要花上整整一日去分類處理，他要了那一天，就等於付出了他的 71 年。

今日，和元明清坐在同一排「蜂箱」中的工友們和以往一樣，均各百無聊賴，有人坐著打瞌睡、有人望著營養艙一角螺絲上的花紋發呆、有人在心裡盤算今日會有什麼數據餐下發。

只有元明清在高速掠過的圖像、影音垃圾中，一一過篩，認真地尋找著他四散的朋友。

他原先認為，李銀航讓「所有玩家復活」的願望或許能帶回唐宋，等元明清回到高維，看到身旁空空的遊戲艙，這點僥倖自然落空。李銀航的願望，是把所有玩家全部送回地球的體育場——高維絕不會給地球留下一個可供研究和參考的高維人的。

既然沒有捷徑可走，那他就老實些吧。元明清本就清秀瘦削，因為近些日子來工作格外賣力，身形更是清減了不少。

一日的工作很快了結，大家經歷了這一天無聊的做工，個個面灰如死，步子都邁不開，殭屍似的拖曳著步伐，整齊地列隊前行。

只有混在隊伍中的元明清眼睛發亮，走路帶風。這緣由，是他掌心中的三片屬於唐宋的碎片，他今日收穫頗豐，值得一樂。元明清心情不壞，左顧右盼時，居然瞧見了一個熟面孔。

值得一提的是，元明清的工友之中，有《萬有引力》的主管還有導演。元明清這種工作人員，本來是無緣和導演碰面的，但導演是和元明清同一天來到這裡，還是被人強行送來的。他毫不體面地掙扎喊叫，在斯文盡毀間，把自己的身分出賣了個徹徹底底。

但第三類世界有自己的法則。

在第一類世界養尊處優、擁有一切高階的美食代碼使用權的導演先生終究反抗無果。從此之後，這位導演先生每天都是一張如喪考妣的臉，和他們一起吃著黏黏抓抓的豆糊。

不得不說，元明清看他這張愁雲慘澹的臉，覺得還滿下飯。

吃過飯後，一群面白唇青的「工蜂」又在工頭的帶領下，晃回了休息室。與其說是休息室，不如說是一間間邋邋窄小的鴿子籠。在來到休息室樓下後，他們便可以正式解散了。

一批高維人回屋休憩，一夢不醒。

　　也有一批高維人會前往專門為他們這一類人設計的雜貨店，他們每日的工分都可以用來兌換廉價的代碼使用權。這些代碼可以讓他們換到 1 到 3 聽廉價的酒類，換到幾個頻道的節目，或者換一個生活在第一、二類世界中吃香喝辣、美人在懷的綺麗夢境。

　　元明清則是有自己的大事要做，他哪裡都沒有去，徑直返回了自己的小屋。小屋只 8 平方公尺，方方正正的，只夠擺得下一方置物櫃、一張小床。床上躺著一個閉目沉睡的俊秀青年……拼齊外貌是最容易的，難的是找回他的記憶。

　　元明清捧著三枚遺落的碎片，融入了他的體內。

　　唐宋的睫毛微動，緊接著徐徐張開了眼睛。

　　元明清這種拼拼湊湊的工作做久了，也學會了不再抱著無謂的希冀，畢竟希望落空的滋味不大好受。

　　他伸手，堂而皇之地逗弄著唐宋的睫毛。

　　他不像其他的「工蜂」那樣，把工分都花在購買娛樂設備上，他親手拼湊出來的朋友，就是他最好的玩伴了。

　　直到唐宋抬起手來，握住了他的手腕。

　　元明清心中一悸，「你認得我嗎？」

　　唐宋的目中流露出一絲迷茫，彷彿眼前的人讓他熟悉又陌生。

　　元明清自嘲地一哂……他就知道，不能抱希……可在他的嘴角剛剛彎起時，他清晰地聽到唐宋說：「你是，我的朋友？」

　　聽到這個回答，元明清身子劇震，興奮無端，一時間情緒失控，死死抱住了唐宋，把自己毫無保留地送到了他的懷裡去。

　　他的眼尾生出興奮的重重紅暈，什麼話也說不出，只是發狠地擁抱，再擁抱。他終於找回唐宋來了！哪怕只是一部分……

可是，接下來事情的發展，徹底失去了元明清的掌控。

他的身體被一陣巨力翻覆，後腦重重磕在了床板上。

此時的元明清已經不是遊戲裡被官方特意優化過資料的優質玩家了。唐宋的身體素質本就勝過他，他資料碎片中的各項數值也還是遊戲裡的頂尖配置。

無窗的房間本就壓抑，被一個身高一米八多的男人就這樣死死壓在身下，元明清一時間連氣都端不上來了。

元明清大腦高速運轉，卻是運算無果，他並不知道自己還給了唐宋什麼樣的記憶。或許那三片碎片，是他的生殖記憶？又或許是……

他心下裡一片茫然，只覺得這樣的情形似乎不對，但又似乎……是欠他的。只是一個猶豫間，情況陡變。

下一秒，元明清忍不住脫口痛呼一聲，死死咬住了自己的拳頭，雙腿內併絞緊，讓唐宋也發出了一聲痛吟。

可強大的負罪感，先於疼痛和羞恥攫住了他。元明清鬆開了死死攫住唐宋頭髮的手，順著他的頸部，慢慢撫摸了幾下，擦去了從額頭滲下的一滴冷汗，忍痛低聲道：「你慢一些……啊……慢一點……」

唐宋自上而下地注視著元明清，不知為何，微微面紅，他一言不發地撫摸著元明清的鎖骨、眼角、嘴唇，彷彿是在回憶，又彷彿是在用心進行新的記憶。

可他很快發現，元明清抖得厲害，面頰潮紅，一張唇卻是煞白煞白。他似乎覺出自己這樣的舉動是在趁人之危，眨眨眼睛，有些慌亂地伸手掩住了元明清的眼睛。

此時的唐宋記憶殘缺，意識懵懂，如同初生的獸類。他一切從心而動，卻也籠統地覺得，自己似乎做了什麼錯事，於是他急匆匆地掩

耳盜鈴——你不要看我呀。

這一捂，把元明清的心都捂得軟了下來。他把自己滲著冷汗的手掌抬起來，輕輕覆蓋在了唐宋的指掌上，安慰地輕拍了拍——不要緊，不要……擔心。

隔壁也聽到了些許聲音，湊趣地敲打起薄得僅有一層聚合材料的牆壁來。砰砰砰、砰砰砰，替他們打著節拍。

聽著起哄的口哨聲，元明清羞愧得無地自容，如遭火灼，幾欲暈倒，羞恥的冷汗順著鼻凹兩側汨汨流下。

可因為精神力強悍，無論如何也暈不過去，只能忍耐著潮汐一樣波湧的怪異快感，發力扯緊枕頭，任一額細密密的汗珠在一點雪白的頂燈照耀下泛出薄光。

元明清也不記得自己是怎麼熬過來的。他流下眼淚時，唐宋停下了動作，定定望向他，輕輕吻掉了他的淚水，像是要哄他，不要哭。

元明清的嗓音透著一絲行將崩潰的顫抖：「你到底在想什麼？」

唐宋的腦子裡大半都是空白的，卻有一半的內容都是元明清。聽他這樣問，唐宋沒頭沒尾地想到了一句話：「這天氣不好。」

——江舫一槍崩碎了唐宋的膝蓋時，他臥床養傷，傷勢卻因為天氣惡劣每況愈下。這句話，是元明清為了寬慰他說的，當時，他身體傷痛難忍，心情自然不好，便沒有理會。現在，他終於可以貼在元明清耳邊，耐心地給出了回答：「只要有你在，都是好天氣。」

他感覺身下的人一陣抖顫，什麼話也沒再多說，只是反手攬緊了自己，彷彿在擁抱一件失而復得的珍寶。

唐宋無以為報，只好回以更加熱烈地擁抱。

（完）

魚水相覥

謝相玉舉起鑰匙，對準日光，細細觀察。

這把鑰匙的制式相當獨特，是一張通體漆黑的石質卡片，觸手溫潤，滑開側槽，可以取拔出一枚小小的實體鑰匙。

他在心中第 N 次嗤笑一聲：騷包。

下一秒，宿舍的門砰的一聲被人推開，三名室友魚貫而入，正高聲笑鬧著，瞧見他在便都安靜了些。

室友 A 笑嘻嘻地出言調侃：「謝哥，今天沒去圖書館？」

謝相玉抬起頭來，柔和溫良道：「嗯。」

謝相玉在宿舍中年齡最小，身高最矮，可因為學習拔尖，為人謙沖，大家也樂得半調侃、半真心叫上他一聲「哥」。

其時，距離《萬有引力》的大規模失蹤事件結束已經過去了兩月有餘，唯於心底餘震不休。

距離大學生們返校開學，也過去了整整兩週了。

見謝相玉筆記型電腦的搜索欄上還有「萬有引力」四個字，室友 A 和另一名室友 B 對視一眼。

室友 B 忍不住試探道：「謝哥，你搜這個幹麼？現在什麼都搜不到的。」

謝相玉點頭，「我知道。」

網路漸復後，關於《萬有引力》的所有話題討論，在國內外的互聯網上一律禁絕。實際上，遊戲中根本無人死亡，所以這段傷痛會變

成一段談資。

如果拿到現實中來討論，可以預見一切會逐漸變味。

沒有參加的人會指手畫腳該如何通關、如何許願。

在遊戲中締造的仇恨有可能蔓延到現實中。

經歷過遊戲的一部分玩家可能會拿遊戲中自己的見聞，添油加醋，博取流量。

為了避免焦慮情緒在世界範圍內不可控地傳播，索性一了百了，禁了乾淨。高維人的事情，就交給有志於此的人去煩惱，普通人放下過往，安心生活就好。

室友 A 字斟句酌，小心打探道：「當時失蹤的事情剛發生，群裡輔導員就挨班兒點名，看有沒有班級少人，咱們班就你怎麼都聯繫不上……」

「我當時手機正好壞了，螢幕滲液得厲害，要去修。」謝相玉撒謊時眼睛也不眨一下，一身的純真氣質，敷衍道：「不好意思哈，讓你們擔心了。」

在外人面前，謝相玉始終是這樣規規矩矩的性子，良好的家教浸潤出通身的書香氣，再加上他長得英氣又正派，這讓他的話天然就添了幾分可信度，更何況他的確換了新手機。

謝相玉這話一出，室友 ABC 同時釋然。

C 走上來，大力拍了拍謝相玉的肩膀，「嗨，哥幾個總擔心你心重，進去了又不肯跟我們講……要是真進了那個遊戲，那個那個……你人這麼呆氣，還不得被人欺負死。」

謝相玉微微笑彎了眼睛，「不會的啦。」

這椿事兒不大不小，壓在這幾個半大青年的心上，也的確夠嗆。

現在大家心神一鬆，說話的嗓門都大了不少。

Ａ抱起房間一角的籃球，笑嘻嘻地衝謝相玉一擺手，「哥幾個占場子去了哈，晚上吃烤串去，你去不？」

謝相玉乖巧道：「不了。我今天有事。」

一群人鬧哄哄地來，又鬧哄哄地走。寢室內重新安靜下來後，謝相玉嘴角一挑，隨手敲下了鍵盤上的一個按鍵，將筆記型電腦切換到了另一個頁面。

在體育場中分別後，謝相玉還是去過一趟易水歌的家的……趁易水歌不在家的時候，他偷偷用鑰匙插入鎖孔，沒有扭動，就聽滴的一聲細響，門應聲而開。

平心而論，公寓的裝潢不錯，是謝相玉喜歡的風格。他溜入易家，在臥室窗簾的滑軌後面安裝了一個針孔鏡頭。

謝相玉本就是個睚眥必報的小心眼，白被他折騰這麼久，他打算找幾張易水歌勁爆的私密照，發到某個同性網站上去，再替他打上一句廣告：深夜寂寞，急招猛 1。

原先，謝相玉是這麼打算的。他的私密資料夾裡，已經存了七、八十個特意剪切出的視頻，有易水歌裹著柔軟的毯子，在床上用投影機看電影；有他安安靜靜地躺在那裡，睡衣一角上掀，露出緊實漂亮的腹肌輪廓；或者，他趴在床上，用平板加變速齒輪，玩一些無聊的和手速相關的小遊戲，飛機大戰、星球飛彈之類的小遊戲，他像個大男孩似的，打得樂此不疲。

那雙曾經折騰得他死去活來的靈活手指，在螢幕上頻頻閃動，可只是看了一會兒，謝相玉就受不了了。他扶著桌子，咬牙切齒地挺著自覺地泛起痠意的腰站起身來。

他扶著牆，一路來到了公共洗浴間，一路心跳如鼓，祈禱沒有人路過，目睹他的狼狽，又莫名渴望有人路過，瞧見他潮紅的雙頰、發軟的雙腿。

謝相玉喜歡他自己立起來的乖學生人設，卻又嚮往平淡生活裡的強烈刺激。他隱隱嚮往這種在公眾面前身敗名裂、被人用怪異眼神矚目的感覺。可惜，他從小到大，運氣都實在很好，除了易水歌，他的狼狽、失控、不體面，少有人見。

現在不是洗澡的時候，更衣室裡空無一人，只有寥寥幾道水音從澡堂內傳來。

謝相玉寸縷不著，手握著易水歌的鑰匙，慢慢走進了浴室。

這裡是南方的澡堂，彼此之間並非坦誠相見。兩面貼了瓷磚的牆壁，一層薄薄的藍色浴簾，隔開了一個小小的世界。如果有人在此時路過，會從簾下看到一個人面朝牆壁，微踮著腳尖，踝骨兩處的肌腱因為過度的拉扯，在足跟側形成了兩個誘人的圓窩，在氤氳的熱氣中不住顫抖。

可惜，期間無人路過，謝相玉的祕密仍然無人知曉。

等到勉強緩解了那難耐的酥癢，穿好褲子，謝相玉還是衣冠楚楚、清潔乾淨的謝相玉。只是他說不出的不痛快，在回宿舍的路上，無聲地痛罵了易水歌一路。

回到宿舍後，謝相玉忍著身後微妙的不適，百無聊賴地敲擊著鍵盤，用指尖發洩著心中的不滿。敲來敲去，他又習慣性地敲回了即時監控易水歌的畫面。

可這隨便的一眼看去，他的臉色驟變。

易水歌的床上躺著一個人，睡得正香，被子正隨著他的呼吸緩緩

起伏。由於光線昏暗，角度奇異，謝相玉看不見那人的臉，只看到他從被尾露出的一隻腳。可謝相玉早看慣了易水歌的身量，這哪裡是他的腳？！

謝相玉霍然起身，盯著螢幕看了許久，「哈」了一聲，這人慾望之旺盛，自己可是親身領教過！他果然耐不住寂寞！

他在宿舍內焦躁地繞了幾圈，嘴角掛著怒意勃發的冷笑。

——真好，他媽的，太好了。

他不是讓自己有空去找他嗎？那現在就去找找看！

謝相玉背著單肩包，氣沖沖地一頭扎出學校西門後，剛要往公車站走，就聽到一聲熟悉帶著輕佻意味的招呼聲。

「哎。」

謝相玉猛然駐足。還沒見到那人的臉，他的心臟就不爭氣地撲通亂跳起來。他側過半個身來，向後看去。

單手支頤的易水歌，坐在一輛車窗下搖的Ｓ級賓士裡，笑笑地看他，「去哪裡啊？謝同學，我載你一程？」

謝相玉心裡亂了一陣，可面上竭力做出滿不在乎的樣子，走到了易水歌的車邊，質問道：「你怎麼在這兒？」

易水歌指了一下停車線，「這裡是能停的，不違法。」

聽他意有所指地提到「違法」，謝相玉又想到體育場裡自己被他調戲時，自己脫口而出的那句「這樣犯法」，臉頰不免一紅。為了緩解尷尬，謝相玉挑釁地看著他，「你不會每天都來這裡等我吧？」

「倒也不是。」易水歌笑道：「你釣魚嗎？」

謝相玉：「……哈？」

易水歌歡快地解釋道：「我得放個餌，等小魚來咬了鉤，我才會

出現在你面前啊。」

謝相玉緩了一下，才琢磨明白他這話裡龐大的信息量——以易水歌的手段，他想在自己的監控視頻上做手腳，和吃飯喝水一樣簡單。

這點不難勘破，可謝相玉硬是氣得上了頭，什麼也想不到，直衝了出來找他算帳。明白自己被算計了，謝相玉破口大罵：「你他媽的，你成心的是不是？你耍我……」

話脫口而出後，他自己反倒僵住了……這也就意味著，易水歌早就知道自己動的手腳……

「小偷窺狂又違法了，受害者來抓你走。」易水歌斜斜飛了個眼風，又浪又明豔，「……上車？」

謝相玉憋了好半天，才忿忿然拉開車門，坐上了副駕駛座。

他故意不繫安全帶，任由提示響個不休，冷冷地、示威一樣地看著易水歌。

孰料易水歌彷彿讀不懂空氣一樣，越過半個身體來，紳士地替他扣上了安全帶。

「遵紀守法是好習慣，要繼續保持啊。」說完，他往謝相玉嘴角輕啄了一下。

蜻蜓點水一樣、瀟灑地一進一退後，易水歌坐回了駕駛座，在擰車鑰匙時，由衷地慨歎道：「想死這個味道了。」

謝相玉燒紅了一張臉，「……」你他媽要不要臉？！

易水歌把他帶回了他的家。

謝相玉先前來過，因此左看右看，還挺輕鬆。走到門前後，易水歌讓了個位置，讓他開鎖。

謝相玉無所謂地一聳肩，「你那破鑰匙我早扔了。」

聞言，易水歌也不動怒，笑咪咪地又站到了門前。

謝相玉眼睜睜看著易水歌在門上某處輕輕一點，按壓指紋，開門解鎖。

他隨口道：「你的門花樣還挺多。」

易水歌：「倒也沒有，只有遠端解鎖和指紋解鎖兩種模式。它不如你，放心。」

謝相玉：「……」

他自動忽略了易水歌的最後一句話，不可思議道：「可我……」

「啊，你說你來的那一次。」易水歌答說：「那次我看著你來的，給你遠程解的鎖。」

謝相玉不信，掏出鑰匙，發現只有鎖眼匹配，插進去後卻真的怎麼也擰不動。他的眼裡怒意又要噴薄而出，「你騙我？！」

「鑰匙的事情，你也騙我。」

易水歌抬手按住他的額頭，輕輕往後一彈一推，「我們扯平。」

謝相玉暗罵著易水歌的祖宗十八代，攥著他的鑰匙，和他一起進入公寓。他站在門口，把守退路的同時，有意覷著易水歌的一舉一動，「現在天也不晚，你不上班？」

易水歌走入酒吧，坦蕩道：「最近失業。」

謝相玉眉心一挑。對，《萬有引力》出事，易大顧問的工作也沒了呢，想到這兒，他臉上自然流露出一點幸災樂禍的神色。

易水歌從保溫壺裡給他倒了一杯熱水，遞到他面前，「我不賺錢，你高興啊？」

謝相玉在易水歌面前，才脫去了那層偽裝，陡覺輕鬆不少，連說話的語氣都在不自覺間鬆快了許多。

他熱熱地喝了一口，「高興啊。」

「看出來了，是挺高興。」易水歌隨口說：「都敢隨便喝我給的東西了。」

謝相玉剛才沒來得及品嚐水的滋味，聞言面色大變，瞪著易水歌，「你……你……」

易水歌卻不答他，只問：「今天晚上回去嗎？那得趕早，路上發作了可不好。」

被他這樣一說，謝相玉只覺小腹一股緊，一股熱，絞得發脹。他腦補了自己在公共交通工具上難以自控、輾轉廝磨雙腿的模樣，喉頭一陣陣發著乾意。

「待會兒吃點蛋糕？」易水歌又把冰箱打開，將一個打著絲緞的黃桃蛋糕展示給他看，「新鮮的，今天剛買的。」

「……或者，你更喜歡『使用』它？」

幾個簡單的字眼、一個簡單的動作，謝相玉已經感覺被冰冷的鮮奶油擠入時怪異的暢快感。

謝相玉感覺自己只用幾句話，就被他輕鬆玩弄在股掌間。這種挫敗感和他身體內的情愫混合，發酵出了莫名的衝動。

他努力撐住已經開始發軟的雙腿，維持住矜持的樣子，不許自己隨意磨蹭雙腿，緩解那股從體內升起的燥熱感。

「廢什麼話。」他故作冷漠地昂起下巴，「要幹就幹，你回來了就不行了是嗎？」

他裝作很見過世面的樣子，走到臥室前，擰了一下門把手，發現無法開啟。他眉毛一皺，「幹什麼？把門給我打開。」

儘管知道不大可能，謝相玉還是忍不住想，該不會裡面真的藏了

什麼人吧？

易水歌問：「你不是有鑰匙嗎？」

謝相玉心臟怦然一跳，他給他的，一直是臥室的鑰匙。最私密的地方，也是他們開始一切的地方。

他將信將疑地拔出鑰匙槽，向內一插，嚴絲合縫。在門扉發出滴的一聲自動音後，它自動向內開啟，房間的投影屏上，正投射著用代碼寫成的三行情詩。

如果我今天見到你。

我會和你共用記憶體（shared memory）。

也共用未來（shared future）。

在他臉色微紅時，易水歌從後輕輕親吻了他的頸部，成功催軟了他的腿。

可惜將謝相玉壓倒在床上後，易水歌一開口就不是人話：「真的要在這裡嗎？會被你自己錄下來的。」

謝相玉喘得厲害，口不擇言道：「你管不著！」

「其實我什麼都沒加。」當情意漸濃時，易水歌貼在他耳邊，「那只是普通的水而已。」

謝相玉一愣，張嘴就要罵罵咧咧，但易水歌只一動，他便連話也講不出來。

闊別了兩個月，他才發現，自己的身體真的已經熟透了，宛如一顆飽脹的石榴，每一顆榴實都在迸流著甜汁，亟待開採和賞味。

易水歌摸一摸他，在他耳邊調笑：「真的滲液得厲害啊。」

謝相玉心臟一震，這他媽是他今天才和室友說過的話！

「你……」

謝相玉很容易就想到了，一定是他送給自己的這把見鬼的鑰匙幹的好事！他怒發欲狂：「你才是偷窺狂！你偷聽我說話！我早就知道你不是什麼好東西……」

易水歌微笑反問：「你明知道我是什麼樣的人，為什麼不扔掉我的鑰匙？」

謝相玉張口結舌。

易水歌溫柔地親一親他的唇：「我知道的，你想我。」

謝相玉：「誰想你？」

易水歌用額頭抵一抵他的，從容地承認：「我想你啊。」

謝相玉恥於提到一切和「愛」有關的字眼，他認為「愛」是庸俗的字眼，他不會愛人、他沒有正向的感情、他小肚雞腸、他錙銖必報、他快樂的閾值很高，高到他在現實生活裡找不到任何寄託。可他承認，他也想易水歌。

只是他不會說。

或許一輩子也不會說。

天色將暗，蛋糕新鮮，情詩動人，魚水交融。

這一刻，我想……我在想你

（完）

他們的流水帳

（一）端午節

家裡飄著箬葉和艾草的清香。

江舫沒學過包粽子，但是他在家務這一層上是一點即通，很快掌握了要領，包得又快又好。

南舟包出來的東西，則煮成了一鍋香黏的糯米紅棗粥，但南舟不很沮喪。

他還是吃到了甜粽，手腕上也繫了五彩繩。

午後，他和江舫小憩。

他握著江舫的指尖，上面沾著清淡的箬葉香氣。

他趁江舫睡著，偷偷吻了他的人間。

（二）兒童節

兒童節的標配，自然是遊樂場了。

剛進園，南舟就盯上了賣棉花糖的攤位。

做棉花糖的大叔一邊讓絲絲縷縷的糖絲捲雲一樣翻裹住糖棒，一面善意地笑道：「這麼大的小夥子了，還吃棉花糖啊。」

江舫站在南舟身前，恍若無聞：「您好，要最大的，還要兩隻兔子耳朵。」

有人寵著，他想要一朵天空那麼大的棉花糖都行。

等一整支棉花糖慢慢在南舟口中融化後，他們穿上薄透的雨衣，

登上了激流勇進的橡皮艇。

遊樂場的激流勇進有兩個落坡，當橡皮艇在動力閥作用下，緩緩爬上第一個坡時，江舫悄悄使了壞，一把拉下了南舟的雨衣帽子。

南舟一臉問號。

咚——嘩啦——南舟的黑髮濡濕了一大片，白襯衣也濕透了，露出細細的漂亮乳暈。

南舟盯住江舫看。

江舫難得像個孩子一樣搞惡作劇，如今惡作劇成功，他也意識到自己的行為有點過分，正要親親道歉時，南舟抬起手來，把江舫被水珠沾濕了一點的臉用尚乾的袖子擦乾了。

在江舫心尖被甜得發酥之際，他注意到了一件不妙的事情——南舟的眼睛，盯上了前排玩家的雨衣帽子——他好像誤會激流勇進就該是這麼玩的了。

江舫眼疾手快，搶在南舟動手前，先把人攬進了懷裡，制止了一場破壞。

這讓南舟走下橡皮艇後，相當想不通——那為什麼被澆濕的只有我呢？

不過，這個問題沒有在他腦中盤桓太久，他就被他的舫哥用海盜船誘惑走了。

在海盜船上，南舟很開心，蕪湖起飛。

在過山車上，南舟也很開心，蕪湖起飛。

在大擺錘上……南舟懵了。

顱內壓力急速增高，刺激到了他腦袋裡的小孔雀，蠢蠢欲動地舒張開了翅羽。這讓他從摩天輪上下來後，還持續性地坐在長椅上懵

逼。最後，他被江舫用一根烤腸成功哄好。

稍事休息後，他們又來到了遊樂園的鬼屋。經過觀察，江舫發現，南舟對鬼屋的理解和正常人不大一樣。

南舟覺得，在鬼屋裡能嚇唬到人，就算誰贏。

之前，江舫帶南舟去過一個真人鬼屋。在這個鬼屋中有一個遊戲環節，鬼會隨機帶走一個幸運玩家，而這名幸運玩家將有幸體驗到一個單人遊戲流程，喜提被電鋸狂魔追殺的環節。

兼顧到部分膽小又運氣不好的玩家，以及自己掙錢的需求，所以，店家提出了一個折中手段：

如果玩家不想被抓走，就需要花錢購買一個在黑暗中可以發光的螢光手環作為標誌，只要佩戴手環的玩家，就不會被鬼選中。

南舟為了省錢，沒買手環，他果然被摸黑帶走。然後，他就搶回了電鋸，追得穿著皮套的演員滿屋子狂跑，成功解救了其他玩家。

南舟想，我贏了。

不過，贏的代價是在事後請演員吃了一頓壓驚飯。

這次，南舟總算大概知道正確玩法了，但作為資深 boss，他還是對鬼屋的運作流程非常感興趣。

這次的鬼屋是一個「鬼宅」的固定路線探索遊戲，全程共計 15 分鐘，期間會有鬼魅冒出來嚇人。

女鬼小姐姐蹲在一口井裡，遠遠聽到了腳步聲靠近，便盡職盡責地踩著陡然陰森起來的音樂節拍，幽幽探頭……沒看見人。

當女鬼小姐姐正要轉頭張望時，突然聽到她的背後傳來一聲禮貌的問候：「妳好。」

還沒等南舟詢問她的工作體驗，一聲尖叫便劃破長空。

某鬼見愁再次被客客氣氣地請出了鬼屋。

此時已經到了夜間，遊樂園的燈光秀即將開幕，他們登上了摩天輪。南舟四下望著，虛心請教江舫：「摩天輪是怎麼玩呢？它會很快地轉起來嗎？」

江舫笑：「不會啊。」

南舟便安靜地等待著它的精彩時刻到來，可是，一路都是那樣平穩。和彼此一起放到半空中時，他們共同來到了城市的天際線。

南舟眨眨眼睛，不知道是不是他的錯覺，在這緩慢、悠長的遊戲流程中，他眼前的人被夜空、玻璃和煙花添上了一層迷人的濾鏡，時間流逝的節奏被放得極緩。

南舟帶著一點恍惚，問他：「我們會這樣走多久？」

江舫說：「一直走啊。」

去春天的盡頭。

去時間的盡頭。

或者就和你留在原地，就這樣望著彼此，永生永世。

（三）萬聖節

南舟聽說，有個叫做萬聖節的外國節日。

他對該節日的理解是，只要扮成怪物，就能要到糖，既然能拿糖，那當然是一個重要的節日。

南舟覺得自己本來就是怪物的一種，所以不用刻意化妝打扮。於是，在萬聖節當天晚上，他提著小籃子，去敲了鄰居的門。

在每一家，他都受到了熱情的招待，外加一把糖。

南舟雖然不很常笑，但乖巧懂事，每次見到年紀比自己大的人都

會乖乖行禮，還會在下班回來的路上幫幾個老人提水果、拿雞蛋。

公寓裡幾乎家家戶戶都有老人，幾乎都相當喜歡這個年輕人。

因此，當萬聖節前一天，江舫拿著一籃子糖，笑吟吟地請他們幫自己一個忙時，他們都非常樂意。

（四）世界讀書日

江舫的家裡有一套完整的《永晝》。那是最初的第一版漫畫，陪伴著江舫，渡過了他最幸福、最富奇思妙想的小騎士時期，也陪伴過了他最孤獨、最黯淡無光的少年荷官時期。

上面記錄了太多他想要對南舟說的話，既有荒誕虔誠的騎士之情，又有渴望陪伴的情愫。總而言之，突出一個中二。

最近，他們到附近來旅遊，恰好入住這一棟小別墅。江舫知道這裡有這套書，表面鎮定，心裡實在緊張得很，偏偏他又捨不得把書扔掉，至於藏起來，更是不可能。他家南舟最擅長從犄角旮旯裡扒出東西，這點習性著實像是一隻家貓。

於是，江舫指著書房，對南舟說：「那個房間不能進。」

南舟：「為什麼？」

江舫眼皮也不眨地：「進去的話，要和喜歡的人強制做 7 天，除非心裡不再想著他，否則不能出來。」

南舟被震撼了一下：「……嗯？」

南舟試探道：「這是……遊戲規則嗎？」

江舫篤定地點頭，「是的。」

然後，南舟就直勾勾面對著書房，琢磨了一下午心事。

江舫也得以安心，去忙活著燉湯烹飪了。

反正南舟對萬事都好奇，他以前還有過想問灑水車司機他的車為什麼會公然唱歌，而騎著自行車尾行了一輛灑水車數條街，最後打電話告知江舫自己不幸迷路的記錄。

等晚上要睡覺時，江舫找遍了樓上樓下，硬是沒找到南舟的身影。最後，他又好氣又好笑地在禁地書房裡逮到了南舟。

南舟告知了他思考一下午的成果：

「我正在想，你如果不來，我們要怎麼做呢？」

江舫沒說什麼。他去準備了一點食物和水，放在了書桌旁，旋即溫柔又親昵地吻上了南舟的唇。

就這樣歇歇停停地做了不知道幾多時間後，南舟喊了他的安全詞「please」後，虛軟著聲音問：「還要多久？」

江舫看了一下錶，啞聲答道：「六天零十八個小時。」

南舟大驚失色，開始思考江舫會不會壞掉。想來想去，他想起了這個房間的規則：「你……嗯……可以嘗試用意志力克服一下嗎？」

江舫笑著摸一摸他發汗的鬢角，「那要你克服，你先進來的。」

無法，南舟貼在江舫身上，夾著他的舫哥，小心翼翼地挪出了屋門。踏出房門後，南舟長舒一口氣，說：「我做到了。」

他又說：「雖然你剛才在我身體裡，但是我很努力不去想你，這樣是不是就算結束了？」

江舫笑著親親他，「就是這樣，真棒。」

誰想，南舟下一秒就貼著他的耳邊，說：「那你跟我講講那本《永畫》吧。」

江舫的臉倏然燒紅了。

「你想要玩，我就陪你玩。」南舟在輕輕含住江舫的同時，攬住

他的脖子，「這樣，你還會孤獨嗎？」

（五）世界海洋日

他們去了海邊。

海風微鹹，海風撩人。

江舫坐在沙灘邊，用南舟的素描本留住海鷗和夕陽的影蹤。

南舟最近在教他的新學生繪畫，顯然，成果喜人。

南舟則認真堆砌著沙堡。

江舫捧著完成的畫作，回過頭來，剛想對南舟說些什麼，就見他為了方便操作，把自己的下半身都埋入了沙堡間。

現在，他的雙腿就是沙堡的地基，把自己砌了進去，壓根兒動彈不得。

兩人相對無言，一字未發。

只是他望著他，他也看著他。

江舫平靜且溫柔地微笑了。

他越過半個身子，就在正好的日光下、正暖的海沙上，在沙堡即將完工的屋頂，和南舟接吻。

一切都正好。

包括每一個已經到來，和行將到來的日子。

（完）

【作者後記】

萬物皆有引力，所以冥冥之中，我們總會互相吸引

　　這本書發端於很多人童年時都會有的幻想。

　　如果小說人物有意識，他們過得好嗎？他們滿意他們的生活嗎？他們會幸福嗎？

　　有時候我又會想，故事結束之後，又會怎麼延續？

　　所以「南舟」這個角色誕生了。

　　他在作者強制安排的劇情縫隙間找到了生命的另一條出路。

　　他和作者設定的性格產生了出入。

　　他天生不絕望。

　　他擁有健全而天然的表達情感的能力。

　　可惜他一直很孤獨。

　　直到有一個同樣孤獨的人，跨越時空藩籬，偷偷為他種下了一棵蘋果樹。

　　那是新故事的開端，也是無限可能的開端。

　　我喜歡寫人和人之間的故事，尤其喜歡讓人物擁有更完滿、更獨立的性格，即使故事終結，他們也有繼續過得幸福的能力和希望。

　　這就是《萬有引力》想要做到的事情之一。

　　《萬有引力》這個名字，一方面代指文中出現的遊戲名，一方面

也是一種對於科學的浪漫化、文本化的解讀。

萬物皆有引力，所以冥冥之中，我們總會互相吸引。

就像一顆蘋果落下屋頂。

這也是我和我的讀者的關係。

我希望我們能被文字的力量吸引，一起來寫、來看這些人來人往，人聚人散。乘興而來，興盡而返，能從中獲得一點快樂、一點感動，那就是最好的事情了。

《萬有引力》是一個有著友情、親情、愛情的故事。

友情自然不必說了。

我主寫了《萬有引力》中的團隊合作，每一個團隊都有著自己的友情羈絆。「立方舟」、「順風」、「龍潭」、「青銅」、「朝暉」……他們的感情是在生死裡錘煉過的，所以格外堅固，歷久彌堅。

文中親情的元素相對較少，因為兩個主角的家庭都存在親情缺失的情況，所以它融合在其他支線劇情裡，不大惹人矚目。譬如沈潔想要回到自己女兒身邊；譬如銀航活下來，是不想自己的父母再度失去自己的女兒；譬如陳夙峰和陳夙夜的兄弟情。

親情的元素雖少，但它依然擁有讓人心中一軟的力量。

至於愛情，應該是貫穿《萬有引力》整本書的核心元素了。

有兩個人，他們遇見了彼此，發現對方擁有了超出自己預期的好，於是彼此欣賞、彼此吸引，最後被彼此的引力捕獲，互相成為對方的一部分，再不分離。

這多麼美好。

同時，《萬有引力》也是一個和不可抗力對抗的故事。

我們在生活中，總是會遇到各種各樣的不可抗力。

大多數時候，我們只能屈服。

因為生活是千絲萬線的一張網，稍稍動一動，太容易掙破。

而我們往往承擔不起掙破的代價。

所以，在故事裡，我們不如不顧一切，狠狠抗爭一把，即使那股力量來自看似不可戰勝的高維。

這就是我想要做的另一件事。

——我希望在這個世界裡，大家能夠從我的文字中獲取力量，能被親情、友情、愛情，以及那挑戰不可抗力的行為感動，去做點什麼，讓自己的人生變得更好。

——而在另一個世界，他們也能過得好。

兩者能夠相加，那就是再好不過的事情了。

騎鯨南去

i 小說 048

萬有引力7（完）

國家圖書館出版品預行編目（CIP）資料

萬有引力 / 騎鯨南去著. -- 初版. -- 臺北市：愛呦文
創有限公司, 2024.10-
　　冊；　公分. -- (i小說；48-)
ISBN 978-626-98582-6-2(第7冊：平裝)

857.7　　　　　　　　　113008670

愛呦文創

作　　　者	騎鯨南去
封 面 繪 圖	黑色豆腐
Q 圖 繪 圖	魅趢
責 任 編 輯	高章敏
特 約 編 輯	楊惠晴
文 字 校 對	劉綺文
版　　　權	Yuvia Hsiang、Panny Yang
行 銷 企 劃	羅婷婷

發 行 人	高章敏
出　　版	愛呦文創有限公司
地　　址	10691台北市忠孝東路四段59號10-2樓
電　　話	（886）2-25287229
郵 電 信 箱	iyao.service@gmail.com
愛呦粉絲團	https://www.facebook.com/iyao.book

總 經 銷	聯合發行股份有限公司
電　　話	（886）2-29178022
地　　址	231新北市新店區寶橋路235巷6弄6號2樓

美 術 設 計	廖婉禎
內 頁 排 版	陳佩君
印　　刷	沐春行銷創意有限公司
初 版 一 刷	2024年10月
定　　價	360元
I S B N	978-626-98582-6-2

©原著書名《萬有引力[無限流]》由北京晉江原創網絡科技有限公司授權出版